［美］黄诗芸 著
孙艳娜 张晔 译

莎士比亚的中国旅行
Shakespeare
从晚清到21世纪

华东师范大学出版社

目　录

序言 / 1

第一部　文化交流理论

第一章　莎士比亚与中国：文化拥有权的争辩 / 3

第二部　虚构的道德空间

第二章　晚清的莎士比亚接受史：从梁启超到鲁迅 / 27
第三章　道德的批判与改写：兰姆姐弟、林纾及老舍 / 48

第三部　本土化的诠释

第四章　无声电影与早期话剧：表演性别与映像城市 / 79
第五章　阅读和演出的地方谱系：孔庙、劳改场与中苏合作剧场 / 103

第四部　后现代东方莎士比亚

第六章　再论中国戏曲莎剧的吊诡 / 149

第七章　典范的扬弃与重建：吴兴国与赖声川 / 179
尾声：新世纪的视觉文化——从林兆华到冯小刚 / 215
注释 / 226
译者后记 / 293

序　言

　　随着人们的迁徙,文学经典也就被带到世界各个角落。但是全球化并不一定带来对其他文化的深入了解,因为关于各种文化交流的神话仍然原地踏步,这就是为什么中国与莎士比亚的关系扑朔迷离,可谓瞻之在前,忽焉在后,既让人振奋,又令人沮丧。如今,莎士比亚在全球遍地开花,对于非英语演出的莎剧,通英语的大都市观众和国际旅客早已习以为常,尤其像在德国文化中,有了门德尔松为路德维希·蒂克执导的《仲夏夜之梦》(1843)创作的《婚礼进行曲》的成功先例,"我们的莎士比亚"这一概念也就无需更多的例证了。莎士比亚戏剧传播到世界各地的历史大致是这样形成的:在莎士比亚在世的时代,他的戏剧在伦敦上演不久,就流传到了海外。16世纪末英国喜剧剧团在欧洲巡演,为当地人和英国游客表演半即兴创作的戏剧节目。[①] 1607年,莎士比亚戏剧开始东进。英国东印度公司的"红龙号"轮船停靠在塞拉利昂附近,人们在甲板上搭建了一个临时舞台,演出了《哈姆雷特》与《理查二世》两场戏;次年,又在亚丁湾(今属也门共和国)入口处的索克特拉岛上再次上演《哈姆雷特》。[②]"红龙号"于1609年抵达英属殖民地印度尼西亚。此后,莎士比亚的名字与他的作品迅速传到亚洲各地。一时间,世界各地纷纷围绕莎士比亚其人其剧推出各类作品;在这股文化热潮的鼓舞下,许多导演、作家都意识到莎剧文本的可塑性与合作性。③莎士比亚被人们称作千禧年的作家,兜了个圈子又成了生意人推崇的香饽饽、学者们争论不休的话题。④与此同时,支持者与批评者们以同样的热情轮番谈论着中国在国际社会中的崛起。⑤

这些似乎已不是什么新闻了。从积极的方面来看,莎士比亚似乎属于全世界,他既代表着大都会伦敦,又代表文化全球化中的南方国家。但这种归属感马上就暴露出问题。莎士比亚的世界历程并不完全取决于大英帝国的扩张与撤退或是跨文化表演的兴起。在当代英语文化里,坚持把莎士比亚的戏剧作为娱乐行业的通俗素材是个奇怪的现象。⑥虽然今天莎士比亚在世界文化中的存在好像很平常,但是他身后的历史却揭示了这普遍性作为艺术概念的局限性。如果今天莎士比亚具有全球流通性的话,那么,这种归属感与背叛感又是如何在时间和地域层面上形成的呢?这些旧闻——我们常会读到有关全球化语境下莎士比亚戏剧发展状况的文章——要求我们在理论化的同时仔细重构其历史基础。

多数人都或多或少地看过亚洲的戏剧表演,但很少有人意识到,19世纪以来,东亚的作家、电影制作人和戏剧导演在他们的作品中非常广泛地涉及莎士比亚。莎士比亚与中国这两个概念都曾出现在一些出人意料的地方。每年都会产生大量普通话和各地方言的、各种表演风格和体裁的作品,包括小说、戏剧、电影及其他通俗文化形式等。这种交流是双向的。在国外,亚洲的戏剧用语,如京剧,在使用英语和其他欧洲语言的莎剧演出中越来越常见。⑦而国际性的演出也频频出现在华语地区,从19世纪香港的英语滑稽短剧、20世纪中期的中苏合作演出,到当代台湾舞台上汇集全球多种方式的表演,以及东亚、东南亚地区作品间的相互借鉴。随着越来越多的中国作品在英、美等地巡演,莎士比亚已经由英国的出口品转变为欧美文化中的进口品,催生了亚洲之外的倾向于亚洲化的表演艺术。

如果文学作品的意义真的是飘忽不定、存有争议的话,那么"莎士比亚"在中国文学与表演艺术中究竟起了什么作用呢?反过来,各界对中国的看法与偏见又在莎士比亚戏剧演出中发挥了什么作用?在大陆、台湾以及其他地方,这些演出又承担着什么样的意识形态的任务?

最好还是从故事入手吧。1942年抗日战争时期,在西南地区江安的一座孔庙里上演了一场中文的《哈姆雷特》,背景是丹麦。导演焦菊隐(1905—1975)把异域的背景、孔庙的寓意,以及当时的历史需求结合起来。正殿前的门廊被用作临时舞台,观众坐在天井里,能够清晰地看到正殿和台上的表演。孔庙既是这场演出中的虚构场所,也是观众理解中国和哈姆雷特的丹麦的前提。这个非常时刻包含了几层意义。这场战时《哈姆雷特》的意义因临时舞台上醒目的大殿和孔庙的背景而变得更加复杂。焦菊隐坚持这个场址的重要性,该演出在战争时期营造了特殊的集体体验,旨在激发儒家所谓的爱国精神。在国家面临经济衰退、国共两党矛盾加剧和抗日战争受挫的时刻,这场演出表明了支持民族事业的鲜明立场。假如说劳伦斯·奥利弗执导的、具有沙文主义色彩的《亨利五世》被人们视为瓦尔特·本雅明所谓"政治美学化"的典型代表的话,那么,焦菊隐执导的《哈姆雷特》就是艺术政治化的一次尝试。莎士比亚已被融入到战争时期的政治生活中去了。[⑧]

这场孔庙里的《哈姆雷特》把莎士比亚与演出场地的寓意巧妙地结合起来,而另一些导演则借助寓言对莎士比亚与亚洲身份进行跨国改造。在王景生执导的、带有英文字幕的多语种戏剧《李尔》(1997)中,演员们来自亚洲不同的国家,他们扮演的角色都要寻求各自的文化身份,这部泛亚洲剧作曾在新加坡、东京等亚洲城市以及欧洲等地演出,常是满座。剧中权力欲极强的长女(男扮女装)说的是中文,使用京剧的唱腔与形体动作,而她面对的老人(李尔)说的却是日语,以日本能剧庄重的风格表演。字幕使莎士比亚的台词显得陌生化(据维克托·什克洛夫斯基的观点),同时也打破了亚洲戏剧表演中的一些常规。⑨演出中感官上的重负令国际观众应接不暇,即便是很认真的观众仍会有所遗漏。这次独特的多语种演出以全新的视角重新提出种族、民族的问题,不过导演结合亚洲多种戏剧风格的大胆之举还是引发了争议。用语言学和编剧艺术上的措辞来说,这台演出体现了全球化的希望与危机,⑩还有该跨国项目参与者并不稳定的联盟。虽然从欧洲的视角来看,亚洲各地语言与表演风格上的巨大差异几乎被它们之间的相似性所掩盖,但是换成亚洲任何一方的视角,这台戏无疑使亚洲各种文化间的差异更加突出。它强调了亚洲的语言与表演风格上的差别,以及在对待二战问题上中、日双方观点的分歧。

焦菊隐和王景生的跨文化制作呈现了各种矛盾,并提出与文化政治、国际动向相关的一系列复杂问题。他们对变化中的在地化表达了同样的关注。焦菊隐不加掩饰地把莎士比亚与孔庙承载的儒家传统联系起来。王景生称他的项目是一个"多元文化的活动场所",是他"充分展现他对传统的矛盾态度"⑪的一个平台。难道遇到这类外语的莎剧演出以及受莎剧启发的亚洲导演只是文化观光业的表象,而不是国际友好合作的必然结果吗?观看带字幕的莎剧表演能克服文化障碍吗?还是重新划定了不同文化间的界限呢?莎剧被王景生用来建构其作品的政治意义,焦菊隐借其表达特定的时代需求;总之,自19世纪以来,亚洲通过莎剧传达过许多其他的意义。

还有其他更为宽泛的问题和普遍的文化实践尚未进入莎士比亚与中国现代性研究的领域中来,这些有趣的案例只是它们的冰山一角而已。在这些实践的背后,是莎士比亚与中国之间时断时连、不断更替的漫长关系史。莎士比亚在当今世界的传播,除了那些据称存在于戏剧文本之中或可以直接从文本中推知的政治和历史因素之外,一定程度上还要受到作品之外的政治和历史环境的影响。

中国莎剧表演的特殊之处、同时也是英语读者未曾料到的,不仅有那些不安或者不同的意见,还有中国艺术家与观众对文化权威独特的运用(滥用),以及他们对各种形式的"可靠的"莎剧文本所持的执著态度。这一说法并不意味着,如一些民族主义者所想的或是对传统真确性的例行赞美,要用莎士比亚的中国中心视角去取代英国中心视角。本书的多数章节都会打消那些对"莎士比亚"或"中国"持文化排他性的想法,更多地关注下述事实:虽然每种阅读都是一种改写,但是对某个经典文本的改写即便再多,未必都会转化成对常规观念的激进反思。我正是抱着这样的观点,审视了从1840年第一次鸦片战争以来莎士比亚表演中对中国的观念的转变,以及这期间莎士比亚在中国文化史上的地位。

关注的场所

对历史的长期观察将能揭示对全球和地方都具有建设性意义的多向进程。一个多世纪互相得益的交流已经使莎士比亚牢牢地扎根于中国的文化生产中,同时,也使中国的演出风格成为20世纪莎士比亚传统的一部分。

1582年,随着第一批耶稣会传教士来华,以及17世纪30年代多明我会修士与圣方济各会修士的相继到来,[12]文艺复兴文化开始在中国传播。许多附有插图的英国游记中都记载了乾隆年间(1736—1795)英国特使们在天津、北京看戏的体验,其中包括马戛尔尼的使团。[13]虽然也有欧洲人出席宫廷的戏剧表演或其他仪式的记载,但戏剧和文学并不是他们关注的对象。这里面有几个原因。[14]当时,利玛窦(1562—1610)、金尼阁(1577—1628)和龙华民(1565—1655)的主要任务是理解中、西方宗教上的差异,并将其转化为跨文化的联系。这些传教士与徐光启(1562—1633)等国内的合作者们一道潜心钻研宗教著作、地图绘制、文艺复兴时期的新生事物(如棱镜、时钟、天文仪器)、数学、历法改革等,他们还试图把亚里士多德的哲学引入中国教育体系,但这个计划终告失败。这种对物质文明与贸易前景的关注一直持续到17、18世纪。⑮此间曾有一则日记简单地评论了一部不知名的中国戏曲与莎士比亚的《理查三世》之间的相似之处。⑯更多论及英国民族诗人莎士比亚的中文作品出现在第一次鸦片战争(1840—1842)时期,这是与此前截然不同的一个转折期。

19世纪之后清朝日渐衰落,中国人对西方的思维模式与政治体制的兴趣与日俱增。在此以前,除了个别受过牧师培训的人之外,中国人与欧洲商人和传教士之间的交流几乎全是用汉语进行的。学习外语的任务落在了欧洲人的身上。但自从19世纪中期西方列强诉诸军事侵略之后,这一状况发生了变化。在这个转折时期,知识分子们对中国文化中传统的和现代的结构提出质疑,中国人与西方列强之间这种复杂关系成了这段时期文学作品的鲜明特征。在对待西方的问题上,有人谩骂,也有人表示赞赏。⑰中国人对莎士比亚的早期反应体现了在对待西方事物上的两难态度——一种感激与厌恶并存的思想状态。

19世纪末,在强势的、有时甚至是相互排斥的意识形态下,莎士比亚和中国,套用《仲夏夜之梦》中木匠昆斯的说法,都"变了"⑱——这里指"被彻底变形"的意思。在这一历史时期的中国,翻译较为随意,甚至把原著和改写作品混为一谈。一些知识分子和革新派人士相继意识到跨文化交流与重新考量传统价值观念利弊的必要性。同时,莎士比亚的名字与约翰·弥尔顿等其他"民族"诗人一起进入民族主义的话题中来。1839年,鸦片战争中的重要人物林则徐在一篇世界文化纲要的译文中首次附带提到了莎士比亚。等到莎剧中译本面世并出现大量评论文章的时候,莎士比亚已经在中国传播了半个多世纪了,在这期间,传教士和中国革新派人士常打着现代性和文化复兴的旗号,在文章中借莎士比亚来支持或反对某种观点。

20世纪初文学界发生了两件大事,首先是查尔斯·兰姆与玛丽·兰姆的《莎士比亚戏剧故事集》(1807)中文版发行;莎士比亚的历史剧也以连载的形式在一份通俗文学杂志上发表。兰姆的原著由魏易口头翻译,林纾取其大意,著成文言文的《英国诗人吟边燕语》(1904)。《莎士比亚戏剧故事》在韩国和日本的早期接受史上也非常重要,在中国,它被改编成专供遵奉礼教的男性精英阶层阅读的文本。虽然林纾1904年的版本中没有收录莎士比亚的历史剧和罗马剧,它们是以白话小说的形式连载于1916年的《小说月报》上,仍由林纾"翻译"。虽然当时没有完整的、逐行翻译的莎剧译本,但这些改写作品颇有创意地把它们改编成白话小说,普及了莎士比亚不同体裁的"代表性"剧目。

就表演形式而言,莎士比亚在中国现当代戏剧的发展过程中发挥了重要作用,中国戏剧可分为戏曲(一种程式化的戏剧形式,根据方言、唱腔和表演手法可分为360多个地方剧种,国外一般称为中国歌剧)和话剧(1907年之后在西方影响下形成的、注重口头表达的表演方式,包括一些已被废弃的次要形式)两种形式。[19]莎士比亚与中国在戏曲和话剧舞台上的消长也反映了表演实践中的一系列难题,再加上伦理、美学、政治与现场表演中的特殊需求等因素而变得更加复杂,但莎士比亚为这两种表演样式及其他表现形式都提供了创新的机会。

莎士比亚的早期传播与那些曾在日本、欧洲或美国等地留学或旅居的精英们有着密切的关系,另外,欧洲文化的影响触及中国大陆大多数的沿海城市,其中有两座城市很值得关注。19世纪的香港常有英语的莎剧演出,而上海则是早期中文出版和表演活动的中心,后者还引发了有关戏剧新旧形式的辩论。

《威尼斯商人》曾是受到中国人关注的一部作品,最早的莎士比亚电影和话剧作品都是由它改编而成,包括《夏洛克;或保存完好的威尼斯商人的故事》,这是弗朗西斯·塔福德(1828—1862)创作的一部滑稽模仿剧,1867年演出,1871年由香港业余戏剧社再度搬上舞台。剧本的封面上有一段简短的说明,称它是"对莎士比亚的全新解读……根据一个至今尚未被权威们发现的新版本出版"。[20]选择在香港这样的贸易领地上演一部关于商人的戏剧也许只是巧合,但在这次和其他几次演出中都表达了一种怀旧情绪,并且还较直接地提到了现代西方国家。

《威尼斯商人》与其他几部作品中的性别角色都被重塑了。默片《女律师》(也作《肉券》)于1927年5月29日在上海首演。这个时期另一部值得关注的莎士比亚电影是《一剪梅》(1931),这部约110分钟的默片是根据《维罗纳二绅士》改编的,结合了骑士历险与经典爱情故事的成分。这些影片不仅改写了莎士比亚的戏剧,也重塑了中国妇女的典范,来表达现代人的普遍诉求、声援新妇女运动(在教育改革的背景下,女性可以接受大学教育、从事法律工作),其他基于《威尼斯商人》的演出也都淡化了20世纪初中国观众可能会关心的种族和宗教上的矛盾,而着重去表现中国复苏不久、不断受到战争威胁的世界贸易状况。这部剧作被用以反映上海新兴的女律师阶层以及全球贸易的新需求,[21]而不是犹太人的特性或是宗教价值观念的问题。

而《哈姆雷特》则抓住了中国人对现代的独立国家的向往。有几部相关的作品探讨了人们想象中的民族性格的缺失,例如拖延、不采取行动等,并质疑了民族文学的新作品中鬼魂的存在。这些问题都在莎剧改编中得以表现。老舍的短篇小说《新韩穆烈德》(1936)讲述了一位大学生返乡后面临家族产业的衰败所经历的一系列落后文化的冲击。这个短篇把延宕而不是复仇确立为作品的主题,来评价中国人对哈姆雷特精神追求的想象。这类改写作品和早期的表演,使用隐晦的道德用语,体现着当时知识分子的使命,因而常常打乱了艺术作品的伦理批评和社会政治特征之间的界限。这种伦理化的措辞不仅主导了许多中外文学作品的接受,也影响了同时期的评价方法。

1949年新中国成立后,人们用苏联马克思主义的批评方法对莎士比亚和中国作家重新进行阐释。中国的自我形象是在马列主义、毛泽东思想的指导下建立起来的,在此过程中,还经历了各种文化运动、倒退和复苏。苏联对中国基础设施建设的影响,以及斯坦尼斯拉夫斯基的现实主义的影响,是新中国建立后30年间中苏莎学研究中的政治见解形成的主要原因。"文化大革命"(1966—1976)期间,虽然没有演出过一部外国戏剧,就连国内的戏剧表演都很少,但仍然有人私下在劳改农场里阅读莎士比亚和其他人的作品。这些先前的公共剧目的私人占有使得个人体验具有了政治和美学色彩。在"文化大革命"之后,出现了以话剧和戏曲形式表演西方戏剧的热潮,其中,莎士比亚也重新成为戏剧院校的核心课程。

莎士比亚在其他华语地区的发展情况,不论是过去还是现在,都不同于中国大陆。在1903年川上音二郎(1864—1911)创作的《奥赛罗》中,把台湾当作日本殖民帝国的前哨基地,把剧中的威尼斯换成了日本,塞浦路斯换成了台湾西部的澎湖列岛。[22]剧中皮肤浅黑的主人公室鹫郎(即奥赛罗)是日本驻台湾的一位将军,在剧终自尽身亡时,自比作"未开化"的台湾原住民。[23]台湾岛位于中国东南海域,与隔海相望的祖国大陆、北方的日本都存在着复杂的关系。[24]台湾极度关注中、日文化中的精华,这虽然未必是造成20世纪中期以前西方戏剧匮乏的直接原因,但确实推迟了欧洲戏剧的译介进程。[25]在20世纪上半叶,日本女性演出团体宝塚歌剧团到台湾巡演,偶尔会演出莎士比亚的剧目。台湾文献记载中最早的中文莎剧演出是根据《奥赛罗》改编的《疑云》,1949年2月由台北实验小剧场承演。之后虽然也上演了一些剧目,但在 1987 年解除戒严令以前,台湾的戏剧表演在很大程度上受到政治审查的制约,先是日本的殖民文化政策,后来是国民党的反共文化政策。

1986 年和 1994 年由国家扶持、政府举办的"莎士比亚戏剧节"掀起了"文革"后大陆地区的莎士比亚戏剧热,而 20 世纪 80 年代和 90 年代台湾地区戏剧节上的莎剧表演有别于大陆的莎剧热潮。例如,为期一个月的"台北莎士比亚戏剧节"(2003 年 5 月)主要是为那些进行艺术创新和有商演潜力的实验作品提供一个展示的平台。作为一个多语种地区(有普通话、台湾话、客家话,还有岛上原住民的语言),台湾已经产生了一批数目可观的主流作品,或是以单一语种,或是结合普通话与方言或英语创作而成。其中部分作品反映了台湾复杂的历史成因,也有的质疑这种历史,以及有不同理解的台湾的"中国性"等问题。台湾作品中的这些倾向与大陆艺术家呈现中国的方式形成了有趣的对照。而且,大陆地区使用的方言虽然很多,但却是在台湾和香港形成了以一种或多种方言演绎莎剧的传统。大陆用方言演出的莎剧数量很少,一般都是为了参加戏剧节、受政府部门的委托和资助进行的,或者是戏剧院校的少数民族的学生创作、演出的。而台湾与香港戏剧语言的多样性有助于形成别具特色的莎士比亚观与中国性。

香港的莎剧表演有两种强势的传统:使用英语的话剧表演和使用广东话的粤剧表演,这也反映了华南的区域文化与英国文化影响之间的紧张状态。自《南京条约》(1842)签订之后,香港被割让给英国达 150 年,英国特性已经成为香港社会结构中的重要成分。在港英当局的管辖下,戏剧作为"摆脱单调的军事生活的健康娱乐",受到扶持和鼓励。㉑英国文学被确立为香港学校教育的课程之一,1882 年,莎士比亚被纳入教材,学生为考试研读莎剧,成为"殖民权力架构沉默的接受者"㉒。莎士比亚戏剧成了香港业余戏剧社的保留剧目,这个活跃于 19 世纪 60 至 70 年代的所谓的业余剧社实际上是指非商业化的剧社,而不是指非专业的剧社。这类演出既给背井离乡的英国人提供了娱乐,也为香港居民带来了"一点英国文化"。[28]与日本一样,19世纪时期大陆和香港偶尔也会有"正宗的"英语莎剧演出,使当地居民有机会领略当代的英国文化。这里所谓"正宗的"莎剧演出是指按照人们认定的莎士比亚时期的表演方式进行的演出。莎士比亚戏剧节(1954年4月23日、1964年4月、1984年1月24—29日)和实验莎剧表演出现于20世纪中期。香港最大的职业剧团——香港轮演剧团(建于1977年)的节目,以及香港表演艺术学院和其他院校的学生剧目都表明,自20世纪80年代以来,人们把更多的精力转向了香港的国际地位与它的中国传统上去,而不是香港的后殖民问题。

虽然莎士比亚与英国性之间有着种种关联,但莎士比亚并没有被作为殖民主张的代表而受到抵制。政治时局的变化对他也几乎没有什么影响,一些当代的香港学者吃惊地发现"用后现代的和中国的传统风格对莎士比亚进行本土化实验的现象依然盛行(于香港)"。他们认为,莎剧这种持续的领先地位,表明"莎士比亚已经超越了他的英国传统,已经成为香港的中国传统的一部分"[29]。虽然这种观点有一定的道理,但是它抹煞了早期表演所处的历史环境。香港的莎剧超越其本国传统的一个重要原因是英国没有使用印度模式对香港实行殖民统治。这个特殊的历史条件——毛泽东后来把这种间接的殖民体系称为半殖民地主义——成为19世纪末与20世纪初香港戏剧文化的重要特征。[30]假如说新派戏剧的实践者们在抵制某种东西的话,那就是中国的过去。其他的通商口岸也同样如此,比如上海,虽然它是许多欧洲国家的租界领地,却没有一个独揽大权的殖民机构。

与20世纪90年代的英语莎士比亚电影一样,新千年的最初十年是亚洲莎士比亚电影的快速发展期。自20世纪末以来,莎士比亚也成了汉语大众文化的组成部分,《罗密欧与朱丽叶》与《哈姆雷特》几乎占据了电影艺术的中心。陈友的《一妻两夫》(香港,1988)把《罗密欧与朱丽叶》穿插到当代城市喜剧中去;另一部喜剧片,谢志光的《鸡缘巧合》(新加坡,2000),出人意料地把巴兹·鲁尔曼的《威廉·莎士比亚的罗密欧与朱丽叶》(1996)与约翰·麦登的《恋爱中的莎士比亚》(1998)引进影片。[31]霍建华也把《罗密欧与朱丽叶》改编成喜剧《情人结》(中国,2005),主演是影视偶像明星赵薇和陆毅,电影的中文标题是个巧妙的双关语,可读成"情人节"或是"情人结"。[32]最近还有两部影片,都是全明星阵容的、实验性的历史影片。中文武侠片《夜宴》(中国,2006),把《哈姆雷特》原著中被噤声的葛特露与奥菲利娅塑造为片中的主要人物。《喜马拉雅王子》(中国,2006),摄于西藏,重塑了一个古代西藏的哈姆雷特形象。[33]还有更多的影片仍在计划之中。其中是否会有作品在发行量和地位上,能够超越黑泽明(1910—1998)分别根据《李尔王》和《麦克白》改编而成的大片《乱》(1985)与《蜘蛛巢城》(1957),还有待关注。亚洲莎士比亚新片的不断涌现也许是 20 世纪 90 年代以来东亚电影采取积极的跨国合作策略的结果。

其他视域

中国戏曲文化体制的复杂性,以及艺术家与评论家赋予程式化表演中视觉符号的哲学意义,都值得加以探索。舞台上的莎剧表演,有的作品虽然富有创意,与原著有很大的区别,但仍是以西方观众所熟悉的舞台剧方式表演的;有的则是以传统的戏曲形式表演的,作品凭借莎剧进行再创作,并拓宽了戏曲表演的风格。中国的莎剧戏曲为国内外的观众提供了"他者"的视角。这一笼统的概念中又包含着各种表演风格,各自受制于戏曲表演中"前现代"的、注重形体表演的、不强调错觉的艺术手法,以演员为中心等规则。香港个人实验戏曲节(2002)与随后的台北戏曲节(2003)推出了几场较有影响的个人表演,为这种发展方式提供了范例。这样的莎士比亚戏曲表演常常引发关于莎士比亚和中国戏剧的热烈探讨。

史料记载中最早的戏曲莎士比亚剧目《杀兄夺嫂》(1914)是根据《哈姆雷特》改编而成的川剧。㉞此后许多艺术家纷纷效仿。1925年陕西省的易俗社演出了秦腔剧目《一磅肉》。㉟虽然自20世纪初以来就有各种戏曲形式的莎剧表演,但20世纪80年代是个转折点,在此期间,不同形式的莎士比亚戏曲剧目经常在大陆、台湾、香港和其他地区上演,成为戏曲表演艺术家和观众的集体文化记忆。大陆与海外艺术家不断深化的交流推动了这股戏曲莎士比亚热的复苏。邓小平的改革开放政策(1978)以及大陆、港台和其他地区之间日益加强的经济联系更促进了这种交流。20世纪80年代一些戏曲作品在国际舞台上获得成功,例如黄佐临的《血手记》(上海昆剧团)、吴兴国的《欲望城国》(台湾当代传奇剧场)等,这两部作品都是根据《麦克白》改编而成,表演艺术家与他们的资助人逐渐意识到,对于当今国际上视觉创新的需求而言,中国戏曲风格的多样性是一笔宝贵财富,而不是障碍。

对莎剧进行创新,以丰富中国传统戏曲剧目的并非只有中国戏曲表演艺术家们。国内外的话剧和其他戏剧样式的导演与演员们也在他们的作品中运用戏曲元素,只不过在众多的戏曲剧种中,他们更偏向于把京剧作为代表剧种。阿里亚娜·姆努什金(Ariane Mnouchkine)的《理查二世》(巴黎,1981)与王景生的《李尔》都挪用了中国和日本的传统戏剧手法。1994年孙惠柱和范益松为塔夫斯大学的"京剧莎士比亚工作坊"联合导演了英文版的京剧《奥赛罗》。㊱2003年,作为富布莱特访问学者的钟幸玲在丹尼森大学导演了英文版的京剧《驯悍记》。㊲虽然这种"大杂烩式"的英文戏曲并不是什么新鲜事物,但这些演出,借助本土的语言(英语)和"本土的"作家(莎士比亚),为美国观众带来一种陌生的戏剧形式。㊳而且,这一陌生的中国戏曲形式又抵消了观众可能会产生的迷失感。传统戏曲还被应用到其他类型的演出中。1997年台北上演了根据《驯悍记》创作的摇滚音乐剧《吻我吧,娜娜》(1995,该剧剧名虽与科尔·波特的《吻我吧,凯特》相近,但并无关联)。它结合了戏曲动作、扮相、现代舞和摇滚乐等手段。剧中潘大龙(皮图秋)的帮佣变成了三个性别不清的杂技演员,在舞台上大秀京剧中的翻筋斗。㊴

除了中国传统戏曲之外,以中国为主题展开的莎剧表演还常常突出语言上的差异。2003年,台北莎士比亚戏剧节上演出了一部台湾方言和普通话双语的《罗密欧与朱丽叶》,语言成了族类差异的标识。㊵蒙太古家族与凯普莱特家族分别使用不同的语言,这给华人艺术家们带来更为复杂的体验,也尝试了以它充当民族寓言的可能性。《罗密欧与朱丽叶》剧中的一些重要场景被宁财神改编成了《罗密欧与祝英台》中的两场戏中戏,该剧由何念导演、上海戏剧艺术中心演出(2008年5月),剧中使用了法语、日语、英语和汉语。在这部宁财神称为"以喜剧方式讲述的悲剧"中,这对不幸的恋人穿梭往来于1937年的上海与今天的纽约,试图寻找他们个人的与文化的新身份。在华人或其他亚裔移民城市也有过类似的双语或多语种的戏剧表演。张渝曾带领泛亚保留剧目轮演剧团演出了中英双语的《仲夏夜之梦》(纽约,1983),在剧中,国王、王后、普克说汉语,其他人则以英语为主,特别紧张的时候除外。㊶英籍华裔谢家声在未来派主义的作品——中英双语的《李尔王》中,借助语言差异重新设计了李尔与考迪利娅之间认识上的鸿沟。

作为皇家莎士比亚剧团(RSC)莎剧全集戏剧节(2006—2007)中的一部作品,该剧曾在上海、重庆和英国的艾汶河畔斯特拉特福及其他城市演出过。㊷该剧由谢家声的伦敦黄土剧社(建于1995年)的英籍亚裔演员和上海戏剧艺术中心的演员承演,表现了移居海外的艺术家们的种种焦虑。里根与高纳瑞说着流利、优雅的中文,而作为移居海外的小女儿考迪利娅,除了"没有"一词之外,不会说中文。谢家声还借助传统戏曲来象征中国这个概念。剧中埃特加与埃特蒙之间程式化的决斗就是在京剧乐器的敲击声中进行的。这里使用的戏曲与同一戏剧节中南希·麦克勒导演、皇家莎士比亚剧团演出的《罗密欧与朱丽叶》中的电子游戏的节奏、音乐的功能相似,它为那些在现代语境中重新演绎的莎剧作品提供了一个表现暴力的象征性空间。

从1839年莎士比亚还只是各种意识形态纷争的一部分,发展到今天,中国的莎剧已经成为诸多文化领域的生命力来源,世界各种文化间的距离一方面在缩短(因为殖民统治与全球化的缘故),同时又在扩大(战争与误解所致)。这些不同文化间的解读将继续吸引人们的注意。21世纪在非英语国家演出莎士比亚时,他不会再"自言自语"了,而是成为"全球对话中的重要话题"。[43]而中国的莎士比亚戏剧就构成了这些对话中非常有趣的一部分。

结语

现在共有三种模式把中国和莎士比亚结合起来。第一种模式,是把莎士比亚普遍化,而不是把他本土化,这种方式创作的戏剧好像是"原汁原味的",援引大家公认的权威、经典演出(例如劳伦斯·奥利弗的版本)中的视觉和文本内容。上海的早期演出基本上属于这种模式。在该模式的倡导者们看来,即使作品看上去陌生,那也是为了确保留存作品的美学价值,使观众受益。

第二种模式,是把戏剧作品的情节、背景和意义作本土化的处理,把莎剧进行同化处理并将其融入到某个区域的世界观和表演惯例中去,卜万苍的《一剪梅》(1931)就是一例。这种方法的实质是对本土或异域的文学、艺术品中观念的实用性进行道德评价。在19世纪时期,中国人怀着借助莎士比亚之名来建构现代性的梦想,这种动机脱离了莎士比亚文本,却与莎士比亚所代表的现代伦理观念联系起来。大陆和台湾虽然没有英文传统,但莎士比亚的文本对国内公众而言是相当熟悉的,也很受重视,两岸的政治家与文化界的名人以各种方式引用过他的作品。有些人引用莎士比亚来强调剧中蕴含的道德教训,有的则是为了唤起社会生活中广义的、"普遍的"文化归属感和共有的价值认同感。1992年12月2日,时任中共中央军委主席的江泽民,在国防大学对部队干部讲话时曾引用《雅典的泰门》一剧中的台词,读过马克思著作的党员都知道这部剧作,他引用的部分是:

> 泰门:金子!黄黄的、发光的、宝贵的金子!……这东西,只这一点点儿,就可以使黑的变成白的,丑的变成美的,错的变成对的,卑贱变成尊贵,老人变成少年,懦夫变成勇士。
> (第四幕第三场)

江泽民要求干部们谨记教训,抵制金钱的腐蚀力,做忠诚于党的好干部。[㊹]1999年3月,时任总理朱镕基用《威尼斯商人》中的台词对邓小平之后市场规律的合理性进行说明,解释那一磅肉的合同中包含的认识论、宗教、种族以及伦理层面的意义。[㊺]2006年11月,台湾地区的"行政院"院长苏贞昌则刻意引用《裘力斯·凯撒》中的对白,声称自己将全力支持处在风口浪尖的陈水扁。[㊻]而另一些政界要人也纷纷援引该剧的其他部分反对或迎合苏贞昌的观点,随后就发生了《裘力斯·凯撒》与台湾之间极具寓意的探讨。

第三种模式是鼓励艺术家删减或改写莎士比亚的剧作,使其与中国联系起来。老舍的《新韩穆烈德》就是一例。这类作品关注的是这个多元世界中成因复杂的本土化问题,从这个意义上来说,这些再创作是解构性的。亚洲地区类似的作品被视为"深受欢迎的进步"与"自由的"新形式(如拼贴式的或多语种的戏剧)而受到热捧。[47]在中国的语境下,虽然这种改写可能成为应对本土和外国文化建设中墨守陈规的手段,但也不是都可以把它们转化成对抗莎士比亚权威和中国文化形式的有效手段。虽然"原汁原味的"表演(第一种趋势)看似又开始流行,但实际上,正如拥护第三种方式的艺术家们所认为的那样,它们并不完全受制于公认的文本权威。即便英语观众都承认中国莎士比亚戏剧中的他者性或他择性,但其中多数并未摆脱传统。它们的商业运作很成功,在当地还被认为是主流作品。詹明信发表过一篇关于晚期资本主义垄断的评论文章,它令许多学者对那些商业运作较成功的跨文化表演的诠释能力感到悲观,因为,在他们看来,这些作品总是把文化差异体制化了。[48]也许事情并非总是如此。艺术家们以这三种方法都曾创作过对真实性的传统和权威的主张进行有力诠释的作品。

本书由三条相关的研究线索构成,贯穿其间的是被称为本土化批评的研究方法,即围绕艺术家、作品及其观众的场域变化展开分析。本书中的案例审视了能够实现真实性与目的性的本土化和造成差异的本土化两者间的相互作用,很多知识分子、戏剧艺术家、电影导演和作家的作品都可以表明这一点,如林纾(林琴南,1852—1924)、鲁迅(周树人,1881—1936)、梁启超(梁任公,1873—1929)、老舍(舒庆春,1899—1966)、黄佐临(1906—1994)、李健吾(1906—1986)、阮玲玉(1910—1935)、焦菊隐(焦承志,1905—1975)、叶芙杰尼亚·康斯坦丁诺夫娜·李普科夫斯卡娅(1902—1990)、赖声川(1954—)、吴兴国(1953—)等。考虑到这方面文化史的复杂性,我们需要注意不同时期、地方的跨文化交流的多种模式。所以,开篇第一章"莎士比亚与中国:文化拥有权的争辩",就梳理了本土化的概念,并对由忠实性衍生出来的文化占有的话题进行评论。中国的莎士比亚是如何作为现代性的理想典范而被搬上舞台的呢?

这个问题的部分答案在本书的第二章中,在这一章里,我研究了从1840年第一次鸦片战争到世纪之交,在莎士比亚作品文本还未被介绍到中国的情况下,这些关于莎氏生平的论述就被高高标举,成为英国性的代表。一些杰出的思想家们在莎士比亚戏剧的中文译文或演出面世之前就曾评价过莎士比亚。梁启超创作过一个剧本——《新罗马传奇》,把莎士比亚作为剧中人物;鲁迅、徐志摩等一批作家试图寻找"中国的莎士比亚"——一位民族文化代表,却未能如愿;也有些改良人士把"莎士比亚"变为一种虚构的道德空间,在其中找到了现成的家园。在他们把莎士比亚和中国进行双重的陌生化处理的过程中,空想的现代性的通用形象(莎士比亚或中国)被用来建构文化和政治价值。中国和莎士比亚的这些早期结合模式虽然大都处在主流历史文化叙事之外,但却是1900年之后出现的、在多种因素影响下生成的区域性莎士比亚传统的一部分。第三章考察了在20世纪初期翻译还只是伦理的阐释行为时这些结合模式所形成的影响。就当时的文化改革而言,莎士比亚和他的戏剧都是非常实用的文化进口产品,它们为构想新中国的蓝图提供了便利。这种教化的、寓言式的解读方式影响了下一代20世纪中期的读者,只是林纾和老舍的作品已经被这个领域的新发展模式所取代。[49]

用来表述文化现代性的修辞策略也明确了"新女性"的转型。第四章分析了21世纪30年代和40年代的自然主义戏剧和默片里面的女性与城市精英在建构莎士比亚的实用性中的作用。这些作品中都留下了性别等级变化的痕迹、对西方影响的焦虑;在此过程中,它们都忽略了种族问题,而这一点恰恰是英国人和欧洲人在表演和评论《威尼斯商人》等戏剧作品时的重要特征。新女性运动在建构城市中心与中国的世界中心主义的过程中起着举足轻重的作用,并直接影响了他们对莎士比亚笔下的女性形象的看法。[50]原本指向莎士比亚不太明朗的西方价值观的目的被人们对城市中心的国际性特征日益增长的兴趣所取代,从而又引出了历史性的问题。第五章通过比较研究焦菊隐执导的、1942年孔庙中的《哈姆雷特》演出,巫宁坤于"文革"期间在劳改农场对《哈姆雷特》的解读,还有中苏联合表演的、据称与政治无关的《无事生非》(1957年首演,1961年、1979年重演),㉟揭示现代主义和历史主义之间复杂的相互影响。上述例子表明,当地化和阅读场所在阐释中国历史和莎士比亚的过程中发挥着很大的作用。在上述的中苏合作中,虽说苏联拍摄《李尔王》、《哈姆雷特》等莎剧电影的传统的影响不甚明显,不过,斯坦尼斯拉夫斯基式的方法和苏联的观念意识帮助中国的戏剧艺术家们找到了一种安全的文本形式。

在之后的十年中,那种文本又被赋予了更多的意义。第六章审视了20世纪80年代以来对中国戏曲与莎士比亚文本权威的视觉传播进行推测、视觉化和消费的不同方式,这十年见证了莎士比亚戏曲艺术的突飞猛进,以及文化交流中对视觉领域的关注,如果还算不上"迷恋"的话。人们常认为戏曲与话剧是对立的,但我的看法恰好相反,现代戏曲表演常常是表演形式的混合物,包含了其他传统的特色、风格,其中也包括了话剧。这一章中也谈到了中国不带种族偏见的角色选派,这是戏剧史家们很少涉及的话题。第七章论述否认"莎士比亚"和"中国"之间关系所造成的理论和政治影响。由于国际时局的不断变化,这个问题也无法给出确定的回答。但是自20世纪90年代以来,表演中的一些新趋势正在逐渐走强。赖声川的《菩萨之三十七种修行之李尔王》和吴兴国的《李尔在此》就是典型的例子,这些都是根据艺术家的切身经历和宗教观点为框架创作的。它们标志着全球文化市场中亚洲的崛起。东西方相遇的宏大故事,和当代导演与莎士比亚相遇的记述共存,同时,也与"我"、"莎士比亚"之类的让人困惑的新范畴同在。一些新模式把莎士比亚和中国在时间和视觉上模棱两可的表达,在戏剧(如林兆华导演的《理查三世》)和电影(如冯小刚导演的《夜宴》)留下了印记,本书的尾声将探讨它们的影响。于是在发展不对称的文化潮流中出现了一种矛盾的现象,即对亚洲视觉形象的迷恋与对其他民族的真实性的抗拒。

我希望本书对莎士比亚与中国性所作的本土化阐释,能打破关于跨文化交流的批评僵局,这是恢复阐释活力的关键一步。忠实性传统因为原著和衍生作品的观念而存在不同的形式,阐释活动正是由于这些传统中注入的意识形态而失去了活力。当学术研究只拘泥于从某单一角度考虑问题的时候,或者只追求在这一长串全球莎士比亚的表现形式上再添加条目的话,这种努力跨越疆界的学术研究就失去了它的动力。中国的莎士比亚,作为一个新的阐释对象,有必要从中剥离出中国的形象,以及人们是如何习惯性地阐释莎士比亚的。本书对莎士比亚作品与中国性的多元观照,有助于打破知识生产制式思考的藩篱,呈现不同文化碰撞所产生的难以预料的精彩层面。

第一部

文化交流理论

第一章　莎士比亚与中国：
　　　　文化拥有权的争辩

> ……因为眼睛不能瞧见它自己，
> 必须借着反射，借着外物的力量。
>
> ——《尤利乌斯·恺撒》

中国与莎士比亚相遇带来的一种可能性可以在《暴风雨》中找到恰当的描述：

> 爱丽儿：他浑身没有一点朽腐，
> 　　　　而是受了海水的冲洗，
> 　　　　成为富丽奇瑰的东西。

虽然谈不上莎士比亚和中国的一切都在历史进程中逐渐消失了，但是人们对它们的看法确实发生了巨大的变化。"莎士比亚"与"中国"之间的文化空间也是对书写之外的发现进行改写的空间。它让艺术家及其国内外的观众既能够从远处观赏，同时也被他人观赏。

随着各种有关莎士比亚和中国的观念进入全球文化市场，双方开始了合作,而在此过程中,不同文化背景的读者和观众往往会抓住或是排斥特定的文学意义和价值观念。《莎士比亚的中国旅行》一书所探讨的是莎士比亚戏剧改编中的一个重要时期,也是中国文化他异性的重要节点。②我除了关注使文学的表现力和政治意义得以实现的本土的和跨国的手法,还将探究莎剧与中国之间的相互关系,它们为何被用来建构关于差异性与普遍性的叙事,以及这些叙事又如何释放出新的诠释活力。

《莎士比亚的中国旅行》一书所提供的解答表明,莎士比亚和中国的改编作品已把它们变成能够生成意义的句法范畴。它们就像单词和语法结构一样,在不同的语境下,可以被人们用来形成某些特定的意义。我将选择几个重要的文化事件和文本进行分析,集中考察艺术的介入如何改变了跨国知识体系中有关莎士比亚和中国的观念,这些案例分析的结果也表明,莎士比亚和中国都是人们在表演和文化翻译的框架中进行阅读和书写的叙事体系。这个共生型的"叙事体系"是由作者、导演与观众(不论他们所处的地域和文化身份如何)利用莎士比亚来表达他们感受到的中国文化的独特性的,或是借助中国文化来强调莎士比亚的魅力的。

上文所述即为莎士比亚和中国的相互关系及其运作方式。不同时期的莎士比亚或中国的由来和发展使跨文化的(如跨文化表演)和文化内部的作用(如中国的社会改革)得以实现。因此这些意义之网是由艺术和意识形态两方面的因素共同决定的。然而,文本的不确定性并不意味着每一位读者都可以拿它来杜撰自己的意义。某些历史时期需要读者结合自己的文化语境去阅读文本,而在另一些时候又可能要求依照文本自身来阐释。这些阐释模式中还包含了回归文本的各个发源地,以及这些地方对特定意义的再创造或是压制。

人们普遍认为莎士比亚表演史就是我们阐释莎士比亚的历史。③莎士比亚和中国的关系不仅揭示了亚洲和欧洲读者对"莎士比亚"和(或)"中国"的理解,而且,长期的演变也构成了揭示人们在文本传播与舞台表演等问题上视角转变的历史。莎士比亚戏剧已经具备多种政治和美学的功能,它让中国的艺术家和观众有机会通过他者(莎士比亚)的眼光来审视中国;反过来,也让中国的诠释成为他者(中国人的视角)对莎氏凝视的视像投射。这纷繁复杂的诠释与立场之网使读者可以从不同的角度去阅读莎士比亚和中国。

随着经济和文化全球化的快速发展,当前正是探讨莎士比亚和中国这一话题的合适时机。然而,很多中国莎剧的存在意义已经超越了那些老套却又常被引用的理由,如莎士比亚与世界文化结构之间的关系,又如中国越来越频繁地出现在媒体的标题中,是我们今天必须了解的一个重要国家等。对于那些了解或是自以为了解中国和莎士比亚的人来说,我想问,那是谁的莎士比亚?是谁的中国?哪个中国?

本土化批评

莎士比亚戏剧的超强生命力回避了本土阅读立场的价值何在这一问题的实质。中国的莎剧地位如何最终仍与批评家和观众对自身处境的认识有关。这个问题,连同本土的与全球的关系问题,都需要我们把莎士比亚和中国视为两个没有确定发展方向的个体予以重新审视。

当学者们意识到他们对莎士比亚的普遍价值的盲目膜拜后,逐渐摒弃了由安·塞·布拉德雷和威尔逊·奈特所创立的人物性格批评,继而转向各种形式的历史批评。当我们把莎士比亚的文本置于过去或现在的社会体系中时,诠释的可能性也成倍地增加。同时,伊丽莎白时期的历史知识也被用来对莎剧表演施加影响。[54]文化唯物主义和新历史主义对本土因素与艺术创作之间相互作用的研究,也使其他领域发生了转变。

然而,渗透于当代表演的一些本土观点在莎士比亚学术研究中依然处于边缘的状态。㊾许多当代的改编作品,尤其是非英语的作品,往往被看作是莎学中微不足道的部分,价值与莎士比亚研究的主流相去甚远,不足以产生重要的影响。虽然人们承认文学和戏剧的改编作品是后殖民批评与戏剧批评的有机组成部分,但它们始终都被看作是二流的、缺乏独创性的作品,因此,这个领域自然地被划为"文学批评中(未)被认可的样式"㊿。为了纠正这种偏见,我们就需要对莎剧的巡回演出以及演出地点加以考察。

康斯坦丁·斯坦尼斯拉夫斯基认为:"观众到剧院来是为了欣赏它的潜文本,(因为)他们可以在家阅读文本。"㊼文化政治、民族主义、社会变革和后现代主义等因素构成了人们阅读莎士比亚和中国的一系列潜文本。由于文学诠释总是在特定的文化场域中进行的,故而我的研究将围绕本土化这一概念展开。艺术家和批评家活动于不同的文化场域,其中有些恰好处于虚构与现实的交叉地带,比如哈姆雷特的城堡与丹麦的克伦波城堡。㊽我不仅要区分清楚哪些是历史上的后知后觉,哪些是盲点,还要对同一时期、不同语境下的个体解读进行比较。中国莎剧的所有表现形式都必须置于特定的潜文本框架中去理解,其中包括遵从本土和外部的权威、忠实性的主张和未经细查的噪声。㊾这种方法拓宽了对莎剧和中国的看法。随着莎剧演出的增加,对这些演出进行本土化改编的作品也在不断增加。这些本土作品构成了一套具有历史意义的实践——一方面确定莎士比亚的全球地位,同时传播像中国戏曲这样的特定场域的认识论。

莎士比亚在其他场域言说时常常交织着普洛斯彼罗强制性的声音和凯列班愤怒的语调,虽然后殖民批评经常被用来诠释亚洲人对欧洲文学作品的改写,但莎士比亚与中国的关系却无法轻易地套用后殖民批评的模式。㊿迈克尔·尼尔指出,在许多情况下,莎剧"从一开始就与民族国家的建立、帝国和开拓殖民地问题纠缠在一起"[61]。然而，在运用如后殖民批评等主流批评范式的过程中，那些与西方国家关系较为复杂的地区有可能会被再度边缘化。在全球化的历史记载中，中国莎剧独特的神话背后有两种历史影响。20世纪除了澳门、香港和几个通商口岸以外，中国被西方列强殖民化的程度并不深，在绝大多数华语地区，人们并没有将莎士比亚视为殖民主义的重要人物予以抵制。而且，在近现代历史中，中国还同时扮演着多重、有时甚至是矛盾的角色，关于中国的这种矛盾地位，人们难免会发问："中国是一个后殖民国家吗？"或者，"若是把中国当代文化话语归属于边缘文化，它的民族主义色彩是否过于鲜明了？"[62]佳亚特里·斯皮瓦克、杜赞奇等一批学者开始将目光转向那些没有直接受到欧洲殖民影响的地区的文化创作。[63]我在研究中指出，虽然印度、非洲和拉丁美洲等地区仍是后殖民批评的中心，但正是由于中国莎剧与后殖民问题之间这种疏离、暧昧的关系，为我们重新审视这个领域提供了更多的可能性。

这样的反思可能在文本的传播与其读者的相关历史文化背景中获得一些启发。地域性是理解观众与表演者、读者与文本之间互动的一个重要概念，它原本是社会学理论中的一个核心概念，最近才被应用到文学和文化批评领域中来。[64]这个术语涵盖了与一部作品相关的文化位址，包括剧作的背景、演出地点，以及某次演出选址的特殊意义，例如1942年焦菊隐于战时推出的《哈姆雷特》，它让人们对本国历史与世界历史之间相似却又对立的关系有了新的认识。这场孔庙的演出融合了导演对不同文化的多层次想象，包括中世纪的丹麦（《哈姆雷特》的故事背景）、福丁布拉斯的挪威、正受日本侵略的中国，还有孔庙本身所象征的中国儒家精神。这些解读儒家思想和哈姆雷特的方式的关键在于孔庙，一个想象的、又是历史的空间。这些地域性影响并决定了莎剧与世界文化多样化的结合。虽然人们已经认可莎士比亚已占据国际舞台数百年,但是它的理论意义仍不明确。莎剧与中国间的关系影响了19世纪以来两者在舞台上的多次交流,但仍受制于艺术作品本身所包含的以及强加于它们的各地历史。地域性这个概念认识到戏剧表演是在相互的关联中产生意义的。文化差异,正如霍米·巴巴所说,常常"在文化批评与阐释的过程中,引入连续的、非共时性的意义而造成冲击"⑥,而不只是不同文化价值体系之间的单纯较量。

在莎士比亚和中国不断调整的过程中,本土的未必与全球的对立,也不是解决习惯上常常与西方相关的霸权问题的灵丹妙药。我们生活的这个时代对全球的或是普适性的主张总是持怀疑的态度,而本土的主张常被当成抵制霸权的堂吉诃德式的英雄受到热烈欢迎,或是被看作一个需要"精心打造、维护和培育"的"濒于消亡的领域"。⑥在中国,普适性的主张在文化翻译体制和各种现代话语体系中摸索到微妙的表述。虽说表演者可以根据自己的政治需要,将莎剧演绎成学术或艺术实践主流之外的另类作品,但是诉诸莎士比亚普适性的艺术家们有时也会觉得失望,而与他们一气相通。这听起来有些令人费解,但有时候,像"文化大革命"这样的本土因素确实会成为强制的和压迫的因素。同样,台湾的京剧演员常成为岛上台独意绪的受害者。台湾当局和某些社会团体有时以扶植"本土"表演艺术为借口,而减少对京剧及其他源于大陆的剧种的支持。在这种境况下,莎士比亚的全球化意味着有待释放的潜在空间;而本土的改编常被用来与莎士比亚不断增强或是衰退的全球影响所体现的跨越国界的价值观念相抗衡。有时全球化的额外收获可以用来削弱本土化的影响。作品传播过程中的趋散性很可能使莎士比亚文本与中国的文化文本都脱离了它们各自的起点。不过让人出乎意料的是,这种分离并没有为这些文本提供更多的再诠释的机会。一些改写作品不仅根本没有威胁到莎士比亚的权威地位,反而在文化交流中巩固了作者的权威性与文化本质论。莎士比亚与中国都是强势的文化体系,也是情感与个人经历的源泉。过去比较关注莎剧改编的时间维度,而本土化批评则强调改编过程中物质的和地缘文化的维度。

假如我们承认文化翻译不仅发生在这些实体之间,还界定了全球文化之间存在的间隙,那么,我们就要把具有亚洲色彩和欧洲色彩的关于莎士比亚和中国的观念看作是相互交织的阐释体系,并把它们看作是理解中国莎剧的认识论基础。只有充分理解莎士比亚本土化的意义,我们才能确定,中国莎剧中哪些屈从于催生这些新作的意识形态的影响,哪些没有。

另类的莎剧改编:理论的困境

今天我们谈到莎士比亚,已经无法回避另类的莎剧改编作品,那些不一样的莎剧作品,或者说莎剧在语言和政治上的外延。鉴于所有的诠释——包括各种批评和我自己的观点——都带有特定场域和历史时期的特征,因此,我们需要借助元批评和历史的研究模式,才能更好地理解产生中国莎剧的各种体制性因素(学术的、政治的、艺术的)和文化形式(小说、戏剧、电影)。我的研究目的是考查一部作品或一种艺术主张的特殊理由、结构及其接受状况。[67]

的确,文化全球化这个领域还有待确定其目标,理解那些打着本土/全球文化旗号的各种主张,还有文本与表演批评的传统。自从20世纪90年代以来,莎士比亚电影和戏剧学者已经多次提议要对跨文化改编理论加以完善与应用,但并非所有的学者——甚至那些关注表演新趋势的批评家们——都赞同这一提议。[68]比如,帕特里斯·帕维斯告诫人们,现在就"提出有关跨文化戏剧的全球化理论也许为时尚早",我们"还不能确定,这冰山一角(跨文化表演)是否意味着在人们的视线之外还有更惊人的部分存在,还是它已经处在消融的过程中了"[69]。帕维斯的时机之说颇有意味,批评者如在时间上过于接近事件的话，也许会妨碍他作出全面的评价，但它并不是理论化的主要障碍。即便有的批评家意识到自己就处在被解读的结构之中，依然能够推出非常深刻的作品。相反，缺乏对这些事件的深度批评才真正阻碍了理论的发展，这也是我选择更宽广的历史和批评语境进行案例分析的原因。

人们对莎士比亚和亚洲理念的异同，相对它们之间差异的形成原因而言，得到了更多批评的关注。这在某种程度上也妨碍了莎士比亚全球化理论模式的形成。中国与莎士比亚美学原理的差别有待探究，但这样也可能会把从事跨文化研究者的注意力集中到莎剧与中国表演实践之间的同化、陌生化和兼容性等问题上去。这种趋势使我们可以大致推断，这些新作品对本土文化和莎剧改编产生了什么样的影响，又是如何影响的。另一个相关的难题是人们非常希望调和莎士比亚和亚洲在审美上的根本差异，试图以思想和结构上的相似性来维护他们的普适性的主张。

这正是改写者们所关心的问题，他们对真确性主张和翻译的忠实性传统的阐释都可以佐证这一点。例如，20世纪初期国内的一些辩论文章作者提议，新中国也需要借莎士比亚这样的偶像来建构其文化能指，但这个提议遭到了其他具有竞争力的改良计策的排斥。真确性成了一种辞令，被用来在政治和文化改良中行使权威。在不同时期，真确性的作用也不同。在20世纪末的全球文化市场上，真确性的观念使边缘化的艺术家们能够抵制一些压制性的做法，比如，某些试图抹煞本土传统的跨文化主义的方式。我们要认识到有关真确性的条条框框的随意性，同时也要认识到鉴定行为所发挥的意识形态上的作用。它在有些地方能为交流架起桥梁，但在别处，它可能成为交流的障碍。

理论化的缺失意味着人们在谈到莎士比亚和中国的话题时常带着惊奇甚至怀疑的态度。[20]但我们对这个话题的反应本身就使人惊奇。人们对莎士比亚和中国的多种见解给这两个研究领域以及表演实践添加了多个层面上的不一致。这些争议不仅富有挑战性,还有可能催生令人振奋、发人深省的艺术作品。虽然人文学科中进行跨国研究的风气日盛,但就像弗朗索瓦·里昂尼特、史书美、理查·泰勒所说的那样,它不仅继续在少数民族文化研究中发挥着作用,也对莎士比亚研究领域产生了影响。[21]他们有选择的关注,如果还算不上是评价的话,常常集中于最主流的或是最具抵制性的莎士比亚阐释,突出了莎士比亚与世界文化之间或相互吸收或相互对抗的关系。

因此,中国莎剧研究首先需要解决的问题是:既然非欧洲文化在莎士比亚评论中似乎没有什么地位,那么我们为什么还要关注"中国"在莎士比亚批评中的地位呢?莎士比亚与中国似乎毫无关系,为什么还要把莎士比亚与中国联系起来呢?我们还可以从亚洲研究的角度出发,换个方式提问:华语世界中莎士比亚的存在与否,对我们研究亚洲的现代性和后现代主义又有什么意义?学者们对这些问题的理论意义持不同看法。乔纳森·贝特持中间立场,认为莎士比亚之所以能吸引世界各地的观众,既不是因为他精湛的语言表达,也不是由于大英帝国的实力。[22]而丹尼斯·肯尼迪则表现得比较激进,他反对所谓的文化所有权,以及"以英语为母语的人对莎士比亚有一种天然的亲近感"的说法。[23]中国近代文学中的传统与杂糅性也曾引发过类似的争论。其中争议最多的话题之一就是中国文化之于其他文化的独立性,即中国文化的排他性。刘若愚认为中国20世纪的文学和理论都过于西化,研究价值不大,而周蕾却为近代中国文学进行辩护,指出"不应把中国近代文学看作是古典文学的伪劣附属品,或是西方文学的平庸模仿"[24]。

当初的这些争论激发了我的研究兴趣,本书将运用文化和表演理论,对各种文化场域中的那些所谓不忠实的或自称忠实的表演进行探讨。我们应当关注国外的莎剧改编作品,因为在过去的一个世纪里,莎士比亚的涵义已经远远超越了他的文本。确切地说，莎剧的多种阐释和华语地区的历史为本土化批评提供了丰富的素材。然而该批评模式在当前的批评领域中尚未占稳地位，这一事实也促使我们对文学批评自身进行反思。在这个背景下，文化批评的任务就不仅仅是鉴定某次表演在表现源文本或当地的文化符号时有多成功，而是在集体的文化记忆、政治以及历史的个人层面确定表演的意义。

(不)忠实的趣味

我们在谈到英语和非英语莎剧表演的接受时，总是绕不开忠实性与真确性之类的话题（如"他们对莎士比亚和中国戏曲的理解正确吗？"），这些问题有不同的问法，比如："这还是莎剧吗？"或者："这场演出有没有足够的'中国味'？"[15]即便像莎士比亚电影这样比较成熟的领域也无法摆脱类似问题的困扰。[16]虽然文学经典译作的地位仍有争议，但是有些问题亟待解决，比如莎士比亚和中国是如何联系起来的，在不同时期、不同地方，人们又是如何赞成或是反对将它们联系起来的，它们之间的交流又催生了哪些事物（比如电影、戏剧、文学作品和新观点）。这两者之间也是通过市场规律建立联系的。莎士比亚在整个英语世界里的传播，尤其是在英国本土的复兴，与国际文化市场的需求是分不开的。然而，英语文化的全球化使得非英语地区的作家、表演者在莎剧中的既得利益变得复杂。这些利益之争常常表现为抵制、辩护和其他各种方式。莎士比亚与中国的相互影响也揭示了两者关系的多样性与指涉的不稳定性。

笔者拟从忠实性入手探讨这些问题，首先要重申一点，我们评价改编作品时还是应该着眼于它们自身。改编作品具有中间性，既不像某些先锋艺术家所想的那样，是对某位作者观点的简单否定；也不是德勒兹所想的，可以撼动作者霸权的确定手段。[17]如要正确认识改编作品,把它看作是引用、详述和仿效相互碰撞并产生新意的空间,[78]那么,首先要正确地认识忠实性这个概念。

我们要排除的第一个障碍是把忠实性作为评价标准。[79]最近的研究表明人们已敏锐地察觉到这么做的危害,重新调整文本与表演之间的关系。改编作品不是用来表现莎剧文学性的附属品,而是参与建构剧本意义的一个要素。虽然"本土化"这个术语直到19世纪才开始使用,但是抵制各种所谓本土化活动的行为,已构成了影响莎剧改编的主要思想因素。

对莎士比亚文本的特征和非英语传统的广泛关注,影响到很多其他有歧见的艺术活动和批评流派,也包括那些被视为激进的甚至反传统的流派。这也许有些出人意料。这种主导模式就具有伦理意义。虽说近来人们的研究对象已从莎士比亚的文本转向"莎士比亚"这一文化体制,仍有很多艺术家和批评家关注忠实性的问题,那些反复强调忠实性的诠释策略、那些相互关联着的历史主义和现代主义的主张,以及与"改编"——这一尚存争议的术语[80]——有关的艺术和学术活动,都可证实这一点。虽然东亚文化比英语文化有更多发挥的空间,但是对本土文化或莎士比亚不同程度的敬畏,让艺术家们自觉地为莎氏或中国的美学思想辩护,或者两者兼顾。杨世彭曾用普通话和粤语翻译并导演过莎剧(还曾上演过英语版的京剧),但他从根本上反对跨文化表演这个概念。[81]王景生在《李尔》中的后现代的观点,虽然也质疑了文化的本质,但主要还是集中在不同文化场域("新亚洲"或是其他地方)中所谓的真确性的问题上。另一个同样能说明问题的例子是冯小刚根据《哈姆雷特》导演的影片——《夜宴》。这部倍受瞩目的影片在威尼斯和戛纳电影节亮相之后,2006年下半年在内地上映。该片随即引发了关于电影的双重身份的争论。[82]这部影片的莎味足吗?这还是中国影片吗?[83]关于这部影片的各种评论也表明了各个诠释流派的需要,其中包括了两种对立的观点:一种是鼓励不同民族文化之间的融合,另一种则是坚持在跨文化对话中铭刻民族的印记。⑭在这些主张的背后,不难发现人们试图厘清文化差异的想法,以及错把界限分明的对应物当作互文性事物的现象。

尽管有的艺术家致力于追求真实的、原汁原味的莎士比亚或中国,但是他们能够做到的,只是满足不同历史环境下对某些特定体验的需求。因此,文化文本与表演之间并不是单纯的模仿关系,而是两个相互叠合的主体之间相互促进的关系。⑮关于莎士比亚和中国的观点会贯穿于各类表演之中。它们并不是要给出许多艺术家和观众所追求的那些可靠的、永恒的参照标准,所以从这个意义上说,它们带来了新的话题。

颇具讽刺意味的是,媒体上频频出现的关于莎士比亚在世界各地的或是超越历史的魅力的报道,有时反而削弱了批评界的兴趣。⑯真正值得关注的,是人们有选择地忽视那些"不忠实的"改编的动力,或者改编过程本身如何忠实地再现了全球化的经济和文化动力。戏剧受到多种表现形式的制约,因此在谈到莎士比亚改编时,忠实与不忠实的界线就变得模糊起来。实际上,探讨莎剧改编时,一个非常引人注目的出发点就是伦理假定,忙着对常规诠释和另类的诠释作出貌似合理的区分(譬如英语的与非英语的莎剧表演,忠实的与不忠实的改编,表现得可靠与不可靠的中国等)。而这里所谓的另类作品实际上是我们当代表演艺术中最重要的部分,经典的戏剧作品不仅可以通过表演来娱乐,还可以激发人们思考。虽然在大都会的规范的英语莎剧表演被视为是"获得许可的",也更为忠实,但本土化的莎剧表演并不是它的对立面。

任何表演体系,和任意一种文化表演模式(如京剧)一样,并不是正统的、顺应环境的表演模式(如英语的或是话剧表演)的另类,⑯认清这一点很重要。作品除了表意系统,别无其他,每次演出都会使它发生改变,而这些改变组成的历史也同样如此。所以,与其去论证忠实性的主张是否正确,还不如先去弄清"对什么而言是另类"。从边缘入手作理论探讨,虽然可能要借助否定的说辞来解释新理论,但我认为这么做也会有所获益。⑱因此,分析改编作品的忠实与否并不是本书的目的,我将探讨的是那些关于莎士比亚和中国的形形色色的甚至矛盾的表述是如何形成、发展的,以及这些不同的文化场域之间的张力,以凸显莎士比亚与中国之间的文化距离,这也正是两者间能够保持频繁的双向交流的原因。

我这里所说的双向交流,是指人们不断修正和丰富对莎士比亚和中国的认识的过程,比如抗日战争时期焦菊隐导演的《哈姆雷特》(1942),借助一个特定的演出场所——南方农村里的孔庙——在某种程度上改变了哈姆雷特的思想。莎士比亚和中国之间的相互关系构成了能指的网络,这些能指本身就是由其他文化标识转变而来。有些作品拓宽了莎剧的内涵和亚洲的表演风格,试图在亚洲和欧洲的莎士比亚传统之间建立联系。吴兴国的《欲望城国》(1986)就是这样的一部作品,这是根据莎士比亚的《麦克白》和被称为"最能体现日本特色,却又不仅仅是名日本导演"⑲的黑泽明的《血溅的王冠》(1957)改编而成。还有两部根据《哈姆雷特》改编而成的国产影片,《夜宴》(2006)和《喜马拉雅王子》(2006),进一步扩大了莎剧和中国的诠释体系。《夜宴》生动地再现了中国古代宫廷文化,同时借助武侠片的固有程式,重新阐释了剧中的人物关系。影片《喜马拉雅王子》在国内很受欢迎,还带动了根据影片改编的普通话和藏语版的话剧表演,导演胡雪桦带领原班人马在上海和北京两地演出。这个例子表明,我们可以结合电影和舞台剧的表演套路,为少数民族演员创造新的空间。

而这些作品,反过来又丰富了莎剧的诠释,比如,20世纪初女演员萨拉·伯恩哈特和阿斯塔·尼尔森塑造的哈姆雷特继承并发扬了欧洲和美国表演艺术中女扮男装(男扮女装)的传统。⑳文化形式和价值观念的转变会产生正面、负面的效果,从而影响个别的诠释,也为它提供表达的机会。

缔造神话

尽管存在着如此丰富的诠释空间,但是大众文化领域的莎士比亚研究和莎剧表演研究仍以英语作品为主,轻率地将亚洲的莎剧作品划归为新奇的现象。同样,这个课题在亚洲研究领域也在努力争取其应有的地位。造成这种局面的原因之一是全球化的技术运作,它们在跨越国家结构和价值体系时会发挥能动性。

边缘化和缔造神话是两个相互依存的过程。非英语的莎剧表演的边缘化,莎士比亚与中国的神秘化,仅限于教学和研究之用,这其中有三个主要原因。首先,舞台上的表演稍纵即逝,即便是最成功的商业演出,或是演出范围最广的巡回演出,都无法像电影一样普及。另外两个原因与这个领域的政治有关:对于像英国、加拿大和美国等地的莎剧表演的指涉恒定性的误解,还有在评论非英语的莎剧表演时普遍采用的新闻叙事模式,使研究内容沦为一带而过的新闻报道。

所以,这个研究领域的边缘化不是因为缺乏出版物,相反,恰恰是由于缺乏理论深度的"报道"的泛滥所致("他们那里就是这么演莎剧的,非常新奇!")。[61]遗憾的是,这样的报道模式通常欠缺意识形态的分析。在介绍一部新作品时,描述性的评论固然重要,但它不该是这个领域中唯一的研究模式。[62]毕竟,在面对异域事物时,文化批评所负载的使命不同于纪录片。它不是靠复制视觉影像,而是通过分析视觉、语言和文本符号中既得利益阶层的意图,引导读者去理解特定历史语境中某个文化事件或者戏剧演出。

虽说越来越多的改编作品已经为人们所"熟知",但与此同时,它们只是点缀性的、可预料的异域事物,人们还没有真正地了解。[63]多数研究莎剧改编的著作都有论述"非西方"作品的专章,这个现象本身也是个值得思考的问题。英美学者在这个学术领域中的主导地位,也是造成人们冷落非英语地区的莎剧改编的一个原因。编者们决不会用一个象征性的章节去探讨英美国家的改编作品。即便是那些探讨种族差异等话题的学术著作,也难以摆脱英美人士"对黑人和白人问题斤斤计较"[94]。这个研究课题的等级划分说明,实际上只有部分作品受到关注。然而,即便当人们在分析非英语的莎剧改编时,也常常会忽略一些本土的诠释惯例(表演、翻译、改写、接受)。目前已有新作品点明这个问题,指出基于莎剧的合作协商并不只存在于传统意义上的边缘地区,即便在用英语表演莎剧的中心区域也同样存在[95]。所以,人们需要对莎士比亚或中国持更加开放的、多样化的观点,把它们看作是一个不断发展着的意义之源,而不是僵化的文集。近期莎士比亚影视批评采纳了新方法来反驳"莎士比亚电影唯一的有趣之处就是它的直观性"这样的观点,我们必须转换批评的重心,不再把个别改编作品作为新奇事物、停留在纪实性的描述上,应当转向探究它们相关发展轨迹的历史意义和理论化的可能性,这样才能全面地审视亚洲的莎剧改编。[96]

在过去的几年中,人们在重新审视演出中的附带情况和莎剧指涉的不确定性时,[97]把中国特色也当作一个理论问题进行了重新评估。[98]学术研究和大众文化里的中国是否像传闻中说的那么独特,是最具争议的观点之一。[99]一方面,一些欧洲的汉学家(如弗朗索瓦·于连)和哲学家(如莱布尼茨)经常利用中国的不同之处来建立与欧洲哲学对立的观点。[100]另一方面,中国的知识分子和导演们,尤其是文化翻译领域中的积极分子,经常把中国当作理想的文化价值的宝库。他们赞同不同文化之间存在着明确的、固定的界限的看法,对所谓的"中国特征"极为迷恋,让他们误以为中国的一切事物都"更好——历史更悠久……更有价值,因此是无与伦比的"[101]。

这种把中国神秘化的习惯还表现在其他许多方面。在北美的戏剧研究领域,亚洲表演仍是绝对的他者,"无从了解、无从学习、深奥难懂,因为人们认为它的语言难以理解……姓名的顺序是反的……文化价值……完全不同,(而且)演员也是自幼就接受训练"。⑬有意思的是,一些从事亚洲研究的学者竟也接受这种观点,乐于证实自己的专业的难度,以及跨文化交流所面临的挑战。近期学术界已经承认,中国的体制——文化的、社会的和政治的——常常被认为好像是"始于远古时期"。⑭一方面,各地大众文化和学术领域对中国的不同认识不断挑战着西方的认知体系。另一方面,基于"在中国和西方盛行的欧洲中心论"的观点阻碍了人们以发展的眼光看待中国。⑮米歇尔·福柯在评论豪尔赫·路易斯·博尔赫斯虚构的"中国的"百科全书时,也曾谈到这个问题:"在我们的梦境中,中国不正是这样特殊的空间场地吗?在我们的想象中,中国文化是最关注细节的、最秩序井然的,对时间活动置若罔闻,却喜欢空间的纯粹描述。"⑯

这样的想象难以计数。人们说20世纪初的中国作家对祖国都怀着一份"眷恋",⑯而一些当代的作家,如王德威所说,却试图"摆脱对中国的那份深深的依恋",以轻浮的"与中国调情"的态度,从截然不同的角度来看待国家——这个"极为严肃的话题"。⑰将政治行为和文学分离开来,可能是后现代文学创作的一个特征,但中国莎剧的表演和接受依然摆脱不了实证主义和救赎论的纠缠。自19世纪末以来,中国的艺术家和知识分子屡次提出新的思想观念——本土的或是外国的,却未能认识到"中国"本身所占据的虚构空间。⑱

我需要在此补充的是,国内外的艺术家们和批评家们对这种将中国神秘化的"中国味"都很着迷,并联手将中国打造成莎剧表演中神秘的他者。其实,不同文化间的表演既要依赖可以识别、理解的"他者"的元素,也要依赖无法调和的新奇之处。全球莎剧和中国戏剧的存在基础正是这可辨识的西方经典和不可知的他者之间的反差。这个领域的研究所用的一些术语也未经阐明,让人觉得迷惑。[⑩]中国常常被用来充当他者的角色,而莎士比亚仍是个恒定的、有着确定意义的文本。随着全球化的不断深入,新奇感愈来愈难以企及,艺术家和作家只得采取极端的手段来制造这种"他者性",以便与那些人们已经熟悉的(但未必真正理解)中文、英文或其他语言的经典构成反差。

这些陈规在社会和文学层面上支持对莎士比亚和中国的想象,这使国内外表现中国主题的莎剧表演史变得复杂。然而,本土文化与全球文化给人们相互对立又各自独立的错觉,致使人们要么忽视莎士比亚和中国之间的联系,要么在他们还不了解各个时期改编莎剧的目的时,就试图解释华语地区莎士比亚"令人突兀的"存在,以及莎剧表演里的"中国"。

相关术语

莎士比亚对非英语文化的影响是双向的,但这个双向活动的复杂性常常被跨文化"过滤"之类的过时术语的分类不清和局限性所掩盖,这些术语推动阅读和写作活动突破时间和媒体的界限,转向对单纯强调身份的思想构成的探讨。[⑩]有人提出用以亚洲为中心的模式来抗衡早已占据优势的、以西方为中心的规则,这未必有助于解决问题,重要的是我们要留意,这些跨文化交流让我们看清楚了些什么,还有作家在改写过程中掩盖或者否认了些什么。

为此,我先来谈谈我在考察中国莎剧时的一些基本术语。莎士比亚的传播在很大程度上是由所谓的移民文化的决定性因素引起的,比如人口的跨区域迁移(所以才有"巡演中的莎剧"、"北美莎剧"和"印度殖民地的莎剧"等范畴的存在)[⑪]。但是在曲折漫长的莎剧改编过程中,思想观念在全球的传播也发挥了重要的作用。对我而言,像中国的莎士比亚或是某种文化中的某作家这种常见的指称方法并不是切实可行的批评范畴。⑫这种分类掩盖了不同文化在交流中的对立,含有一种文化强加于另一种文化的意味,赋予一些文本永恒的地位。正如本书的标题所示,《莎士比亚的中国旅行》把莎士比亚和中国的偶遇作为一个改造的过程(比如通过林纾对莎剧的大胆改写,扩展传统中国的意义)、文化实践(如"文革"时期的莎剧阅读,以及暴发户和政治家引用莎剧台词以维护某种观点)、不同的文本(小说和评论文章),还有表演艺术来加以考察。

我以"莎士比亚的中国旅行"为标题,是想明确书中的理论问题,以及与中国和莎士比亚相关的思想观念的文化场域,而不是仅仅按国籍来确定观众来源。"中国"在此除了指各种地理文化场域和包括封建末期(1839—1910)、民国时期(1911—1949)、新中国时期(1949至今)多个历史阶段,以及1949年之后的台湾、香港和其他华人聚居区之外,⑬还包括各种意识形态上的立场(如对中国的想象)。由于这些场域之间开展了包括巡回表演和区域内的合作在内的多方面的交流,所以,从"中国"的内部、边缘和外部去审视这些文化作品的关系就很有必要。⑭注意到这些不对称的文化流,使我们能够绘制对一些文化现象进行比较研究的新领域,它们已经超越了按地域政治所界定的"民族的莎剧"的范围,如印度的莎剧或者是中国的莎剧。

同样,莎剧所代表的西方本身也是个复杂的、难以把握的范畴。⑮"莎士比亚"不仅仅指莎士比亚的作品,还包括与威廉·莎士比亚相关的声誉和价值观念。莎士比亚每次接触到的中国并不是一成不变的,同样,中国每次接触到的"莎士比亚"也具有新的意义。对莎士比亚着迷的艺术家们用这个名字来指各种不同的、有时甚至是对立的事物,其中包括作者的想象,编辑过的现代英语版本或译本,最新的电影改编,有影响力的巡回表演,西方的(或是普遍的)人本主义价值观,一个有利于忠实性主张的出发点,一个阶级的偶像,或者一位文化名人(文艺复兴时期的人本主义者、马克思主义者、后现代主义者）。[116]从20世纪初期打破旧传统的运动，到21世纪在华人移民群体的政治视角上再打上个人的印记，总之，作家、翻译者、电影制作人和戏剧艺术家所追求的表演目的不同，但他们在作品中反复流露出把东西方看作是两个独立自足的场所的错误观念。因此，不同场域之间的差异也会赋予诠释策略不一样的特征。

我标题里的"中国"和实际用来分析的作品可能会引发大家对我的研究范围的质疑，比如，是否该收录更多的各个时期大陆的代表作品？为什么不收录更多对最新演出的描述？撇开作品种类上明显的差异（如学术专著、百科全书、文本批评、剧评和影评），这些问题实际上就是我要分析的一部分问题。我不希望把本书中所涉及的作家和艺术家作为个别的代表，生硬地纳入过时的研究模式中去；我也不打算描述最新的演出来满足一些读者的需求。大家总是喜欢在对外国作品的描述中寻找最新的迹象，这种倾向本身就表明该领域的研究导向存在问题。[117]各个时代的作家、艺术家和批评家表述观点时仿佛莎士比亚或中国是归他们所有。[118]在这种情况下，我们需要重新审视本土文化所谓的排他性。[119]

研究方法

为了探究莎剧改编中思想观念的组合，我将关注人们试图把莎剧和中国文化具体化时的各种主张或者自辩背后的动机。今天，莎剧表演（不论是英语还是外语的）中不同文化间的互动愈来愈频繁，令人觉得奇特的不该是莎士比亚与中国的联系，而是人们在看待中国特色或莎剧忠实性问题时的固有观念。有些艺术家和批评家还未承认，因为疏忽和沉默，他们对莎士比亚和中国的表述策略削弱或者强化了不同文化之间那种可以感知、却从未受到质疑的对立关系。近期有学者开始提出并重新探讨这些问题，比如跨文化主义的一些基本问题,[120]"对忠实性的着迷",[121]还有戏剧竭力反对各种正统话语的能力等。[122]

由于莎士比亚影响的普遍存在,我们有大量的文本类型(翻译、文学、戏剧、电影和电视)和场域(大众文化、商业改编、网络)可供考察跨文化的认识论问题。但是,在那些择位偶然却抱有特定目的的表演中,莎士比亚和中国性之间的相互竞争往往最为明显。所以,我重点关注的是舞台和银幕上的改编作品,而我会把表演艺术放到与另外两种相关的文化创作——小说和文化翻译(传教士作品和游记)——的联系中去考察,因为这些文学样式之间的交流总是互惠互利的。文学样式的范围也能说明一个扎根于文学的跨国知识体系是如何形成的。

更重要的是,当下的学术研究需要更富有成效的对话。东亚的莎士比亚研究的主要内容包括传统戏剧、对不太"新奇的"电影或话剧模式的边缘化,还有在亚洲莎剧改编中加强意识形态的灌输。目前,对根据世界文学作品改编的国产默片和故事片研究几乎是空白。在论述莎士比亚电影的权威著作中,研究的对象主要是美国的、英国的、法国的、意大利的,偶尔也有日本的(几乎都是黑泽明的)传统,却没有针对中国的电影制作实践或者其背后的文化基础的研究。[123]在其他领域,如当前的电影研究和中国研究,也都没有涉及这个领域。[124]为了改变这种局面,我选择了几部根据莎剧改编的中国小说和电影作品进行比较研究。

虽然中国莎剧历史的某些方面已有相关记载,但还没有相关的批评史。我将对大陆的作品和出自其他地方(1980年以后的台湾、香港以及前往欧洲巡演)的作品进行比较研究。有些对莎士比亚和中国的杰出的诠释作品并不出自大陆地区。为了更好地把握中西方思想观念在对待莎士比亚和中国问题上表现出来的丰富性,我们必须把不同时期、体裁、场域中表现莎士比亚和中国的作品都纳入考虑中来。

第一章 莎士比亚与中国：文化拥有权的争辩

　　我探讨这些问题的方法包括：对演出的直接观赏（察）、档案研究、大量貌似无足轻重的间接表达观点的原始文本，如评论文章、访谈和排练记录。除了舞台上和银幕上表现的内容之外，观众的反映、观众的构成、艺术家的重新考虑，以及实验过程都是需要审慎分析的对象。在进行历史和理论的研究过程中，我深信影像资料有助于我们更好地理解中国的莎剧改编，但是有关作品表演和接受的文献记载也同样重要。我们在那些完全基于个人观剧体验的研究中经常会看到对角色选派、排演和演出风格等事宜的详细描述，[⑮]但是只有借助各种史料来重构这些文化事件，才更有助于我们对这些作品进行深刻的思考。

　　虽然我的研究追溯的并不是莎士比亚与中国结合的线性历史，但还是会遵循时间上的先后顺序。我还探究了它们结合中重复出现的模式，但是这个框架并不意味着莎士比亚和中国的关系会揭示某种目的论的文化史。艺术家们很清楚（或许反对）过去的风尚，甚至可能去主张一种虚幻的进步感。然而，某种结合模式或方法的风行，未必总是意味着进步，但却表明指导性原则或者历史需求发生了变化。例如，在全球化的语境下，融合不同文化元素的做法常常被看作是进步的观念，因为人们认为它的政治能动性推动了文化交流。[⑯]但实际上，这种观点的正确与否在很大程度上取决于它所处的历史时期。只有基于特定场域的解读才能梳理出文化融合与各种文化间结合模式之间的联系，而且，这些交流的历史难免都是些片段。为寻找一份全面的清单却要冒重复文化发展史上的问题的风险，这种做法既不可取，也不切合实际。目的论历史的意义——连同倡导必要发展的民族主义——常常在主流叙事中遗漏一些作品和事件，否认它们有认真思考的必要。就像杜赞奇在《从民族国家拯救历史》所写的那样，"启蒙运动"历史的模式假定"地理空间中的他者，最终看起来将会像先前的我们"[⑰]。构成中国莎剧的文化进程时断时续，但依然可以让我们了解很多有关世界文学的传播路径的内容。[18]

本土化和全球化的讨论迫使我们重新审视当下的叙事话语，后者常常暗示平稳的发展，或者将历史推至神话的领域——莎士比亚的、中国的或其他——或是大卫·洛文索尔在另一个场合（不会给予批评性研究的叙事作品）中所谓的"遗产"。[19]我考虑到表演者、改编者、读者和观众的历史体验，就没有按照严格的地缘政治意义上的时间顺序和地区来划分莎剧表演史或文化史。比如，20世纪80年代莎士比亚戏曲的复兴就要求对中国各地推出的莎剧戏曲之间的联系进行探讨。像赫伯特·布劳、理查·艾等史学家或导演把观众或读者看作是一个想象中的整体，这有时是必要的，但是我对这个集体保留一定程度的怀疑，因为即便是在同一时期欣赏同一部剧作，个体观众的反应仍有微妙的差异。[20]

莎士比亚和中国的历史也是两者之间的交流史，它们之间的交流为莎士比亚的文化意义和中国的文化政治提供了重新诠释、扩充、辩论和修订的空间。道德问题是本书第2、第3章论述的主题，不过，本书也有它的道德维度。人们对莎士比亚和中国的观念是不对称的，对该现象进行重构和评论很有必要，这样，我们就能在更宽泛的语境下去理解有关文化差异的不同阐述。在这个英语越来越重要的全球文化中，研究中国莎剧引起的不同层面的不协调，同样有利于促进在亚洲内部开展富有成效的对话。

第二部

虚构的道德空间

第二章　晚清的莎士比亚接受史：
从梁启超到鲁迅

　　由于种种原因，在有莎士比亚戏剧演出和译本之前，他就已经是中国人经常谈论的话题了。这要归功于几个中介群体，其中包括了旨在推广各种现代观念的英国和欧洲大陆的传教士、译者和中国的改良派人士。不过，莎士比亚戏剧的缺失并没有阻挡中国人建构超越经典的英国风格。那么，莎士比亚之名对大众来说代表着什么？当中国的知识分子宣称他们要发现、鼓励中国的莎士比亚时，他们的用意究竟是什么？这样又引出两个问题：为什么人们会遵从一位不在场的权威？用德里达关于在场和不在场的理论来说，作者如何让读者在文本出现之前进行阅读呢？德里达吸收了海德格尔的外在性和内在性的学说，以讲述(作为一种在场的形式)和写作(一种不在场的形式)的概念建构了一套在场的理论，后者的形成动因是因为人们希望真理只有唯一的本源——某种"超验所指"。中国在没有莎士比亚译文的情况下，这种期望创造了莎士比亚超文本的在场。㉛

　　19世纪亚洲接触西方文化中最令人感兴趣的事例之一，是中国人在半个世纪中一直把"莎士比亚"当作一种观念而不是文本或是表演艺术来接受的。中国知识分子在为逝者代言欲望的驱使下,虽然没有莎士比亚文本,却在全球化语境下利用甚至过度用莎士比亚来改写文化本质。作为中间人,19世纪的传教士和中国的知识分子不得不面对不同场域、不同时代的讲述者纷繁复杂的叙事模式。这些背景是1900年之后受多种因素影响的复杂的莎士比亚本土传统中不可或缺的一部分。

中国人眼中的西方

19世纪时期,中国人和西方人各自理解世界的一整套方法——认识论——在对方的场域里迎面相遇。在清朝被推翻之前,中国人一直以为自己比外国人高明。到了19世纪,这种情形发生了巨大的变化。中国与西方的商业竞争,还有文化冲突,很快演变成战争。第一次鸦片战争(1840—1842)和外交事务上的接连失利令清政府深感震惊,也让中国人对自己开始产生怀疑,引发了一场关于落后的讨论。这场探讨的核心问题是:与工业化的西方国家和日本相比,"旧中国"究竟缺些什么?这场讨论不仅影响了中国人对西方文化的认识,也掺杂着人们对现代性的各种矛盾想象。1895年甲午战争败北,接着1898年"百日维新"宣告失败,中国知识分子的自满自足被击得粉碎。日本,这个几百年来一直向中国纳贡的岛国,迅猛发展,并对中国的主权构成明显的威胁。寻求变革的中国人原先只是把日本当作"一个了解西方的窗口"[13],不难理解,它的日益强大自然引起了他们的关注。很显然,中国若要强大起来,就必须向日本学习,不仅要引进西方的技术,还要大力推广西方的思想观念和知识体系。这就是为什么当时国内会突然出现很多变法主张的部分原因,他们认为中国不仅要从外部入手(即引进军事技术),还要内部兼修,改造中国人的世界观。

这个时期中国人对莎士比亚的认识有了重大的突破。1840年到20世纪的30年代,国人富国强民的愿望和"洋务运动"引发了对现代性的探讨,城市中也随之出现了洋化的倾向。以梁启超(最先使用"莎士比亚"这个音译词)为首的一些杰出的学者于1902年提出,教育具有现代观念的"新民"的最佳方式,就是要引进欧洲的思想和文学作品。[13]19世纪末,像天津、上海这样的通商口岸已经出现了较大的欧洲人集居社区、外国租界和西式学校。[14]

其实在19世纪以前,中国人就对新奇的外国文化和消费品很感兴趣,早就有一套准则供近代的作家和戏剧家拿来改写外国的文化作品。国内关于外国艺术作品的史料可以追溯到几百年以前。[15]19世纪末期,人们在谈及近代中国文化中的西方事物时,通常都会提到留洋归国的知识分子,还有一些大城市中的租界,因此,国人对外国事物爱恨参半。[16]

我们可以把晚清(1840—1910)至民国初期(1911—1930)人们对欧洲思想和产品的迷恋看作是早期文化求知欲的一种延伸,但这时的迷恋也已经超出了物质和视觉文化的界限。人们的兴趣不仅仅局限在物质上,还延伸到思想观念领域。如1840至1848年间,中国出版了13部国内外的世界地理和西方"先进"的思想方面的书籍,其中一本是由时任湖广总督的林则徐(1785—1850)编写的。[17]19世纪60年代,清政府设立了首个官方机构从事欧洲书籍的翻译工作,包括了地理教材、游记、政治、文学和一般的西方知识,由林则徐负责。政府还没有费力动员大家学习,这些译作就在社会各个阶层中引起了轰动。

从1870年开始,先后翻译、出版了拜伦、歌德、雪莱和海涅等人的诗歌,随后是狄更斯、雨果、托尔斯泰、华盛顿·欧文和斯托夫人的作品。[18]同样是在19世纪70年代,开始出现莎士比亚的生平状况的介绍性文章,但仍没有他的作品的中译本。虽然莎士比亚在知识分子中间已经广为人知,但他作品的译文,包括节选的翻译,直到1904年才出现,那就是林纾和魏易合作出版的、根据兰姆姐弟的《莎士比亚戏剧故事集》翻译而来的文言文译本。第一部完整的莎剧中译本是 1921 年田汉翻译的《哈孟雷特》。[38] 20 世纪 30 年代,中国人对欧洲的浓厚兴趣催生了大量西方戏剧作品的翻译和出版。

打造偶像

大卫·加里克,也许是后来所谓的莎士比亚产业和莎士比亚崇拜的奠基人,于 1769 年在艾冯河畔的斯特拉特福进行了莎士比亚纪念活动,他在活动中称诗人为"我们的莎士比亚"、"艾冯河畔的天鹅"。[40] 19 世纪末来华的传教士和中国的知识分子可能和加里克持相同的看法,但原因不同。中国最早涉及莎士比亚的文献,并不是他戏剧作品的翻译、教学、表演或者其他与作品有关的内容,而是出现在引荐者的引文和抽象的颂词里。19 世纪中国的改革者出于各种不同的目的借用过莎士比亚的名字。最初是林则徐,他将休·穆雷的《地理百科全书》译成汉语(很可能是团队合译),题为《四洲志》。在林则徐的主持下,他和他的团队不仅完成了翻译和编辑任务,还在译本中对所涉及到的国家发表评论,与中国进行对比。[40]

林则徐是用中文介绍莎士比亚的第一人,这件事似乎很偶然,但当时的历史状况却表明并非如此。在反对鸦片贸易的斗争中,他是个中心人物。虽然这一事迹广为人知(通过历史资料、电视和电影等途径),但大家却不太清楚他与欧洲文化的关系。他曾给维多利亚女王写过一封措辞严谨的信函,在信中,他鼓动起"儒教之邦的传统力量和价值观念",并对英国人施加道德压力。[40] 他对英国历史和文化之所以感兴趣,与他的职责有很大的关系。

林则徐没有具体提及莎士比亚的戏剧,因为他更关心的是向同行介绍英国的国民性格和战争时期可能采取的行动。他对莎士比亚唯一的描述性词语是"多产",但随后他把英国人描述成"俗贪而悍,尚奢嗜酒,惟技艺灵巧"⑭。这些对英国人模式化的、片面的评价其实与17世纪旅英人士的看法很相似。⑮因此,莎士比亚只是林则徐为了让国人准备抵制西方列强而介绍的西方知识的一部分而已。

林则徐作品的出版适逢中英爆发第一次鸦片战争,英国是当时在华的欧洲国家中最为强势的。随着英属东印度公司的建立和迅速发展,英国成为19世纪与中国有贸易往来的最强大的资本主义国家。⑯所以,林则徐选择介绍莎士比亚也绝非偶然。⑰

虽然林则徐懂的英语不多,但他的合作者精通外语,帮他确定外语资料的内容,供他编参考书时使用。林则徐虽然做过中文或英文翻译的工作,却不懂外语,因而翻译时无法参照外语原文,这种情况在当时并不少见。

除了林则徐在论述"知彼"时提到过莎士比亚,另外在中国游客和欧洲来华传教士的记载中也出现过莎士比亚的名字。1856年,威廉·穆尔海德在翻译托马斯·米尔纳的《大英国志》时就曾提到过莎士比亚。⑱其他的记载显示,虽然莎士比亚常常被用来展现民族意识和国际政治之间的相互影响,但也可以用于某些保守的目的。

1877年8月11日,中国驻英国大使记述:"闻其最著名者,一为舍色斯毕尔(按:莎士比亚的旧译名),英国二百年前善谱剧者,与希腊诗人何满得(按:荷马的旧译名)齐名。"⑲1882年,一位美国传教士把莎士比亚描述为"最著名的诗人","其瑰词异藻,声振金石,其集传诵至今,英人中鲜能出其右者"。⑳1903年,以兰姆姐弟《莎士比亚戏剧故事集》为蓝本的匿名中译本行世,该译本前言中的说法虽然有些夸张,但也不是第一次有人这么介绍莎士比亚:"氏乃绝世名优,长于诗词。其所编戏本小说,风靡一世,推为英国空前大家。"㉑

这些说法惊人地一致。他们几乎都把莎士比亚看成是更为先进的欧洲文化的象征。总之,到 19 世纪下半叶,在享有特权的知识分子精英群体眼中,莎士比亚已是代表"西方"的一位巨人。后来,更多莎士比亚的作品在中国面世,国内欧美问题的评论者在提到莎士比亚时,仍然满是赞美之辞。1913 年江苏无锡的孙毓修在《小说月报》上发表了《欧美小说丛谈》,共 8 篇文章,其中一篇是比较亨利·菲尔丁、萨缪尔·理查逊和莎士比亚的创作,他总结道:"非尔汀之书,只见誉于少数;立却特孙之书,仅驰誉于一时;惟有莎士比亚,则永远的 of all ages,世界的 of all nations。"孙毓修继而带着一份民族自豪感修正道:"虽未知与屈原、杜甫何如,欧美西洲,要无有抗颜行者矣。"⑬

更引人注意的是,这类千篇一律的溢美之辞一直延续到 21 世纪。曾在 2008 年北京奥运会开幕式上表演的大陆青年钢琴演奏家郎朗把莎士比亚等同于西方的思维模式。⑰在华语地区市场经济背景下(如舞台表演、旅游业、英语培训),莎士比亚常常被冠以"最伟大的戏剧家"、"文学巨人"之类的头衔。这不难理解,因为在其他地方情形也大致如此。澳大利亚的板球运动员、教练瑞克·查尔斯华兹那本激发人们的兴趣手册——《教练员莎士比亚》——开篇就是本·琼森为莎士比亚第一对开本所写的那段献词。查尔斯华兹的书只是这类作品的一个缩影,类似的英文、中文和其他语言的书籍还有很多,它们以莎士比亚为核心营造了一个道德空间。⑬但让人不解的是,即便是在不需要用这些词语来粉饰什么的时候,人们也经常使用它们。最近出版的几部研究莎士比亚的中文学术专著的开场白表现出惊人的一致,先是确认莎士比亚的普适性,然后按惯例引用琼森的题词,莎士比亚"不属于一个时代而属于所有的世纪"⑭!中国大陆、台湾地区有此类情况,一些英文著作也是如此。有些作者未经验证,就以同样不容置疑的腔调,泛泛地谈论莎士比亚的普适性。⑮很多学术文章也表现出相似的倾向,作者们常把莎士比亚的伟大作为自己选题的合理依据。⑮著名诗人余光中(1928—　)为梁宗岱翻译的莎士比亚十四行诗集撰写前言时也提醒读者,莎士比亚是"英国最伟大的戏剧家,'圣之时者'"⑯。

为什么这些学者都认为专业的读者会需要这样的理由或提醒呢？人们歌颂莎氏的欲望,不论是在1882年还是在2006年,似乎又回过头去证实了马修·阿诺德在1869年提出的观点,"文化"是由那些能够体现"世界上最好的思想和语言"的杰出艺术作品构成的。不过,人们歌颂莎士比亚的时代背景已经完全不同,19世纪这么做的目的是希望实现文化吞并,而在21世纪则是出于保护高雅文化的需要。⑰道格拉斯·拉尼尔对涌现出来的《莎士比亚企业管理指南》一类的英文作品的评论,同样适用中国大陆和台湾,"虽然在整个(20世纪)80年代和90年代,学术和戏剧的各个领域都把莎士比亚政治化,但总的说来,他在现行社会和经济秩序中仍然是文化正统的标志"⑱。莎士比亚偶像地位的确立与19世纪中国的民族国家思想,还有21世纪大陆和台湾希望振兴是分不开的。

林则徐是想更多地了解英国人,而曾在英国留学、精通英文的严复(1853—1921)更感兴趣的是如何拓宽中国人的视野,并借助西洋模式振兴中国。不久,改良派人士关注的重心就从"知彼"转向了寻求一个新中国的身份。严复在评价莎士比亚的文学成就时说:"狭(按:原文莎士比亚译作狭斯丕尔),万历间英国词曲家,其传作,大为各国所传译,宝贵也。"⑲在他1894年翻译的托马斯·赫胥黎《天演论》的前言中,他强调了莎士比亚人物的普遍特征,指出人的情感其实并没有什么改变。⑳严复的译文后来被教授洋务的学堂用作教材,所以产生了很大的影响。让人不解的是,即便像严复这样严肃的翻译家,竟然也没有察觉翻译莎士比亚的重要性。㉑他强调的是英国和欧洲的文学和哲学中被视为得体的方面。因此1896年他提到莎士比亚时,只说他"凡所作词曲,于其人之喜怒哀乐,无一不口吻逼肖。加以阅历功深,遇分谱诸善恶尊卑,尤能各尽其态,辞不费而情形毕露"⑬。

中国人对莎士比亚的这些早期评述还有待详述。它们并没有显示莎士比亚声望的发展变化。有两个问题值得思考：这些文本有什么历史意义？为什么会选择改写入侵国的民族诗人的作品？首先,这些不完整的评论提醒着人们,文学的接受史很少是一帆风顺的。该领域的学者们常常忽略了这些历史背景,有的学者甚至误将林纾作为介绍莎士比亚的第一人。以孟宪强为例,他从目的论的历史观出发,对于林则徐和传教士所著的生平资料只是一带而过,认为这些只是莎士比亚接受史的准备时期中无关紧要的阶段。⑭

其次,中国人在抵抗英国侵略的同时却又歌颂其民族诗人,莎士比亚的中立态度也许可以解释这对矛盾。除了这些涉及莎士比亚的探讨之外,还有一点没有言明,就是莎士比亚是个全能的天才,他能够为正在找寻现代身份的中国人提供一种新的思维和道德模式。中国人利用莎士比亚的这段经历与19世纪莎士比亚在美国的接受史颇为相似。虽然美国诞生于抵抗英国的战火中,但是美国人的民族事业也曾大量借助于莎士比亚。⑮

19世纪时期的中国和美国最鲜明的差别就是,美国也使用英语,教育者们很清楚莎士比亚是英语语言大师。另外,美国的教育界中有很多亲英人士,这正是莎士比亚和英国传统在美国文化中得以存在的原因。近代中国同样诞生于战争的硝烟中,特别是抵抗日本和欧洲的侵略战争。但是中国的改良派引进莎士比亚的背景不同。他们强调的是文化他异性和有待调整的民族身份,对他们翻译、介绍西方思想家和作家产生了决定性的影响,这也可以解释,为何莎士比亚在中国早期的情况和在美国不同——没有扎根于大众文化。

观戏记载

虽然多数观看莎剧演出的记载都不够具体，但也有个别有价值的文献流传了下来。这个时期国内只有少数特权人士看过莎士比亚的戏剧表演。他们的记载表明他们关注的是新奇而又具有娱乐性的戏剧情节，而不是剧中人物的精神。他们都流露出要对这些不熟悉的剧作进行审查并加以归化的共同愿望，这一愿望甚至超过了观看演出本身。

1879年1月18日，郭嵩焘（1818—1891），中国首位驻英国（1877—1878）和法国（1878）的外交使节，在伦敦来西恩阿摩剧院观看了轰动一时的《哈姆雷特》的演出，男主角是亨利·欧文。[16]他的记述很简短，没有涉及任何演出的细节，但我们依然可以从中领略到他所看到的情形："是夕，马格里邀赴来西恩阿摩戏馆，观所演舍克斯毕尔（按：莎士比亚的旧译名）戏文，专主装点情节，不尚炫耀。"[17]

郭嵩焘和他的同代人一样，似乎对莎士比亚"专主装点情节"比对他的语言和创作风格更感兴趣。那么，他究竟"错过"了什么呢？英文评论和文献记载中的亨利·欧文——维多利亚时期的优秀演员——的表演与郭嵩焘的记述完全不同。郭嵩焘观看的很可能是欧文的重演。1874年11月，欧文说服了来西恩阿摩剧院的经理，"让他尝试出演哈姆雷特"[18]，结果演出非常成功。1877年在爱丁堡巡演之后，欧文担任来西恩阿摩剧院的经理，并于1878年12月30日推出《哈姆雷特》，以庆贺剧院重新开张。1877年的表演受到了一致的好评，欧文的哈姆雷特被评为"喜欢沉思、睿智、温和……爱用口语体"[19]。与郭嵩焘的记述不同，英国人对1877年那场表演的评论主要集中于欧文的表演，而不是莎士比亚的戏剧情节设计："我们看到哈姆雷特在思考，我们不只是听他在说，我们真的能看到他的所思所想。我们感受到、也理解他被这沉重的悲哀压垮，精神也错乱了。"⑩

而郭嵩焘1879年观看的那场重演似乎与评论中记载的1877年的演出没有太大的出入。然而，对郭嵩焘来说，该剧的情节设计却更具有吸引力。早期接触过莎士比亚的中国人都持相似的观点。

要了解郭嵩焘对欧文的《哈姆雷特》的感受，我们还要从英国人对该演出的接受出发。欧文的演出是英国社会各界热切期盼的民族文化大事。1895年之前，欧文（在来西恩阿摩剧院）的莎剧表演在英国戏剧舞台上占首要地位，而他本人，这位最流行的悲剧演员，则成为第一位被授予爵位的演员。在女修道院一场戏中，欧文与饰演奥菲利娅的伊萨贝尔·贝特曼演对手戏，观众完全被他吸引住了。欧文饰演的哈姆雷特虽有争议，但总的来说很成功，欧文觉得这主要归功于"哈姆雷特易激动的性格"，以及他在表达"强有力的思想"中的"各种激情和动机"的方法。⑪所有的资料表明，欧文的表演并没有突出戏剧的"情节构思"。这位干练的中国大使也许很清楚英国戏剧和高雅文化的状况，但他还是有意在评论中强调了该剧情节的新颖性。

据布拉姆·斯托克的回忆录记载，曾纪泽，另一位驻英大使，于1879年观看了伦敦某场《哈姆雷特》的演出。曾纪泽没有读过该剧剧本，但由哈立德·马卡尼爵士陪同，可以帮助他"正确理解"该剧内容。⑫曾纪泽在日记中记载过此事。⑬曾纪泽和郭嵩焘一样，认为表演技艺、舞台设计、哈姆雷特的戏剧独白都没有什么惊人之处，相反，他专门提到了该剧的叙事结构："（光绪五年[1880年]三月）初七日……夜饭后，偕清臣、松生、逸斋、湘浦、省斋至戏园观剧，所演为丹国某王弑兄妻嫂、兄子报仇之事，子初乃散。"⑭

郭嵩焘和曾纪泽的体验惊人地相似，他们俩都突出了该剧的情节结构。现存资料表明，他们很可能观看的是同一场演出。这些资料不禁让人想起1793年马戛尔尼勋爵在出任中国大使期间观看戏曲表演时的感受,他的日记也表明了对戏剧情节的关注。[15]对情节的兴趣似乎是跨文化交流初期的一个共性特征,文化人类学家劳拉·布翰南记载的20世纪50年代非洲蒂夫部落接触《哈姆雷特》的情形也证实了这一点。[16]部落里的年长者对于剧中的每个转折点都有分歧。部落首领的问题更是将矛头指向近代欧洲文化诠释《哈姆雷特》的认识论基础。蒂夫人对该剧七个方面持有异议,其中包括了老王哈姆雷特的鬼魂的样子、克劳迪斯与葛特露的婚姻、哈姆雷特的失常,还有最后一场戏中的毒酒该给谁喝,等等。最引人注目的是蒂夫人和布翰南的注意力都集中在"故事"上,双方都勉强接受对方对"莎士比亚"的看法。

郭嵩焘和曾纪泽的日记内容和特定地区内形成的认识论在很多方面对我们都有启发。[17]首先,他们对情节结构表现出明显的兴趣,这表明中国人早期把莎士比亚看作是传奇故事和神怪故事的作者。其次,郭、曾二人的日记于1882年出版,通常被当作是有关英、法两地生活的描述;所以异域风情是他们关注的焦点。[18]他们的日记详细记载了他们对英国礼仪、宴会,以及他们与英国贵族士绅交流的看法和意见。1839年至1900年间,莎士比亚对中国人而言,还只是想象中的事物,一个用来表达中国与其他国家关系的现成的他者形象。在改良人士的笔下,莎士比亚的时事性已经取代了理解他的戏剧作品。莎士比亚式的差别为中国改良派所倡导的新国民素质提供了简便的表达方式。

舞台上的莎士比亚

在莎士比亚全球化的进程中,从来都不缺乏直接以他作为剧中人物的戏剧作品。艾米·弗里德的《艾冯河畔的蓄须人》和朱树的《莎士比亚》——以《理查二世》的创作与1601年埃塞克斯叛乱有关的推测为题材创作的——是其中两部英文、中文的新作。[19]不是所有这类作品都以莎士比亚的生平故事为主题的。自从19世纪末莎士比亚传播到中国之后,就出现了各种形式的改编作品。昆剧《新罗马传奇》(1898)中就有莎士比亚这个人物,作者梁启超,他所创作的很多政论性文章和科幻小说都强调引进西方文化的重要性,为现代性的思考提供了特定的空间。[180]该剧从另一个角度体现了19世纪时期中国人对莎士比亚生平很感兴趣的事实,也反映了梁启超对民族主义的兴起和白话文学之间关系的独到理解。

昆剧《新罗马传奇》讲述了从1814年维也纳会议到1870年攻克罗马为止的意大利统一历程中的主要事件,故事的核心是现代国家的立国之本。梁启超无法预知历史(在他停笔后不久,义和团起义和八国联军入侵接踵而至),他在这部未完成的戏剧前言中称,创作该剧的目的是为处于同样危机中的中国提供一个榜样。尽管剧中有创新之处,朱利阿诺·伯图乔里将它译成意大利语,威廉·道比也用英语翻译了部分场景,但它仍被读者和学者们忽略了,其中包括研究亚洲莎士比亚改编的专业人员。[181]

在开场白中,但丁作为剧中的叙事人出场,解释他来中国的目的,并概述了这部传奇剧的主要情节:[182]

> 梅特涅滥用专政权,
> 玛志尼组织少年党;
> 加将军三率国民军,
> 加富尔一统意大利。[183]

梁启超把莎士比亚和其他欧洲大师作为公正的权威人物。但丁以副末亮相,扮相古貌仙装,正与幕后一人对话。幕后的人问:"支那乃东方一个病国,大仙为何前去?"[184]但丁答道,因为《新罗马传奇》一剧将上演他的祖国的创建历程,"上海爱国剧院"里正在上演这部新剧目,他一定要去"瞧听"。他还强调:"四十出词腔科白字字珠玑,五十年成败兴亡言言药石。"但丁接着宣称:"老夫想著拉了两位忘年朋友,一个系英国的索士比亚,一个便是法国的福禄特尔,同去瞧听一回。"⑱在开场白结束时,莎士比亚和伏尔泰一道驾云而来。这个故事结构与将民族文学设立为一门学科以及民族主义的兴起有着相似之处。19世纪见证了民族文学的诞生,而它又与扎根于本民族伟大作家的语言中的民族意识密切相关,所以,梁启超选择了把莎士比亚(英语)、但丁(意大利语)、伏尔泰(法语)写入剧本。当初,英语文学是为了履行殖民背景下大英帝国的"教化"使命而作为一门学科出现的,开展中国的纯文学研究,按照欧洲和日本的说法,是为了适应中华民族的新身份。在这种情况下,民族文学被视为可以为一个民族赢得尊重的大事。⑲

梁启超创作《新罗马传奇》是为了激发爱国热情,团结民众。他打算用这部宣传剧来表明,即便是传统形式的杂剧和传奇剧也可以应对西方的和现代的主题。他借助"民族诗人"莎士比亚、但丁和伏尔泰这三位文化权威来证实文化变革的必要。

如果梁启超当初完成了整部《新罗马传奇》的话,那将会是一部发人深省的跨文化戏剧作品。但是因为种种原因,梁启超只完成了楔子和计划中四十回中的前六回,剧情发展到玛志尼创建青年意大利社团为止。梁启超的措辞有意体现了戏剧的构思和它跨文化戏剧的地位。剧中人物引用的大多是孔子、孟子的言论,而不是他们的传统作品。常用的隐喻和昆曲的唱词中夹杂着"肥胖"之类的现代俗语,还有"自由"、"平等"等新词。在第四幕中,玛志尼亲吻母亲的额头以示欢迎,而《新罗马传奇》的楔子和整体结构与17世纪孔尚任的昆剧作品《桃花扇》很相像,该剧的语言和舞台提示体现了多种转型期的文化特征。

梁启超对意大利近代历史的诠释构成了一种"同步的全球意识",从而将世纪末的中国与近代其他国家的建国时期联系起来。⑳《新罗马传奇》虽然不是梁启超的代表作品,但仍是他政治思想的有机组成部分。与梁启超同时代的汪笑侬(1858—1918)和黄继连(1836—1924)等人也尝试过将戏曲和西方的主题相结合。这个时期创作和上演的反映西方主题的新剧至少有十来部。[18]虽然新兴的西式话剧仅限于在城市中演出,而戏曲却是一种大众化的娱乐方式,已拥有更大的观众群,也经常用于宣传的目的。洪炳文的剧作《古殷鉴》(1906)毫不掩饰地将古巴内战和中国革命相提并论。汪笑侬的《瓜种兰因》一剧描述的是瓜分波兰的情形,1904年该剧在上海演出时剧院满座。[19]同年,汪笑侬对戏剧的看法似乎印证了杰奎斯的那句名言:"世界是个大舞台。"(《皆大欢喜》)他说:"世界就是个剧院,但我觉得这舞台也许太小了。"[20]这些剧作展现的是古巴武装反抗西班牙、拿破仑的成就、希腊革命等事件。多数采用杂剧或传奇剧的形式,混杂着一些西方的特色。这一批新戏作的出现得益于前所未有的艺术自由和国内的紧张局势。中国第一份戏剧期刊——《二十世纪大舞台》——的创刊人柳亚子为了让大家理解这一点,在1904年的创刊号上发表评论,称"今当捉碧眼紫髯儿,被以优孟衣冠,而谱其历史,则法兰西之革命,美利坚之独立,意大利、希腊恢复之光荣,印度、波兰灭亡之惨酷,尽印于国民之脑膜,必有欢然兴者。此皆戏剧改良所有事"[21]。民族主义兴起之时是发展现代性的关键时期。梁启超努力将外国历史与中国的当下建立联系,用当时的思想方式把民族诗人所代表的国家形象搬上了舞台。在这个语境下,在对历史的共时性而非历时性的解读中,莎士比亚成为了一位全球化的人物。

寻找中国的莎士比亚

莎士比亚的名字和作品对中国人来说,和在印度与加勒比地区的情况不同,既不是饱受争论的帝国主义的象征,也不是适于民族主义改写的人物,这主要是因为英国管辖的区域很小,英语教育的影响也仅限于一小部分人群。20世纪初期,中国的知识分子一心想着如何让中国强大起来,也欣然接受石静远所说的"作为建立文化自信方式的失败"[132]。

任务之一,就是中国的知识分子要寻找"中国的莎士比亚",一位拥有相同文化价值的国内作者,要能代表本民族古代的传承和"现代的"身份。他们希望找到一个文化权威以便能从他那里获得现代的身份。这种情况不只发生在中国。"谁是印度的莎士比亚"也一直是印度的艺术家和作家们争执不下的问题。[133]

莎士比亚被确认是中国和印度都将仿效的文化权威的观点,受到那些坚决主张莎士比亚普适性的人们的热情欢迎,不过这个观点当然也面临着大量的反例证。[134]服从权威和过于偏重包括莎士比亚在内的某些西方思想家和作家的做法,构成中国和欧洲文化交流史上的一个重要阶段。这个时期人们关注的中心从强调莎士比亚在英语和世界文化中的地位(如郭嵩焘1877年的日记内容),转向急切地寻找中国的莎士比亚,以便能够追赶上西方国家(如鲁迅1908年的文章《摩罗诗力说》)。

更多有关莎士比亚的生平资料出现于1903年初。[135]1903至1908年间,传教士在中国出版的很多参考书中都可以找到有关莎士比亚的记载。[136]1907年1月4日,上海的一份英文报——《北华捷报》——刊登了环球中国学生会表演的《十年之后的中国》的剧情简介,并转述了该学生组织的宗旨,他们借助莎士比亚的偶像地位来证实中国社会需要戏剧:"在西方,人们把莎士比亚作为'诗人之王'顶礼膜拜,而在中国,戏子却是被视为最低贱的四种行当之一。"[137]人们尚不了解莎士比亚的戏剧作品,以及对"西方"这个概念的宽泛界定,因此,19世纪末期至20世纪初绝大多数有关东西方文学关系的探讨都是出于辩论的需要,而且是建立在文化相对主义的基础之上。

人们拿不同历史时期的中国文学大师与莎士比亚进行比较。

诗人苏曼殊在他1912年的自传体小说中把莎士比亚和杜甫相提并论,并尊称莎士比亚为"仙才",就像传统上尊称李白为"诗仙"、杜甫为"诗圣"一样。[198]林纾在《莎士比亚戏剧故事集》的中译本(1904)前言中也把莎士比亚等同于杜甫:"诗家之莎士比,非文明大国英特之士耶?……莎氏之诗,直抗吾国之杜甫。"[199]1996年,宇文所安在一部文学选集中这样介绍杜甫:"杜甫和英国文化传统中的莎士比亚一样,他的诗歌与文学价值的构成有着密切的关联,一代又一代的诗人和评论家都在诗人作品的某个方面重新发现了自己……"[200]

学者们热衷于把莎士比亚与中国的文学大师联系起来的做法一直持续到20世纪末期,形成了一段寻找"中国的莎士比亚"的经历,这虽是20世纪初所用的名词,却一直沿用至今。例如,著名的戏曲家汤显祖(1550—1616)常常被认为是"中国的莎士比亚"。[201]这种"比较"的形成依据是汤显祖与莎士比亚是同代人,而且从语言、措辞和戏剧形式上的创新来看,他们在各自的传统文化中地位相当。最早是日本汉学家青木正儿于1933年提出汤显祖与莎士比亚的风格,还有他们在各自戏剧艺术传统中地位的相似性,后来赵景深和徐朔方分别在1946年和1983年重申了这一观点。[202]青木正儿指出,莎士比亚和汤显祖,这两位"东西曲坛伟人,同出其时,亦一奇也"。[203]汤显祖的浪漫戏剧《牡丹亭》,常常被称为中国的《罗密欧与朱丽叶》。1959年,推出莎士比亚戏剧中译本的第一人田汉,访问了汤显祖的家乡江西临川。他被这里大量的文学遗产打动,赋诗一首,将汤显祖与莎士比亚笔下的人物进行比较:

> 杜丽如何朱丽叶,
> 情深真已到梅根。
> 何当丽句锁池馆,
> 不让莎氏在故村。[204]

莎士比亚与汤显祖之间的相似之处，特别是《罗密欧与朱丽叶》与《牡丹亭》的比较研究，已是中国和西方汤显祖研究中常见的内容。例如，凯瑟琳·斯瓦泰克在她2002年出版的《牡丹亭》表演史研究著作里，以19世纪莎士比亚在美国的流行为例，来说明汤显祖在中国戏剧史上的地位。㉖伊安·巴特罗缪在2004年记述："该剧(《牡丹亭》)以种种方式表达爱情主题，难怪人们把它与《罗密欧与朱丽叶》相比。"㉖旅居美国的台湾小说家白先勇，2004年4月担任了台北首演的精华版《牡丹亭》的艺术总监，还把他的作品和巴兹·鲁尔曼的电影《威廉·莎士比亚的罗密欧＋朱丽叶》作了比较。白先勇说："《牡丹亭》讲述的是青年恋人的故事，所以我希望年轻人来扮演主要角色，要体现巴兹·鲁尔曼电影中的那种活力，他在电影中启用了17岁的克莱尔·丹尼斯与22岁的李奥纳多·迪卡普里奥来饰演两个主要角色。"㉗

还是2004年4月，知名学者郑培凯写过一篇关于汤显祖和《牡丹亭》的文章，他满怀热忱地指出，"汤显祖(1550—1616)当然是中国文化孕育出来的伟大的戏剧家，堪与英国的莎士比亚(1564—1616)相匹敌。"

郑培凯的文章中有一节题为"中国的莎士比亚"，其中总结了中国和日本的汤显祖研究，特别是20世纪汤显祖与莎士比亚的比较研究。郑培凯认为这类比较研究至少有两个目的：赞颂汤显祖；在西方文化价值全球化的局势下增强中国人对传统文学价值的自信。㉘

上述这些例子概述了中国知识分子为了寻找中国的莎士比亚所付出的努力。中国的知识分子之所以选择莎士比亚，正是因为他是外国人，又有足够的国际影响力，而不是因为他的作品与杜甫、汤显祖或者关汉卿的作品有多少相似之处。难怪1902年，梁启超在文化衰微的大背景下不禁哀叹："近世诗家，如莎士比亚、弥尔顿、田尼逊等，其诗动亦数万言。伟哉！勿论文藻，即其气魄固已夺人矣。中国事事落他人后，惟文学似差可颉颃西域。……然其精深盘郁雄伟博丽之气，尚未足也。"⑩

1921年，曾就读于剑桥大学的诗人、英国浪漫派诗歌的推崇者徐志摩，在北大作"艺术与人生"的讲座时，称莎士比亚是"世界性"的艺术家。他从莎士比亚作品中推导出一种"生活的意识"，用来反对中国文学传统中的一些特定因素，从更宽泛的意义上说，也是反对整个中国传统文化。徐志摩盛赞莎士比亚和他所代表的西方传统，他说："让我们诧异的是，在我们的文学大师的名单中竟然找不到一位像歌德、雪莱、华兹华斯这样的人物，就更别提但丁或是莎士比亚了。"⑪

徐志摩在错误的地方（非英语、非欧洲的文化中）寻找错误的人（近代以前用文言文和白话文进行创作、身后有可能成为代表民族形象的作家），所以，他在中国文学中无法找到像莎士比亚这样的作家也就不足为奇了。在这个问题上，徐志摩的观点也代表着当时的时代精神，他还进一步指出，文化差异不仅存在于不同的文化实践中，还存在于评价方式的差异上。在他看来，"（中西的）差异主要体现在程度上，而不是在性质上"，因为"中国人的文化遗产本质上不如西方的"，中国的传统"无法从总体上把握生活"，所以，徐志摩担心"在艺术上和别的方面，中国人会因为天性中的固有因素，他们将不同于世界上的其他民族"。⑪鲁迅也参与了这次关于国民性格的讨论。在《摩罗诗力说》一文中，鲁迅引述了托马斯·卡莱尔的《英雄与英雄崇拜》(1840)中几段文字之后，把莎士比亚称为文化英雄，因为莎士比亚的诗和民族的声音紧密相连。⑫鲁迅曾在日本学医，可能读过日文版的莎士比亚和其他西方作家的作品；他自己也粗通德文和英文。卡莱尔认为莎士比亚是"最优秀的英国人"并引以为豪，⑬鲁迅的观点显然受到了他的影响。鲁迅在寻找中国的莎士比亚的过程中形成了他的爱国主义观点，其中也

第二章 晚清的莎士比亚接受史：从梁启超到鲁迅

不难看到卡莱尔的爱国主义理念的痕迹。鲁迅和当时许多知识分子一样，想要寻找到一个团结、改造国民的声音。在《科学史教篇》中，他甚至提出："故人群所当希冀要求者，不惟奈端（按：牛顿的旧译名）已也，亦希诗人如狭斯丕尔……凡此者，皆所以致人性于全，不使之偏倚，因以见今日之文明者也。"㉑鲁迅的文章赞扬了莎士比亚激励民族重生的力量，也为中国缺乏精神斗士而感到悲哀。㉑他以发动战斗号令般的语气，质问中国何处才能找到像莎士比亚这样的"精神斗士"。这番寻找一直持续到 1913 年，孙毓修在《小说月报》上分期连载的文章《欧美小说丛谈》（8 期）末尾写道："吾祝中华之莎士比及时生产，以文学而保国也。"孙毓修指出莎士比亚广受推崇的作品不仅在英国激发了爱国热情，在法国和德国也同样如此。所以找到本民族的"莎士比"，至关重要。㉑

过去寻找中国的莎士比亚很急迫，今天也同样如此。2002 年 3 月 4 日，中国政协会议把纪念关汉卿（约 1229—1297）确定为号称"文化奥运"的 2008 年北京奥运会的重要内容。关汉卿是一位多产的剧作家、杂剧班头，有时也上台表演，他被认为是有可能获得"中国的莎士比亚"这一称号的另一位作家人选。美国人寻找本民族的莎士比亚的愿望，及弗兰西斯·提戈所谓的"莎士比亚的美国形象"㉑，似乎显得同样迫切。华盛顿市于 2007 年 1 月至 6 月间举行了"华盛顿莎士比亚戏剧节"，这期间安排播放了"莎士比亚成为美国人"等广播纪实节目。㉑2003 年 4 月 23 日，美国国家艺术捐赠基金会宣布启动"莎士比亚走进美国社区"的活动，并把它宣传为"奉献给美国人民的宝贵礼物"。这个宣告有意把莎士比亚的名望与送礼物给美国人这个集体的想法联系起来。美国电影协会主席和首席执行官杰克·瓦伦蒂热情地表示："如果你不知道、没读过或是听过他那些神奇的故事，那么你的生命中就还有不足。"美国国家艺术捐赠基金会的主席达纳·乔亚认为："一个伟大的国家应该有伟大的艺术。我们为把英语世界中最伟大的剧作家呈献给美国而感到十分荣幸。"[119] 今天,这类溢美之辞仍会令我们想起一个世纪以前徐志摩和鲁迅提出的中国需要民族诗人的观点。

是走"全盘西化"之路,还是重新挖掘中国传统文化的价值,这两种对立观点影响了第一次鸦片战争和五四运动期间的文化交流,也贯穿了整个寻找中国的莎士比亚的历程。[120] 莎士比亚从改良派旗帜上的一个抽象名字变成一系列极具演出价值的戏剧宝库,人们转而希望借助莎士比亚来建立像悲剧、话剧等新的表达模式,这种兴趣渐渐取代了原先的自卑情结。

尾声

当初人们对文化改良而不是文学创新模式的关注决定了莎士比亚与中国之间的相互作用,这也许可以在一定程度上解释为什么大家对莎士比亚的名字和生平状况的兴趣超过了他的语言和作品,以及为什么近半个世纪他的作品都处于"隐形"状态。文化翻译的方法中包括赞美以及在参考书目中予以记载等形式,而这些方法都不要求翻译作品本身。

1839 年至 1900 年之间,"莎士比亚"对中国人而言还是新鲜的事物,但改良派却在其中看到了现成的出路。人们对莎士比亚与时下热点问题之间联系的关注早已超越了对他剧作的兴趣,就更不用说理解它们了。西方作品的某些方面常常由于民族或历史的需求而被放大。还有其他西方作家在中国有过相似的经历:长期以来,易卜生的戏剧一直被看作是一种社会批评,而不是象征主义或者现代主义的代表作品。[121] 在中国接受莎士比亚的初期阶段,莎士比亚的文化功能并不是体现在他的作品上,而是他的国际地位以及"西方"的军事实力,他成了英国和美国的象征符号。人们借助莎士比亚寻求现代民族身份之举,带来了大量的作品,对保守派和改良派来说都极为重要。[122]

第二章 晚清的莎士比亚接受史:从梁启超到鲁迅

19世纪中国人试图将莎士比亚打造成一位进步的"新式"作家,这并不符合史实,还有些现代主义的倾向,同时莎士比亚和中国将要占据的空间也是个促成因素。这是没有莎剧的莎士比亚接受史上自相矛盾的现象。虽然不只是中国对莎士比亚的生平感兴趣,不过人们当时无法接触到莎士比亚的艺术宝库确是时代造成的,那个时代曾让中国和英国的民族主义想象变得活跃。对中国激进的改良派来说莎士比亚有着积极的作用,因为他已是一个可以在莎士比亚和中国以外的文化空间中做各种解读的文化间的标志。[23]莎士比亚的在场向那些确定下来的中国价值观念提出质疑。历史偶然性造成的莎士比亚文本的缺失迫使莎士比亚的翻译者和改写者为逝者代言。莎士比亚的作品被视为具有启发性的文献,改良派人士并未真正地阅读过他的作品,却拿他作为对美好未来的一种简便的叫法,那是他们替同胞们所描绘的美好前景。这些交流过程中的文本空间稍后即将在林纾和老舍的改写中出现。

第三章 道德的批判与改写：兰姆姐弟、林纾及老舍

由于莎士比亚令人无法忽视的存在，以及在跨文化交流中逐渐形成的自我意识，中国人对名人莎士比亚传记的关注转向种种复杂的理想主义途径。莎士比亚和中国都曾被用来充当美学实验中的托词或借口。在20世纪初，在中国近代文学的形成过程中，莎士比亚及其剧作发挥过重要而持久的作用。但当时充当调和中英文化文本媒介的，不是参考书籍或是评注性文章，而是各种改写作品。

莎士比亚戏剧与中国的演出及接受在很大程度上受制于长期形成的道德诉求的模式，这不仅衍生出基于道德需求的文学创作方式，也形成了借助文学培养读者的道德责任感的信念。各种关于挪用外国文化资本的伦理讨论此起彼伏。以下我将围绕两部里程碑式的作品，探讨道德批判的话题，说明在民族危难时期，莎士比亚是如何与中国建立起联系的，或者中国是如何与莎士比亚建立联系的。这两部作品分别是林纾与魏易合作，将查尔斯·兰姆和玛丽·兰姆姐弟的《莎士比亚戏剧故事集》改写而成的文言文译本，和小说家老舍创作的短篇白话小说《新韩穆雷德》。林纾对莎士比亚和兰姆姐弟作品的"过滤"是基于文化上的可信度进行的，是尊重源文本的一种方式。老舍的短篇对莎剧和有关哈姆雷特的

大众话语予以删减、反驳,在本质上更富有颠覆性意味。[24]本章将探讨莎士比亚和中国近代文学在审美、道德和政治层面的交流。虽然这两部作品在文学史上很有名,但林纾和老舍却不是诠释或翻译现代思想的代表,也没有试图探究莎剧的终极意义,这些改编的作品充分反映了莎士比亚戏剧的兼容并蓄,20世纪已经成为中国作家通过外来的莎剧探索中国本身文化变迁的载体。

文学与伦理学

20世纪的前四十年不仅见证了持续不断的战争,也经历了一系列有争议的文化运动,林纾和老舍正是在这段时期从事创作的。在1900年之前,莎剧演出的主要对象是社会精英群体,但是到20世纪初,他的作品已经成为培养中国青年的西式教育的基础内容。西方传教士在各个通商口岸建立了教会大学,如在半殖民地上海建立了圣约翰大学。这个时期,中国新兴的西式高等教育非常重视莎士比亚作品和其他西方作品(包括自然科学和工程学)的翻译,以致"在大学中获准进行的中文教学的主要形式就是翻译:将弥尔顿和莎士比亚译成中文,或是将中文作品译成英文"[25]。结果,各教会大学纷纷鼓励学生用英语表演莎剧以提升英文水准,或是在特殊的庆典活动中表演。1896年,圣约翰大学的毕业生用英语演出了《威尼斯商人》中的"庭审"片段,[26]1902年学生们再次上演了该剧。[27]除了学生的团体演出(这已成为圣约翰大学的传统)之外,1900年该校还成立了莎士比亚戏剧社,会员们在周末聚会诵读莎士比亚的戏剧作品。[28]全社会对莎剧的阅读和表演也给予了很多关注。[29]用外语表演戏剧是常见的教学手段,其本身并没有推崇帝国主义的意味,而在民族主义的情感上,莎士比亚戏剧社与维多利亚时期的一些组织,如成立于1873年的新莎士比亚协会,是相同的。[30]中国的专业话剧表演始于1913年,那年新民社上演了

《一磅肉》(根据《威尼斯商人》改编而成)。这场演出是郑正秋根据林纾、魏易的译本导演的,采用了当时中日流行的半即兴式的演出方式。[20]

当初人们满怀真诚引进基督教,在对普世主义进行探讨的过程中引进了西式教育(包括英语语言教育)。[21]这种模式可能影响了林纾在改写中对兰姆姐弟《莎士比亚戏剧故事集》的道德解读。1877年,传教士杨格非在上海举办的中国新教传教士大会上宣称:"我们到此的目的……不仅仅是为了发扬西方文明,还要与黑暗的势力作战,从罪恶的深渊中拯救众生。"[22]1890年至1938年任圣约翰大学校长的卜舫济牧师主张将英语语言和文学教育作为拓宽"中国学生视野"的方法,并希望把英语与具有基督教特色的文化复兴中的学习联系起来,"为英语赢得体面"。[23]莎士比亚戏剧正是在这种背景下进入了中国的教育体系和知识分子的生活。

莎士比亚戏剧不仅成了道德价值和社会地位的标签,也是新兴的文学实用主义的组成部分。这个时期所谓的"翻译"实际上涵盖面很宽泛,包括了"意译、改写、删节和改变文体"等形式。[24]在一窝蜂地推广西方文化的时候尤其如此,林纾在进行大量文学作品的翻译过程中也不例外。

在数十年的光景中,儒家的价值观念及其在古典文学和戏曲中的表述不再是坚不可摧的。一方面,《新青年》编辑部和春柳社等社团主张彻底更新知识体系,另一方面,以梁漱溟为首的学者们竭力维护儒家学说。[25]新派人物试图寻求新的权威形象以便形成新的凝聚力。当时他们以为只要把那些与中国传统文学的形式和价值观念不同、甚至对立的文学普遍特征加以综合就可以实现这个目标。

这场关于中西方价值观念的文化论战分为两大阵营。一派捍卫民族文化,坚持民族的重要意义,在某种程度上,也就是坚决维护已经成形的中国传统。而另一派则强调文化融合的重要性,并把跨国文化视为补充、更新中国文化的源泉。这两种主张使中国的自强意愿和文化身份的选择成为道德问题而不是政治问题。无论是受外国作品的启发、创作出来的小说,还是外国文学译作,包括那些随意改编或改写内容、不交代原文本的,还有在目的语文化中试图取代甚至充当原著的作品,都表现出这种倾向。[22]林纾和老舍的创作背景大致如此,不过,他们两人对中西文化交流所持的态度却截然不同。

《莎士比亚戏剧故事集》的故事

《澥外奇谭》(1903)也是查尔斯与玛丽·兰姆的《莎士比亚戏剧故事集》(1807)的中译本,该书的佚名译者在书中对奇特而又丰富的"没有莎剧"的莎士比亚接受史进行了评论。译者称莎剧已经被译成多个语种,对其推出中译本的必要性予以说明:"译者遍法、德、俄、意,几乎无人不读,而吾国今学界,言诗词小说者,亦辄啧啧称索氏。然其书向未得读,仆窃恨之,因亟译述是编,冀为小说界上增一异彩。"[23]

但是在兰姆作品的译作中,产生重要影响的还应属林纾和魏易推出的文言文的《英国诗人吟边燕语》(1904)。布莱希特曾在德国意识形态发生冲突时,在演出中把莎士比亚政治化,林纾与他不同,他在"翻译"的过程中改编了兰姆的文本。

通常情况下,莎剧是通过演出或翻译进入另一种文化的,而很多东方的读者却是通过兰姆姐弟了解莎士比亚的。在中国和日本,《莎士比亚戏剧故事集》的各种译本对于莎剧的演出和理解都产生过重要的影响。莎剧的日语首演(1885)和中文首演(1903)均出自这些译本,演出剧目都是根据《威尼斯商人》改编的。兰姆的《故事集》还拥有大批的读者,1877年至1928年间,它被译成日语并重印了97次,在中国,仅1903年至1915年间就出现了十余种版本。[24]

兰姆的《莎士比亚戏剧故事集》并不是林纾和魏易最早的译作。他们此前数年翻译的小仲马的《巴黎茶花女遗事》(1899)是中国文学翻译史上的里程碑,在1911年民国政府成立前后的数十年中,他们译介的其他欧陆经典和一些(如今)鲜为人知的作品曾吸引了国内众多的读者和观众。他们翻译的《莎士比亚戏剧故事集》深受广大读者的欢迎,也对他们产生了深远的影响。在1905年至1935年期间,共发行了3种版本,印刷了11次,其受欢迎的程度由此可见一斑。自19世纪80年代以来,林纾将其大部分的时间和精力投入到这类"翻译"事务中来。他还记得他母亲听他讲述他所翻译的故事,常常不知不觉地就到了半夜一两点钟。[20]

虽然多数学者都认为,在田汉推出完整版的译本《哈孟雷特》(1921)以前,林纾所译兰姆的《莎士比亚戏剧故事集》是中国读者了解莎士比亚的唯一渠道。然而史料却证明并非如此,《吟边燕语》并不是当时唯一的莎剧译本。除了林纾发表的根据莎剧改写的连载小说和单行本之外,还有其他作家推出了多部莎剧的译本,它们的发行面也较广。兰姆《莎士比亚戏剧故事集》还发行过附有中文前言和注释的英文版。上海的《小说月报》上不仅刊登过林纾作品的书讯,1910年和1911年还分别刊登过关于出版莎剧《麦克白》和《威尼斯商人》的中文评注版的重要启事。[21]这种双语版本被当作学习英语的工具加以推广,而且对20世纪初中国人阅读英语文学也发挥了积极的作用。在介绍沈宝山评注的《麦克白》的书讯中,作者对改写文字(或情节梗概)和原著予以区分。[22]虽然林纾的《吟边燕语》的确很流行,仍然很有影响,但有充足的史料清楚地表明,当时市面上有多种很可能是相互竞争的莎剧版本存在。当初创立《小说月报》的目的是为了"翻译名著"和介绍新观念,它的发行者商务印书馆本身就是20世纪初出版文学作品热的主要推手,包括翻译作品、改写作品和原著。[23]

尽管林纾是因合译《吟边燕语》而出名,但他的贡献并不限于

第三章　道德的批判与改写：兰姆姐弟、林纾及老舍

此书。1916年他继续翻译其他莎剧作品，包括1904年版的《吟边燕语》中没有收录的历史剧和罗马剧，这次林纾的合作者是陈家麟，他和魏易一样，为林纾把莎剧口译成中文。《理查二世》《亨利四世》和《朱利乌斯·恺撒》等剧本经他翻译陆续发表在《小说月报》上，译本的标题通常采用音译的方式，如《雷差得记》。《亨利第六遗事》则由商务印书馆以单行本的形式发行。这些后期作品都明确了剧作者是威廉·莎士比亚，却未交代译者采用的是何种版本。林纾从翻译莎士比亚的悲剧、喜剧作品转向历史剧是有原因的。《小说月报》刊发了大量的林纾及其合作者的作品之后，该刊物的编辑方针发生了变化，不再鼓励神怪题材的稿件，而是积极地征集民族历史等题材的稿件，若是林纾想到能在一份重要的刊物上发表自己代述的作品，而且稿酬也不低，那么，他转向历史剧也是合乎情理的。[24]商务印书馆承印的作品不断丰富，而"林译莎剧"一直是它的主打作品，那些整版的书讯，还有《小说月报》上分期连载的《亨利第四记》，都足以说明这一点。1916年6月份的月刊上刊登了《凯彻遗事》的第二期，上面还刊登了一张纪念莎士比亚逝世300周年的照片，就是后来的弗劳尔莎氏画像。林纾还与一位不知名的译者合作翻译了《亨利第五记》，1925年发表在《小说世界》上。

《小说月报》推出这些作品是件非常有意义的事，因为该杂志是商务印书馆办得最长久的刊物（1910—1931），也是这个时期最有影响力的文学期刊。不过，可能是因为当时人们普遍把该杂志视为通俗的娱乐性读物的缘故，林纾和其他作家的作品，不论是否涉及莎士比亚，并未受到重视。[25]

这一背景下的文学翻译有两大特征值得特别关注。虽然魏易把兰姆的原著口头译成中文，而决定以文言文的形式推出译著的是林纾。这种合作方式在当时并不罕见，很多技术性的和宗教作品的翻译都采取团队合作的方式，文学作品也并不都是由业内人

士翻译。[20]林纾精通古文,将合作成果转为文言文对他来说不是难事。他们在吸收和区分不同文化观点的同时,还要参照其他文本,尤其是中国的传统叙事作品,在翻译的过程中重新建构差别和联系。单就《莎士比亚戏剧故事集》而论,就是指这部英国文学作品的译本中体现出来的文本间的差别和那似有似无的中国味了。林纾的读者,尤其是《小说月报》的广大读者群,都很清楚这其中的不易。

虽然林纾和魏易的译本并未曾想用于舞台表演,但作品中收录的二十部莎剧(以兰姆的版本为准),都是极富戏剧性的故事。1904年新民社上演了《肉券》,该剧是由《威尼斯商人》改编而成。据导演郑正秋说,这次演出——也是中国首次专业的莎剧表演——深受欢迎。[21]可观的票房收入促使该剧社在1914—1915年间推出了包括《奥赛罗》、《哈姆雷特》和《驯悍记》在内的一系列莎剧演出。林纾的译作深受广大读者和戏剧从业人员的欢迎,因为上述的演出都是以他的译作为蓝本改编而成的。

他的译本之所以受欢迎有两个原因。首先,林纾和魏易将莎士比亚戏剧归类于神怪小说,这是很受欢迎的传统文学体裁,在国内拥有广大的读者群;其次,林纾的名气也是其作品发行量的有力保证。《小说月报》曾以整幅版面刊登50部林译小说的书讯,待售书目的标题分别列在不同的门类下方。[22]除莎剧以外,林纾以文言文的形式翻译过日语、德语、法语、西班牙语和英语的戏剧和小说作品,共计180余种,是当时最重要的外国文学翻译者。

莎剧在中国刚出现时带着浓重的伦理色彩,人们不禁会问,经典的原著文本都有已被认可的解读,为什么经典的译本中会包含或者准许存在与之相背离的意义呢?为什么译著常常扩展了原著所表达的意义?瓦尔特·本雅明和雅克·德里达在探讨这个问题时将"译作"看作是"原著"的"后半生",或者是它不可或缺的组成部分。他们的理论使各种书写都成为多语种的。[23]按德里达的说法,如果所有的文本都是译作或者是译作的译作,那么,无论译者

第三章 道德的批判与改写：兰姆姐弟、林纾及老舍

对原著会产生什么样的解读，也都不足为怪了。㉙

不过，若是作者（如林纾）不懂外语，却要"翻译"外语文献，那么这寓言性或者象征性阅读的根源就另当别论了。这些"译者"是借助他们的合作者与自身的想象去翻译那些无形的文本的。林纾的作品不仅体现了特定历史时期的迫切要求，还体现了这种需要中间人合作翻译的特殊背景。

林纾的这种情况在世界文学史上并不罕见。西方也有很多作家曾"翻译"过一些并不存在的"原著"，比如埃兹拉·庞德、贝托尔特·布莱希特、朱迪斯·戈蒂埃、维克多·谢阁兰，还有威廉·卡洛斯·威廉斯与王德威所译的38首中国诗歌。他们的翻译过程中有些地方与林纾的情况较为相似。他们也都是与人合作的（与某个精通外语的人或者是借助某种作者熟悉的语言所著的材料）。这其实是一个再想象和再创造的过程。而林纾的独特之处在于他从未出过国门。实际上，他在国内是众所周知的文化保守主义的坚决拥护者。相反，在他们同时代读者的眼里，那些借助东方的情感表达方式的西方先锋派诗人却是新传统的奠基者。

有意思的是，林纾翻译外国文学作品实在是出乎人们意料的事，因为在20世纪初期，翻译外国作品被视为是宣扬现代化的一个重要手段——而这恰恰是林纾极力抵制的。林纾是个举人，熟读儒家典籍，潜心研究过程朱理学，坚信文以载道。㉚由他多部作品中的道德说辞来看，他意在借此方式普及儒家的价值观念，只是结果不尽如人意罢了。

林纾不懂外语或外国文化，也不认为非懂不可。在他们的合作中，魏易用中文为他讲述故事的主要情节，林纾边听边将它改写成文言文，戏剧类的作品一般都改为传奇。㉛据林纾讲述，他们两人常在晚间闲坐，魏易有一次"偶举莎士比笔记一二则"，林纾"就灯起草"，仅二十天就完成了译稿，他把它称作"莎诗之记事"。㉜值得注意的是，林纾在前言里指出原作者是莎士比亚，而不是兰姆

姐弟。㉔

　　林纾和魏易决定翻译莎剧也绝非偶然。他们合作翻译了许多西方作者的作品,有些当时很著名,有些尚不为人所知。但是,他们为什么选用兰姆的《莎士比亚戏剧故事集》,而不用已得到认可的19世纪末、20世纪初的英语版本(比如埃德蒙·马隆、萨缪尔·辛格、克拉克和莱特编辑的各种剑桥版本),这是值得进一步思考的问题。也许兰姆姐弟的英文版容易获得也更受欢迎,是一个不容忽视的原因。接下来的问题就要涉及到莎士比亚、兰姆姐弟、林纾和魏易之间的协作了。

　　那么,兰姆姐弟的作品在英国的接受情况如何呢？尽管这个文本看似浅显,但查尔斯·兰姆是维多利亚时期受人敬重的散文家、莎学专家。柯勒律治对兰姆"精湛的莎评"赞不绝口,赫兹利特甚至认为,"不论在诗学问题还是在鉴赏力上",兰姆是"比约翰逊、施莱格尔更为明智的批评家"。㉕虽然兰姆的文本已经渐渐淡出了批评界的视线,但它作为"儿童文学经典"的地位不容置疑,至今仍以盒式录音带、唱片和绘本的形式发行并拥有很大的流通量。1999年至2007年间推出了数种不同的版本。㉖20世纪末的学者们对兰姆姐弟《莎士比亚戏剧故事集》的成就予以认可。例如,查尔斯·马洛维兹称该书把莎剧变成了"供'孩子'阅读的、简单、清楚又确定的故事":"你细想一下就会明白这真是一件很了不起的事情:确定地表达一部戏剧究竟在讲述什么。就我所知,没有几个人能够做到如此简洁。不过,它令人敬佩的同时,也很令人生疑,因为这些戏剧'故事'也许根本就不是兰姆在剧作中读到的故事。"㉗

　　兰姆姐弟将莎士比亚的戏剧改编成供儿童和妇女阅读的故事,否则,他们就没有机会领略莎氏的风趣和语言的精妙:"也是给年轻女子们阅读的,这是写作的主要目的,因为与女孩相比,男孩子更早就能获得许可使用父亲的图书,在他们的姐妹们浏览这些适

第三章 道德的批判与改写：兰姆姐弟、林纾及老舍

合男子阅读的书籍之前,就常已将莎剧的经典场景熟记于心了。"㉕

《莎士比亚戏剧故事集》曾由维多利亚时期的机构审查过,书中带有浓重的说教色彩也就不足为怪了。查尔斯·兰姆在提到他观看《哈姆雷特》演出的感受时曾说："随处都是格言和思考,远胜过其他作品,所以我们觉得把它作为道德教育的载体是很恰当的。"㉖维多利亚时期人们对待莎剧的这种态度很可能影响了那些为林纾的创造性翻译、改写提供文本资料的同代人(西方的传教士和跟他们有往来的中国知识分子)。1897 年,加尔文·布朗将莎士比亚纳入学校课程,但他承认莎剧给学生们带来的挑战,这时,《莎士比亚戏剧故事集》就发挥了作用。他在《近代语言评论》里写道："可以把莎剧作为阅读任务布置下去,最好是《威尼斯商人》、《皆大欢喜》之类的作品,不选那些伟大的悲剧。这时大家就会发现兰姆的《莎士比亚戏剧故事集》的用处了。"㉗

兰姆姐弟承认他们的文本带有性别、阶级的色彩,是为说教的目的所作,但他们强调："只要有可能,就会用莎剧中的词汇。"㉘事实上,很多著名的短语和段落在他简洁的改写本中都得以保留。下面一段文字体现兰姆姐弟是如何以明确的道德评价语汇来再现《哈姆雷特》一剧的内容的：

> 年轻的王子……爱他已经去世的父亲,几乎把他当作偶像来崇拜。王子本身为人正派,举止非常得体,他心里很为母亲葛楚德的可耻行为感到难受：这位年轻的王子既要哀悼父亲的去世,又为母亲的婚姻感到耻辱,于是整日沉浸在一种深深的忧郁中,一点快乐都没有了,本来英俊的容颜也渐渐憔悴了。㉙

兰姆姐弟和林纾的文本间差异促使我们思考：林纾从兰姆姐弟的文本中"继承"了什么？他做出了哪些改动？为什么要改？林

纾显然利用了维多利亚时期的道德批评规范,并夸大了莎剧的德育功能的可能性。但林纾也确实对兰姆的文本作了较大的改动以实现自己的目的。他给每个故事重拟了传奇文学中常用的两个字的标题,兼顾音韵和语义的平衡。一般说来,传统传奇文学的标题分为四种:主人公的名字,主人公的名字(主要目标或职业)加上主要情节,主人公的名字加上主要情节再加上"记",主要情节加上"记"。㊋林纾为莎剧重命名时采用了第二种方法。译本中的标题和故事的顺序不同于兰姆姐弟的《莎士比亚戏剧故事集》,后者以《暴风雨》开头,而林纾的译本则是从《威尼斯商人》(《肉券》)开始的。他给每个故事起了个新标题是为了突出每部作品的主题。㊋总之,林纾的故事性标题满足了读者的新奇感,而故事的讲述方式则表明他是个注重说教的翻译者。

威尼斯商人	肉券
驯悍记	驯悍
错误的喜剧	李误
罗密欧与朱丽叶	铸情
雅典的泰门	仇金
泰尔亲王配力克里斯	神合
麦克白	蛊征
终成眷属	医谐
一报还一报	狱配
哈姆雷特	鬼诏
辛白林	环证
李尔王	女变
皆大欢喜	林集
无事生非	礼哄
仲夏夜之梦	仙狯

第三章　道德的批判与改写：兰姆姐弟、林纾及老舍

冬天的故事	珠还
奥赛罗	黑督
第十二夜	婚诡
维罗纳二绅士	情惑
暴风雨	飓引

林纾在前言中所提到的这些"主题"显然是他对莎剧故事的道德阐释。这与莎士比亚在日本的早期传播情况较为相似，当时维多利亚时期的道德家萨缪尔·斯迈尔斯的作品《自立：图解人物和行为》(1859)被译成《西国立志编》(1871)，出版后成为畅销书。林纾和魏易也把译介作品和教育读者视为己任。㉟林纾给故事所选的题目也许说明人们对新奇的西方故事的偏爱，林纾又进一步改动兰姆的文本，以便用莎剧故事为例来抵制一些激进的人士要求彻底西化的态度和做法。

这里且不妨将林纾的文本和后来的莎剧戏曲改编作品作一番比较。戏曲程式化的需要和传统既定的体系都要求中译本里各场戏的标题都要能体现道德批评的印记。在很多戏曲改编本中，各个场次都有一个两字标题，突出其中的主要人物和对主要情节的道德评价。上海昆剧团1986年推出的《血手记》就是一例：㊱

第一折：晋爵，对应原剧第一幕第一、第三、第四场
第二折：密谋，对应第一幕第五场
第三折：嫁祸
第四折：闹宴
第五折：问巫
第六折：闺疯，对应第五幕第一场
第七折：血偿，对应第五幕第七场

至于内容和风格,兰姆姐弟的版本给莎剧增添了些许童话色彩,而林纾又在此基础上,选择了夸张、说教的方式,但两者的目的不同。林纾的文本不是儿童读物,而且,文本中涉及基督教的内容都被林纾省略了,但他却非常注重人物的外貌描写。但是林纾没有删去兰姆对莎剧中外国人的描述,继承了他们的种族偏见。只要把林纾的《肉券》和兰姆姐弟的《威尼斯商人》中对应的部分加以比对,就不难发现这一点。

林纾的文本

歇洛克者,犹太硕腹贾也,恒用母金取子,以居积得橐金无数。然如期要索,未尝假借,人多恨之。仇家曰安东尼,罗马人也。[267]

兰姆姐弟的文本

犹太人夏洛克住在威尼斯,他是个放高利贷的,他靠放高利贷给笃信基督教的商人,大肆敛财。这夏洛克,为人刻薄,他向人讨债的时候十分严厉,因此所有善良的人们都不喜欢他。威尼斯有个叫安东尼奥的年轻商人,特别讨厌夏洛克。[268]

兰姆姐弟为维多利亚时期的家庭阅读删改莎剧时,对夏洛克这个人物没有流露丝毫的同情。[269]与原著一样,夏洛克对事情的看法没有给予表达,鲍西娅一走进法庭就立刻认出了"那无情的犹太人"。"哪一个是商人,哪一个是犹太人?"尽管这个名句在语法和语义上,对兰姆预期中的读者来说并不难,但还是被删掉了。林纾的文本是在这生动描述的基础之上,再依照传奇文学的惯例,添加了事件的细节和人物的外貌描写。

林纾在其他地方还有更多变动,特别是在将《哈姆雷特》改编为《鬼诏》的过程中,他以儒家文化为背景重新建构故事。《鬼诏》

的开篇是对王室成员的评价性描写,把《哈姆雷特》改编成一出家庭悲剧,其重点是夫妻间的忠诚和子女的孝顺,而不再是国家的政治问题。Claudius 被译成了"克老丢",这是个音译,却带有贬低意味,林纾选择含贬义的"老"、"丢"这两个字也许不全是偶然。在音译时,这些外国名字有众多的同音汉字可供选择,他应是有意选择了这两个字的。同样,Gertrude 成了"杰德鲁",其中"德"有"美德"的意思。

因而林纾的译文与兰姆的文本有较大的出入。林纾笔下的汉姆来德"以孝行称于国人",太子没有野心,"亦非有恋于大宝"。[20]林纾在此添加:"盖太子挚孝之心,实根天性,长年黑衣,用志哀慕。"[21]而兰姆笔下的哈姆雷特却是因为母亲仓促成婚而"被一种沉重的忧郁所笼罩",这件事在他看来比"丢掉整个王国"更让人难受。兰姆姐弟在文中写道:"他最觉得沉重的并不是他无法继承按法律应由他继承的王位,尽管对一位年轻而高尚的王子来说,这也是痛苦的创伤、难堪的侮辱。但真正让他痛苦不堪、变得无精打采的,是他母亲竟然这么快就忘掉了他的父亲。"[22]

接下来在林纾的译文中,汉姆来德将自己锁在房间里,没去出席克老丢和杰德鲁的婚礼。[23]倭斐立(Ophelia)成了汉姆来德的妻子,但是没有交代他们何时因何成婚。[24]文中称来梯司(Laertes)是汉姆来德的"妻弟"。[25]汉姆来德杀死普鲁臬司(Polonius)之后,深感愧对妻子,"自咎开罪于其妻,乃大哭"。[26]值得注意的是,倭斐立被重塑为一位深受儒家思想浸染的上层社会的年轻女子。兰姆文本中的奥菲利娅似因意外溺死于河中,而在林纾笔下,倭斐立则是因为父亲之死而伤心过度,最终选择了自尽。倭斐立觉得愧对死于自己丈夫之手的父亲,可是她又深爱着汉姆来德,这令她倍受折磨。林纾在文本中没有强调倭斐立精神失常一事,这一点不同于兰姆的版本,也有别于 20 世纪有关《哈姆雷特》的批评。将林纾和兰姆的文本加以对照,我们就可以体会林纾的道德评价在译文中

林纾的文本

既进国门,见其妻痛父自殊,丧车出国门矣。先是倭斐立闻其父见杀于痫夫,遽作而晕,遂亡其心,长日被发行歌。一日至柳濒,有水柳卧溪而生,女挟花无数,系之柳枝之上,言为柳树饰也,枝折竟陨。㉗

兰姆姐弟的文本

那就是哈姆雷特曾经爱过的情人的葬礼……一条小河旁斜长着一株柳树,树叶倒映在水面上。一天,她趁没人注意的时候来到这条小河边,编了一只花环,……然后爬到柳树上,想把这个花环挂在柳树枝上,柳枝折断了,这位美丽的姑娘和她的花环,还有她采摘的花儿都掉入水中。她靠衣服托着在水中漂了一会儿,期间她还断断续续地唱了几句古老的歌曲,仿佛不知道自己正处于危难之中,又好像她生来就是那水里的生物一样。可是不久,她的衣服因为浸足了水变得沉重起来,在她结束那支美妙的歌曲之前,就把她拖入污泥中淹死了,情形很是悲惨。㉘

林纾的解读与他所建构的家庭关系有着密切的联系,它使兰姆文本中原本并不存在的伦理关系变得很复杂。林纾只是在译文尾声简单交代了奥菲利娅之死,而兰姆姐弟却详细地描述了奥菲利娅在水中的最后情形。林纾更在意表现奥菲利娅如何在丈夫和父亲之间倍感煎熬、急于自尽的一面。我们可以把林纾看作是儒学普适论者,文本中的伦理话语具有深远的政治和社会意义,也远远超出了所谓"翻译"的范畴。㉙

童话的价值

尽管林纾有大量的译作,但他遵循传统,坚信中国文化和文学自身的价值。我们若是对他翻译的莎士比亚作品进行分析,不难发现林纾在改编兰姆姐弟的《莎士比亚戏剧故事集》时所表现出来的文化倾向。林纾借助传奇文学的叙事风格,使莎剧故事更接近表现爱情、孝行和异域传说等内容的明清叙事传统。兰姆姐弟原本为妇女和儿童改写的故事,被林纾纳入了儒家思想的框架之中,成为晚清和民国初期男性精英阶层的读物。在中国人追求自立自强的背景下,林纾的文本给人的印象是莎剧多是关于精灵鬼怪的故事。在林纾的同代人中,有些人受启蒙运动和理性主义的影响,提倡全盘西化,林纾借助这一改写策略来抵制他们的主张:

> 欧人之倾我国也,必曰识见局,思想旧,泥古骇今,好言神怪;因之日就沦弱,渐及颓运;而吾国少年强济之士,遂一力求新,丑诋其故老,放弃其前载,惟新之从。……西人而果文明,则宜焚弃禁绝,不令淆世知识。然证以吾之所闻,彼中名辈,耽莎氏之诗者,家弦户诵,而又不已……竟无一斥为思想之旧,而怒其好言神怪者,又何以故?⑳

为了与上述对莎士比亚及中国传统文化的价值的论述保持一致,林纾把自己改写的兰姆的《莎士比亚戏剧故事集》归为神怪故事。林纾并没有同化莎剧,为新兴的近代戏剧引入新的表达模式,而是打着以传统叙事的形式进行翻译的旗号改写莎剧,证明莎剧和中国传统叙事模式之间存在着相似性。

激进的改革人士对中国传统文化的各个方面予以抨击,而林纾希望借助这个用文言文翻译的莎剧文本来抵制他们的论调。对于那些激进人士而言,莎士比亚是先进的西方文化的偶像。林纾试图表明莎士比亚所持的道德观念和价值体系与中国传统文化所弘扬的道德观念和价值体系是相同的。

我们没有证据表明林纾成功地说服了那些激进人士。但他的译作大获成功,深受艺术家和广大读者的欢迎。著名的京剧演员汪笑侬(1858—1918)读过林纾的译作之后,以书中故事性的标题为题,为此书创作了二十首诗。㉑曹禺(1910—1996),中国近代戏剧的创始人之一,对林纾和魏易所翻译的《莎士比亚戏剧故事集》很感兴趣。㉒著名历史学家和戏剧家郭沫若(1892—1978)也曾对它"感受着无上的兴趣",说它"无形之间给了我很大的影响"。㉓他的《雷电颂》就是从林纾翻译的《李尔王》中获得灵感,创作而成的。㉔林纾的文本不仅供人们阅读,也被用于舞台演出,并吸引了大量的观众。1918年傅斯年(1896—1950)对《威尼斯商人》的评论充分概括了这个时期对莎剧的接受。傅斯年和林纾一样,也强调戏剧作品的道德启示,而在他看来,中国传统戏曲做不到这一点:"《威尼斯商人》中'可以去钓鱼'那段台词充分表明了人生而平等的观点,这是先于卢梭的《社会契约论》。我们的传统戏曲和京剧中还没有能与之相提并论的曲目。"㉕

傅斯年对这段台词的阐释显然是受了兰姆姐弟和林纾的影响。莎剧文本本是一个不可分割的整体,但其中的部分内容仍被予以强调。在当时特定的时局下,这推动了莎剧在中国的普及和西洋教育在中国的传播。林纾和他的前辈(曾介绍过莎士比亚的生平)有意突出了莎士比亚传记中值得称道的方面与他的声誉。林纾认为他的译作是必要的,因为他关注到了读者的需要,而不仅是外语文本,因为中国读者没有译文的话,仍无法阅读那些文本。所以,要理清这一段特殊的莎士比亚接受史,就要换个角度去理解作为一种文化协商行为的翻译了。

尽管林纾的译本具有特定的历史意义,他改写的《莎士比亚戏剧故事集》仍然有很大的影响。2001年曾有个项目,继兰姆姐弟和林纾之后,把所有的莎剧改写成故事。作者在前言里对林纾作品的重要性予以认可,同时指出,21世纪的读者需要一部新版的莎剧故事集,这次应以白话文创作。其他人也纷纷仿效。[26]林纾的影响在台湾也同样存在。这几年中,不同的译者和出版商推出了多个版本,证明兰姆的文本仍然占据着较大的读者市场。有些版本甚至沿用了林纾和兰姆的道德说辞。刘红燕2005年的译本中收录了兰姆版本的前言,强调莎剧作为"美德强化剂"的功能,可帮助读者摆脱"一切自私和唯利是图的想法",有助于培养"高尚的思想和行为……谦恭、和善、慷慨、仁慈"。[27]

如果文化翻译等同于文化再创造的话,那么,译者对外国文本的演绎是否"可信"[28]就不再是个问题。作家们对原著避而不谈的状况在20世纪初期较为普遍,他们在改写或翻译外国作品时常常赋予原著新的主题、伦理框架和内容。林纾的文本与后来体现反对儒家思想的行为(如五四运动,老舍《新韩穆烈德》),或是肯定儒家思想的行为形成了有趣的对比。

老舍与中国近代的哈姆雷特情结

《哈姆雷特》是公认的莎剧中的精华,人们不仅经常提到该剧,还常对它进行戏仿。[29]在大量著名的衍生作品中,包括艾略特的J·阿尔弗雷德·普鲁弗洛克,他宣称:"我不是哈姆雷特王子,也不想是。"还有乔伊斯的史蒂芬·代达罗斯的评论。莎士比亚还为多部英语、德语小说的主题和情节提供了素材。[30]千里之外的巴勒斯坦作家伊桑·艾巴斯(1920—2003)和杰布拉·伊布拉伊姆·杰布拉(1919—1994)在他们的自传体文学作品中也挪用了剧中哈姆雷特与葛特露和奥菲利娅的场景。我们可以在英国和欧洲传统中找到一系列"文学中的哈姆雷特"的作品,而东亚地区对该剧较有创意的演绎主要还体现在演出上。在这种背景下，老舍的《新韩穆烈德》(1936)，中国最早对哈姆雷特式的姿态进行戏仿的作品，成了东亚地区莎士比亚批评史上里程碑式的作品。(太宰治1941年才以私小说的形式发表《新哈姆雷特》。)克里斯托弗·里德认为这些作品"背弃了过去的最为正统的文学……常采用戏仿的形式"[28]。值得关注的是"新韩穆烈德"戏仿的不仅是大众文化中的"哈姆雷特"的形象，还有当时中国知识分子所使用的一套自以为是的伦理批评。"新韩穆烈德"的"新"表现在主人公无法正视一切贴着"旧"标签的事物。

老舍的改写是有前提的，那就是中国在转型期呈现出一种哈姆雷特式的情结，这在一定程度上是因为在欧陆话语中"哈姆雷特"常被视为现代的标志。[29]老舍时期最重要的历史事件当属五四运动，普遍的悲观情绪和踌躇不决是这个时期的主要特点。西奥多·哈特斯在《把世界带回家：晚清和民国初期对西方的借鉴》一书中称："许多应对民族危机的观点，若不是绝大多数的话，都带有普遍的陷入僵局的情绪。"这反映了"人们的恐惧，改革的初衷是要挽救中国一整套的制度，但是我们如此轻易地接受外国的方式反而会对它造成无可挽回的破坏"。[29]中国人不够积极主动并不是什么新鲜事。1906年，传教士丁韪良（1827—1916）在《中国的觉醒》一书的前言中有这样一段话：

> 假如中国人继续像他们在半个世纪前所表现的那般迟钝、保守的话，也许我会对他们的未来丧失信心。但是我看到，今天他们已团结起来，矢志与过去决裂，采纳西方文明中的精华去寻求新的生活，我觉得对于他们的未来，我的希望已实现过半了。[29]

不论丁韪良的这段文字是对中国的哈姆雷特情结发人深省的

第三章 道德的批判与改写：兰姆姐弟、林纾及老舍

论述，抑或是在"西方文明"的愿景下滋生的支持殖民统治的个人歧见的体现，它证实了老舍戏仿的哈姆雷特式的特性确实存在。这不是第一个把《哈姆雷特》解读为政治寓言的作品，也不会是最后一例。老舍把沉溺于空想的哈姆雷特和转型期迟疑不决的中国人联系起来的做法，让人联想到1828年路德威格·波恩的一篇文章，他在文中指出，德国人就像哈姆雷特一样，"既不能理智地思考问题、采取行动，又下不了决心去完成解放大业"。㊳

老舍是近代游历广、最具表现力的作家之一，他的《新韩穆烈德》写于20世纪30年代中期，比林纾晚了近30年，却面临着相似的社会、历史状况和文化关系问题。林纾那一代人见证了中西方价值观念冲突的开始，及其最终演变为西方军事侵略的过程。而在老舍时期，人们看到的不仅仅只是中国与欧洲之间日趋尖锐的矛盾，与日本——这个国人眼中曾经的弱国——的关系也渐趋紧张。《新韩穆烈德》表现了中国社会在两种对立的价值体系面前犹豫不决的情形，也表达了对未来十年外国文化侵蚀的忧虑。日本的侵略行径引发了抗日战争。中国的知识分子和作家不只是在中西方观念的取舍问题上备感纠结，他们还要在新兴的共产主义事业和共和主义之间作出选择。国共内战从1927开始，断断续续到1949年才结束，这期间的意识形态之争也决定了很多作家写作的题材和风格。

老舍的《骆驼祥子》(1936)和话剧《茶馆》(1957)都是英语国家的读者熟知的作品，除此以外，他还写过许多幽默、讽刺性作品，体裁各异（短篇小说、科幻小说、谴责小说、长篇小说、舞台剧、随笔等），至今仍很受欢迎。老舍的"喜剧天赋"吸引了包括王德威在内的几代批评家的兴趣。㊴林纾以文言文写作，而老舍则选择了白话，他和鲁迅等人一起致力推行白话文，不仅让读者接受了它，还使它成为受欢迎的文学创作语言。

老舍不提倡片面的道德观和文化价值观，这是他不同于其前

辈(如林纾)及其同代人(如胡适)的地方。虽然老舍和"五四"时期的其他作家一样都肩负着知识分子的社会责任,但他更关注幽默和叙述的艺术。许多作家对社会问题的担忧给作品蒙上了民族主义的色彩,致使一些西方的批评家把他们的作品当作民族的隐喻。詹明信就把鲁迅视为这样的"第三世界"作家之一。[28]虽然詹明信对近代中国文学中的"第三世界特性"的看法受到众多的质疑,但老舍及其同代人的确是在探寻一种民族身份,以及能充分体现那探寻意义的人物形象。鲁迅塑造了很多像阿Q那样令人难忘的人物形象,只是他对他们的实用价值(象征意义)更感兴趣,而老舍不同,他的作品常表现一些能够揭示个体特征的逸闻趣事。鲁迅的讽刺带着鲜明的知识分子的语气,而老舍则把幽默融入了中国文学。

老舍的作品大多完成于20世纪早期,全球经济活动刚开始在中国城市中心区域兴起,他的作品重新探讨了五四时期的基本教育论、民族主义和世界中心主义的比喻。由于老舍在东西方的文化交流中扮演着多重角色,如他曾是伦敦大学的中文讲师(在此期间他和克莱蒙·伊格顿合作翻译过《金瓶梅》)、新加坡一所高中的教员,也是齐鲁大学的教师,他常常意识到自己的暧昧立场。他遍游欧洲,在纽约也居住过一段时间,[28]最终才在北京安顿下来。在他看来,他这一代人所面对的问题和哈姆雷特在封建主义和近代价值观念的十字路口所面临的挑战是相同的。哈姆雷特既要与腐败的朝廷作斗争,还要应对一触即发的外敌入侵。老舍和其他"五四"时期的作家笔下的中国社会,与哈姆雷特一样,"在面临行动的号召时却过于关注一种达观的姿态,结果却因之丧失了行动的能力"。[29]老舍的《新韩穆烈德》和其他一些作品都反映了这种个人同社会的斗争。

《新韩穆烈德》反映了作者尝试探究哈姆雷特情结和中国现代化进程中的特殊挑战,但并不是唯一的作品。剧作《归去来兮》

(1942)也是在莎剧基础上创作而成，剧中的主人公原先就叫哈姆雷特。他深受哈姆雷特的性格影响，总是习惯性地停顿、拿腔作势或是思考一番，而不是采取行动。老舍的《新韩穆烈德》嘲讽了中国知识分子与哈姆雷特一样的习性，总是前思后想、犹豫不决，难以付诸行动。他也讽刺了那些自认为了解《哈姆雷特》、把哈姆雷特式的装腔作势当作时髦之举的人们。在老舍笔下，哈姆雷特恰恰体现了近代中国在各种现代化的设想中寻求新身份时所面临的种种问题。哈姆雷特虽然是个外国人，由于林纾的翻译，却成了当时人们所熟知的孝子形象。左翼文学理论家胡风(1902—1985)对这种模式化做法的评论说明了哈姆雷特形象流行的缘故：

> 还有一种误解，或者以为典型所包含的是永久的"人性"，例如哈孟雷特代表了某一种人性，堂吉诃德代表了某一种人性；或者以为典型所包含的是"国民性"，例如阿Q代表了中国人。这是很有害的误解……然而，我们通常说某人是哈孟雷特、某人是×××。[30]

尽管林纾更感兴趣的是文本中的政治而不是文学性，但他通过兰姆的文本与莎剧的对接仍可以被视为中国知识分子试图与不同的文学传统建立联系的一种尝试。相比之下，老舍笔下的哈姆雷特式的人物都是戏仿《哈》剧的小丑。老舍的小说《二马》与他自己客居伦敦的经历相似，讲述了20世纪初马威与他父亲老马在伦敦饱受种族歧视和其他敌意的情形。马威是个小丑式的人物形象，总是"阴沉着脸，一副忧郁的样子……显得脆弱而又可笑"[31]。他对自己在英伦的痛苦经历忿忿不平，几度企图逃跑——他想放弃他父亲的行事方式，离开伦敦，摆脱令他难以抉择的一切，却都以失败而告终："马威意识到他的处境；他心里满是踌躇和忧郁，没有一点空隙容得下其他东西，他的身体不再受心的支配……他希望世界连同他自己同时被毁灭。"⑳

《新韩穆烈德》中的哈姆雷特式的人物田烈德是一个非常自信却又有些迷茫的大学生。他和马威很相像,都有些独特的习惯和癖性。田烈德和歌德的维廉·麦斯特一样,也把自己看作是哈姆雷特。身为导演兼演员的威尔海姆与哈姆雷特相互影响,有一次,他声称:"我这样背诵,这样练习,我以为逐渐和我的英雄融合成为一个人了。"㉙田烈德是个漫画式的人物,他和他近似哈姆雷特的贵族举止是这篇小说的中心,自称是革命者的田烈德回到家乡,但却完全不能适应,对于父亲的家族生意,他一点忙也帮不上。老舍在《新韩穆烈德》的开篇就一针见血地揭示出哈姆雷特的问题所在:缺乏自知之明、拖延,还有"自虐式的哲人姿态"。㉚

> 有一次他稍微喝多了点酒,田烈德一半自嘲一半自负的对个朋友说:"我就是莎士比亚的韩穆烈德;同名不同姓!仿佛是。"
>
> "也常见鬼?"那个朋友笑着问。
>
> "还不止一个呢!不过,"田烈德想了想,"不过,都不白衣红眼的出来巡夜。"
>
> "新韩穆烈德!"那个朋友随便的一说。
>
> 这可就成了他的外号!一个听到而使他微微点头的外号。
>
> 大学三年级的学生!他非常的自负!非常的严重!事事要个完整的计划!时时在那儿考虑。㉛

能和欧洲文学中的著名人物扯上关系,这让颇为自恋的田烈德很是得意,但他和老舍同时代的许多归国留学生一样,对于西方思维模式的了解仅止于此。

老舍以北京方言(过去只以口语形式存在)开创了近代白话文

学的先河,也重新界定了文学幽默与谴责小说的关系。幽默常常被看作是无聊或者滑稽的另一种说法,所以,人们对儒家文化中是否有幽默这样的表现方式尚有争议。即便连"五四"时期反传统的作家也对幽默持怀疑的态度,认为对于推行文化政治改革这么"严肃"的事务而言,它根本不合适。老舍的另一个贡献是写活了他的漫画式人物。比如,通过田烈德对自己"西式的"面部特征的描述来体现他的自恋:

> 所以他觉得自己非常的可爱,也很可怜。他常常对着镜子看自己,长瘦的脸,脑门很长很白。眼睛带着点倦意。嘴大唇薄,能并成一条长线。稀稀的黑长发往后拢着。他觉得自己的相貌入格,不是普通的俊美。⑩

这些一般都被认为是高加索人种的相貌特征。一个人脑门的大小和他的聪明程度成正比,所以田烈德觉得自己比周边的人胜出一筹,只是不为他们所理解罢了。如文章开头所示,他虽然只是偶然成了"新韩穆烈德",但是他刻意地与西方事物保持着联系,从哈姆雷特式的姿态到他的衣着打扮:"有了这个肯定的认识,所以洋服穿得很讲究。凡是属于他的都值得在心,这样才能使内外一致,保持住自己的优越与庄严。"⑪

田烈德对洋服和西方思维模式的热衷会让我们想起老舍的短篇小说《牺牲》(1934)中的毛博士,他在国外完成学业后回到祖国,据他自己说是在哈佛读的书,可他的言谈举止却显得有些滑稽可笑。

> 这个人有点特别。他"全副武装"地穿着洋服,该怎样的就全怎样,例如手绢是在胸袋里掖着,领带上别着个针,表链在背心的下部横着,皮鞋尖擦得很亮等等……他不是"穿"洋

服呢，倒好象是为谁许下了愿，发誓洋装三年似的；手绢必放在这儿，领带的针必别在那儿，都是一种责任，一种宗教上的条律。⑩

鲁迅曾一针见血地指出，现在的人"虽然改著了洋服，而骨髓里却还埋着老祖宗"⑩。当时在华的一些西方观察家的记载也证实了老舍在文章中对同代人的刻画，例如，老舍在作品里讽刺国人过于崇洋媚外，近乎丧失理性。1913年，剑桥的历史学家高尔兹华绥·迪金森来到中国，记录了广州激进的革命者中盛行的亲美倾向：

> 他们就和美国的大学生一样。他们全部的思想……都是美国的……这种信仰的改变当然有可能只是表面上的。但在那之下可能仍是丝毫未变的中国特性。正是这些年轻人发动革命并成立了共和政体；他们极力地清除旧中国的一切，彻底地清除，然后在基础上再复制一个美国。他们改变一切能改变的事物，从广州的街巷到家庭制度，从警察的制服到国家的宗教事务。⑪

在田烈德厌恶一切（与中国传统有关的）旧事物的同时，他还要面对一场身份危机。他蔑视父亲日渐衰败的干货生意，对一家老小徒劳的付出也同样不屑；但颇为讽刺的是，田烈德需要父亲定期给他寄钱，这样他才能继续学业、继续空谈哲理。他看不起父亲和全家老少辛苦赚钱的方式。当他父亲的生意出现问题时，田烈德和身边的人一样毫无对策：

> 他二年没回家了。他不敢回家……他是在自己家中的生人……他所追求的是个更大的理想，……而是一种从新调整

第三章 道德的批判与改写:兰姆姐弟、林纾及老舍

全个文化的企图。他不仅是反对父亲,而且反抗着全世界……放弃这一切腐臭的,自己是由清新塘水出来的一朵白莲。是的,自己至少应成个文学家……给世界一个新的声音与希望。[31]

田烈德拒不承认自己意志薄弱,也极力抵制他根本无法摆脱的文化传统。一般的读者都能察觉出田烈德的嘲讽和自命不凡的腔调与他的不作为和绝望之间的反差。田烈德决定不能因为感情而使远大的理想受损,他必须"逃跑",可是他需要父亲经济上的支持,因此他又无法逃走。他认为自己就是王子,他"恨这个世界",质问:"为什么自己不生在一个供养得起他这样的人的世界呢?"[32]

《新韩穆烈德》的尾声有一个有趣的转折,是一幅奥菲利娅的画像。老舍戏仿了通俗文学中描述奥菲利娅的常见手法,还有林纾对奥菲利娅之死所作的道德评价。田烈德极其详细地回想起自己曾见过的一幅画作:

>想起在本杂志上看见过的一张名画的复印:一溪清水,浮着个少年美女,下半身在水中,衣襟披浮在水上,长发象些金色的水藻随着微波上下,美洁的白脑门向上仰着些,好似希望着点什么;胸上袒露着些,雪白的堆着些各色的鲜花。
>
>他不知道为什么想起这张图画,也不愿细想其中的故事。只觉得那长发与玉似的脑门可爱可怜,可是那鲜花似乎有点画蛇添足。这给他一种欣喜,他觉得自己是有批评能力的……忘了怎样设法逃走,也忘了自己是往哪里走呢,他微笑着看自己心中的这张图画。[33]

这段文字很可能描述的是约翰·埃弗雷特·米莱斯的油画作品《奥菲利娅》,老舍可能在伦敦时曾在泰特陈列馆中看到过。[34]这幅

画是 1894 年捐赠的作品之一,也是该馆中受莎剧启发所创作的最著名的画作之一。老舍也像米莱斯在画中表现的那样,把奥菲利娅描绘成一个无辜的受害者。在故事结束时,田烈德边走边想,不知不觉中来到自家门前,"红色的'田寓'猛地出现在眼前,他吓了一跳"⑳。出乎他意料的是,经过这一番思考之后,自己竟然又回到了他一开始就想要逃离的家中。这个巧妙的结尾似乎是老舍对同代人思考中西方的评论方式。当时有些人提倡全盘西化,却又无力摆脱他们极力要改变的事物,田烈德就是他们的代表。更值得关注的是,用白话文创作的老舍以这个故事结局对林纾的传统美学观念提出批评。在林纾的文本中,为了合乎儒家的伦理观念和传统的叙事模式,倭斐立(奥菲利娅)只能悲惨地死去。而在老舍的故事里,油画里的奥菲利娅则成了田烈德热忱信奉的西方文化的一个符号。这幅油画,就像田烈德在镜中所看到的一样,是他可笑的自信和矫情的体现。

20 世纪初美国的喜剧演员艾迪·弗伊在他的滑稽剧《哈姆雷特》中有一段"关于小配角的生命"的思考,充分概述了田烈德逃避现实的行为:

> 逃离,还是面对,这是一个值得考虑的问题;
> 公然忍受批评的暴虐的毒箭,
> 或是向各位批评家们提出自己的主张,
> 这,我估计,会冒犯他们;
> 逃跑,躲避,爆发,
> 要是这躲避可以令他们不再摇头,结束其他无数
> 这个行业无法避免的错误。⑳

结语

林纾和魏易的《吟边燕语》和老舍的《新韩穆烈德》都与原著相去甚远,两位作者自身也存在着较大的差异:前者是翻译家,虽然不会外语也从未出过国门;后者是作家,且在伦敦生活了一段时间。这种与莎剧拉开距离的处理方式既可以使莎士比亚更容易为本土文化接受,又认可了莎剧具有广泛的适用性。在这个背景下,疏远本身也具有观念形态上的意义。老舍挖掘了《哈姆雷特》作为道德寓言的可能性,而林纾对兰姆姐弟的莎剧故事的改写为国内男性精英阶层提供了一个近似莎剧的中文故事。虽然这两部著作的创作目的大不相同,但都是出于说教的目的。中国的读者,无论是否熟悉莎士比亚的剧作,都没有质疑他们对莎剧重要内容所作的删减或是译文脱离原著的作法,因为当时先觉者在接受西方文化时是从国内实际情况出发的。林纾也许曾想阅读英文版的《莎士比亚戏剧故事集》,但他无法阅读,也没人认为他应当阅读原著。就像庞德、布莱希特和西方其他从事外国(中国)文化作品翻译的"译者"一样,林纾更关注他的本族文化。林纾与老舍在殖民秩序中的文化定位决定了他们对世界中心主义有着各自不同的处理方式。改写者所处的社会背景更值得注意,它可能不要求交代原著,或者期望把戏仿作品看作是对历史的反思。

这些案例中的不同翻译方法又增添了产生翻译分歧的可能性,或者说,它们是有意识地(通过引用和重构)消化、吸收文化文本的结果。因此,中国与莎士比亚就在多个文化语义层面形成了不同的意义。传播的过程通常也被视为"退化"的过程。不过,从林纾与老舍的改写来看,获得的与失去的同样重要。莎士比亚的文本经由查尔斯·兰姆和玛丽·兰姆的传播,在林纾与魏易的手中再获新生,被分别赋予维多利亚时期和中国的道德意味。自此,莎剧进入了中国大众的视域,受到读者和戏剧观众的欢迎。这个过程也给老舍、林纾和米莱斯对莎士比亚的《哈姆雷特》进行再创作提供了机会。随着对莎士比亚了解的深入,中国读者对中国和莎士比亚的诠释也逐渐从小说延伸至电影领域。

第三部
本土化的诠释

第四章 无声电影与早期话剧：表演性别与映像城市

总体而言，阅读与写作就是因时代所需而进行的重新创作。随着中国沿海城市的文化生活继续保持着城市大都会的领军作用，以及新技术成为日常生活中的不可或缺部分，莎士比亚剧目也开始在对城市居民而言较为陌生的无声电影、室内舞台、西方表演手法以及幻觉演出等舞台形式上进行尝试。演与观二者之间的互惠关系完全依赖于演出所在地。在战略处理莎士比亚与中国文化表征之时，必须要兼顾到表演形式与思想意识两者，缺一不可。作为交换，中国莎剧演出是以电影与剧场表演形式以及不考虑文化、社会机构为条件的。跟那些到目前为止所探讨的不以剧场为平台的莎剧演出一样，20世纪30、40年代的剧院、电影院都是展示多样性的地方，而这种多样性并不取决于说了什么，而是取决于在什么地方说的。对中国观众而言，莎士比亚剧目是西方经典的代表，同时也为新一代的导演、演员提供了寻找文化复兴以及实现文艺现代化的艺术创新的平台。

本章以1945年话剧《麦克白》中的文学写实主义与虚拟表演二者之间的关系以及1927年和1931年分别改编的无声电影《威尼斯商人》和《维罗纳的二位绅士》中的现代女性观作为个案来探

讨当地文化机构的用意。这些演出都是在当时中国大陆最繁华的大都市上海举行的,当时的社会大背景是当代中国推行文化改革以及人们思想意识转变下采取多种手法竞相演出莎士比亚剧目。

当时的中国莎剧演出常常在西洋化与本土化之间摇摆,要么强调中西之间的差异,要么突出他们之间的相通。口口声声称是遵从莎士比亚原著精神的演出结果常常证明只是在演出中融入了西方的地方传统(比如,最能吸引观众注意的莎剧特色)。20世纪30年代末,很多戏剧艺术家选择在自己的作品中体现热门话题和社会问题。许多话题是自强活动的扩展,而新女性运动——新城市居民的思想意识之一——在这一时期的文学与艺术上以强大的力量开始萌芽。女性不仅可以接受高等教育,还可以演员的身份出现在舞台和屏幕上。许多重要的西式教育机构,包括女子学校、女子大学,开始在大都市里建立,女生经常公开演出莎士比亚剧目及其他西洋戏剧。这样一来,这些新兴的文化机构就有助于把莎士比亚在中国的宣传,从精英分子小圈子扩展到当地的普通大众。

戏剧改良运动

20世纪初期的中国,大批改良者呼吁给国家引入新的机制,因为在他们看来,只有这样才能强国。但他们都受到了阻挠。他们中的大部分是深受中西文化影响的知识分子、作家、戏剧艺术家,他们一致认为,只有给国民注入新思想、进步思想,国家才能有所改观。很多对中国政治、社会改革有兴趣的知识分子特别关注新文学和新戏剧的社会职能。中国文学和戏剧启蒙运动重要的倡导者陈独秀,也是中国共产党的创始人之一,1904年写了一篇比较有影响的文章,大胆提出了新兴话剧的教育及宣传作用,并概述了中国戏剧革新的步骤。⑬拿中国演员的社会地位与西方国家的

作对比,陈氏一开篇就替自己的"赞美演员的重要作用"观点做辩护:

> 戏馆子是众人的大学堂,戏子是众人的大教师。(在旧中国,)演戏一直被视为是下贱的行业,演员被看作是与娼妓一样的最下等人。世上人的贵贱,应当在品行善恶上分别,原不在执业高低。况且只有我中国,把唱戏当作贱业,不许和他人平等。……西洋各国,是把戏子和文人学士,一样看待。因为唱戏一事,与一国的风俗教化,大有关系,万不能不当一件正经事做,那好把戏子看贱了呢。[311]

陈氏把戏曲改革尊为救国方案,而非宣扬新技术的娱乐价值。"现在国势危急,我看惟有戏曲改良,多唱些暗对时事开通风气的新戏,无论高下三等人,看看都可以感动,便是聋子也看得见,瞎子也听得见,这不是开通风气第一方便的法门吗?"[312]并非只他一人提出戏曲"开通民智"的改良作用。

新戏剧成为了陈独秀和他同辈人的明确选择,刚开始那会儿,人们赋予新戏剧不同的名称。与此同时还有文化方面的改良,如,提倡白话文的小说、传统戏曲(深受农村百姓喜欢的民间娱乐方式)以及报刊(当时新兴的一种媒体)。新戏曲最初的演出都是由男演员担当,且是半即兴式的。在日本留学的中国艺术家把日本新派剧带回了祖国,影响了中国新戏曲的演出模式。1915年,春柳社上演了《春梦》一剧,是陆镜若根据川上二音郎1903年的《奥赛罗》改编而成的。

文化改良者积极参与探讨戏剧新的社会功能,但他们更为焦虑的是要找到发挥这种功能的行之有效的方法。西洋戏剧之中,最吸引中国戏剧艺术家的是悲剧体裁,因为他们从没有听说过亚里士多德和莎士比亚。[313]早在1904年,蒋观云哀叹中国传统戏曲之不足,引用拿破仑之言:"悲剧能有效地动人情感。"㉑在他们这一代的作家看来,西洋戏剧不仅能够启发人,阐释新的主题,构造情节,还可以提供悲剧等新的表演模式。王国维1902年写的《宋元戏曲考》影响较大,是探讨悲剧内涵的又一个文化批评方面的突出例子,被誉为"首次由中国学者系统地把中国文学纳入到世界文学的力作"㉒。

当文化改良者争论是否要引介西方悲剧到中国文学之时,悲剧的社会教育作用远远超出了悲剧本身的艺术价值。在发表于1918年的一篇文章上,傅斯年偏激地提出西洋戏剧是唯一合理的戏剧表演形式。傅的这篇文章已经预见了20世纪30、40年代中国莎剧及其他话剧演出中的写实主义表演倾向,把西洋戏剧列为中国传统戏曲的对立面。中国戏曲的特征是程式表演、特定妆扮和时空灵活性,而西洋戏剧中的"模仿"却截然不同,主要通过演员在舞台上的表演,意在模拟现实日常生活中的手势、动作以及事件。㉓故此,傅斯年对中西戏剧差异的简单绝对化就是有问题的。那些为中国传统戏曲文化价值作辩护的学者并没有谈及翻译并演出西方戏剧这方面,这是可以理解的。与此相反,激进的文化改良者却致力于以西洋写实主义戏剧为典范来改良中国戏剧。既然改良者如此看重话剧,莎士比亚剧目理所当然是这种体裁的最好代表。要求引进西欧悲剧的呼声一直贯穿20世纪的20、30年代,这也说明了以《哈姆雷特》为代表的莎士比亚悲剧在中国深受欢迎的原因。

值得一提的是,"话剧"一词是根据英语单词"戏剧"的内涵翻译而成。这个翻译体现了西方戏剧的特点,即,以对话与对白为主的戏剧,完全不同于中国传统戏曲中的咏唱与定式表演。从词源上来讲,"话"意思是"说话","剧"就是"戏剧"。很显然,这是对西方戏剧的一种误解,源于对亚欧不同文化之间的二元对立的划分。提倡话剧的积极分子没有意识到西洋戏剧并非如他们所想象的那样,总是要把舞台上的言语要素凌驾于其他元素之上,比如,肢体动作和场景安排。对应于中国戏曲,中国学者把英语"戏剧"一词翻译成中文的话剧也表明早期的话剧发起人追求一种"知识分子"的剧场,目的不单单给观众轻松一笑的娱乐效果,还要富有开通民智的教育意义,激发大众舞台现场的"博弈"。话剧中的"话"是针对戏曲中的"曲"而言的。话剧倡议者认为,话剧能够促进大众反思,而传统戏曲只是给人以娱乐,说教已过时的世界观。

自中国大陆出现了莎剧全集的翻译之后,上演莎剧的形式主要有两种,即西洋化和中国化。第一种表演手法意在保持莎士比亚的外来性,保留了原剧中引人注目的场景以及着装,遵从维多利亚时期的莎剧舞台模式,亦步亦趋地模仿西方同行,如此一来就可以使得自己的莎剧演出合理化。中国化的莎剧演出是源自早期的外国文学、文化的本土化主张,竭力回避原文与译文二者之间的不同,把外来文学移植到中国文化土壤之中。具体的做法是在保留原作故事情节的情况下,把舞台人物、故事发生的历史及文化背景全部更改为中国式的。不论是中国化还是西洋化的莎剧演出,二者都受到"五四"新文化运动实用主义的影响,那是一种强调文学在社会变革中的作用的功利主义文学观。[24]

这一时期,中国舞台演出最受欢迎的是具有外国情调的演出。演员通过西洋化妆、服饰以及舞台布景真实再现原作的异国场景,让观众有恍如置身国外之感。在日本新派剧的影响之下,话剧演出被早期的中国观众认为很逼真,称之为"不像戏,像真的事情"[25]。

"五四"新文化运动的写实主义文艺观不仅包括一种新的审美实践,也涵盖有限的文化差异,而正是这些摧毁了中国传统社会等级的根基。在虚拟舞台上临摹西洋戏剧中的真实性并不能反映社会现实,却给观众构建了一种现实,设想将来的中国以及她与正在发生变化的整个世界的关系。舞台演出与现实生活之间的差异常被用来开创一种新的文化认同方式。[⑩]

战时上海的《麦克白》演出

上海业余实验剧团(不以商业赢利为目的)1937年在上海的卡尔登大戏院以田汉的翻译为蓝本上演了《罗密欧与朱丽叶》,主要强调舞台的视觉效果与写实手法。当时的舞台上,演员与观众对话,并代表他们表达了他们的心声,以此来消除文化隔膜。该剧团精心挑选了一幕英语经典剧目作为自己的首场演出。导演章泯起用了明星阵容,电影明星赵丹和俞佩珊分别饰演罗密欧和朱丽叶。[⑩]为引起轰动赢得声誉,并吸引更加年轻的观众走进剧院,一个刚刚成立的剧团挑选充满青春活力的剧目作为开篇,这绝非巧合。一对青年男女的爱情悲剧与电影明星赵丹与俞佩珊的加盟相得益彰。然而,作为电影演员的赵丹和俞佩珊,首次在戏剧舞台上尝试写实表演手法,这次演出不算成功。戏剧评论对演出大加指责:原本应该塑造舞台人物复杂心理的,在电影演员那里却变得呆板、缺乏情感。评论家黎明指出,演员只是在舞台上机械地念着莎剧台词,没有一点说服力,人物之间的对白也像是在背诵"中国古籍",乏味无力。在结语中,黎明明确提出,导演应当集中精力界定、彰显"真实的"表演手法,而非借用舞台道具和视觉效果来营造"出力不讨好"的效应。[⑩]

着重于舞台上的视觉效果以及现代灯光设施(如太阳、月亮在舞台上可以升起和落下),这次演出旨在激起观众的感官享受。从该剧团有关该剧目的宣传单和报纸广告上,观众能感觉到该剧团在推销一种新型的写实表演,一种"真实"的外国场景。唐汶是支持这台演出的评论家,观看彩排之后,他就发表文章,说正是由于气势壮观的舞台布景,这台演出"要比电影真实得多"[⑩]。剧团专门聘请了俄罗斯的剑师来指导演员进行基本功的训练。据说,击

剑那场戏力求真实,演员在排练过程中频繁受伤。㉚

除了宣传预告词之外,演出预告上还张贴着多张剧照,一张决斗巨幅照就刊发在《上海邮报》上,还有煽情的简介,如"舞台上有古典的意大利街道,晚间的花园洋溢着浪漫情调……还有阴森恐怖的墓地。之外,高水平的舞台灯光掌控着日落月升,繁星满天。"㉛在如此多的视觉效果中,给观众留下最深刻印象的是在朱丽叶墓地的一幕,这是改编后的最后一场戏。唐汶被舞台上所渲染出的恐怖与悲哀震惊了。朱丽叶的遗体被放置在一个高台的中央,高台高高升起以便观众能看到朱丽叶。另外,高台与一段石阶相连。墓地石阶上的烛光与黑色天鹅绒的幕布形成鲜明的对比。㉜

宏大场面与华丽服装造价很高,这就使得很多剧团要承受巨大的经济负担。同样,财政困难迫使上海戏剧协社在20世纪30年代早期的三年期间没有任何的演出活动。无独有偶,熊佛西也撰文呼吁剧场需要单纯主义:

> 我们需要学会如何在戏剧业务方面做到节俭。首先,压缩剧目;第二,回避经常变换场景;第三,人物数量压制到最低。……我们之所以不适合上演莎剧,不是说他的主题已经过时了,而是因为他的剧目要不停变换场景,同时还需一堆人物出场。㉝

虽说1937年上演的《罗密欧与朱丽叶》赢得了观众的好评,营造了视觉震撼效果,但同时也受到了左翼评论家尖锐的批评,认为这是宣扬封建等级制度的剧目,不合时宜。有人认为,《罗密欧与朱丽叶》不能给中国人提供"足够的营养"。㉞但来自政治方面的肯定反应却远远超出了导演章泯的演出目标。中国抗日战争期间以及之后的几十年,话剧与京剧演出的《罗密欧与朱丽叶》及其他剧目一直延续了艺术创新价值缺失的特点,成为宣传政治的口舌。中国莎剧演出在保留外来性与强调时代热门话题之间摇摆不定。直到 20 世纪的 30 年代末,世界处于战争之中——中国共产党与国民党之间的内战、1937 年 7 月 7 日日本发动了全面的侵华战争以及第二次世界大战(1939—1945),提倡戏剧与剧场实用主义的呼声再次高涨起来。40 年代的导演开始采用不同的表演手法上演莎士比亚,不仅要考虑资金限制,还要顺应社会形势发展所需。

黄佐临 1945 年执导的《乱世英雄》就是突出的一例,具有浓厚的政治色彩。而黄导演的这幕戏采用 1944 年李健吾(1906—1982)改编自《麦克白》的五幕悲剧《王德明》为文本。《乱世英雄》于 1945 年 4 月在上海演出,就在日本投降前的几个月。㊽演出的重点由以前的舞台宏观场面转到了剧目的社会寓意作用。《王德明》写于新中国成立(1949 年)的前几年,目的在于探究社会问题。黄佐临导演把《王德明》改成《乱世英雄》就是想把莎剧《麦克白》与中国的国共内战联系起来。《乱世英雄》的演出拉开了刚刚成立的苦干剧团的帷幕,演出是在上海法租界的辣斐大剧院进行的,由石挥饰演中国麦克白——王德明,丹尼饰演独孤秀,即麦克白夫人。

《乱世英雄》让观众想到周围动荡不安的社会,不免感伤。"经历混乱与战争年代"的观众情不自禁地"随着(麦克白)"与内外敌人做斗争。㊾有意思的是,观众乐意对麦克白本身的性格缺陷视而不见。观众李荃在《海报》上的剧评如下:

> 整场演出气魄宏大,有地动山摇之势。观众从头至尾被深深地吸引。一位争强好斗、野心勃勃的臣子刺杀了自己的国王……同时也毁灭了自己。(麦克白)与外部敌人做斗争,进行自我保护;他也与自己的良知做着内心的斗争……在整个演出过程中,观众个个紧张地屏住呼吸。㊿

第四章 无声电影与早期话剧：表演性别与映像城市

剧作家李健吾创作《王德明》的初衷是很有趣的。日本在1937年11月12日全面占领了上海，那里所有的剧场以及外文报馆都被迫关门停业，李健吾与他的同事们失业了，必须做出艰难的抉择，要么为了养家糊口忍气吞声地"替日本鬼子卖命"，要么履行爱国职责拒绝与日本人来往。几年艰苦生活之后，李健吾拒绝了著名作家周作人提供的在日军控制下的北京大学的管理职务，他也不愿去上海任何一家剧院工作。可是，在1942年他成为荣伟剧团（the Rongwei Theatre Company）的一份子。傅葆石猜测，李健吾之所以改变主意主要是因为他被说服了，相信剧院是以赢利为目的，这是"唯一不会受到日本思想意识形态操控的文化产品"。虽说他一再重申他"加入剧院（只是）生计所迫"，可他还是要面对这个道德与实际问题：如何才能转化戏剧力量抵御外敌入侵？此情此景，令他投身到戏剧写作之中。受莎剧的启迪，他写出了《阿史那》(1947年改编自《奥赛罗》)、《王德明》等剧作，且在这些剧目中用虚构的过去映射社会现实。为了不让读者看出任何的政治痕迹，李健吾常常把故事发生的地点挪移到古代中国边境上不知名的地方。

借助王德明这个人物，麦克白的情节建构在20世纪40年代中国现实的框架之上。故事发生在朝政混乱、臣子篡权夺位的五代时期。主角的人物名字叫王德明，而不是原文中Macbeth对应的中文翻译，这样可以显得更自然些。虽然《王德明》的故事发生在中国，但有几处场景与莎士比亚原作非常相似，在剧作家李健吾看来，这些情节是至关重要的。例如，《王德明》中的第三幕（对应的是原作中的第二幕第三场），在行刺国王之前，王德明凝望天空，道出了一段独白：

> 王德明：……这个是我以前看到的那把宝剑吗？剑柄朝我手，邀我来拿你？好好好，让我抓你在手。我抓不到你，可

是仍旧看到你。[240]

虽说此处李健吾以莎士比亚原著中第二幕第一场中麦克白的独白"作法的女巫在向惨白的赫卡忒献祭"作为切入口,但很快,下面的台词都是作家自己的创作了:

> 王德明:漆黑夜晚是鬼魂出没时分,世人都安歇了。整个世界一片死寂,只有那嗅觉灵敏的饿狼闻到了远处传来的死人味道,像从阴曹地府里逃出来的牛头马面,鬼鬼祟祟地,一步步地走向阳世,要做些令人恐怖的行径。[241]

如果拿这段话与原作对比的话,不难看出二者之间的不同:

> 麦克白:……现在在半个世界上,一切生命仿佛已经死去,罪恶的梦景扰乱着平和的睡眠,作法的女巫在向惨白的赫卡忒献祭;形容枯瘦的杀人犯,听到了替他巡哨、报更的豺狼的嗥声,仿佛淫乱的塔昆蹑着脚步像一个鬼似的向他的目的地走去。

与田汉、曹禺等著名翻译家截然不同的是,李健吾认为自己是受了莎士比亚悲剧《麦克白》的启迪而创作一部剧作,不仅仅是对莎氏的翻译。然而,从我们刚刚对比的片段不难看出,虽然他确实是想写出一部新作,可在关键的场景他还是紧紧追随原作。

原著中人与人之间的关系以及主角自身性格的复杂性在李健吾的《王德明》中有了很大的变动。其实,剧中主角王德明的原名叫张文立,在受到王荣(邓肯)常山侯封赐之后,才改姓易名的。王荣是他的养父,之后,他谋杀了王荣并篡权夺位。同时,李健吾泼洒笔墨刻画孔孟之道中养父子之间该有的忠诚与孝顺,这就使得中国麦克白的心理矛盾斗争与莎剧中不一样。李健吾着重反映家人间的情义与义务的改写减弱了莎士比亚原本对预言和天命的质疑。另一方面,他还强调了麦克白夫人固执己见与野心勃勃的性格。在这儿是独孤秀(麦克白夫人)通过王家祠堂的一个算命人请求九天仙女给她暗示,而不是三个女巫告诉麦克白预言。祠堂里,算命人把九天仙女的预言一一写在一盘沙子上,主要是独孤秀最关注的王位问题。如此一来,独孤秀成为该剧中的重要人物,也反映了传统中国的"男主外女主内"的性别角色。李健吾赋予麦克白夫人更多的戏份。

根据《王德明》改演的《乱世英雄》与1937年场面宏大的《罗米欧与朱丽叶》形成鲜明对比。比如,在整场演出之中,舞台背景没有任何改变,只有台上道具的出现或消失暗示观众场景已经发生了转移。舞台上只有四盏聚光灯,可这已经占用了剧场全部的电量配额,演员们只能点燃汽油灯来照明。另外,当谋杀国王之后,王德明又出现在舞台之时,那些没有角色任务的演员就在幕后组成合唱队,为台前的王德明模拟音响效果。简约的演出方式一半是出于剧团的经济压力,一半是黄佐临导演的个人审美喜好所致。他一直主张舞台布置以及服装设计都应以简朴为主。然而,他的简单主张并没有把他的观众给赶走,相反,却深得上海观众的喜欢。抗日战争结束的第二年,黄佐临的《乱世英雄》在一家文学期刊上连载,这就足以说明观众对他是肯定的。[54]

《王德明》之后,李健吾又开始尝试把莎剧《奥赛罗》运用到他的《阿史那》的创作之中去。导演们赞誉他为中西戏剧极佳的中间人,但他自己并不接受这种观点。[55]就剧本的语言和结构而论,他坚持说,自己受莎剧启发写出来的剧本"百分之百是中国的"[56]。他从来不认为自己是在改编莎剧,而是在进行创作,就像"养育孩子"[56]一样,这个过程既痛苦又费力。他坚信在保留莎士比亚原作精神的同时,自己很成功地"把异国情调移植到中国语境下",并引以为豪。㊿与李健吾创作手法同样有意思的是,他没有公开承认《王德明》等剧目折射的是多种文化场所。据此可以说,重要的不是剧目演出的内容而是在哪儿上演的。

电影中的新女性

中国制片人与戏剧艺术家一样,也非常关注电影中的政治话题与审美情趣。莎士比亚电影始于19世纪晚期,最早是1899年英国演员赫伯特·比尔博姆·特里主演的无声电影《约翰王》。电影拍摄了赫伯特在舞台上的演出。正如标题所示,这部短片为他将于1899年9月20日在伦敦女王剧院上演做宣传。㊿电影宣传册上写着:"《约翰王》中的一场戏,在女王剧院上演","英国著名演员比尔博姆·特里率领剧团主打演员演出约翰王之死一幕戏"。㊿许多其他早期的无声电影却有意复制舞台演出,直到近期,大多数学者才提出,这不能算是独立的莎剧电影改演,只能称作是保留特定舞台演出的一种方式。在最早的有关该话题的专著《无声电影中的莎士比亚》中,作者罗伯特·鲍尔写道:"对舞台演出现场进行拍摄的早期无声电影会给历史学家留下具有参考价值的史料,但从严格意义而言,却不能称为真正的莎剧电影。"㊿杰克·约根斯的话语更加直接:"所幸的是,大部分都丢失了,而那些保存下来的不能算是莎剧电影,因为他们不能充分体现莎剧电影艺术。"㊿

虽说中国莎剧电影也是从无声电影入手,但情形却截然不同。首先,中国莎剧电影明显较长,且没有受到西欧电影制作手法的重大影响,社会功能也不等同于西方的同行业。其次,中国莎剧无声电影不是为了复制或宣传特定的舞台演出,虽然中国第一部无声电影出现在1905年,是京剧老生表演艺术家谭鑫培《定军山》戏曲演出的录影。这部电影是由丰泰照相馆录制的,开创了戏人电影先河。中国话剧以及戏曲舞台上的莎剧表演激发了当地观众对戏剧风格的需求,他们走进剧院就是为感受某一特定场域的文化元素。相比而言,中国莎剧无声电影打着中英文字幕,是电影制片厂自觉尝试的一部分,力图开拓国内外电影市场,吸引上海、欧洲、香港、东南亚以及世界各地的华人观众。

在大批莎士比亚话剧演出之中,有几部根据西方文学作品改编而成的无声电影,非常具有启发性,体现了中国电影与话剧、戏曲以及翻译文学之间那种共生却紧张的关系。这个时期的中国无声电影具有两个特点:故意忽略戏曲中的唱与话剧中的说给观众听觉上的冲击;偏重影片中的视觉效果。虽说对比取材于中国文学的电影而言,从1910年起至20世纪30年代,改编西方文学作品的无声电影有20部,在数量上并不算多,但他们却持续发展。其中1913年有亚细亚影业公司根据林纾《茶花女》的翻译录制的《新茶花》;1926年有郑正秋编演托尔斯泰的《复活》,重新命名为《良心的复活》;1928年有取材德国民间故事的《飞行鞋》;1931年有《福尔摩斯侦探案》。[63]这些早期电影大部分都已遗失,但保存下来的却没有得到研究中国电影的专家学家足够的认识,因为他们不能够分门别类。[64]与中国话剧版的莎剧相似,这些电影都被赋予了道德主题,比如,有个别的添加了救赎与报应的说教。被誉为"中国电影之父"的郑正秋就在他编演托尔斯泰小说《复活》的电影标题中增添了"良心"的字眼。[65]除了宣传道德规范外,这些电影还着重反映影片中的女性人物(生活中的女演员)如何处理不同角色与她们在社会、家庭中地位的变化之间的紧张关系。

前面提到的舞台演出也好,主张剧场变革的社会辩论也罢,都以国家民族作为范畴,而刚刚兴起的中国电影业则偏重现代女性概念以及新女性运动。而实际上,用文学塑造新女性是力争成就现代民族国家事业的一部分,借助银幕上女性新形象具体表达城市生活的主观性。这个时期丁玲、胡适、茅盾等不同性别的作家在自己的文学作品中尝试女性新思想,"不同学术见解的知识分子也开始把'妇女问题'作为切入口,解决现代性与国家问题重大议题"㊵。结果,中国文学艺术界出现了两个互相矛盾的新女性形象:一种是有主见,受过教育并从事法律职业——以前只有男性精英才有资格;另一种是工作在都市男人圈里的美女。但二者还有共性可循,即身上都有着性别角色转变的痕迹和对西方文明的渴望。"五四"时期的作家、导演、电影制片人认为塑造新女性与提倡国家现代性之间并无分歧,但当今的学者却发现二者是自相矛盾的。诚如美国学者周蕾所指出的:"虽然中国现代性借由打击旧阶级社会中的女性意识而崛起,现代主义中也同时对'新'女性的种种意识形态产生浓厚的兴趣。那就是:'征服……使得女子的柔弱气质中性化。旧社会不可缺失的一部分。'"㊶

中国早期电影对塑造现代女性的钟爱,常常伴有窥视的冲动,这是独一无二的。这些女性常是些追求思想解放的个人、银幕形象或电影明星。1925年,郑正秋在关于中国电影如何选择合适体裁的有力声明中强调了女性以及爱情故事的必要性:"如果一部电影里没有女性面孔出现,那么观众就不会喜欢这部电影。故此,中国电影百分之九十讲的就是爱情故事,改编自西方的更是如此。"㊷排演欧洲爱情故事展示了上海大都市文化背景下崭新的男女关系。新女性形象不仅可以用来批判封建保守的旧传统,还可以有助于满足观众对有着良好教育经历的职业女性生活的好奇心。

20世纪30年代也是女学生积极参与校内外戏剧演出的时机。上演莎剧成为推行西式教育的中学、大学的一大传统。由传教士在中国创立的像圣约翰大学等教会学校的历史意味着只有男学生才参与莎士比亚的话剧演出,而女同学在诠释莎剧和都市生活方面起到了重要作用。袁昌英(1894—1973)可能是讲授莎士比亚的第一位中国女性,她在爱丁堡大学获得了英国文学硕士学位,尔后到中国某大学任教。她主张大学开设莎士比亚课程,并力挺学生的戏剧演出。美国基督教南卫理公会在上海创建的中西女塾对演出莎士比亚有着特别的兴趣。于芷萍在《上海中西女塾杂忆》中追忆20世纪30年代的求学生涯,学生经常进行话剧演出,而排演莎剧最为频繁。演出的剧目中有《第十二夜》和《驯悍记》。与其间纷纷创建的其他女校(比如,美国圣公会施主教创办的上海圣玛利亚女校)一样,中西女塾实行的是贵族教育。诚如畅销作家陈丹燕所言:"有一个毕业于中西女塾的女儿就好比拥有了一份最好的嫁妆。"

近期的学术研究着重于翻译外国文学而引介来的现代性概念。刘禾指出,在大量翻译外国文学的过程中,外来词、观念被赋予与本土文化相同的新的涵义,不再是简单的照搬照抄。中国翻译实践的影响在现代女性概念上很明显,可以说是中国翻译过程中生成的现代性。胡缨认为中国的新女性形象是不同文化的合成品,既非原创也并不一致。张真主张文学作品以及电影屏幕上的新女性是"翻译西方都市女性的产物,与小仲马的茶花女、俄国虚无党人索菲亚、法国政治家罗兰夫人有几多相似之处,但在移植到中国文学语境下时,被本土化了,具有传统中国女性的特点"。因此,新女性具有多种身份:孝敬父母的女儿、勇于革命的斗士、现代军队的官员、写中国古诗的情人,既合情合理又令人满意。20世纪30年代电影银幕和戏剧舞台上的新女性形象多方面多层次地反映了中国现代化与富国强民过程中所历经的恐惧、承诺与危险。

故此,中国最早保存下来的莎剧无声电影《女律师》也是以新女性为主题,这并不让人感觉意外。这部电影以《威尼斯商人》为蓝本,突出了女主角鲍西娅与"庭审"这场戏,整个故事彰显女性掌控大局的智慧与能力。首次公演在1927年5月29日的上海,导演裘芑香,当时著名女演员胡蝶饰演鲍西娅,影片名字《女律师》非常引人注目。上海等大城市刚刚兴起了女律师职业,该片主要就是反映了人们对从事律师职业的女性的担忧与好奇。影片采用直译手法，保留了原作中的故事情节、人物姓名，对应的中文名字如薛鲁克、鲍栖霞、安东义。现存历史资料显示，影片对莎士比亚原著的长度没做任何删减，集中刻画新女性鲍西娅的睿智、富有，而不是法庭上女扮男装或挑匣子选亲。在法庭上，鲍栖霞力争挽救安东尼的性命，但作为一名发号施令的女性，她故意炫耀自己的一身男装。㊳她还主动提出拿自己丰厚的嫁妆还清安东义欠下的借债，遭到薛鲁克的拒绝。令人不解的是，莎剧中提到的基督教以及夏洛克身上的犹太性遭到删节，即使在当时中国最为流行的翻译文本——著名翻译家林纾的《一磅肉》中，读者也只是看到，夏洛克的确切身份就是一个"犹太商人"。除此之外，电影剧本仅仅情节靠拢原作，但在主题方面有所偏离，强调了法律行业的合同与合法性。

因为反犹太并非探讨重点，《女律师》对鲍西娅这一人物与契据合法性的强调不得不使我们心怀踌躇。在该影片中，犹太人夏洛克所处的基督教文化语境以及他的社会遭遇被削弱，男女性别关系却得到渲染，意在反映当时社会的变迁与新女性的职责。《威尼斯商人》是出现在中国内地和香港舞台上的首部莎剧，其历史意义颇为深远，自19世纪晚期以来一直深得大家喜爱。但与外国不同的是，不论中国历史环境有了如何的改变，国人一如既往地对原作中的种族与宗教问题没有多少关注。即使在纳粹德国开展针对犹太人的大屠杀之后，大批犹太人从欧洲逃到上海避难，对该剧的改写与演出仍然不涉及种族与宗教问题。相反，解读的焦点聚集在法庭辩论与女性地位的提升上。在20世纪30年代的中国，艺术家和评论家着重诠释《威尼斯商人》中夏洛克与安东尼奥签订的一磅肉契约，作为教育典型，屡见不鲜，新千年亦没有任何改观。单从最常用的 A Bond of Flesh 或 A Pound of Flesh 英语剧目标题就可窥见一斑，生动形象且具有劝诫性。这样的标题一直沿用到80年代。1999年，当时的国务院总理朱镕基引用《威尼斯商人》台词,强调市场运行规则对中国的重要性。还有,台湾学者彭镜禧在介绍自己 2006 年出版的该剧目的译文时,着重阐释了审判一场戏中的正义问题以及鲍西娅的新女性、形象,而就其中的宗教矛盾避而不谈。⑱同样,在中国,奥赛罗所面对的种族歧视也被忽略不计了。

即使在 21 世纪,美国 911 事件之后,西方国家对《威尼斯商人》的解读添加了种族矛盾与宗族矛盾,而中国读到的还是经济利益。⑲2002 年英国皇家莎士比亚剧团在北京做《威尼斯商人》的巡回演出,安徽观众田朝旭看过之后,在一封信里表达了自己的观后感,满腔热情地点评该剧跟当日中国相关之处:"中国经济发展非常快,百分之九十的人都想去挣钱。……《威尼斯商人》就是我们现今生活的写照,人人都看重金钱。我们更应该好好听听西方大家莎士比亚会说些什么。"⑳上海东方电视台对皇家莎士比亚剧团的中国之行进行了跟踪报道,并于同年在电视上播出,与该观众在剧评方面有着一致的认识。当然,这出戏剧完全可以从商业文化角度来理解,但那只是多种主题之一。这次演出由拉夫代·英格拉姆担纲导演,著名演员伊恩·巴塞洛缪出演夏洛克,凸显了夏洛克的苦苦挣扎以及互不协调的宗教价值观。㉑巴塞洛缪在一次访谈中说:"这确实是一部关于偏见的戏剧。能让人恐怖的事情各有不同。……最后,我希望夏洛克既不被宽恕,也不遭谴责,而是能够得到大家的理解。"㉒对此,不得不质疑田朝旭及其他观众在这出戏里看懂了什么。㉓当然,从不同视角解读同一文本是可取的,有时也是必须的,因为文学作品的主题常因读者文化、历史背景的不同,得出的结论也千差万别,但是,在中国莎学史中对种族矛盾、宗教矛盾一成不变的漠视态度却引人深思。读者对鲍西娅人物形象持有肯定或否定的态度受到了本土文化的影响,但这种态度同时也活跃地引导着社会的发展趋势。这样一来,中国舞台、电影屏幕上的《威尼斯商人》具有一定的社会指导内涵,标榜着新女性、新思想,彰显现代生活中的法律、金融复杂状况。[20]本土历史文化背景且不说,导演、观众对女律师形象的浓厚兴趣也能促使主题重心发生转移。

鲍西娅的扮演者胡蝶是当时著名女演员之一,观众对她演的鲍西娅(当时剧中译名为鲍栖霞)产生兴趣,也是明星效应使然。另外,当时社会对女律师职业的关注也带动了观众对这个新女性形象的痴迷。值得注意的是,不管中国女律师还是西方女律师,她们在当时的上海公众的心目中都有着特殊的地位。1927年,法国女律师弗罗拉·罗森伯格开始在上海租界开展业务,各大媒体对此进行了关注报道,她一下子成为了名人。上海最有影响力的中文、英文报纸《申报》和《北华捷报》对她作了专题报道。[21]女律师作为新生事物引起了大众对妇女教育、法律教育的注意。在当地娱乐新闻小报之一的《晶报》上,丹翁撰稿鼓励中国妇女效仿她们的好榜样罗森伯格,去学习法律。[22]中国政府1927年准许妇女从事律师行业,到1936年,上海律师工会已有50多名女会员。[23]1932年,一家报纸报道了女律师周雯吉的故事,把她比作鲍西娅第二:"有位女律师,名叫周雯吉。几天前,她出现在法庭上,说着一口流利标准的国语。条理清晰,细声细语却语气坚定,轻松自信。她的才思敏捷给在场的各位律师留下深刻的印象。"[24]很显然,不管是林纾的译文,还是舞台、银幕上的《威尼斯商人》都深得中国观众喜欢绝非偶然,而是与当时公众对女性职业,特别是演员与律师的关注密不可分的。[25]也有一家报纸报道了上海女律师屠昆帆的故事,并委婉地把她誉为正直的鲍西娅:"她热爱公平、公义。经常不收取客户的一分钱,免费为他们诉讼。如果官司打败的话,她会非常伤心,不吃不喝。"[26]从这件事情可以看出,屠昆帆律师温柔善良,关爱客户,也正是她的这些特质使得她不同于男性同事。虽不能确定,但女律师的出现可以理解为例律严明的法庭变得带有一点人情味了。

事实上,中国观众对电影中的鲍西娅以及媒体报道的女律师如此痴迷的原因可以追溯到当年林纾翻译兰姆姐弟的《莎士比亚戏剧故事集》。林没有遵从原作中的顺序,而是首先翻译了《威尼斯商人》。在译文中,他赞誉鲍西娅是"国色","举国艳其色"。㊿林纾译文一大部分是讲述审判一场戏,同时,他还添加了《莎士比亚戏剧故事集》所没有的一句台词:"法庭全场一片惊讶,为女律师之美貌所折服。"㊾这就使得原文中乔装打扮的鲍西娅以女儿身出现在各位男性法官面前。

无声的侠士:银幕上的《维罗纳二绅士》

上海不是映像城市的唯一中心,卜万苍 1931 年导演的《一剪梅》是无声电影时代的又一莎剧重写的典范。这部电影又名《多情的强盗》,历时 110 分钟,以莎士比亚喜剧《维罗纳二绅士》为依据,讲述了两个独立自主的摩登女郎从上海到广州一路的浪漫故事。当时的广州是中国通往香港、东南亚的门户,代表原作中的米兰。当时的米兰是贵族子弟向往的教育圣地,结伴成群前去完成学业,而后蜕变成为彬彬有礼的绅士。所谓"多情的强盗"是指胡伦廷,即凡伦丁,遭广州督办放逐之后被一群强盗推举为头领,过着绿林好汉罗宾汉"锄富扶贫"的日子,外号"一剪梅",每为贫苦大众做一次好事就留下一枝梅花,以示是他们所为。此外,电影片名《一剪梅》还取义片中金焰、林楚楚分别饰演的胡伦廷与施洛华二人在施家梅园假山石上所书写的一首词。很显然,原著中的故事背景、人物名字以及言谈举止都被彻底地本土化了。

影片明星阵容强大,其中包括 20 世纪 30 年代的著名女明星阮玲玉(1910—1935)。她曾出演了很多受到观众喜欢的影片人物,如,1933 年卜万苍执导的另一部影片《三个摩登女性》中的爱国人士以及 1934 年蔡楚生导演的《新女性》中的女作家。24 岁自杀之前,她已出演了 29 部电影。在电影明星文化氛围里,她私人生活同样引起了媒体的关注。不幸的婚姻生活、悬而未决的离婚、与已婚男人的爱恋受到报刊记者的攻击。阮玲玉现实生活中遭遇的婚外恋情以及对社会传统规范的叛逆与《一剪梅》中所饰演的人物角色胡珠丽有着相似的经历。

影片宣传期间称为"国片"、"侠义爱情巨片",但其中一则广告则表明了中国国际大都市演出文化本身的自相矛盾。[⑱]两副广告招贴文字如下:

> 抵制外来文化经济入侵,传播国家民族传统美德。
> 摒弃损害社会低劣影片,重获国产电影国际声誉。[⑲]

仔细分析之后,读者不难看出,该影片的种类、风格以及反映主题与招贴宣传主旨并不一致。有意思的是,当初联华影业公司称该片是"中国十大影片之一"、"编剧黄漪磋的原创",根本没有提及真正的作者莎士比亚,但电影开篇之时却用繁体中文写着莎士比亚[⑳]以及"世界一舞台,男女众生直演员耳"[㉑],下面有对应的英文。众所周知,这两句经典名句出自莎士比亚另外一部喜剧《皆大欢喜》。片名《一剪梅》与原著《维罗纳二绅士》大相径庭,以此掩饰真正的出处,却在影片开头提到了原作者,但引用的却是另外一出剧目。很显然,一方面,制作人想拿西方经典作品招徕中国观众,另一方面,又有意识地回避被指控失真。如此一来,无声电影《一剪梅》开始了外来文学文本被中国人随意引用、挪用而不注明真正出处的做法,貌似自己原创。

接着,屏幕上打着"学校生活告终,而人生戏剧最要一幕开始"的字幕,这就奠定了影片的氛围。凡伦丁、普洛丢斯被改写成胡伦廷、白乐德,二人是陆军学校即将毕业的学生,要走向社会。其中,白乐德是个"善交女友"的花花公子。演员表先是以繁体中文出现,然后是对应的英文。这里,采用原作中的英文名字是表明影片中人物的中文名全是依据原作中的人物名音译而来的,如,珠丽翻译自Julia。同时,演员的英文名字也一一出现在屏幕上,比如,Lily Yuen(阮玲玉)、Lim Chocho(林楚楚)、Raymond King(金焰)。很明显,联华影业公司摄制的《一剪梅》意在国际电影市场。

与改写自莎士比亚《威尼斯商人》的《女律师》一样,电影制片人把《维罗纳二绅士》的创作主题忠诚与背叛改换成较为流行的女性故事。编写后的《一剪梅》更偏重于家庭成员关系,使得莎士比亚笔下的女扮男装更加复杂。具体说来,胡伦廷是胡珠丽的哥哥,施洛华是广东督办的女儿、白乐德的表妹。《维罗纳二绅士》中,米兰公爵跟普洛丢斯没有任何亲缘关系,而在无声影片中则是白乐德的舅舅。如此一来,影片着重讲述的是家务事,莎士比亚的传奇式冒险变为两位摩登女郎的成长故事。

影片中保留了莎剧中两对好事多磨的情人,但描述重点却转移到了阮玲玉饰演的胡珠丽和另一位女性施洛华身上。这次,阮玲玉一改往日身世悲惨、无力反抗的现代女性形象,出演聪明机智、自主意识强的胡珠丽。她第一次出场时,弹奏钢琴演唱了《我愿意》这首歌曲,英文字幕意思是说"珠丽是胡伦廷的妹妹,现代女孩的典范",中文写着"一位超越时代的摩登女性"。影片中,胡珠丽与施洛华身着男装,摆着男人姿态,二人结成金兰之交。两位"摩登"女性还经常穿着军装。莎士比亚笔下那位精力充沛而好动的西尔维娅演变成为"具有丈夫气概的巾帼女将"施洛华,手里老拿着一根马鞭,在一个远镜头里,她还与男同事比赛骑马,同时还指挥着身边的男女部属。自胡伦廷被逐出广州之后,施洛华替代了他的督办署卫队长职位,真正展示了"脂粉将军的本色"。[38]影片着力刻画了现实生活中不可能出现的虚构故事——女人当将军。当胡珠丽为寻找未婚夫白乐德来到广州之时,施洛华就把她打扮成男士,留在身边给自己做侍卫。而在原著中,西尔维娅自己女扮男装,充当普洛丢斯的侍从。影片中,阮玲玉饰演的胡珠丽一身男性军人打扮。为使她在广州的身份转换更具戏剧性,默片刻画了她独自一人来到广州之时的摩登女性装束与泪流满面的模样。

由于阮玲玉的明星效应以及市场经济的影响,《一剪梅》中的女主角故事使得莎士比亚关于"一段深刻爱情之浅薄的故事"的《维罗纳二绅士》演绎成为上海和广州两位"淑女"的成长故事。影片刻画的新女性形象得到了观众好评。一位来自南京的观众给《电影杂志》写了热情的赞扬信:

> 最后,我终于看到了期待已久的电影《一剪梅》。……我想给你说说中国观众对联华影业公司制作电影的热情反应。那天,大雨滂沱,我们提前两个小时到了影剧院,可门口已经有很多观众在等候别人的退票。……从头到尾,我紧张得没有合过嘴。⑮

影片中两个女性所渲染的"脂粉将军"形象归属新兴的武打大片,俗称女侠片,为中国电影拓展了国内外演出市场。张真研究了这些电影在叙述方面的几大特色。第一,主角常常是"有侠义心肠的女性",解救了困境中的另外一个女性,并"教会她功夫,培养侠胆义肠情愫";第二,女主角要为大家主持公道,这样一来,其他人物角色就退居二线,为女主角做配角。像《一剪梅》中的白乐德、刁利敖(Thurio)⑯就是让她们"由爱生恨"的男人,"是胡珠丽与施洛华两位'淑女'的陪衬"。⑰特别有意思的是,在《一剪梅》中,施洛华替代了被放逐的胡伦廷的督办署卫队长一职,给列队整齐的士兵发号施令。一身军装,飒爽英姿。士兵向她行军礼,她走上前去,军刀在腰间晃来晃去。可她却穿着一条格格裙,让长长的头发随意在脑后飘散,并没有塞进军帽里。男女装束的结合突显着她的女子本性以及女着男装的打扮。片末，施洛华还是一身同样的装束。

《一剪梅》中胡珠丽与施洛华身着男装，但又保留着女性特质，这种拍摄手法为纯粹女扮男装的传统表演展示了新的方法；另一方面，也反映了生活中人们对新女性身份的忧虑，在她们身上，人们看到的既有传统文化又有现代精神，既有传统女性美德又有摩登时尚成分。

有意思的是，影片中以两位摩登女性为主角的处理手法没有赢得20世纪晚期莎士比亚批评的特别关注，反应平平。纵观莎剧研究历史，《维罗纳二绅士》是莎剧中不受重视的剧目之一，演出也少，要么被忽略要么被轻视。然而，近期有评论指出，莎士比亚在该剧"首次刻画了主动、公正的女性人物角色"[38]，如，西尔维娅和朱利娅都是"对感情投入与执著的女子"[39]。无声电影《一剪梅》在结尾处与莎氏原著《维罗纳二绅士》的故事情节略有不同。在莎剧最后一幕，西尔维娅和朱利娅没有任何言语表白，她们的女儿身份通过米兰公爵与瓦伦丁的谈话给予解释说明，并安排了两对新人的喜宴。而在默片中，胡伦廷官复原职，两对恋人——胡伦廷与施洛华、白乐德与胡珠丽——也喜结良缘。现在的四人不仅是同一军队的军官，还是有着秦晋之好的亲戚。最后，四人各骑大马，一同检阅军队。[39]

结语

中国莎剧演出以各种不同表演手法诠释着莎士比亚经典剧目，如，章泯导演的《罗密欧与朱丽叶》彰显着气势宏大的西方舞台，黄佐临的《乱世英雄》反映时代精神，裘芭香的《女律师》以及卜万苍的《一剪梅》分别刻画了中国的新女性形象。这些舞台与银幕演出借助西方经典文本反映了本土的社会文化。

实际上，外来剧本与本土舞台的结合是二者互相融合的修正过程。中国新剧场、新电影的表演手法进一步诠释了莎士比亚剧的内涵意义，而莎士比亚以及他笔下的新女性则被用来展示中国的现代性。改写本介于本土化与异域化之间，以求国际化，而中国舞台与银幕上的莎剧演出中关于现代性的自相矛盾的故事既肯定又否定诸如无声电影、自然表演以及异国情调等新兴表演手法。所谓的现代性既指发生政治事件的政治现代性，又指出现新女性形象等社会生活的现代性。

自1949年新中国成立以后，中国进入到一个新的政治时期，莎剧演出为追求美学价值、宣传政治，或遭压制或受鼓励。然而，本章所探讨的西方化与中国化莎剧演出一直以各种不同的表现手法出现在舞台上，对外来文化进行着新的解读与诠释。

第五章 阅读和演出的地方谱系：
孔庙、劳改场与中苏合作剧场

　　文学主题的"虚构"与能够感知到的具体存在的"居处和名字"之间最有成效的互动，大多数体现在为满足本土所需而对莎士比亚剧目所作的彻头彻尾的改编上。㉚哈姆雷特不经意间说舞台演出中的毒素实际上就是"空枪"，没什么可怕的。与此对比，政治剧场的影响就非常明显，特别是当舞台涉及政治危机时期不同的思想主张时，这种影响显得尤为重大。虽说这种语境并非 20 世纪中期中国或莎剧演出历史上独有，但演出地以及诠释角度的不同需要对政治需求与艺术价值二者之间的关系进行了重新估价。学术研究不相信"为艺术而艺术"的文学主张，但支持从政治视角解读文学作品的做法。与此不同，如何才能把政治化的舞台艺术作为史实记录下来？

　　问题不在于真实性宣称是否真实（比如，再现作者原创意图或莎剧演出实质），而是在于所在地关于真实性的种种惯例以及演出与诠释所在地之间的动态变化。历史发展上无法意料的迂回曲折可以影响到演出地、剧目的社会背景、观众的文化情趣等诸多与地域密切相关的因素。戏剧艺术家如何能合理地改写莎士比亚经典剧目中的地域性以求提高舞台演出与演出地的认知价值？舞台演出中的审美策略能让观众看出哪些是对莎剧的改编吗？本章对 20 世纪中期中国编演、解读莎士比亚剧作的三个不同历史背景进行了探究,他们分别是：抗日战争时期焦菊隐在四川江安一座孔庙里导演的《哈姆雷特》、"文化大革命"期间巫宁坤在"牛棚"阅读莎士比亚《哈姆雷特》、"文革"前后由苏联莎剧专家导演的《无事生非》(该剧于 1957 年在中国首演,1961 年重演,"文革"后的 1979 年作为"副本"再次登上舞台,——该喜剧蕴含了时代记忆与非政治性诠释的因素)。这些案例表明,即使苏联莎学对很多社会主义国家的莎学研究影响深远,莎士比亚经典剧目与马克思主义思想的结合也还是很难预知的。[㊿]中国解读莎剧的案例彰显了集体的文化记忆,具体社会背景不同,对莎剧的诠释也面目各异,其中起主导作用的是演出地点。20 世纪 40 年代中国的莎学研究具有浓厚的政治功利性,而从 50 年代至 70 年代的莎剧演出却截然相反,竭力回避一切看似与政治有关的解读。

莎士比亚在特定解读背景中的作用

把特定背景下的舞台演出也单独列为戏剧种类之一,好似多余。但是,任何具体社会历史条件下的演出都是现场表演的一部分。很多戏剧学家主张现场演出舞台上的演员以及舞台下的观众是构成"特定场所"的主要因素。(在很多戏剧学家看来,"特定场所"就是由舞台上的演员与舞台下的观众二者构成的。)[㊿]即使由同样的演员在同一个地方但不同时间的舞台演出也是有出入的。与用拷贝在银幕上播放的电影院不同,剧院常被看作适宜上演本土的、受演出地域限制的、完全依赖于"演员与技术人员重复性劳动"[㊿]的独特的经济实惠的场所。除了经济因素制约剧场的地域性,演员与观众之间的互动也是复杂的、瞬变的、不可复制的。故此,不可复制的地域性被认为是现场演出的一大特色。[㊿]

虽说剧场的这些特点在大多数情况下是毋庸置疑地确实存在的,但近年来随着全球文化的融合发展,剧场也开始融入了电影与电视的元素。自20世纪中期以来,愈来愈多的舞台演出虽遵从当地文化编演,但意在国际市场——在全球巡回演出,早已不受演出地域限制。事实上,这些演出之所以在国际上盛行是因为本身具有可移植性和全球可及性。皇家莎士比亚剧院在国际上的多次巡回演出就是最好的例证。尽管导演本人与评论家对跨国表演有不同的见解,蜷川幸雄、铃木忠志等亚洲剧场导演在编演莎士比亚剧目之时,总是放眼于远远超越本土观众的国际接受群。

与在国际上巡回演出的莎剧表演截然不同,本章要探讨的中国版《哈姆雷特》、《无事生非》具有完全服务于当地观众的特点。当然,随着观看演出观众的不同、演出场地的不同以及演出背景的不同,演出特点也将发生不同的变化。当莎剧文本与演出场地的文化背景相冲突、交融之时,编剧与导演就尝试对莎剧作品进行语境化再创作,以期迎接舞台挑战或拓展二者之间的异与同。属地化的莎剧解读是一种对莎士比亚经典剧目进行特别的本土化的诠释,完全不同于那些穿梭于各大城市之间的更易于通用的莎剧演出以及好莱坞莎士比亚影片。

当国家遭遇危机或政治敏感时期,剧场观众、文本读者常对莎士比亚剧目的理解倾注了时代社会背景情感。其实,如果认为1601年上演的《理查二世》与随后发生的艾萨克斯叛乱有关联,莎士比亚编写《麦克白》确实企图讨好剧目中班柯子孙——当时的英国国王詹姆斯一世,那么目前对莎剧的本土化解读、从政治角度的语境化再诠释,也并非创新。[08]之后,虚构的莎剧故事就常常被借用暗指舞台演出的真实时代背景,俄罗斯、东方集团、二战时及战后的德国、取得独立后的印度、20世纪的中国都先后遵从政治诉求重新改写莎士比亚。

与其他国家不同,中国在对莎剧做本土化诠释方面,特别是在挑选剧目时,并非把该剧目的主题作为考量的重点。以色列导演哈南·思尼尔完全有理由选择莎士比亚戏剧《威尼斯商人》作为他1955 年在魏玛的表演剧目,并把故事发生的场景移植到一个集中营里。但对一些中国戏剧艺术家而言,与时事有关联的话题是他们想方设法力求回避的。⑱好几个明显不同且不相互关联的场所被置于同一个剧目中。

被当作政治事件的戏剧与政治戏剧

在 1978 年出版的《东方主义》一书中,当爱德华·萨义德讨论"纯知识与政治知识之间的区分"时指出,"很显然,关于莎士比亚的知识……不是政治的,而涉及当代中国以及(20 世纪 70 年代)苏联的知识却是与政治有关。"⑲事实证明,在中国关于莎士比亚、本土的以及其他外来剧作家的知识常被赋予政治性,即使是苏联莎学专家在中国指导上演与政治无关的喜剧《无事生非》也没有什么例外。

20 世纪中期中国的审美情趣实践被敏感的政治洞察力所左右,越来越多的莎剧演出融入了时代政治背景元素。这一时期,中国剧场开始搜寻安全的"毫无政治意义的戏剧文本";也是这一时期,中国文艺界出现了鲜明的政治倾向,持不同政治主张的左派、右派以及错误倾向轮番影响中国这个时期的文艺创作方向。中国共产党执政后,坚持"洋为中用"的原则,有选择地吸收外来精华,开始把马克思主义、斯坦尼斯拉夫斯基表演体系、苏联社会主义文化体制等外来思想与中国国内实际情况结合起来。卡尔·马克思经常在自己的论证中大量地征引莎剧句段,苏联的莎学研究中融合了很多时政观点批评,所有这些都影响到了中国的莎学研究,中国人激情饱满地阅读并上演着莎士比亚剧目。⑳

当历史走进死胡同而失去真理的声音时,戏剧艺术家往往能透过一部好剧振聋发聩,戏剧艺术家探索借助与当地社会环境没有任何关联的戏剧以及戏剧中另一个不同的地方来抒发自己的情感。这个时期影响中国莎学思想的要素有三个。

第一,历经多次战乱,20世纪中期的中国戏剧艺术家开始注重自己演出作品中所要突出的主题思想和社会关联性。文学作品与舞台演出一直发挥着娱乐大众的社会功能,汇聚集体的文化记忆,而戏剧艺术家根据个人喜好选择的不同主题显示了这一时期的艺术行为。莎士比亚戏剧在中国经过了20年的即兴表演,已成为20世纪30年代中国训练话剧演员的保留节目之一,因此深受戏剧学院的欢迎。国立戏剧专科学校创始人、校长余上沅先生(1897—1970)就把莎士比亚剧作规定为学校与剧场的保留节目,因为他相信:"莎士比亚是戏剧史上最重要的剧作家,我们(中国戏剧艺术家)不能把他给忽略了。"与这个时期的欧美人一样,他极力推崇莎士比亚。他认为,在中国上演莎剧的原因是:"莎剧演出已经成为衡量世界各地戏剧舞台的重要标准,而不再单单局限于他的家乡英国","(除中国之外)这个年代最著名、最成功的演员都是通过饰演莎剧人物而出名的"。国立戏剧专科学校对学生获取学位的要求之一是出演莎士比亚剧目。每一个毕业班一定要上演一台莎士比亚剧作。战争期间,这个要求并不是每年都能实现,只有第一届、第二届、第五届和第十四届的毕业班举办了毕业莎剧演出,其中就有后面要谈到的1937年的《威尼斯商人》、1938年的《奥赛罗》和1942年的《哈姆雷特》。余上沅本人也在1948年4月25日为庆祝莎士比亚诞辰而与阎哲吾联手导演了《威尼斯商人》。

第二,20世纪中期一个重要的文化现象是现代中国与苏联在政治与文化上的联盟。50年代,中国政府在各个领域聘请了大批的苏联专家,希望他们能够把知识传授给国人。中国共产党非常重视剧院的宣传、教育、政治作用。作为回应,艺术家想方设法将文学作品赋予政治意义。在"文革"(1966—1976)前极不寻常的历史环境下,中国、苏联艺术家携手合作,演出了一台又一台与众不同的莎士比亚戏剧。大多数情况下,这种不同具有决定性意义。叶夫根尼娅·列普柯芙斯卡娅(1902—1990)是受邀到中国指导戏剧表演最忠诚的、最有影响力的苏联导演之一,她是列宁格勒国立奥斯特洛夫斯基戏剧学院经验丰富的表演老师。列普柯芙斯卡娅在上海戏剧学院任教两年,导演了莎士比亚的喜剧《无事生非》与鲍里斯·安德列耶维奇·拉夫列尼约夫的红色剧目《决裂》。[49] 20世纪50年代末的两年内,她与她的一群学生演出了《无事生非》(1957年首次公演)。

　　第三,对中国戏剧文化产业最具破坏力的是持续十年的"文化大革命"。具有讽刺意味的是,"文革"过分地审查表演文化,而不是按其字面意义去提倡文化的积极改革。这也是东亚莎剧表演史上最耐人寻味的时段之一。"文革"宣称打击资产阶级流毒、官僚主义、当权派,首先就是反对"崇洋"、"复古"。这个运动号称以发动大众为中心,根本就没有容纳莎士比亚及西方剧作家的余地。长期以来,人们一直追捧莎士比亚作品里的反封建意识、人文情怀,可莎剧的精神内涵不是"文革"时期"四人帮"所追求的,那个时候,舞台上是清一色的样板戏。如此看来,"文革"时期"四人帮"以群众运动的文艺为托辞,特别拿戏剧舞台作幌子,给自己披上了美丽的外衣。[50]

在孔庙上演《哈姆雷特》

　　抗日战争时期,提高国民的抗日警惕性、增强民众的爱国意识,是剧场的首要任务,当地观众是宣传对象的首选。一个最典型的例证便是焦菊隐(1905—1975)于1942年把发生在古代丹麦的哈姆雷特王子为父复仇的故事移植到了抗日战争时期的大后方,在一座孔庙里导演了莎剧《哈姆雷特》。第一次演出是在6月的四川省江安县，面对的是一群普通大众。随后在陪都重庆再次上演。这部剧把外国故事与当地舞台剧场的窘迫条件以及当时抗日的实际情况紧密结合起来，既保留了原文本中的故事情节，又激发了当地观众的抗日爱国热情。在这样的特殊时期上演这么一部戏剧，人们不禁要问：战争时期为什么还要搞演出？为什么要上演《哈姆雷特》？答案很明显：当剧场也不再得到信任，上演莎士比亚经典剧目是回避国民政府审查的明智之举。剧场一直担当着社会教育的责任，具有一定的宣传力度，这是剧场能够从事公开演出的最好理由。舞台演出不仅给大众以娱乐，为军队募捐，还能鼓舞士气。抗日战争时期，中国结合演出场地与本土文化传统的实际情况对莎剧进行了编演，可这些在当时的美国评论家看来是不可理喻的。《纽约时报》记者布鲁克斯·阿特金森点评了焦菊隐导演的这部剧目，但吸引他的是舞台上中国演员的西洋打扮以及假鼻子。报道上写着：舞台上的演员们戴着高高的"大鼻子，惨不忍睹。丹麦国王高大的鹰钩鼻，也只有在滑稽表演中才能看到；波洛尼厄斯的鼻子很尖，还有引人注目的霍亨索伦胡子；哈姆雷特的鼻子又像是一把犁刀"。

除了演出世界著名剧作家莎士比亚经典剧目有很大吸引力之外，能够在战时演戏、看戏本身就是一种胜利。戏剧宣传不一定完全要依赖演出内容的寓意，演出本身就是一种很好的宣传。《国民公报》与《议事报》记者傅相默是江安人，他在观看这次演出之后发表了评论。作为一个话剧爱好者，他已经有很长时间没有去看话剧演出了，因为现在的演出"百分之九十都是有关战争宣传的题材"。他还指出，在战争时期能够在江安这么偏僻的一个小县城看到一部非宣传性质的莎士比亚戏剧，这是一个多么宝贵的机会呵！

焦菊隐导演《哈姆雷特》是在1942年，距南京沦陷已逾五年。蒋介石（1887—1975）和他的国民政府迁都重庆，引发了全民大迁移。上层人物、银行家、学者、艺术家以及其他社会各阶层只要有经济能力搬迁的,全都落户到了四川省,国内各大院校也相继移设重庆。作为战时首都的重庆经济发展落后,生活条件极端恶劣,还时常遭受日机空袭,为躲避日军而从敌占区逃难来此的国民面对这种境况精神不振。舞台上的现场演出是文化生活的一种象征,而此时文化生活成为维护日军铁蹄践踏下中国国民尊严的寄托。中国戏剧教育家余上沅先生为发扬光大中国战时剧场的精神价值倾注了毕生精力。当焦菊隐的《哈姆雷特》在江安再次上演之时,余先生希冀这次演出能达到以下两个目标:

> 第一,(对我们而言,)《哈姆雷特》这台剧目的社会意义在于哈姆雷特的革命进取精神,而这种精神正是我们抵抗日军入侵战争所需要的。……哈姆雷特王子奋起抗争命运的安排,反击封建势力的压迫,争取摆脱周围放肆腐朽小人的左右。
>
> 第二,产生莎剧演出精品的国家多是文化氛围浓厚的国家。……对我们国家而言,演出莎剧是关键的一步,可以赶追上创造世界一流文化业绩的国家,并加入到这个行列中来。⑱

引人注目的是,余先生的一番评论潜含着殖民主义的观点。一方面,这些话语体现了中国迫切需要新鲜的文化血液,重建国家自尊;另一方面,余先生认为尝试任何莎剧演出都可以赢得文化威望,他的想法其实忽略了原文本的创作意图,只为本土的文化价值体系服务,主张例外主义。对西洋戏剧的崇拜与民族主义情绪二者之间的张力形成了新兴后殖民国家一道独特的融合本土文化的莎剧演出风景。值得一提的是,这种情绪影响着中国内地的莎剧演出,一直到20世纪的80年代。张奇虹导演在1985年中国莎士比亚研究会的成立大会上也提出了同样的主张。五年前,她执导了中国青年艺术剧院的《威尼斯商人》,邀请英国的"上帝"莎士比亚降临到中国,给中国观众展示了他"反对封建文化礼教的思想,浓厚的现实主义手法,对人文主义精神的赞美以及高扬道德力量的主张"。⑩

余上沅先生对莎剧演出的看法尚需商榷。他言语中充满矛盾,并一直坚持"洋为中用"的观点,这些都使得他对《哈姆雷特》剧目内涵的理解不明朗。比如,他始终都没有解释明白哈姆雷特挺身反抗的命运安排是什么。当林纾翻译莎剧《哈姆雷特》之时,他改写了莎士比亚原意以求与中国的孔孟思想相一致。与林纾不同,焦菊隐基本上是遵循着莎剧文本来导演《哈姆雷特》的。当然,舞台上的场景安排以及导演的处理手法也表明这次演出受到了20世纪40年代之前中国"儒家英雄哈姆雷特"传统思想的影响。⑪大陆的戏剧艺术家、文学评论家只专注于《哈姆雷特》中与中国传统文化及儒家精神相一致的主题思想,诸如遵从伦常、发扬孝道、反对忤逆等。正如上海复旦大学陆谷孙教授所指出的:"在中国早期的《哈姆雷特》的读者和评论家看来,该剧目的主题完全符合中国的孔孟思想,提倡儿女尽孝……坚守节操,相信佛教因果报应说。"⑪例如,中国话剧作家田汉在《哈姆雷特》的译后跋中就拿哈姆雷特与战国末期楚国诗人屈原(约公元前340—公元前278)作比。屈原是中国历史上第一位浪漫主义诗人,钟爱儒家思想,谱写了《离骚》等多首诗歌,抒发自己的政治理想与爱国情怀,却但终身不得志。与中国诗人屈原一样,丹麦王子哈姆雷特也心怀远大抱负:"这是一个颠倒混乱的时代,唉,倒霉的我却要负起重整乾坤的责任。"但他却没有机会付诸行动,便一直郁郁寡欢。⑫虽说中国注重莎剧中的道德宣传有一个世纪之久,但中国学术界强调道德批评之风类似于20世纪60年代西方的莎学研究。田汉的译本《哈孟雷特》是中国第一次以话剧形式且完整翻译的莎剧,故在中国莎剧翻译史上有着举足轻重的地位。除此之外,中国人对《哈姆雷特》多次进行编演,改写出了大量的衍生作品。老舍的短篇小说《新韩穆烈德》就是其中之一。同时,也有许多莎学专家挑战中西文学作品中传统的儒家思想评判标准,尝试新的文学批判理论,台湾导演李国修编演的《莎姆雷特》就是例证。[13]

中国把莎士比亚笔下的哈姆雷特与特定社会历史条件下的现实生活结合起来的做法在国际莎学界并非首例,其他很多国家早就把该剧目中的各色人物与自己的社会现实关联起来。比如,自19世纪以来,德国诗人、知识分子反复把德国与哈姆雷特作比。1800年,德国莎学翻译家路德维希·蒂克指出,在莎士比亚之后,德国要开创自己诗歌的黄金时代就需要像福丁布拉斯这样的一个人物。[14]德国诗人斐迪南·弗莱里格拉特是名异教徒,同时也是莎士比亚翻译家,在他1844年的诗歌《哈姆雷特》中宣称:"德国即哈姆雷特!"[15]事实上,这样的类比在德国非常普遍,所以贺拉斯·弗纳斯不得不把他1877年新集注本中的《哈姆雷特》卷献给德国莎士比亚协会:"德国民族最近的历史彻底证明德国不是哈姆雷特。"他意在暗指俾斯麦领导下德意志帝国的崛起表明德国已经从自我怀疑的阴影中走了出来。[16]

除了类比方法的雷同之外,中国的哈姆雷特远远不同于其他国家。焦菊隐导演也着重刻画哈姆雷特犹豫不决的性格缺陷,但他对此的解释却是:"哈姆雷特之所以犹豫不决,不是因为他胆小怕事而是因为他太爱真理了。"之后,他评论中国人的哈姆雷特症,说:"我们中国人对任何事情都过分谨小慎微,以至于失去了行动的勇气。最后,我们一事无成。"[17]在中国,哈姆雷特是一本反面教材,但同时他的"爱国精神"与替父报仇的孝行却为中国人所称赞。焦菊隐编导的剧作中,哈姆雷特作为儿子义无反顾地肩负起为父复仇的使命。于是,这种相互冲突的解释使得中国读者对哈姆雷特这个人物的理解变得复杂化了。焦菊隐及他的观众把丹麦王子哈姆雷特看成一个既是正面又是反面的典型。一方面,哈姆雷特担忧丹麦王国被奸佞小人搞得乌烟瘴气,他的这种爱国之心深受崇尚节义、效忠朝廷的中国人的欢迎;另一方面,他的不作为与优柔寡断令中国观众深有感慨。借助莎剧《哈姆雷特》,导演焦菊隐呼吁国民行动起来投身于抗日战争之中,但他却没有处理哈姆雷特人物性格中的自相矛盾。中国观众对哈姆雷特充满寻求真理勇气的喜爱完全被当下急需全民抗争的历史大背景所化解。

在这种情况之下,中国抗战时期演出的《哈姆雷特》已经被赋予了浓厚的本土文化内涵。余上沅认为,虽然这部戏剧是个悲剧,但在战争时期出演该剧也能起到振聋发聩的作用,因为哈姆雷特的革命进取精神"正是中国人民抵制日军入侵所必需的"㊸。这番话让我们想起同一时期的另一台著名的战时莎剧演出,亦即劳伦斯·奥利弗 1944 年拍摄的电影《亨利五世》。二战期间,英国遭到德军重创,为鼓舞"英国突击队及空降部队"的作战士气,在军中服务的劳伦斯决定拍摄《亨利五世》。与影片中宣传的强硬外交政策与民族主义思想不同,战时的中国却塑造了在个人原因驱使下应该行动起来但却一直犹豫不决的哈姆雷特作为宣传材料,好似有点不合时宜。而这个哈姆雷特绝非传统的莎士比亚爱国英雄。当然,焦菊隐编导《哈姆雷特》的用意——虽说自相矛盾——是肯定哈姆雷特的道德品质,同时拿他优柔寡断的性格缺点给国民做反面教材,关于这点,导演说得很明确。

随意挑选的演出地为剧目要表述的政治问题增添了意想不到的元素。随着演出该剧的国立戏剧专科学校迁移到江安,于是这台剧首次公演便是在江安的一座庙宇里,而非大都市重庆。江安是个乡村小镇,远离陪都的大都市文化,在这里上演赋予任何政治寓意的《哈姆雷特》都是可以的。之所以选择孔庙作为演出的舞台,并不是因为它吸引人,也不是因为它比别的庙宇或场地更富有文化意义,而是因为与中国农村的乡间庙宇一样,它是集镇上便利的、传统的聚集地。在倾尽所有抵抗日军入侵的战时,经济条件不允许大兴土木修建一个剧场,而孔庙又是中国大多数城镇最触手可及的场馆之一。庙宇的建筑结构以及它的寓意空间都为戏剧表演提供了可能,常被用作临时演出舞台。也就是说,演出场地的选择要根据实际情况而定。在这场哈姆雷特的演出中,孔庙的空间染上了抗战期间的硝烟战火和意识形态,从单纯的祭祀空间化身为想象的、延长的"战场"——让观众借由哈姆雷特的命运反思他们在抗战中扮演的角色。到目前为止,在中国除了剧场之外,庙宇、茶馆等是最经常用来举行公开演出的非正式演出场所,孔庙的天井、正殿常用来举办祭祀表演。庙宇能够唤醒大众的集体记忆,提供宽阔的聚集地,而孔庙对中国知识分子而言是个庄严神圣的地方。因此,焦菊隐导演决定在孔庙里上演莎士比亚悲剧《哈姆雷特》,虽然它能为演出提供富有新意的舞台空间,但更重要的是因为这是中国演出史第一次在代表中国传统文化的孔庙里上演西方的话剧。

这就是焦菊隐在四川江安上演《哈姆雷特》的历史大背景。以亨德尔的慢曲、贝多芬的《G大调小步舞曲》作伴奏,该剧在江安上演了三场,给观众留下了持久的印象,他们大部分是从附近的农村专门赶过来的,也是他们生平第一次观看话剧演出。⑬

留学法国获得博士学位的焦菊隐导演如果不是早在1975年去世,他定是叱咤中国现代剧场的重要人物之一。他的哈姆雷特演出以当时流行的梁实秋翻译为蓝本,只做删减,没有进行任何中国式的改写。与曹禺、欧阳山尊、赵起扬联手,焦菊隐要打造北京人民艺术剧院的舞美风格。作为中国著名的导演、戏剧理论家,他导演了很多中国现代话剧史上的经典作品,比如老舍先生的《茶馆》。为庆祝焦菊隐先生诞辰100周年,2005年北京人民艺术剧院再次上演了他导演版本的《茶馆》。

焦菊隐导演的《哈姆雷特》没有效仿20世纪早期中国舞台上的即兴表演,他是按照梁实秋的译本以话剧形式完整地表演了整部戏剧,这种演出模式在当时的中国尚不多见。⑩该剧演出起用了国立戏剧专科学校的学生,且在偏僻小镇江安的一座孔庙里上演,故吸引了很多的知识分子以及当地的村民前来观看。当年年底,在重庆一个正规的室内剧场再次上演了该剧。当时,陪都重庆的教育部出面发起了"社会教育扩大宣传周"活动,而这次演出正是这个活动的一部分。⑪在抗日战争时期举行的"社会教育"活动实际上就是一次战时爱国宣传活动。之所以选择《哈姆雷特》,是因为它代表着以英语为母语的西方文化(包括中国的盟友美国),以期激励西方同盟的抗日支持。可现存史料表明,导演及发起人挑选《哈姆雷特》的原因是该剧本身的象征资本,以及战时物质资源匮乏的条件下上演莎剧经典剧目的声誉与意义。与观众们一样,导演好像并不热衷于《哈姆雷特》与当时西方盟军的文化关联,虽说国立戏剧专科学校在演出该剧时声称,他们演出旨在鼓舞国民抗日士气,增强必胜信心。

抗战期间,生存条件极端恶劣,经常断电。该剧演出的活力在于对孔庙的巧妙利用,把它作为富含寓意的空间,充分发挥想象力。演出是在孔庙圣殿前的露台上进行的,观众坐在天井之中,仰望石阶末端的露台。孔庙有两个偏殿、一个正殿。这次舞台演出充分利用了孔庙本身的建筑结构,用黑布把红柱子遮盖起来。舞台异常深,约61米,周边的柱子之间悬挂着约7.3米宽的幕布作点缀。幕布把舞台上的柱子时而遮掩起来时而显露出来,与故事情节发展相结合,渲染了"罪恶累累而又危机四伏的丹麦王国"⑫曲曲折折、恐怖阴森的氛围。舞台上,波洛涅斯喋喋不休地教导离开丹麦返回巴黎的儿子雷欧提斯:"不要借给别人的钱,也不要借别人的钱。"父子二人在柱子之间来回穿梭,并向大厅的后墙走去。因为没有灯光照明,大厅里一片黑暗。当波洛涅斯在舞台上表演的时候,他再次在柱子之间来回走着。这样的舞台处理强调了他那不受欢迎的唠唠叨叨以及朝廷政治中不易觉察的微妙。如此一来,孔庙便被赋予了正规舞台的特质。老哈姆雷特的亡灵沿着台柱高耸幕布低悬的幽深漆黑的通道慢慢走了过来。舞台布景极其简单,只有两把椅子、一张床、一张桌子,加上空阔舞台上模糊不清的光线,完全制造了一种神秘之感。

最引人注目的例子是在尼姑庵一场戏里,哈姆雷特情不自禁对着心爱的奥菲利娅发狂之时,莎士比亚的哈姆雷特文化背景与孔庙演出场景二者对峙起来。哈姆雷特(扮演者温锡莹)了解到奥菲利娅是被其父派过来之后,认为波洛涅斯也一定正躲在某处注视着自己,不由得勃然大怒,当哈姆雷特一番情绪抒发之后,慢慢退向后台,这场戏达到了高潮。他朝着大厅的尽头,慢慢走去。随着他那沉重的脚步声,幕布也缓缓降了下来。悬挂的幕布之间约有 0.6 米的隙缝,透过这个隙缝,观众可以窥视到孤零零的哈姆雷特走进幽暗深长的走廊。这条走廊约有 61 米长,尽头就是孔庙圣殿。虽说这不是原文本中情节背景的一部分,但也没有刻意为了这次演出把它给撤掉。当地观众十分了解这座闯入舞台演出中的孔庙的方位。这种情况之下,用来承载莎士比亚悲剧《哈姆雷特》表演的四川江安的孔庙就具有了文学文本与现实生活中不同的时空两维尺度,因导演想要在一个真实的孔庙上演一个"真实"的哈姆雷特故事,整体变得复杂化了。陷入沉思之中的哈姆雷特朝着孔子圣殿走去,好似要去寻求孔圣人的启悟。而事实上,圣殿既不是丹麦故事情节的一部分,也不是焦菊隐舞台设计的一部分。我们不清楚他到底是否找到了解决问题的方法,也不知道他是如何找到答案的,但导演如此的舞台处理以及观众热烈的反应证明他们已经找到了一些解决战时剧场问题的办法,能鼓舞人心但难免有错位之感。

在需要全民行动起来努力抵抗日军入侵的中国抗战期间上演《哈姆雷特》,对于那些每日都要匆忙逃进防空洞躲避日军空袭的中国观众来说,哈姆雷特那句"生存还是死亡"的经典疑问已经演变成为每个人必须直面的生存问题、政治问题。观看孔庙的戏剧演出犹如与家人邻居一起躲进防空洞,是大家一起行动起来的事情,能够让大家从娱乐中得到暂时的放松,对无序的战乱状态进行冷静的思考。遥远的丹麦王国、福丁勃拉斯响亮的脚步声、哈姆雷特对生存意义的质疑穿越了历史与文化的阻障,在抗战时的中国上演了一部"爱国"剧目。在中国传统文化象征的孔庙上演莎士比亚悲剧《哈姆雷特》,丹麦王子的"外来性"以及他那异国风格与中国观众耳熟能详的为父复仇的故事与炮火硝烟下国民的忧虑形成了契合。胶着的抗日战争促使焦菊隐从哈姆雷特身上寻找精神力量。该剧在重庆上演之前,焦菊隐在1942年12月12日的一篇文章里直接把哈姆雷特的个人问题与中国的严峻形势联系起来,呼吁国民要从行动迟延的哈姆雷特身上吸取教训。他说,在中国急需全民抗日行动的关口,演出的舞美设计只能退居其次:

> 哈姆雷特身上有着处于抗日战争时期的我们从中要吸取的教训。对于那么不果断的人来说,他是一大讽刺;对于那么悲观失望的人来说,他是一大刺激。当面对王宫、家庭危机之时,哈姆雷特很清楚他应该干什么。然而遗憾的是,他太踌躇不决了,始终没有付诸行动,导致了……最后的失败和毁灭。抗日战争的胜利取决于我们国民的义无反顾的统一行动。这也是我们为重庆观众上演《哈姆雷特》的目的。而该团表演技术层面的成功已不再重要。[61]

知识分子对哈姆雷特的同情并不代表对他不行动的认同。他的拖延之举成为典型的负面教材。美国前国务卿乔治·舒尔茨也持同样的观点。在20世纪80年代他警告说,美国已变成"像哈姆雷特那样的国家,整天不停地琢磨是否以及如何采取行动"对付恐怖分子。[62]一个犹豫不决的哈姆雷特的反面形象形成了。凡事都有两面性。虽说焦菊隐一直淡化舞台演员表演技能的重要性,强调为抗战做宣传的社会意义,但观众还是对演出作出了积极的回应,被温锡莹、罗水以及彭霍俊等演员的表演深深吸引。⑩

在试图解释哈姆雷特之所以犹豫不决时,导演焦菊隐自己就很矛盾。一方面,导演认为哈姆雷特最主要的性格特点是拖拉、迟疑,原因是他"热爱真理",而不是胆小怕事。⑩然而,另一方面,当他极力地把《哈姆雷特》故事情节与时局联系起来,根本没有提及哈姆雷特"热爱真理"这一点,却提醒观众注重旨在宣传的教育意义:行动不决只能导致失败。

这台演出中有关道德礼仪的儒教思想原本是无心插柳之举,之后,导演和评论家便有意识地借题发挥。但问题是,一个忧郁拖延的丹麦王子怎么能够成为儒家英雄,给抗战时期的国民以"革命进取"的精神教训?中国莎剧批评史上关于哈姆雷特人物性格分析及将他与传统儒家道义君子比对的著述颇多,从孔儒文化视角赏析《哈姆雷特》成为一种文学批评时尚。但在孔庙上演该剧,焦菊隐在四川江安的演出是文字记载上的首例。直到 20 世纪的 40 年代,在马克思列宁主义、毛泽东思想确立之前,大多数中国学者把哈姆雷特与正史、野史上视拯救"乱世"为己任的政治人物相提并论:他们都有着不能施展道德或政治抱负而郁郁不得志的挫折。不同于同期西方的莎学评论,中国内地的莎学家没有对哈姆雷特的不行动问题给予同等的关注。一旦涉及这个问题,他们总是以哈姆雷特坚持寻找真理的举动为借口解释前后的不一致。以孔庙为背景的这场《哈姆雷特》的演出因此沾染了儒家气息,成了儒家的哈姆雷特。基于给抗战时期大后方的人民激励和警惕,焦菊隐导演不但没有刻意压抑哈姆雷特王子优柔寡断的一面,反而借这故事提醒国人:如果再不积极振作,再不果断,恐怕就无法赢得抗战。处于哈姆雷特成为儒家英雄这样的传统文化氛围之中,焦菊隐选择在孔庙上演该剧。演出强调了哈姆雷特高度的社会责任感,以梁实秋的翻译为蓝本,对原文本的故事结局也没做任何改动。[原]热爱真理的哈姆雷特王子反而早逝,这实在是个棘手的问题。但焦菊隐导演从这里面提炼出一个道德教训,把哈姆雷特当做负面教材,警示观众:热爱真理虽好,但不能优柔寡断,裹足不前。

在劳改农场读莎士比亚

20世纪60年代,美国人类学家劳拉·波安南在非洲做实地调研,当地的蒂夫族人希望她把自己知道的故事讲给他们听,她就挑选了《哈姆雷特》,因为这是一台世人公认的好剧目。可丹麦王子为父复仇的悲剧故事并没有打动他们,年长者不满劳拉的翻译,自告奋勇要改改她的故事。之后,她在《丛林中的莎士比亚》一文中坦诚地讲述了自己经历的文化冲突,而这种遭遇对现今的莎学研究者而言并不陌生。这是全球文化与本土文化碰撞的典型代表。焦菊隐在四川江安孔庙上演的《哈姆雷特》就表达了一种异文化的声音,导演以及国立戏剧专科学校校长余上沅也分别表明他们的演出旨在呼吁国民以行动争取抗战的胜利。但是,跟波安南及西非的蒂夫族人一样,焦菊隐导演也坚信自己对《哈姆雷特》的理解是正确的。[原]

还有一个例子更好地了说明了莎士比亚戏剧的读者、观众所坚持的道德标准与现实生活背景二者之间的纠结。巫宁坤等中国知识分子在动乱年代继续从哈姆雷特身上汲取精神营养。巫先生的回忆录《一滴泪》以时间顺序详细记录了动乱年代他对莎士比亚作品的这种执著的追求。

当焦菊隐借助《哈姆雷特》在四川孔庙上演,宣传中国的抗日,呼吁国民一致行动以争取最后胜利的时候,巫宁坤正沉浸于该剧各色人物的悲喜之中。新中国成立之前,巫宁坤就读于芝加哥大学的英国文学专业。然而,他的一腔爱国热情使他断然放弃在美国的舒适生活和学术前程,1951年远涉重洋回到新中国的怀抱中。他先在燕京大学(现如今的北京大学)任教,后调往天津南开大学,不久就发现自己的乐观主义与周围的环境不合拍。组织上怀疑长期的国外生活已经使他受到了西方资产阶级腐朽思想的极大影响,他及夫人李怡楷特别喜欢阅读西方古典文学,《哈姆雷特》、《悲惨世界》是他们的最爱,这些文学情趣与爱好都被认为是有问题的。[⑫]在他的回忆录中,巫宁坤不断提到他最喜欢的莎剧《哈姆雷特》:

> 一整天的劳累之后,我感觉最大的乐趣就是与怡楷探讨《哈姆雷特》一书。我朗诵哈姆雷特的经典独白给她听,特别是第一场第二幕"啊,但愿这一个太坚实的肉体会融解……或者那永生的真神未曾制定/禁止自杀的律法!"她也会吟诵奥菲利娅因哈姆雷特的精神错乱而发出的令人心碎的哀吟。[⑬]

正因为他有着所谓的与西方资本主义国家千丝万缕的联系,巫宁坤遭到批斗,并被下放到北大荒劳改农场接受再教育。当回忆到这段惨痛经历时,他在该书中写道:"显然,在新中国还是有很多新生事物需要我去学习。"[⑭]

再次读到《哈姆雷特》已不是在他南开校园内的教师宿舍,而是在北大荒的一个劳改农场。在严密的监管之下,他还是偷偷摸摸地携带了一本《哈姆雷特》,希望能在类似于有人写到的"西伯利亚刮来强风暴雪,犯人们整天禁闭在牢房"[⑮]的情况下,寻找心灵上的宁静。针对这个时期的生活,巫宁坤在回忆录里写着:

> 《哈姆雷特》是我百看不厌的莎剧。可是,在一座中国劳改农场里读来,丹麦王子的悲剧呈现出意想不到的意

蕴。……哈姆雷特的呐喊"丹麦是一座监狱"在这片荒原里回荡。艾尔西诺城堡阴森森地浮现在眼前……哈姆雷特亡父的鬼魂发出雷鸣般的怒吼……千千万万冤魂的合唱大军伴唱。罗森克兰兹和纪尔登斯丹会感到如鱼得水,若是他们有幸来到一个现代的伪君子和告密者的王国。……

我心里会想:"我不是哈姆雷特王子,当也当不成。"如同艾略特的名篇《普鲁弗洛克的情歌》中的主人公所说的。我倒常感到好像哈姆雷特所鄙视的一个"在天地之间乱爬"的家伙。我终于明白,关键的问题并不是"活下去还是不活",也不是该不该"忍气吞声来容受狂暴的命运的矢石交攻",而是怎样才能无愧于自己的受难。㉞

没有顺着说出原文中的下一句"还是挺身反抗那无比的烦恼,把它扫一个干净",却话锋一转:"而是怎样才能无愧于自己的受难。"字字饱含着巫先生遭受的苦难,反而突出了省略的那句话。在当时的情形,对他而言奋力抗争是不可想象的。不管他是否认为在学着"无愧于自己的受难"方面中国人有着自己独特的看法,他对哈姆雷特王子的遭遇感同身受,但同时他又清醒地意识到自己的处境,所以他认为有必要提醒自己:"我不是哈姆雷特王子,当也当不成。"至于巫先生真正要表达的意义是什么,我们不清楚,毕竟对普鲁弗洛克这句话的解释可以有多种。一方面,我们可以理解为他要拒绝哈姆雷特的无抵抗行为,去挺身反抗"文革"带来的苦难与烦恼;另一方面,我们也可以认为他想以高姿态的方式应对这次不幸,不会去记恨那些无故囚禁他的人。巫先生想借哈姆雷特来抒发自己内心的感受:

哈姆雷特遭受的心灵折磨是现代知识分子所面对的。他的苦难是由丹麦王国的现实问题触发的,但是他在感情上、道德上、人生哲学上苦痛不堪的受难,却声震寰宇,使他那些伟大的独白洋溢着令人低徊不已的节奏。有时在湖边上独自朗诵这些独白,我感到他灵魂深处这种撕心裂肺的受难正是这部悲剧的灵魂。⑱

巫宁坤在北大荒劳改场的经历与意大利作家普利莫·利瓦伊在集中营里的遭遇相像。⑲利瓦伊以整整一个诗篇描述了他在集中营中的恶劣生存条件及与死神的斗争。⑳巫宁坤在中国东北的劳改场从哈姆雷特身上获取精神支持的做法跟世界各国不同历史背景下处于相似境地的人物对经典名著的学习有诸多的相同之处。比如,爱尔兰独立战争期间(1916—1923),被拘系的共和军人对莎士比亚的剧目有了重新的认识。欧尼·奥马利激动地写下:"我最喜欢莎士比亚。"其同志皮阿达·奥唐奈与巫宁坤有着相似的经历。他最后说道:"莎士比亚是个了不起的人物。我想对英国统治者说,当他们把我们关起来的时候,就等于是塞给我们每个人一部莎士比亚剧作。"㉑一次次,莎士比亚剧目成为不同政治派别之间斗争的精神武器,从心智与政治上为这些读者营造了超越现实的精神氛围。而巫宁坤在劳改场坚持阅读莎士比亚的做法更是表明了读者如何从外国文学中汲取精神营养,帮助自己摆脱悲惨的现实。

从哈姆雷特的经典独白之中,巫宁坤发现自己遭受的苦难、迫害、不公平与丹麦王子有诸多相同之处,不免有同病相怜之感,激发了抗争意志。事实上,"文革"期间,舞台上全是清一色的样板戏,外国剧目禁止在舞台上演出。迫于压力,人们只能偷偷阅读莎士比亚作品,作为一种不满情绪的宣泄。

虽说中国莎学研究曾流行用儒家思想作为标准,把丹麦王子哈姆雷特看成是一个优柔寡断但却富有道义的君子,但焦菊隐《哈姆雷特》的观众与北大荒劳改场中的巫宁坤都不愿成为哈姆雷特。

在四川江安的《哈姆雷特》演出中,导演借用传统孔庙作为演出场地呼吁国民从哈姆雷特身上吸取教训,不要再犹豫了,马上行动起来,投入到全民的抗日战争中。反过来说,演出场地与当地的文化元素二者重构了舞台文本的意蕴。焦菊隐导演就地取材的舞台手法为外来文学属地化的重构树立了典范。他一直坚持,舞台演出的权威性一定要来自当地文化的真实性。

焦菊隐导演与巫宁坤先生赋予文学作品以政治意义的做法不经意间回应了时代精神。20 世纪 30、40 年代中国共产党领导人提倡"文艺为政治服务"的文艺思想。国共两党的干部也都积极推行对外来的文学家及当地文学进行政治审查。毛泽东分别在 1942 年 5 月 2 日和 23 日召开的全党干部工作会议进行了讲话。在《在延安文艺座谈会上的讲话》中,他再次重申文学创作必须要为人民大众服务,要具有一定的阶级性:"在我们为中国人民解放的斗争中……有文武两个战线,这就是文化战线和军事战线。……'五四'以来,这支文化军队就在中国形成,帮助了中国革命。"⑬

在这样的历史背景下,戏剧演出绝非只是为了娱乐大众。更确切地说,戏剧演出被作为召集国民的重要的场所,用来教育人民大众树立为革命事业献身的精神。如果一群戏剧工作者立志为舞台艺术而进行艺术创作,回避与政治有关的话题,那么他们就有可能减少政治压力。于是,导演将想方设法找到一个安全的戏剧文本。演出莎士比亚《无事生非》的构思就应运而生了,因为该剧是一部喜剧,歌颂爱情和友情,谈论一些鸡毛蒜皮的小事,对演员和观众来说,是安全的,即"置身事外"。

利用现代主义思潮大做文章?

诚如斯蒂芬·奥格尔所言,现代的读者、观众从莎士比亚经典剧作中去为自己的思想行为寻找佐证实在是太寻常不过的事情了,结果使得莎剧成为呈现文化记忆的载体,"我们承认,时尚塑造和扮演基本的欲望,去创造我们自己"。从亚洲莎剧演出情况来看,借助莎士比亚舞台来传播自己的正面或负面思想主张的改演大都产生于革命期间。1957年首次在上海演出的莎士比亚剧作《无事生非》就是一个例证,是由苏联莎学专家叶夫根尼娅·列普柯芙斯卡娅与上海戏剧学院学生携手合作。一些历史学家称新中国成立后的头三十年(1949—1979)是"个缺乏文学创作的贫瘠年代……文艺理论等社会学术全面彻底政治化……一切的文艺审美需服从政治意识形态",但同时,李海燕则提到,"鼓舞人心的作品应声而生,对于这三十年的人来说,是精神上的一大慰藉"。1957年上演的《无事生非》剧目就是其中之一,给予观众以极大的鼓舞。这台演出的显著特点之一是,剧组一直认为这是一部与政治无任何关系的喜剧,确切地反映了新中国成立后人们"生活光明的一面"。不同寻常地把《无事生非》看作是一部无政治意义的纯喜剧,以及当时允许这么阐释的历史原因,二元素的结合促使只能把它作为一部田园爱情喜剧来处理。在剧中对莎士比亚以及中国本土两方面的设想引起怀旧情绪,促使后来的中国观众看到一场对几乎二十年以前发生在舞台中央的一幕戏的可能是沉闷的重演。

不管是对文艺作品政治化处理的疑问,还是对历史的准确性、真实性及意识形态的权威性的质疑,都是围绕着这么一个理念,即,改演作为一个场所提供了一种可能,从再现历史的艺术技巧之中可以折射出当下社会的现状,反之亦然。故此,重新审视演出中是否具有为己所用的政治资源的政治性,将作为一种行之有效的批评方法和合适策略再次切入历史主义与现代主义二者之间的博弈。

瓦尔特·本雅明曾将艺术作品定义为有独特的"时空现场感","存在于事发现场"。就戏剧来说,这种独特的时空现场感涵盖文本形式与舞台表演。任何舞台演出都必须把握好三种截然不同的时空维度,即现场演出、文本故事以及剧作家的时空背景。三者之间的张力与关联往往会决定适当表演手法的选择,影响到演出的效果。现代主义就是借助历史虚构为关注当下社会的现实提供了一面镜子,努力拓展文艺作品中的时空意蕴,彰显当代读者与评论家的社会真实背景。

几个世纪之前就有了重写经典的舞台演出,但经常遭到观众的怀疑,受到缺少历史真实性的批判,因为观众认为这些重演故意规避了舞台文本所指的历史特定性。尽管这种指责并不为错,但在对文学作品进行情境化的处理过程之中,接受群体所处的时空环境也是导演与编剧应当加以考虑的因素。极力反映时代精神及拓展演出内涵是对还原文学作品中历史真面貌主张所作出的一种反应。现代主义反对一定要在当时历史背景下去理解莎士比亚作品的做法,不赞成循规蹈矩地遵从自古以来大家所公认的"事实",它看重的是"与时俱进",关注当代观众的评论,发掘历史与认识、过去与现在、文本与舞台之间的复杂关系。历史属于过去,没有人能够凭借一些事实就复原历史,也不能够保存它最初的样貌。㊵

1957年上海戏剧学院在苏联莎学专家指导下演出的《无事生非》采用了现代主义的理论,但同时又超越了现代主义与历史主义二元论,因为它不仅再现了历史的真实性,而且坚持拒绝任何反映历史或当下思想意识,是历时性和共时性的交汇。称这台剧与政治无任何关系是很纠结的,因为毛泽东时代主张一切文艺作品都需要进行政治化处理,而叶夫根尼娅·列普柯芙斯卡娅的指导思想是纯戏剧理论。那么,一台拒绝反映时代精神的演出,十年之后多次重演,那样的舞台究竟是如何成为唤醒"文革"时期集体记忆的场所的呢?原因之一是,上海的《无事生非》演出能够让观众对莎剧的历史展开想象,而这个时代背景与中国的时政没有什么相关之处,对于政府的文艺审查而言,在政治上处于中立。故此,莎士比亚喜剧《无事生非》就为演员、观众提供了一把尚方宝剑,完全避开了政治责难。

这个以爱情、友情为主题的剧目为20世纪50年代的中国演员创造了回避政治的机会,也正是这种有意识的躲闪折射了当时政治路线对文艺创作的影响。1957年的《无事生非》演出再现了莎剧经典,同时也给观众留下了时代的记忆,二者都让人心满意足。就这一点而论,这部剧目的时间安排既否定了现有历史主义者"设身处地"回到过去的历史观,也摈弃了现代主义借历史看现实的文学主张。20世纪中期,中国以苏联式的马克思主义、毛泽东的阶级斗争思想为政策风向标,也正是在这种环境之下,苏联莎学专家指导上海戏剧演员冒着风险对《无事生非》进行了重演,演出的目的有两个。第一,借助莎剧让中国演员熟练掌握斯坦尼斯拉夫斯基的表演技巧;第二,让中国观众了解什么是真正的现实主义戏剧,什么是真正的莎士比亚剧目,以求在意识形态往往政治化的大背景下,带给观众耳目一新的非政治意义的娱乐与享受。

之后,原班演员分别于1961年和"文革"结束后的1979年再次上演了《无事生非》,两次演出都是自己独立完成的,他们的指导老师苏联莎学专家叶夫根尼娅·列普柯芙斯卡娅那时已经离开了中国。这些演出与政治没有关联,因此为演员、观众提供了安全的保障。同时,这部剧目的演出也勾起了演员、观众的怀旧情结,因为大家都专注于情节的真实再现——那远离政治,只谈爱情与友情的浪漫故事。

"文革"前后的舞台演员以及他们的观众一致认为上海戏剧学院演出的《无事生非》剧目忠实于莎士比亚笔下的意大利,忠实于1957年列普柯芙斯卡娅指导的舞台版本。这种真实再现是从以下两个方面而言的。一方面,舞台上,演员极力模仿西方人的装扮,鼻子上套着高而大的假鼻,头上是意大利假发,遵循着斯坦尼斯拉夫斯基的表演体系,把自己的内心的所思所想真实地呈现在观众面前;另一方面,担心在政治上受到非议,导演与演员都是小心翼翼地回避文本中一切能与现实政治挂上钩的细节。他们以特定的方式来理解"历史"。在他们看来，所谓的"历史"是指忠实于莎士比亚、忠实于莎士比亚刻画的故事情节，同时也要紧紧追随1957年的《无事生非》版本。虽说这台演出是作为非政治意义的剧目搬上舞台的，但它声称，可以借这部剧来反映共产党领导下的新中国人们生活幸福光明的一面，而这正是毛泽东时期对革命文学艺术的政治要求。在特殊的历史条件之下，历史主义主张的真实再现历史的思想与现代主义文学思潮中以历史看现实的做法相抵触。

这对矛盾在舞台演出中并不多见，主要出现在对文本进行意义建构过程中现代主义与历史主义之间的学术博弈之中。有学者提出，我们就应该以唯物主义历史观对文本进行解读。但另一些学者却持不同意见，主张架构文本学习与表演研究之间的桥梁，反对的理由是，要想解决现代舞台重演莎士比亚四百年前的文本时出现的诸多问题，单凭"设身处地的诠释莎士比亚经典作品是不够的"[46]。如果对中国20世纪"文革"前后的《无事生非》演出从舞台艺术角度进行分析，也许能够表明，在诠释文本之时这台演出是如何与现代主义观、历史主义观不一致的。

苏联莎学在中国

1957年，叶夫根尼娅·列普柯芙斯卡娅在上海以斯坦尼斯拉夫斯基的表演体系导演了莎士比亚喜剧《无事生非》。四年之后的一个夏夜，导演胡导带领一群演员把这幕剧原封不动地再次搬上了中国东北沈阳的舞台。

舞台幕布一起，台下观众就看到一堵半高的城墙，象征着剧本中的梅西那，它是中世纪意大利的一个城市。一会儿，一队凯旋而归的勇士骑着战马出现在城墙后面。当他们走到舞台中央的时候,观众才看清楚他们上身的穿着打扮。演员们穿着中世纪时期的紧身上衣和紧身短裤,戴着高而弯的假鼻子,眼皮涂成蓝色(象征蓝眼睛),头上还戴着模仿白种人颜色、发型的假发。戏就这样拉开了帷幕。有观众评论说这个开场很是"华丽"、真实、"壮观"。[46]

1979年4月,导演胡导召集第一次演出时的原本人马——叶夫根尼娅·列普柯芙斯卡娅已经回了苏联——在上海再次演出了《无事生非》。这场演出在"文革"结束后的第三年又一次登上了上海的舞台,距离首次亮相也有三十多年了。很多演员都想尽办法参加了这次重演,原因之一就是他们当初参加的1957年演出是受政府支持的,为他们提供了政治庇护。

在一次采访中,胡导演很骄傲地点评了两张有点相像的照片,分别是1961年和1979年的演出照。[47]照片上,贝特丽斯和培尼狄克的扮演者祝希娟和焦晃——在两次演出中,两人饰演了同样的角色——在同样的场景,身着同样的服饰,做着同样的动作。[48]可以这么说,1979年的再演完全是1961年版的复制,甚至连细枝末节之处也毫无差别。当第一幕第一场结束的时候,舞台上只有两扇幕布,还有舞台台口上面的拱,除此之外别无所有。接着,二十来个佣人出现在金色的二道幕布前面,幕布还没有拉开。他们正准备着一场盛宴,有的抱着葡萄酒桶,有的捧着盛有烤鹅的大盘子,有的拿着餐具,但每个演员都以他/她各自的节奏、步伐在舞台上忙碌着。这个场景对照着莎剧原作中的第一幕第二场,佣人们台前台后为晚宴做准备,里奥那托在和他的弟弟安东尼奥交谈。佣人们在舞台上穿梭,忙于盛宴的准备,一会儿手捧美味佳肴,一会儿又拿着空盘子回到了舞台上。[49]舞台很快又恢复了寂静与空荡。这时,第二道幕布升起来了,唐·约翰坐在椅子上,正在与他的随从康拉德和波拉契奥密谋如何拆散克劳狄奥和希罗。密谋一场戏的舞台照明以冷色调为主,欢快活泼的伴奏也变得严肃起来。

这种舞台设计不同于中国传统表演,给中国观众留下了深刻的印象。曹树钧与孙福良满腔热情地记下了当时的演出情景,比如,两扇幕布在打击乐的敲击下如何缓缓升起,给观众以一种完全开放舞台的想象。⑩鲁海对舞台上模拟的"中世纪城堡"记忆犹新。⑪孙芋大力赞美1961年演出的成就在于它的"现实主义"表演手法以及规模壮观的舞台布置。⑫

然而,演出的意义决不仅仅在于气势宏大的舞台设置与两扇幕布的采用。这是一台完全不同于中国传统的莎剧演出,中国演员与苏联导演联手尝试了斯坦尼斯拉夫斯基表演体系和戏剧中的现实主义表演手法。上海戏剧学院的讲师董友道在观看了1957年的表演之后,在《新民晚报》上发表文章:"(有人说)莎士比亚真正的故乡在苏联。当我们看完苏联专家列普柯夫斯卡雅导演的《无事生非》之后,就会发现这句话是对的。"⑬

把莎士比亚从他"真正的故乡"苏联移植到1949年成立后的新中国不是一件简单的事情。⑭最让人迷惑不解的问题之一就是,为什么有些剧目可以拿来上演而别的不行?除了《威尼斯商人》之外,几乎就没有莎士比亚喜剧出现在20世纪50年代之前的中国戏剧舞台上。然而,1956年到1979年这段时间,《无事生非》与《第十二夜》是舞台上最常见的外来剧目之一。与《无事生非》的演出历史背景相同,上海电影演员剧团1957年首演的《第十二夜》也分别在1958年和1962年重演,采用了曹未风的翻译文本,由凌之浩担纲导演。⑮

寻找一个远离政治喧嚣的梦幻世界

莎士比亚喜剧《无事生非》之所以能够在马克思主义、毛泽东思想主导公众文化生活时期深受广大观众的喜爱,原因有三。首先,不断发生的政治变动与党中央领导人公开提倡的文艺政治化精神使得戏剧工作者以及他们的观众开始寻找安全可靠的舞台文本,里面没有任何的政治影射,反映的主题也决不能是模棱两可的。⑥《无事生非》在大家看来就是一部刻画爱情与友情的喜剧故事,处处都是恋人间的文字游戏。更重要的是,之所以说《无事生非》是一部安全的剧目,因为它是由中国政府邀请的一名苏联莎学专家挑选的。苏联是中国推行共产主义理想的榜样,在政治、经济、文化等各方面苏联都是中国的老大哥,而苏联莎学专家叶夫根尼娅·列普柯芙斯卡娅把苏联的莎学思想介绍给上海戏剧学院的学生当然会受到中国政府的肯定与支持。

其次,演员与观众都需要躲避到一个梦幻世界里,远离时政的喧嚣。1957年上演的《无事生非》就是一个很好的例子。20世纪50年代,剧团接到的政治任务就是成为政府的喉舌,为党的思想路线做宣传,在人民大众中倡导进步思想,与阶级敌人作斗争。舞台上清一色的政治宣传压抑了演员的艺术积极性。而上演《无事生非》对他们来说是个难得的机会,一方面政府支持,另一方面他们也可趁机尝试些不同于政治宣传的戏剧。演员和导演根本没有兴趣把该剧改编为与时事有关的演出,所以,他们既没有把中世纪意大利的浪漫故事进行现代化处理,也没有把情节、服装、人物和舞台背景都中国化。演出该剧早在反右运动之前就确定下来的,在反右运动期间公开上演的,没有引起任何的震动。演员中只有极少数人遭受了政治迫害,不是因为他们出演了该剧,而是因为他们过去曾经犯下了反革命的"罪行"。

列普柯芙斯卡娅给这次演出定了一个目标,即通过这次演出,要让大家明白阶级斗争可以创造更加美好的生活。⑥对于斯坦尼斯拉夫斯基的戏剧行动规律学说,她做了自己的诠释。在她看来,戏剧动作就是"打斗",因为"没有打斗,就没有行动"。⑧在表演课上,列普柯芙斯卡娅鼓励演员首先要"观察生活",理解"人们是如何生活的"。⑥她认为,"戏剧舞台上本就没有真实",所以,"舞台演员表演的目的就是要借助他的表演手法把演戏变成建立戏剧生活"。⑩

演员与观众非常关注舞台上的人物形象塑造以及反映他/她真实心理活动的现实主义手法，他们被西方的浪漫故事深深地吸引，沉浸在舞台情景的遐想之中，根本没有心思把这部戏剧与时政联系起来。另外，一系列的政治事件之后，《无事生非》一剧给演员提供了政治庇护，使得他们免受外界的伤害与责难。列普柯芙斯卡娅称排演室是"圣地"，演员在这里要专心致志地排练，这与外界的喧嚣形成了鲜明的对比。⑩上海戏剧学院的学生演员们如饥似渴地向这个得到政府认可的苏联专家学习国外新鲜的表演技巧。他们也接到校党委的直接命令，要他们安心与苏联专家列普柯芙斯卡娅进行排演，禁止参与其他任何事务。上海戏剧学院排演室之外的中国正在如火如荼地开展一场新运动。1956年5月，毛泽东号召党内外人士"鸣放"，鼓励人们畅所欲言，把他们的不满与意见全部倾诉出来，因为辩论可以使人进步，"即使马克思主义也需要通过斗争才能进一步发展"⑫。此前不久，毛泽东提出了"双百方针"，提倡言论自由，主张文艺工作要"百花齐放"，学术工作要"百家争鸣"，但可惜只是昙花一现。一年之后，中国的政治风向标一夜之间发生了巨大的变化，反右运动开始了，许多提了意见的人受到了打击。而跟随列普柯芙斯卡娅学习斯坦尼斯拉夫斯基表演的上海戏剧学院的学生因为学校命令他们专心学习排演《无事生非》，无法参加当时的一切政治活动，得以幸免。

据说，为了自保，也为了保护自己的学生，列普柯芙蓉斯卡娅在赞颂恩格斯的时候，常常引用他对莎剧的点评。⑬在公众场合，她也引用毛泽东的话语。中国当时虔诚的马克思主义、毛泽东思想的追随者也经常引用马克思、恩格斯的话语来肯定莎士比亚的重要性，列普柯芙斯卡娅的做法正好与他们同拍。恩格斯称赞欧洲文艺复兴运动是"人类从来没有经历过的最伟大的、进步的变革,是一个需要巨人而且产生巨人的时代——在思维能力、热情和性格方面,在多才多艺和学识渊博方面的巨人"。[64] 马克思和恩格斯也一直强调莎士比亚作品中的活泼轻松氛围和现实主义手法。在来往的信件中,他们多次批评德国社会主义者斐迪南·拉萨尔,指责他的历史剧《弗兰茨·冯·西金根》没有以莎士比亚为榜样。恩格斯在1859年5月18日写给拉萨尔的信件里再次肯定了莎士比亚:

> 我们不应该为了观念的东西而忘掉现实主义的东西,为了席勒而忘掉莎士比亚。……在这个封建制度解体的时期,我们从那些身无分文的居于统治地位的国王、贫困潦倒的雇佣兵和形形色色的冒险家身上,什么惊人的独特的形象不能发现呢!这幅福斯塔夫式背景在这种类型的历史剧中必然要比莎士比亚的剧目中有更大的效果。[65]

马克思和恩格斯都认为,拉萨尔的《西金根》过于抽象,有太多的说教成分,缺少了莎士比亚作品中的那种具有很强说服力的对行动的真实反映。拉萨尔太过于追随席勒(1759—1805),把历史人物都演变成为革命事业的口舌。[66]

苏联评论家欣赏马克思、恩格斯对莎士比亚的赞美,然后又被引介到中国,被戏剧圈复制。莎士比亚在苏联是人们心目中的现实主义作家。亚历山大·阿尼克斯特是苏联莎剧翻译家,他曾经说,苏联的莎士比亚评论就是建立在"马克思、恩格斯写给拉萨尔的信件的内容上"。他依照马克思、恩格斯的表述这样说:"莎士比亚不是传道者,他也不会把自己笔下的人物刻画成宣传自己思想的'传话筒'。"[67]"作为艺术家的莎士比亚与作为人民作家的莎士比亚是完全相同的。"[68] 也就在这个时期,大量的苏联莎学研究成果被翻译成中文,极大地影响了中国的莎学发展。阿尼克斯特的汉译本《莎士比亚和他的戏剧》(1957)、《英国文学史纲》(1959)就是苏联莎士比亚评论的权威著作。⑲

苏式莎剧表演方法、文本解读在中国流行开来。米哈伊尔·莫洛佐夫和亚历山大·阿尼克斯特都是苏联莎学权威,他们的莎学著作被译成多种中文版。此外,有关斯坦尼斯拉夫斯基表演体系的重要论著也被翻译成中文,在中国广为流传,他的代表作《演员的自我修养》也于1956年在中国发行。莫洛佐夫的《莎士比亚在苏联》也是重要的莎学著作之一,⑳它对中国莎学研究的影响深远,横跨20世纪的50年代到80年代。还有,他的《莎士比亚传》也在中国学生、学者之间广泛传阅。㉑

同样有意思的是,大家普遍认为上演悲剧对现代主义艺术家而言是一种前所未有的挑战。用阿尼克斯特的话来说,那就是"莎士比亚悲剧之所以让人费解,是因为我们不清楚如何才能把他作品中表达的主题思想与我们的现实生活关联起来"㉒。很显然,由于政治意识形态多变,阿尼克斯特及其他苏联评论家不能肯定怎样把莎士比亚经典与社会时代背景联系起来。这个现象部分解释了苏联专家列普柯芙斯卡娅决定带领中国学生挑选莎士比亚喜剧《无事生非》作为表演节目的原因。

最后,出人意料的是,《无事生非》得以在中国流行还要归功于它所谓的政治正确。大家都认为,当一个安全可靠的演出文本在意识形态上保持中立,那么在演出过程中就没有从政治角度诠释的任何可能了。可是,安全文本在没有越出边界的情况下,当然还要有自己的涵义,这种涵义并不一定就违背了官方思想。虽说在排演《无事生非》时,导演的出发点是上演一部不带任何政治性质的莎士比亚剧作,但导演声言该剧歌颂爱情、友情的主题能够反映新中国的光明生活,以此来响应毛泽东提倡艺术为人民服务的思想。毛泽东《在延安文艺座谈会上的讲话》的主要观点是文艺作品应当以反映社会生活和描写人民革命的光明为主,没有什么超阶级的人性,包括爱在内。[⑫]对"文艺的基本出发点是爱,是人类之爱"的观点,他认为"阶级使社会分化为许多对立体,阶级消灭后,那时就有了整个的人类之爱,但是现在还没有"。[⑭]《无事生非》描绘了乡村生活,讲些鸡毛蒜皮的小事以及爱人间的唇枪舌剑,轻松活泼,反映社会生活的光明面,引申开来,进而也实现了戏剧的教育目的。这个时期的文学作品与舞台演出无一例外地都有道德说教的主题,不是光明战胜了黑暗,就是爱情、友情克服重重阻碍,等等。陈瘦竹评价说莎士比亚的喜剧特点就是"反对新兴资产阶级的邪恶势力",更重要的是,莎士比亚喜剧歌颂了"爱情、友情征服一切艰难险阻最终取得的胜利",再次肯定了积极、乐观、"幸福的生活"。[⑮]

然而具耐人寻味的是,大家普遍认为莎士比亚的浪漫喜剧是"赞美爱情"的,可这与毛泽东的文艺方针是不一致的。[⑯]实际上,《在延安文艺座谈会上的讲话》中,毛泽东抨击的对象是资产阶级追求的超阶级的"人类之爱",认为没有任何的爱或任何的恨是可以超越阶级的。与当时的方针路线相比,莎士比亚喜剧臆想的是一个新社会的美好明天,但不一定就是共产主义社会。上海戏剧学院第一次演出《无事生非》是在毛泽东的文艺理论(爱和恨都不能超脱阶级斗争)定于一尊之前,所以演出中对"爱"的推崇也就不足为怪了。也许正是由于民众对人道主义情感的强烈渴求,才使得《无事生非》第一次登台演出就深入人心,受到了观众的喜欢。"文革"结束不久,复制版的《无事生非》演出重返舞台,得到感受了幻灭的知识分子的全力支持,他们借助剧中的人文思想表达出对"阶级斗争为纲"的主流话语的不以为然。

反面乌托邦中的乌托邦

叶夫根尼娅·列普柯芙斯卡娅在导演《无事生非》时介绍给中国观众一个隐喻概念"美好的英国"。而实际上,这个词是她从恩

第五章　阅读和演出的地方谱系：孔庙、劳改场与中苏合作剧场　　135

格斯那里借用来的。约在19世纪的40年代，恩格斯在《英国工人阶级状况》的"工业无产阶级"一章中抒发了对工业革命之前老英国美好时代的留恋情怀。⑰关于1844年英国工业无产阶级的生活状况的著作写于恩格斯在曼彻斯特生活期间。他拿"美好的英国"一词对比城市工人阶级的悲惨生活，而这里财富的集中已经达到了极致。恩格斯常常会引用一些文学作品论证自己的观点，于是，他把"美好的英国"的意蕴与莎士比亚笔下的浪漫喜剧联系起来：

　　没有看到人们可以乘坐一辆火车从伦敦驶到利物浦，你就抱怨铁路单调乏味。……你常常会觉得自己是生活在欢乐的英国的黄金时代，觉得自己见到莎士比亚背着猎枪在灌木丛中悄悄地寻找野物，或者你会感到奇怪，在这块绿色草地上竟然没有真正上演一出莎士比亚神妙的喜剧。⑱

　　据《牛津英语词典》的解释，"美好的英国"一词起源于中世纪。从词典上的例子可以看出，其中"美好的"原指一种能让人感觉心旷神怡的氛围、环境，后引申为一个形容词，"描述人们欢乐、快活、高兴的精神状态"⑲。恩格斯所说的"美好的英国"是指英国曾经拥有赏心悦目的景致，表达了恩格斯对工业革命到来之前英国美丽风光的怀恋，似乎渴望回到闲适恬静的田园生活，这里隐喻着对现实中工业革命带给人类苦难的批判，建构一种乌托邦式的生活方式、思想境界。恩格斯对"美好的英国"的呼吁后来演变成一种共产主义理想国，⑳想象英伦居民在被人忘却的黄金时代尽情享受田园生活。主张人人平等的社会里过心满意足的农民生活，对中国的共产主义者而言绝不陌生，因为中国共产党高度赞美依然保持着纯洁的劳动人民，号召全体党员向他们学习。列普柯芙斯卡娅也认为"美好的英国"正是莎士比亚在《无事生非》中要讴歌的，因此，上海演出的这部戏剧以刻画理想中的社会主义国家为主题。

然而，马克思没有进行详细解释就提出，在共产主义的理想国，当"迫使人们奴隶般的服从于劳动分工的情况"已经消失，每个人都能做他/她自己想做的事情，"今天干这件事，明天干那件，上午打猎，下午钓鱼，晚上放牛，晚餐后评论时事……即使不做猎人、渔民、牧羊人或评论家"。[48]马克思阐释的共产主义理想国中关于城镇与乡村反差的思想影响了新中国的社会主义建设事业。但毛泽东过分强调了人的主观思想和创造能力，发动了"大跃进"与"文化大革命"，推行硬性的乌托邦主义。

毛泽东时代的中国历史背景促进了马克思主义和《无事生非》在中国的接受，"乌托邦"词汇也得以扩大，二者都是融合了苏联意识形态之后又引介到中国的西方观念。诚如莫里斯·迈斯纳所言："当马克思主义从它的故土西欧传向东方时……传统马克思主义思想被创造性地学习借鉴，与当地的实际情况相结合……建立乌托邦式的理想王国。"虽然，在城乡差别概念上，毛泽东与马克思的理解截然不同，但他却赞赏马克思的理想国的终极目的。[49]

虽说《无事生非》的爱情主题与毛泽东提倡的爱不一致，但在上演的时候，列普柯芙斯卡娅引导演员与观众顺着她理解的乌托邦思想来欣赏，特别是马克思主义、毛泽东思想肯定的美丽乡村的田园生活。为突出"美好的英国"主题，她对原文本结构进行了重新梳理，具体表现在几个方面。一般来说，莎士比亚喜剧都是以一定的顺序来写，亦即，先从城市到乡村，当一切问题都解决了，最后再回到城市。但《无事生非》的故事却安排在中世纪意大利的梅西那小镇上，那里常有狂欢盛宴，偷听、求爱也随时随地都可能发生，具有乡村的旖旎风光。

而田园背景在列普柯芙斯卡娅及演员们看来意味着逃避现实和社会主义者向往的乌托邦主义。为了营造"美好的英国"的闲适恬静氛围，她做了重要决定，把原作改编成四幕。[50]调整之后，剧目突显了贝特丽斯和培尼狄克的爱情故事,却淡化了唐·约翰的破坏作用。如此一来,贝特丽斯就没了原作中逼迫培尼狄克去杀死克劳狄奥的理由了。该演出以20世纪中期广为流传的朱生豪译文为蓝本,同时做了修改。以《无事生非》中贝特丽斯和培尼狄克爱情为情节主线的改写方法,在欧洲的舞台上也是屡见不鲜的。早在17世纪,英国国王查理一世就给这幕剧起了个新名《贝特丽斯和培尼狄克》;1861年,法国作曲家柏辽兹以同样的题名演绎了莎士比亚的《无事生非》。在柏辽兹的歌剧里,坏人唐·约翰被删除了。查理一世感兴趣的是互相爱慕者之间诙谐有趣的唇枪舌剑,而不是"他们的敌人"。但与前两者不同的是,列普柯芙斯卡娅为改写主线索付出了代价,她把两人爱情道路上的重重障碍一一铲平了。如果没有了唐·约翰,没有了他破坏两个人情感的欺骗行为、误解不和,那么最终两人走到一起的爱情故事也就略显平淡无奇了。如果贝特丽斯不需请求培尼狄克杀死克劳狄奥,从而让他在友情与爱情之间做出抉择,这样一来,她率真的性格及对爱情的承诺都不能得到充分的展示。

　　胡导是列普柯芙斯卡娅1957年在中国排演《无事生非》时的助手之一。在苏联老师回国之后的1961年和1979年,他作为导演又召集原班人马两次上演了该剧。他紧紧遵循老师的"美好的英国"思想,认为《无事生非》是莎士比亚反对封建专制的浪漫喜剧。在他看来,这台戏就是要教育大家如何"掌握自己人生的命运"。列普柯芙斯卡娅调整了文本结构,大量压缩了唐·约翰的戏份,从而显示不了他的邪恶嘴脸。原作第一幕结束时,唐·约翰与他的随从正在舞台上密谋如何陷害克劳狄奥与希罗,而列普柯芙斯卡娅版《无事生非》的第一幕有个新名字"两把丘比特爱情箭",并把这场密谋划归第二幕,取而代之的是唐·约翰同父异母的哥哥唐·彼德罗在交代克劳狄奥、里奥那托怎样诱惑贝特丽斯、培尼狄克进入他们设下的爱情"陷阱":

> 唐·彼德罗：我可以教您用怎样的话打动令姊的心，叫她对培尼狄克发生爱情；再靠着你们两位的合作，我只要向培尼狄克略施小计，不怕他不爱上贝特丽斯。要是我们能够把这件事做成功，丘比特也可以不用再射他的箭啦；他的一切的光荣都要属于我们，因为我们才是真正的爱神。

莎士比亚原作中本有两个圈套，第一个是唐·约翰陷害拆散克劳狄奥与希罗的阴谋诡计，紧接着他哥哥唐·彼德罗主动设计撮合贝特丽斯和培尼狄克的美好姻缘。可是，改编后的《无事生非》演出在第一幕中以彼德罗的计策作结，凸显了富含希望、美好的时刻，深得台下观众好评。观看这台演出之后，汪齐邦对舞台上的场次调排进行了详尽的点评，并着重探讨了第一幕：

> 如果上海戏剧学院在演出中按照原作中的幕、场次序，那第一幕结尾的应该是唐·约翰的阴谋，他的妒忌成恨。……会强调主要情节……但现在导演把五幕剧改编成四幕，强调的主线索是贝特丽斯与培尼狄克的爱情。⁽⁶⁰⁾

列普柯芙斯卡娅拒绝任何令人沮丧的情节出现在每一幕的结尾处，以免破坏整体的欢乐气氛，所以在这样演出思想的指导下，她删减了"探监"一场戏（原作的第五幕第二场）。这样一来，改编后的剧目不同于原著，目的在于歌颂积极的、美好的事物。第一幕的结束语是彼德罗所说的"我们才是真正的爱神"，反映了胡导与其老师列普柯芙斯卡娅的心声，因为《无事生非》是一台喜剧，反对"一切天注定"的悲观情绪。⁽⁶¹⁾事实上，这也遵循了斯坦尼斯拉夫斯基表演体系理论，即：要在"能给观众留下深刻印象时分"才发生场次的转换，这样，"幕间休息就会为观众情绪高涨赢得加分的机会而不是减分"。⁽⁶²⁾

纪念演出，演绎记忆

中国导演、演员不仅反复学习苏联模式的莎士比亚经典剧目，还不断上演能够勾起观众对历史文化集体记忆的戏剧节目。上海戏剧学院 1957 年《无事生非》的初演以及随后 1961 年和 1979 年的重演都早于美国导演安妮·博加特的评论："追忆是一种行为，深深埋藏在剧场艺术之中。"她提出："如果剧场是个动词，追忆将成为牢记。"⁴⁹《无事生非》在"文革"前后演出的文化价值就在于它与记忆政治、忘却政治是紧密相连的。特殊的历史背景让人们永远记住了那个时期上演莎士比亚剧目的行为，而重演又为观众集体进行"文革"回忆提供了场所。

1957 年，《无事生非》在上海的登台演出意味着列普柯斯卡娅要告别上海戏剧学院返回苏联了。演出之后，她就回去了，但她的那些中国演员、学生十分想念她，牵挂着那个指导他们如何在舞台上"建立生活"的苏联老太太。然而，由于中国与其苏联老大哥之间政治环境的迅速恶化，列普柯斯卡娅再也没有回到过中国，导演其他的剧目。随着一系列矛盾的出现，中国与其最重要的社会主义同盟国苏联的关系在 1960 年彻底决裂了，苏联随即把支援中国社会主义建设的 1 400 多名专家学者召回了国。⁵⁰虽然中国政府再三表明"帝国主义者妄想破坏中国与苏联两党、两国关系的阴谋诡计是不会得逞的"，努力不使政治分歧公开化，但实际形势没有任何好转。⁵¹毛泽东在"大跃进"（1958—1960）中的极端举措令遭受饥荒的民众颇为受苦，据说有上千万的中国人死于营养不良。⁵²人们在想方设法生存下来，没有精力上演、观看戏剧，更不要说外国的莎士比亚以及他的喜剧了。

亲眼目睹了"大跃进"带给国民的深重灾难之后，1961 年，中国共产党调整了政策，中央政府对文艺理论的管控逐渐放松。在这种情况下，胡导召集了以前的演员，重演了列普柯芙斯卡娅指导的《无事生非》。他沿袭了苏联老太太舞台演出中的每一个细节。当然了，该剧的再次演出融入了演员们极大的怀旧情感，让他们回忆起与苏联老太太在上海戏剧学院排演时一同度过的平和时光。观众群里也有着对美好往昔的同样追忆。⁶⁸重演之后的剧评中，多次有人提到 1957 年的首演，这足以表明观众对第一次的演出记忆犹新，很清楚这次是在复制曾经的演出。

1976 年，带给中国人民灾难性破坏的"文革"结束了。三年后，胡导再次带领原班人马演出《无事生非》剧目。经历"文革"十年浩劫，贝特丽斯和培尼狄克的扮演者祝希娟、焦晃及所有演员身心都倍受折磨，人也老了，体形也发生了变化。然而，在广大观众眼中，他们依然俊美如初。李如茹与她的同学们观看了这场演出，那时，她还是上海戏剧学院一年级的学生，是在中国 1977 年恢复高考之后第一批考入该校的学生。据她回忆说，当时的演出令他们激动不已，特别是当中国与外界隔绝十年之久之后，这样的演出好似给他们带来了一股清新之风。对于经受过"文革"磨难的这代人而言，把莎剧翻译成《无事生非》是再恰当不过的了，"委婉地表达了"他们的美好愿望：噩梦似的"文化大革命"就是在无事生非，中国一切会恢复正常的。他们希望借助《无事生非》的标题"轻松、自信、睿智地忘掉'文革'中的辛酸经历"。⁶⁹在 1979 年的观众看来，这次演出的舞台文本完全不是基于西方剧作家莎士比亚的经典名著，而是 1957 年的首次演出。

1957 年《无事生非》的演出有着为逃避现实而主张"为艺术而艺术"的意味，但 1979 年的重演却截然不同，更偏重于怀旧情愫。随着"文革"在 1976 年的终结，中国人民也从一场噩梦中惊醒过来，急于把他们过去十年间不得不放弃的东西找回来，想尽办法弥补损失。所以，胡导故意把列普柯芙斯卡娅的舞台服装、表演风格、舞台设计、场景安排等一切表演细节完完整整地保留了下来，因为他曾协助自己的苏联老师并积极参与了第一次的演出，熟悉该剧目的方方面面。再次上演一个曾经对他们的表演事业有着决定性影响的剧目，并保留其原始状态（如果确实有的话），这似乎是演员反对文艺泛政治化力所能及的最好的方式。祝希娟在回忆录里写道："自《无事生非》第一次演出之后，十八年已经过去了，我终于理解了这部戏，知道如何饰演贝特丽斯。"⑯导演胡导以同样激动的口吻谈了重演的感受，论述了第一次演出与"文革"后重演之间的历史背景差异。

除了怀旧情感之外，演出中还蕴含了现实主义元素。耐人寻味的是，列普柯芙斯卡娅一方面表示响应毛泽东文艺为人民服务的现实主义文艺思想，努力反映人民生活的光明面，另一方面，她又删除了原文本中所有可能与当时社会时代产生关联的场景。也许，这样才是响应毛泽东社会主义现实主义号召的唯一稳妥方法。这个理念是中国共产党从苏联老大哥那里借鉴而来的，并非中国"五四运动"时提倡的现实主义文学理论。社会主义现实主义者认为文学创作有且只有一个动机，那就是要"反映革命发展（期望）的社会现实"。这个思想不同于艺术要反映日常生活的文艺主张，也不同于西方的摹仿说。美国著名汉学家林培瑞指出，这个时期，中国文学的创作目的是文学要成为"一面反映生活的镜子"，但这面镜子后来被演变成了"鼓舞人心的镜子，展示理想化的美好生活，'本着社会主义的精神，培养教育人'"。⑰

有意思的是，中国共产党制定的文艺思想方针是在马克思主义、苏联共产主义思想与中国国内实际情况及毛泽东思想相结合的基础上形成的，既非纯粹的苏联马克思主义，亦非西方马克思主义。如此一来，胡导1979年借助《无事生非》编演所谓"真正的"现实主义者莎士比亚实际上是"文革"之后中国人民对人道主义的期盼与苏联世界文化观的结合。苏中指导思想的结合创新了马克思主义、毛泽东思想理论。而被世人公认的莎士比亚作品的使用价值与中国共产党坚持的意识形态又为广大的中国观众、当局创造了一种事实。这种事实是如此称心、吸引人,《无事生非》的首演及20年后的两度重演已不再仅仅是戏剧舞台上的演出活动了,而成为了通过仪式的象征。苏联莎学专家与上海戏剧学院学生演员联合排演的《无事生非》很好地证明了：挑战现代主义与历史主义二元论的戏剧作品中确实融合了诸多不同的政治观点。这一阶段的莎剧演出已经被赋予了多种社会文化功能,是政府推行思想意识形态的国家工具,是中国政府邀请的苏联莎学专家挑选的外国名剧的展演,故此,是稳妥可靠的,尽管莎剧在"文革"十年动乱期间被禁。

结语

大多数戏剧史学家主张,戏剧演出"的评判应该是以它对当时社会的影响为标准,不受时尚流行变化的任何影响——包括服饰、发型、声音和手势"。在对文本本身以及文本之外的故事情节、文化背景、演出现场进行阐释之时,情况更是如此。观众对美好往昔充满激情,他们拒绝任何流行元素或手势动作的变化。阅读与演出场地的社会文化传统完全被移植到舞台演出中,这也使得演出本身成为要事。

虽然戏剧演出的某些特定涵义与表演风格、故事情节有关,但社会文化的差异也可引申出其他的意蕴。以列普柯芙斯卡娅与胡导的《无事生非》为例,他们特意选择了一个与社会时代背景没有任何关联的外国剧目来上演,精心设计了表演模式,以求把当地的风俗习惯融入到对中国、莎士比亚的诠释之中。而焦菊隐与巫宁坤的实际情况跟他们又大不相同,因为他们的选择是偶发的,他们受限于当时恶劣的社会历史环境以及匮乏的物质生活条件,却获取了意想不到的额外收获。

还有两个问题有待解决：复制舞台演出需要做什么？戏剧表演中融入的演出场地的时空文化背景能够再次复制吗？阿根廷作家豪尔赫·路易斯·博尔赫斯写了大量有意思的短篇小说，也许看看他的小说，这个问题也就迎刃而解了。小说主人公皮埃尔·莫纳德着手借鉴塞万提斯的《堂吉诃德》，但结果呢，自己竟然又写了一部不同的《堂吉诃德》。即使他创作的这部小说每句每行与塞万提斯的都不差，但是他却信心十足地把自己的故事情节设置在自己所在的区域，同时坚信读者对这两部小说的解读绝对不会相同，因为两部小说编写的时间完全不同，"一个是在 1602 年，另一个是在 1918 年，间隔了 300 多年"⑩，所以小说蕴含的当地的历史文化语境也就不一样。如此一来，读者就洞悉了两部言辞相像的小说之所以会有不同的内涵的道理了。即便如此，这样的解释还是很具挑衅性。即使对同一个戏剧文本展开的两个舞台演出有极多相似之处，它们诠释的内涵也不尽相同。现在，大家都明白戏剧的指涉意义因为融入了很多作者的主观臆断，也就并非一成不变。但问题是，表演场地与演出暂时性之间互相影响，关系错综复杂，且又很不明显。故此，虽说同样的演员阵容、表演服装、舞台背景使得 1957 年初演的《无事生非》剧目与随后两次的重演在手势动作上看起来像是同卵双胞胎，但观众对他们的理解却不相同，只是记忆中根深蒂固的东西让他们不愿意去承认这个事实。

一直到 20 世纪晚期，《哈姆雷特》与《无事生非》都是中国导演、观众痴迷的莎剧。1995 年 11 月，上海黄浦公园人民英雄纪念塔下也上演了《无事生非》一剧，再次对莎剧进行了本地化的诠释。这次演出的中文剧名还是《无事生非》，以黄浦江对岸现代化浦东的天际线为背景，在一个露天舞台上进行。⑫ 这次演出投资较大，约 50 万人民币（折合 6 万美元），但观众不需门票，任何人都可以来观看。如同焦菊隐四川江安孔庙上演的《哈姆雷特》与中苏联手排演的《无事生非》，这次黄浦公园里上演的《无事生非》也是要借用特殊的演出场地来表达导演的演出目的。尽管11月上海的气温较低,但成千上万的观众热情激昂,他们的狂热从头到尾激励着舞台上的演员们。纪念塔下88英尺宽的平台常用来举办流行音乐会,平台及其80级台阶都成为演出背景的一部分,是文本中中世纪意大利梅西那城里奥那托家的花园。演出一开始,四个身着17世纪欧洲最常见的宫廷服饰的中国演员从舞台右边骑着马出现了。他们戴着假鼻子以及金色头套,沿着环绕纪念塔的椭圆形小路,朝着两个大型的意大利喷泉走去。⑳台阶前是一个花坛,中央矗立着一尊白色的丘比特大理石雕塑。这些都是在模仿欧洲早期的自然主义话剧表演手法。但随着剧情的进一步发展,现代化的元素开始出现了,演员身上的服装以及舞台上的道具也从近代早期欧洲样式演变成维多利亚时代英国的时尚,再然后是当时中国流行的东西。㉑舞台上,唐·约翰骑着一辆摩托车逃走了,而摩托车是工业化的一种标志。波拉契奥也骑着中国大城市最通用的交通工具——自行车,怀揣1万美元,逃跑了,象征着资本主义经济在全世界的影响。戏剧结束之前,培尼狄克对克劳狄奥说:"来来来,我们是老朋友了。让我们在婚礼举行之前尽情地跳舞吧,让我们欢快的心跟我们的爱妻一起跳起来、飞起来吧。"㉒

他的话音刚落,一辆红色法拉利敞篷跑车开上了舞台。一身西式白色婚纱的贝特丽斯登上舞台,走到西装革履打着领带的培尼狄克旁边。尔后,二人站在敞篷车上,向观众挥手致意。盛大的婚礼派对上,迪斯科音乐响彻全场,霓虹灯光也一闪一闪眩人眼目。不管是演员服装的改变,还是开场时西欧场景转换成当下中国现代化的舞台布置,似乎都没有影响到台下观众的情绪,他们一直热情高涨。曹树钧是一位积极致力于中国莎学研究的学者,他非常赞赏这次演出,认为这样的舞台安排"太棒了",因为它彰显了"主人公精神上获得重生的全过程"。西装、领带象征着的现代思想替代了愚昧落后的封建礼教。而演出中对时间、地点的灵活处理也意味着"莎士比亚的个人魅力超越了民族、历史的疆界"[58]。排演期间,导演俞洛生也作过相似的点评:"我故意采用以前与现代的服装来混淆剧目的历史背景。演员服装前后的不一致正说明了星转斗移,时间已从17世纪发展到现代。"[59]

以此逻辑推下去,历史时代的差别、文化地域的差别只不过是服装上的不同而已,而当时的中国与莎士比亚笔下17世纪中期意大利之间的各种差别也能借助现代化的表演手法以及当时的流行服饰就能轻易抹掉。以经济迅速发展的上海浦东新区为演出背景,演出也暗喻了中国经济的现代化,以及市场经济在中国的开始,按照中央政府所说,就是"具有中国特色的社会主义"。作为舞台演出的背景,远处大上海的轮廓与黄浦公园的结合却给人一种具有讽刺意味的感觉。

殖民地结束之后,全球化不断发展,重写经典作品被认为是一种政治参与的表现行为。1995年露天演出的《无事生非》之所以深受观众喜爱,正是因为导演以上海演出场地为契机,巧妙地诠释了自己对改革开放后中国天翻地覆大变化的感慨。看似滑稽可笑的是,1957年上海戏剧学院在苏联莎学专家指导下排演的《无事生非》受欢迎的原因,却是他们故意回避了莎士比亚文本的历史性与演出时中国人民生活的时代背景之间任何可能的关联。准确地说,正是因为不被认为有任何个人或政治影射,这部戏剧才得以免于特定年代的政治审查,是一部安全的剧目,也是观众期待的剧目。但导演解释的演出理由却自相矛盾。一方面,导演一直坚持说,这是一部与政治无关的爱情喜剧,跟20世纪中期中国的社会现状不相干;另一方面,他又相信这幕剧与党中央"反映劳动人民光明生活"的文艺主张一致,真实地描绘了社会主义新中国的光明生活,且充满希望。可这些矛盾在当时的观众看来都不是问题,因为现实与历史本都是为当时整个的政治文化活动服务的。焦菊隐四川江安的《哈姆雷特》演出与中苏联合演绎的《无事生非》剧目都采用了丰富多样的表演手法,很好地诠释了莎士比亚作品的文化背景与演出场地以及当地的文化风情之间卓有成效的相互影响。两台演出都从表演场地入手,成功地阐释了演出的时代背景。这些演出场所被看作是表演灵感的来源地,同时寓意深远,在这两部戏剧的演出中,导演根据演出实际需要,可删减或彰显莎士比亚、苏联、中国的因素。两次演出都把演出场地、文本中"故事的发生地"作为首要考虑的元素,以便能够充分发挥他们在演出解读过程中的积极作用。

诚如美国人类学家克利福德·格尔兹所说:"真实如同虚构一样让人浮想联翩。"⑩这些演出在解读莎士比亚的象征资源时,往往借助文本故事背景与演出场所之间的或同或异的关联,对当地的历史文化做重新的认识。在中国的戏剧舞台上,导演与演员把传统戏曲与话剧或其他表演模式结合起来,继续对莎士比亚与中国之间的异与同进行着探讨,要么折衷要么强调。当然,情形大不相同了。

第四部

后现代东方莎士比亚

第六章　再论中国戏曲莎剧的吊诡

我抓不到你,可是仍旧看见你。——《麦克白》

中国戏曲莎剧跨越国界,以更加高超的演出技巧和前所未有的解读手法得到了国际观众的青睐。如果说电影是"20世纪全球的通用语言",而中国戏曲近十几年所取得的成就是亚洲视觉艺术文化在国际上逐渐兴起发展的最好见证。[58]华裔美籍剧作家黄哲伦1988年创作的音乐剧《蝴蝶君》就是众所皆知的范例。该剧借鉴了中国传统京剧——起源于地方戏曲,后成为中国文化象征——讲述了意大利作曲家普契尼的歌剧《蝴蝶夫人》故事以及来自西方的男性主人公伽里玛魂牵梦萦追求京剧旦角宋丽玲的爱恨情仇,彰显了东西方在视觉文化上的冲突与挣扎,扣人心弦。如何处理好中国戏曲莎剧中本土化诠释和传统程式表演中通用的视觉语言象征二者之间的关系是最值得深思的问题之一。在中国上演莎剧,特别是用古装戏改演莎剧的历史对导演、演员、观众和评论家在视觉文化方面提出了不同寻常的挑战。[59]虽说这些艺术家和评论家都深知传统戏曲中韵律和吟唱同等重要,可为什么在编演莎剧之时他们无一例外地把自以为的视觉效果放在第一位?

诚如斯图亚特·霍尔和弗雷德里克·詹明信所言,全球大众文化对那些具有逾越语言鸿沟功能的意象的偏爱是最直截了当的答复。㉘20世纪末,中国戏曲莎剧对观众的视觉吸引力的假定已成为在国际上巡回演出的亚洲剧团不可或缺的文化逻辑,铸就了错误的导向,认为话剧形式的莎剧是为本地的中国观众上演的,而被加副标题的戏曲是专为国际艺术节的观众量身打造的。以现代翻译为蓝本的莎剧演出使得莎剧在新的语境下被赋予极强的时代气息,观众也更易理解莎士比亚的经典剧目。但视觉效果处理手法的不同是英语莎剧演出与其他语种表演上最显而易见的差别。㉙评论家和艺术家对舞台艺术视觉效果的沉迷能告诉我们当下经典文本和传统剧场之间难以融合的什么呢?

2000年前后的戏曲演出不仅拓展了编演莎剧的极大可能性,戏曲表演本身也发生了巨大变化。全球市场下新生事物常常是以值得珍视的姿态出现的,正是在这样社会的大背景下传统戏曲的变化主要体现在对莎剧和戏曲的陌生化进程中。本章从探讨戏曲艺术及其视觉效果入手,研究提炼戏曲和莎剧精华的演出趋势,以分析京剧《奥赛罗》的编演模式作为结束语。

在过去的几十年,用传统戏曲改演莎士比亚经典剧目的尝试引起了大家对跨文化演出的关注与探索,一些争议饶有趣味且富有成效。中国戏曲莎剧在国际上巡回演出之时,他们的身份象征常引发争议,因为在所有西方评论家看来,这就是彻头彻尾的中国演出,可对大多数华语观众而言这绝非中国化的东西。㉛跟话剧上演莎剧一样,借助传统戏曲编演莎士比亚也已有几十年的历史,但都是些零零星星的演出,没有形成规模,直到20世纪80年代舞台艺术家们才开始尝试着从视觉角度来诠释莎士比亚笔下的言语隐喻。用传统戏曲编演莎剧兴起于1914年,但在20世纪的80年代却发生了重大的转折,人们再次对探求跨文化语境下多种莎剧演绎手法产生了浓厚的兴趣——提供大量卓有成效的"可见的证据"。中国内地、台湾、香港经常借用各种不同的地方戏曲剧种来改演莎剧,并在世界各地进行巡回演出。

20世纪80年代戏曲莎剧之所以崛起和发展且享有国际声誉是有一定的历史原因的,比如,邓小平主政后提倡开放政策,1987年台湾推广武术,国际莎士比亚艺术节在中国大陆成功举办。对地方而言,戏曲表演是为文化观光者提供的必看节目,集中精力挑选部分场景,包括汇集精彩的武术和杂技表演来吸引观众的注意。就国际莎学研究而言,中国戏曲莎剧的兴起也很好回应了莎学专家丹尼斯·肯尼迪之称赏同时期欧洲剧场为"新画意摄影"(neopictorialsim),即提倡用"视觉享受"来重新解读莎士比亚。[⑪]故此,戏曲莎剧比话剧莎剧更易频繁地、广泛地到各地巡回演出也就不足为奇了。吴兴国是著名的戏曲专家之一,用京剧构思、执导、演出了很多莎剧和其他西方古典剧目,他的作品也经常在世界很多城市演出。他在台湾创建的先锋性京剧剧团"当代传奇剧场"以莎士比亚的《麦克白》为蓝本上演了京剧《欲望城国》,而这部剧作自20世纪80年代以来多次在以下这些世界闻名的首映地和艺术节上演:英国伦敦国家剧院(1990)、法国瓦隆堡文化中心(1994)、德国亚琛与荷兰海尔伦(1996)、法国阿维尼翁艺术节和西班牙圣地亚哥千禧年艺术节(1998)、荷兰乌德勒支和鹿特丹(2001)、意大利斯波莱托艺术节(2005),除此之外,还多次在自己的家乡台湾上演。

挽救中国戏曲还是西方莎士比亚?

中国戏曲本是介于现代性与传统性之间的一种艺术形式,但为了顺应外来观众的需求以及各种不同的诠释规范,戏曲经常在现代性与传统性间转换。用中国传统戏曲编演莎剧成为融合剧场的一大创新,不仅吸引了当地的戏曲爱好者和欣赏先锋派的剧院观众,也赢得了"世界观众"(丹尼斯·肯尼迪语)的青睐。[⑫]由于这些观众来自世界各地,他们对戏曲改演的莎剧也是众说纷纭,莫衷一是,这是完全可以理解的。戏曲发烧友经常指责这种不合常规的舞台表演,批评他们破坏了历史悠久的艺术形式,以牺牲中国传统为代价来迎合市场需求。但是有些本土观众却极力支持传统戏曲借助西方莎剧经典进行新尝试,他们提倡品味创新,不愿囿于固有的传统保留节目以及戏曲模式。除此,还有一类人,他们既不会说汉语也不谙戏曲舞台上的程式表演,在他们看来,改编后的戏曲莎剧"很好地做到了本土化"[513],"无论是声音、音乐还是诠释手法都比西方同行更胜一筹"[514],他们是有足够理由的。对这三类不同的观众群来说,正是由于每个人对舞台场景的感受不同,规范化才会受到关心,莎士比亚才得以流行。不论如何,这完全取决于观众的主观看法。虽然中国戏曲的表演模式以及身份标识发生了转换,但却从来没有丧失代表中国的身份,犹如"出淤泥而不染的荷花,经得住各种舞台融合尝试的诱惑,却依然保持其本色,是完美中国性的象征"[515]。毕竟,还能有什么比中国戏曲更富有中国性?

随着中国戏曲莎剧在世界上被快速传播,人们一直对戏曲舞台上的情感外化和言语叙事有着浓厚的兴趣。十年前,约翰·罗素·布朗曾说,亚洲剧院不仅为重演莎剧提供了新的场所,还提供了诠释莎剧经典的可能。[516]我们现在所需考虑的问题是:这些新的表演场所怎样影响了文化身份的冲突?在用戏曲重写莎剧的过程中本土化起到了什么作用?而戏曲本身独有的视觉符号从理论和实践上又有着怎样的内涵?如果说西方很多世界闻名的表演场所和戏剧艺术节,如林肯艺术中心、爱丁堡国际艺术节、斯特拉福特莎士比亚戏剧节和巴黎艺术节,对有着中国传统戏曲服饰和装扮的莎剧人物都已不再陌生的话,那为什么还会有人挑剔戏曲莎剧的异国情调?在戏曲莎剧所带来的视觉效果方面精挑细选的剧目是否就具有权威性?纵观大众话语、批评话语的历史,不难看出人们往往忽略了戏曲莎剧中视觉效果和言语表达二者之间的可转换性。

用话剧手法上演的莎剧常常把当地的审美情趣放在第一位。表演传统赋予该剧种一种混合特性,实际上,它完全可以像戏曲一样拥有地方特色。西方话剧演出主旨及其与19世纪西方现实主义戏剧之间所谓的密切关系使得一些遵从者误认为话剧演出就如同直接翻译,必须"按照或接近西方的表演模式",言外之意是,戏曲则因把莎剧改编成一种地方剧种从而"彻底地把这出剧目改头换面了"。[51]为了遵从唱、念、做、打四种艺术表演手段,传统戏曲总是高度浓缩故事情节,并挑选最具代表性的对白与独白在舞台上予以呈现或摹仿。欧洲那些借助歌舞程式手法再现莎士比亚的演出与此有着异曲同工之妙。然而,大家对中国传统戏曲的"独特性"尤为关注。如果说话剧现代手法可以更新莎剧创作涵义的话,那戏曲似不能完全遵从莎剧原文本的表演模式,只能借助暗喻手法、情感表述以及彰显主旨等舞台传统让观众通过舞台上的视觉效果来洞悉莎剧。

任何事物都具有两面性,而中国传统戏曲与西方莎剧舞台在审美情趣上的相同性使得演员与观众重新定位,集中精力发掘象征中国与莎士比亚的视觉方式和寓意内涵。戏曲导演常常用程式表演和寓言故事来再现莎士比亚笔下的古语古韵。虽说莎剧确实能为戏曲注入新鲜成分,对扩大剧团的保留节目功不可没,但以莎剧来拯救戏曲或借戏曲传播和介绍莎士比亚的意图常被夸大化了,结果给人一种错觉。1986年4月,在中国政府的大力支持与赞助下,上海、北京两地同时举办了首届中国莎士比亚戏剧节,《剑桥新莎士比亚》的前任主编约翰·菲利普·布洛克班克对在上海演出的戏曲《冬天的故事》中的一场给予了赞扬:"虽说莎士比亚在英国面临的是寒冬腊月,但在中国却是莺歌燕舞的春天。"布洛克班克看到了中国戏曲编演莎剧艺术的新真谛,给人很多启示。他高度肯定了"中国的莎士比亚文艺复兴,认为这次莎剧艺术节规模宏大、内容丰富、形式多样,有着浓郁的中国传统,但也清晰地透着英国伊丽莎白女王和詹姆斯一世的精神"。之所以这样赞同中国戏曲改编莎剧,是因为布洛克班克坚信,最能诠释莎剧的表演手法就是按照现代人理解的当时莎士比亚如何表演这些剧目的方式去重现莎剧。这种争执意味着中国戏曲与莎士比亚剧场的相同性为这些重写找到了合理的理由。当代表演的首要任务似乎就是要通过这些剧目去再现伊丽莎白或詹姆斯一世时期的英国。他以此作结:"显而易见,中国传统戏曲需要从莎剧中提取生活精华,而中国戏曲的异国情调与传统元素进一步彰显了莎士比亚剧目创作的主旨。"[18]布洛克班克的文章刊发在国际杂志《莎士比亚季刊》上,完全赞同用本土化方式演绎莎剧的做法,他的观点和看法鼓舞了定居在中国和西方的英国莎学专家。丹尼斯・巴塞洛缪斯肯定了印度、中国、日本的莎剧演出,称赞这些剧作"触及到了莎士比亚舞台艺术中的神话维度",展示了莎剧中迄今为止被大家忽略的元素。[19]丹尼斯向读者保证,京剧舞台上模拟日常生活动作的程式表演确实很形象逼真,"单凭手中的一根竹竿,戏曲演员就可以使观众在空荡荡的舞台上好似看到真正的河水、急流、船只"[20]。对于那些不了解传统戏曲的观众而言,不管是中国观众也好,外国观众也好,只要演员能够饰演出他们心目中的舞台形象就足够了,他们并不热衷于挖掘剧场的表演模式。

布洛克班兑对中国戏曲莎剧的赞誉被广泛引用,且鼓励了很多的中国评论家和艺术家,当"文革"结束之后的中国推行开放政策之时,他们致力于跨文化戏剧事业。北京大学教授方姜曹断言:"莎士比亚在西方生病了,他需要从中国戏曲中找到治愈的药物。"[21]中国内地受人尊敬的莎学专家曹树钧在2002年以布洛克班克的话语为书名出版了《莎士比亚的春天在中国》。在序言里,曹教授这样写道:"前任国际莎士比亚协会会长菲利普・布洛克班克说:'莎士比亚的春天在中国。'他的话很好地再现了中国莎剧演出与评论的繁荣,故以此作为该书的书名。"㊿然而,布洛克班克的话却被国人误用来满足民族自尊心,不假思索就断言,跨文化演出的优势就在于它对文化来源或原主体文化的疗治作用。

许多评论家和艺术家欣然接受这种观点和看法,台湾演员吴兴国就是其中之一。2007 年,《华尔街日报》就他在纽约林肯中心改演《李尔王》的京剧独角戏进行了专访。吴兴国坦言:"在中国,大家对莎士比亚的了解要超出对京剧的了解。"假设伊丽莎白时代的舞台形式依然作为当今英语莎剧表演的典范,他大胆地把中国传统戏曲与 16 世纪英国剧场加以对比:

> 在许多方面,莎剧与京剧有很多相通之处。四百年前伦敦的舞台也是空荡荡的,犹如中国戏曲舞台……两者在剧幕转换上有很多的自由,剧作都极富诗情,剧中人物皆采用独白手法表明自己身份,与观众直接交流。㊿

集剧作家、导演、戏剧学者等头衔于一身的费春放、孙惠柱对此有着相同的见解:"莎剧和传统戏曲,比如京剧,在插曲式结构和程式表演模式上自然相连,虽然内容各有不同。"㊿

大家对中国戏曲改演莎剧的普遍看法没有摆脱多元文化的局囿。跨文化演出的可行性并非一定要依仗不同文化之间的包容性。事实上,即便是戏曲舞台能够重新展示莎士比亚时代的演出模式,梦寐以求的历史关联也不一定流行,而它本身也不能确保票房收入,或给演出增添艺术价值。㊿吴兴国的独角戏《李尔王》是在空荡荡的舞台上进行的,除了一些雕像用来充当岩石之外,别无他物。但他的《暴风雨》、《麦克白》等其他的一些演出却违背戏曲传统,在舞台上大肆采用现代灯光与豪华背景,以求达到一场视觉盛宴的艺术效果。正是这种认为中国戏曲可以用来挽救西方莎剧的二分观点极不准确地把戏曲与话剧(戏曲与莎士比亚)作为对立面截然分隔开来,而过分看重二者之间的同一性则忽略了文化交流动态中的话语丰富性。

一场演出是否成功要看它能否从表演模式以及戏剧文本上惟妙惟肖地再现莎士比亚笔下的人物心理活动和故事情节。但是,简单地认为程式表演就意味着固定的身段和步伐是不正确的,因为舞台上所有象征符号之间只有互相关联、互相参照起来才富有意义。话剧或西方的现实主义剧场并不见得就比程式化的剧场更为自然些。对此,安东尼·泰特罗教授有过精辟的点评:"舞台上的象征符号是……多功能的,任何一个物件都是被置于引号之内,一切也就不那么自然了。"因为,"任何事物皆因它的象征内涵已不再是纯粹的自我"。[⑤]

矛盾的是,虽说中国传统戏曲有跨文化根基,多年来也不断地进行着现代化的变革,但业内人士以及西方观众还都是更愿意把它而不是现代话剧看作是中国国粹的象征,其中一部分要归因于20世纪早期京剧作为中国国剧地位的确立。齐如山、梅兰芳以及他们的追随者建构了中国国剧的表演模式,正是这种思想意识使得起源于地方戏曲的京剧成为西方幻觉剧场的镜像。[②]现在,中西艺术家都把中国传统戏曲作为一种方法,来创建非传统莎剧演出的文化市场并满足市场需求。以京剧为代表的非西方性与莎士比亚经典剧目象征的西方传统之间的截然不同使得二者在演出形式方面可以互相借鉴补充说明,如,表演模式的外在化、陌生化与程式化。戏曲莎剧的爱好者主张用一种不为众人所熟知的、有所区分的舞台演出手法来解构约定俗成的阐释。这种误解等同于大家对传统古装武打片的认识,诚如罗贵祥教授所言,这主要是由于文化差异的市场性所造成的,"随着审美情趣的提升和消费理念的转变,人们对商品的需求愈来愈高",文化差异也合情合理地衍变成为一种"商品化的景观"。[⑬]毫无疑问,引进外来文化可以对本土文化重新解读(此处具体指的是西方莎剧演出与中国传统戏曲),

而戏曲能否挑战莎剧的模仿前提还有待于进一步确认。

华语圈里的中国戏曲与很多亚洲传统戏剧一样都面临着来自电视、电影以及百老汇音乐剧和话剧等现场演出激烈的竞争与挑战。故此,戏曲观众的数量在不断地减少,观众群也趋于老龄化。中国的戏曲演出团体借助莎剧中诡异的外来成分以及戏曲传统与伊丽莎白时代剧场的相似性,对自己的舞台艺术进行重新包装,以迎合国内外新兴文化市场的需求。他们还不断拓展新的剧目,吸引那些对戏曲原本不感兴趣的年轻观众,同时力争赢得巡回演出的邀请,以提高国际声誉。

因此,中国戏曲基于这样一个前提来演出莎剧和接受莎士比亚,即:脱离话剧的现实主义性,寻找一种完全不同于西方表演规范的替代品。戏曲莎剧改演者坚信中国传统文化是最好的替代品,莎士比亚经典剧目可以作为一个参照。无独有偶,在西方观众与评论家看来,姑且不论舞台上演员的长篇唱段以及剧目中的文学元素,亚洲其他传统剧场与中国戏曲一样,富于视觉传达但缺乏语言技巧。2006年,韩国木花剧团编剧、导演吴泰锡在伦敦巴比肯艺术中心采用一人歌舞剧及韩国传统舞台手法表演了莎士比亚的《罗密欧与朱丽叶》。这次演出消除了观众心中固有的芥蒂,表明不用英语上演的外国莎剧并没有损失经典剧目的精髓:"舞台上,演员用丰富的肢体语言、饱满的情怀以及幽默的喜剧性给观众以一种感官上的融合,很好地弥补了原语种缺失的不足。"㉝英国新闻媒体也肯定了亚洲舞台的感官效力以及每个场景诗情画意般的铺陈。

长久以来人们对中国戏曲以及戏曲编演的莎剧沿袭着一成不变的认识,积极肯定亚洲舞台上的程式表演与莎剧中矛盾纠结的人物形象之间的互补作用。但这种固定认识并非意味着一定要把二者之间的相同或差别进行简单化处理,而是借助戏曲舞台能够营造良好视觉效果的优势,用固定模式表演以求传达一种动态变化。这从一定程度上也可以解释为什么戏曲改演的莎剧经常受到国内观众的指责,却被国际媒介大赞的原因。查尔斯·斯宾塞批评了吴兴国 1990 年在伦敦上演的京剧版《麦克白》(中文剧名为《欲望城国》),指出大肆认同外来舞台景观已演变成流行做法,就仅仅"因为这是外来的,不被大家所熟知的……故而必定是好的"。

人们对黄佐临执导的昆剧《血手记》——发生在古代中国的《麦克白》——的反应是另外一个具有说服力的例子。泰特罗教授不遗余力地剖析了这台演出开场白的实用价值及审美情趣。黄导演把莎士比亚的三个女巫改头换面成两个矮子和一个高个幽灵(他们脑后带着怪异的面具)。当谈及这场 1987 年在欧洲的演出时,他以香港和中国内地地方特色为例充分论证了直接翻译莎剧文本和照搬昆剧舞台可能存在的不兼容性,并强调了中国戏曲舞台场面的实用性:

> 我很喜欢昆曲开场白中对莎剧三个女巫的改编。莎士比亚在原作中用各类动物做成汤,很有可能意在激发观众对堕落的本性从道德上进行谴责……而实际上,"沼地蟒蛇取其肉"、"青蛙趾"、"犬之舌"更像是一道道地道的广东菜。在中国大陆及香港,用大自然中的动物做食物不会引起大家的厌恶之感,对大多数人来说,它们是健康可食的,甚至还包括鱼翅。

泰特罗教授看过黄佐临改编的《麦克白》之后,对此作结说:"西方戏剧重在言语表述,而东方戏剧则更看重视觉想象。西方演员把词汇用言语说出来,而东亚演员则用固定模式具体化。"洛伊斯·波特的评论也印证了这个共识,我且称之为积极的呆板印象。惊喜于东方舞台上"蔚为壮观的表演形式",洛伊斯说:"莎剧总是在幕后用乐器等表现'真实'事件，而昆剧《麦克白》则当场演绎所有故事。舞台上演出了除邓肯被谋杀之外的所有场景，就连御医跌跌撞撞跑去给主子通风报信的声音也清晰可辨……不言而喻，透过舞台表演我们可以设想故事的真实性。"㊼有些真实看似与莎士比亚的作品紧密相关，但却没有在舞台上体现出来，这使昆剧成为——借用麦克白的话——国际莎剧和戏曲交流中的致命影像。㊽

国内观众对昆剧《麦克白》则持另一种看法。1986 年上海首届莎士比亚戏剧节研讨会上，一些保守的莎学专家提出质疑，认为中国传统昆剧不能充分再现莎士比亚经典剧目《麦克白》的主旨与内容。同时，大多数评论家一直坚称，与西方一贯主张的自然主义戏剧更接近的话剧才是演出莎剧的更有效、更合适的舞台艺术形式。在他们看来，用昆曲编演莎剧简直就是"吃掉了莎士比亚"㊾。

不管是西方观众对昆剧《麦克白》中视觉效果的肯定，还是国内观众对这出戏思想内容的质疑，二者都是以戏剧文本分析为出发点（比如，研究如何视觉再现莎剧文本）。近期的研究表明，能否舞台再现莎剧文本与莎剧本身的可行性密切相关。对于编演莎剧证明莎士比亚思想永恒性以及艺术上至高无上成就的观点，有人反驳，说这完全归功于"故事的巧妙安排"和背景典故内涵，还有朗朗上口的韵律。㊿其他评论家的理论依据则不同，说这是对外来文化表意实践的产物。㊿书面文字总是给人曲终人散之感，而视觉线索呈现开放性的结局，让观众自己去品味去思考。㊿然而遗憾的是，正是大家长期以来对中国戏曲视觉效果的过分偏爱，使得它完全站到了话剧以及戏剧舞台上言语表达的对立面。

"可亲眼目睹的实证"：北京一位黑脸将军

当大家期待中国戏曲不要也不能像话剧舞台那样采用"西洋

化"的改编方法,直接照抄照搬莎士比亚原作时(比如,中国演员头戴染黄假发,把鼻梁垫得高高的,保留人物角色的西洋名字,遵从西方的舞台布景),有些戏曲演员却拒绝把莎士比亚本土化的做法。这个时期最典型的戏曲莎剧是马永安1983年主演的京剧《奥赛罗》,在这出剧目中,他把自己的脸涂黑扮演与剧作同名的主角。[58]虽说这出戏并没有涉及到摩尔人身份,但演出的意图在于揭示种族矛盾问题。马永安把自己的脸涂黑并非出于传统京剧表演的需要,而是作为一种种族差异的符号。这完全是京剧戏曲史上的创新,不单单是因为这种全新的脸谱不是依据戏曲审美情趣而来的,它也是戏剧工作者最早的尝试之一,最终把种族差别的理念借着黑人角色得以实现。

作为专攻花脸的京剧演员,马永安的名字在中国早已是家喻户晓的了。[59]"文革"期间,他在样板戏《杜鹃山》中饰演了男主角雷刚,为大家所熟知。为炫耀自己的明星效应,马永安致力于京剧版的《奥赛罗》演出。即使他和他"文革"时期的演员同伴们在现代京剧舞台上扮演了很多非传统戏曲角色,比如,不穿水袖,不化常规的脸谱妆,他对《奥赛罗》的尝试还是在中国戏曲和话剧界引起了轩然大波。[60]

马永安对莎剧《奥赛罗》的痴迷原因有二。其一,他16岁时,观看了在北京上映的苏联电影《奥赛罗》,电影中主要人物特别是奥赛罗的复杂性格深深吸引了他。[61]这部电影是由谢尔盖·尤特凯维奇执导,谢尔盖·邦达尔丘克主演。[62]他惊异于影片一开始那狂风恶浪上的战争——当奥赛罗给苔丝狄蒙娜讲故事时,视觉再现了奥赛罗的冒险精神,紧接着,奥赛罗和苔丝狄蒙娜在教堂里举行了婚礼。从那时起,他就对莎剧一直有着浓厚的兴趣。其二,他想超越自己的极限。正如他自己所言:

对我这样一个花脸角色的戏曲演员来说,最大的挑战就是要把像奥赛罗这样看似很粗暴、很阳刚的人物他们情感上的细腻与敏感表演出来。作为专攻花脸表演的戏曲演员,我已经很适应扮演粗暴、好斗、脾气急躁的将军、士兵或宫廷大臣。而奥赛罗与苔丝狄蒙娜之间的爱情故事需要小心谨慎慢慢发掘,这样观众才能把他们之后在这幕悲剧中的处境联系起来。[64]

他的表演没有让观众失望。

幕布升起之前,舞台就响起了京剧和西方管乐器的合奏。这类音乐对那些样板戏的观众来说是再熟悉不过的了。很快,音乐变成京剧打击乐,八个士兵各拿手鼓,登台亮相,开始了一系列的武打表演,有翻筋斗、仆步以及其他京剧武打动作。当音乐以及武术表演充分调动观众情绪,舞台达到高潮之时,公爵和他的臣子登上了舞台,他们在讨论着奥赛罗的胜仗。在卡西欧和伊阿古的陪同下,一身中世纪欧洲盔甲、面部涂黑的奥赛罗出场了。他还头戴卷曲的黑色发套,后来又换成了灰色假发。伊阿古(一个旗官)手拿一面大旗帜,直观表明他的身份级别和工作职责。在这样的大背景下,主角奥赛罗按照京剧自报家门的传统作开场表演了。京剧《奥赛罗》备受北京观众好评。[65]马永安主演的《奥赛罗》堪称中国莎剧和戏曲史上的里程碑,因为它是为数不多的既没有把莎剧故事移植到中国,也没有把情节和人物中国化的戏曲莎剧之一。

这就是说,马永安把自己的脸涂黑扮演奥赛罗的决定不能不使我们踌躇顾虑。他演出表达的意义完全不同于英文演出,因为在西方舞台上,是白色人种的演员(劳伦斯·奥利弗最为有名)故意把脸涂成黑色。在其他一些因素之中,明星效应以及逼真形象使得马永安的《奥赛罗》给人以一种奇异的景象,或可以称之为似真的虚假。与2000年国家亚裔剧团的《奥赛罗》不同,马永安旨在反映种族问题。而从字面意思来说,当聚光灯聚焦在马永安舞台上的程式表演以及他所阐释的故事时,"京剧与莎士比亚相融合"了,——宣传噱头和报刊评论中常用这类口号,以至于诸如种族差异等其他问题都避而不谈了,而这些问题常与体现《奥赛罗》的后殖民主义演出联系在一起。也许,把演员的面部涂黑在戏曲上并不常见,可20世纪80年代中国话剧舞台上的演员经常把自己的脸抹画成白色、戴上假鼻假发来扮演莎士比亚笔下的西方人物。应该注意的是,种族研究表明,以前黑色人种常常在中国受到排斥,故扮演白人是一回事,而扮演黑人则完全是另外一回事。[58]以前,春柳社曾以林纾翻译的斯托夫人的小说《汤姆叔叔的小屋》为蓝本,上演了话剧《黑奴吁天录》,学生演员把脸涂黑饰演片中的黑奴。这场演出是该剧团具有划时代意义的里程碑。[59]

中国艺术家、学者认为,在莎剧演出上不用刻意追求人物种族身份问题也是顺理成章的事。但在美国,情形却截然不同,一直处于激烈的辩论之中。"20世纪50年代,约瑟夫·派普的公共剧院主办了纽约莎士比亚戏剧节,美国这才开始了非传统或不分种族的表演实践。"[58]一些演员、评论家认为它具有消除种族与文化本质差别的潜质,欣然赞同这种做法,而美国著名黑人剧作家奥古斯特·威尔逊却大加反对,指责这种表演模式是对种族不平等的视而不见:"不分人物肤色种族的表演是怪异的,没有任何实效性,只是帝国主义者进行文化入侵的一种工具。"[59]中国却不同,至少戏剧工作者和观众不这样认为。本着要把对西方现实的想象移植到中国舞台上的精神——一种与众不同的复制,跨种族主题是演出的重点,而不是在中国演员饰演的白人角色的剧目、舞台上强调种族问题。无肤色扮演是指给演员分配任何种族的人物角色的演出。这种演出绝非对种族差别"视而不见",而是经常突出种族不同,比如,马永安舞台上的一身外来行头,假发和抹黑的脸,以及好莱坞早期让白人演员扮演中国人的丹凤眼、长辫子,都足以证明这点。是什么激发马永安做这样的尝试呢?最直接的答案可能与中国内地舞台上没有黑人京剧演员有关。他的良苦用心和舞台审美赢得了观众的青睐。

中国上海的学者费春放和孙惠柱推测,莎士比亚《奥赛罗》中与20世纪80年代早期中国较相关的话题,可能是"不同社会背景的人之间的婚姻问题"。剧作中奥赛罗"从有着军事才能的将军,到与贵族女儿联姻,再到后来的不安全感以及嫉妒生恨",他的身份地位发生了变化,"而这些变化能够引起中国观众的共鸣",因为中国刚从强调阶级身份的"文革"中解脱出来。可是,《奥赛罗》中刻画的不是"不同社会背景的人之间的婚姻问题",而是不同种族的联姻问题。与马永安、费春放和孙惠柱一样,中国内地导演、批评家都愿意在舞台上忽略种族问题。直到1995年,外国演员开始出现在中国舞台上,扮演自己真正肤色的人物角色,这在中国戏剧界是史无前例的。俞洛生在上海导演小剧场话剧《陪读夫人》就起用美国演员罗伯特·戴利来饰演乔丹,波兰互换生贝莎·瓦耶斯扮演露西亚·史彼尔。非中国面孔的演员也开始出现在集数不多的中国电视连续剧里。

可对于20世纪80年代的中国艺术家和观众来说,那就另当别论了,他们刚刚脱离自我封闭的"文革"才短短几年。奥赛罗与苔丝狄蒙娜之间的种族差别在他们看来没有什么重要的,而中国与非中国之间——意指所有外国——的差别才是重点。安尼亚·卢姆巴在另一个不同的语境里指出:"剧场是一个允许——实际上要求——身份发生转换的场所,可具体操作起来,一定要小心谨慎,特别是在处理莎剧时。"卢姆巴说,在诸如印度等很多非西方国家里,"把莎剧进行不分人物肤色种族的处理是更明显的,但实际演出往往受到社会等级概念的制约"。与印度剧场不同的是,马永安的京剧版《奥赛罗》中的等级概念是明星效应、莎士比亚和中国传统京剧的文化资本。

在马永安的演出之中,处处充满着传统京剧中的表演程式,舞台上也都是外国人物角色，可却看不到摩尔人奥赛罗与苔丝狄蒙娜以及饰演这些角色的中国演员的种族、文化差异。不管是在莎剧中还是剧外，马永安从来没有受到种族矛盾问题的困扰。他用传统京剧和现代话剧的混合形式再现了文化差异（虽说不一定是种族差异），而这种表演能够"翻译"剧目中诗一般的对白和复杂的言语暗喻。演员们身着半欧式服装，在舞台上遵循着中国戏曲的程式表演传统。原作中的人物和地点名称没有直接翻译成对应的汉语或亚洲对等成分，而是采用音译的方法，比如把 Othello 译成奥赛罗。

由著名京剧演员马永安构思、实验、主演的京剧《奥赛罗》激发了很多中国传统戏曲的导演、演员对编演莎士比亚经典剧目的浓厚兴趣，并在三年之后的 1986 年首届中国莎士比亚戏剧节掀起了莎剧演出热。广东粤剧团艺术表演家邝健廉（艺名红线女）就是其中之一，她用粤剧编演了《威尼斯商人》。马永安自己也深知京剧版《奥赛罗》在戏曲界的影响。当笔者对他进行专访时，他很自豪地称自己的《奥赛罗》"是自 1949 年中华人民共和国成立以来第一个京剧莎剧舞台演出"。

当然，马永安以自己毕生奉献的京剧戏曲事业为荣，直到 1996 年才从剧坛息身。但同时，他也为剧场面临的窘境和颓废感到痛心。早在 1952 年他便开始师从郝寿臣、侯喜瑞、樊效臣，学习京剧的花脸行当表演。故此，他精于扮演恶棍奸角。马永安认为，奥赛罗这样一个野心勃勃、颇受争议的将军角色对于经验丰富且精通一种表演艺术形式的演员来说是很有吸引力的，这需要借助外在的手势及表演规范来阐释人物内心深处的所思所想，而非纯粹的静态的心理刻画。最重要的是，对马永安而言，这是个挑战师傅训规的大好时机。

京剧《奥赛罗》共有一个开场白和七幕戏，剧情集中在奥赛罗、伊阿古和苔丝狄蒙娜之间的关系上。㊾马永安拓展了白色—纯洁、黑色——肮脏的色彩象征性，蓝色灯光照射到幕布上。舞台灯光以及演员服饰上的波纹图案传达着一定的文本背景：四周被海水包围着的两个岛屿，威尼斯与塞浦路斯。然而，到了第六幕，当奥赛罗决定杀死苔丝狄蒙娜的时候，舞台幕布变成了红色。奥赛罗把夕阳西下时的色彩喻为苔丝狄蒙娜的鲜血：

> 奥赛罗：伊阿古，你看，那是什么？
> 伊阿古：落日。
> 奥赛罗：不，那不是落日，那是血，血，是苔丝狄蒙娜的血，是凯西奥的血，是我对头的血！如果你也敢欺骗我，那将会是你的血……苍天在上，我发誓，如果我不能洗清自己所受的屈辱，我将不再活在这个世上。[65]

这场戏是原著中的第三幕第三场，奥赛罗向伊阿古讲述了自己的"血腥想法"，呼吁"黑色复仇"。在舞台上，他歇斯底里地叫着："噢，血、血、血！"马永安的戏曲表演彰显了色彩象征、隐喻的外在含意。

马永安在他的京剧舞台上充分探讨了莎剧中一些象征物的功能作用，比如，奥赛罗送给苔丝狄蒙娜的定情信物手帕，它是全剧中的主要标志。在与原作第三幕第四场对应的一场戏里，奥赛罗让苔丝狄蒙娜"把她的手帕给他"，她就递给他一条手帕，奥赛罗连看都没看一眼就很开心地接了过来。他抓住她的手，然后转身走开了，心里暗自窃笑。可当他笨手笨脚打开手帕之时，他意识到这并非自己送给她的那条。随着舞台上打击乐敲打得越来越响，奥赛罗面部表情的变化也越来越强烈，一声锣响，达到顶点。他扔掉手帕，对着苔丝狄蒙娜大声嚷嚷："我给你的手帕在哪儿？"京剧舞台上的这一场着重突出了手帕的物质标识作用。每当手帕出现在舞台上，它就彰显着爱情与嫉妒的主题。同时，它还有助于剧情的发展。这样一来,手帕的出现以及舞台人物之间由它引发的相互关系对文本的主题进行了无声的转换,成为"可亲眼目睹的实证"。京剧《奥赛罗》不仅要让观众用心听,还要他们注意看。观众看见奥赛罗把手帕作为信物交给苔丝狄蒙娜,并发出爱的誓言,而不是由台上的演员——讲述出来。于是,当菲利普·布洛克班克回想起这出京剧时,说:"当奥赛罗在惊喜中略加停顿而随即彻底崩溃的时候,这部手帕悲剧让观众更感心酸。"㉖

京剧《奥赛罗》的一大特色就是演员身着仿欧式服装以及非京剧传统的化妆。头戴短而卷的假发,一袭黑天鹅绒披篷遮着涂黑的脸,脚穿一双带厚跟的白色长筒靴,马永安首次亮相。原剧一开场,伊阿古和洛特利哥就故意把睡梦中的勃拉班修吵醒,告诉他说:"一头老黑羊正在跟他的白母羊交尾哩。"而改编后的京剧版《奥赛罗》却以奥赛罗的登台亮相作为开场,树立了他的威信,并且运用戏曲中自报家门的独白形式展示了奥赛罗的军事才能。舞台上,马永安一边强有力地念着台词,一边做着京剧程式表演,眼睛也不停地转来转去,他饰演的悲剧英雄奥赛罗扣人心弦、充满活力。

马永安对传统京剧形式和莎士比亚经典剧目《奥赛罗》内容的坚持让人好奇:他在改演的过程中是否遇到过困难?马永安采用音译方法以求保持原作中的人物名字,比如,Othello 翻译成奥赛罗,同时他还把节选的片段逐行逐行翻译成汉语,目的在于"尽可能接近原创",因为他相信这是用京剧形式上演莎剧的唯一办法。否则,改演的结果也"只是借用了莎剧的故事情节",可这与他追求的京剧版《奥赛罗》的想法不一致。马永安的解释是,如果他想单纯地把这幕剧改演成中国故事,而后穿上中国服装演绎这出戏,那他还不如直接挑选一幕传统京剧保留剧目呢。马永安接着说,"我们常常看中文配音的外国电影",——没有人感觉有什么不妥,"那我为什么就不可以用京剧给莎士比亚配音呢?"

马永安为自己选择的舞台服饰以及坚持保留人物角色原名辩解。可事实表明,对他而言,留有外来名字或找到对应的中文名字都不是争议的焦点。一头卷发、满脸抹黑才能更有效地物化以及从视觉上再现文化差异性。演员服装是在欧洲中世纪传统设计的基础上增添了中国图案；舞台背景很简单,幕布上刺绣着太阳、月亮,还有一排蓝色的滚滚波涛,轮廓边缘是银色的。波浪以及空中堆积的乌云象征着威尼斯的地理方位和奥赛罗多次的海上冒险。马永安注意到,奥赛罗所谓的军事设备与传统京剧的武打服装功能相似。比如,奥赛罗身上的蓝色斗篷,京剧舞台上也有同样的道具,当需要做表示摇摆的动作时很有用。苔丝狄蒙娜一袭白色婚礼服与皮肤黝黑身着银色铠甲的奥赛罗在视觉上形成鲜明对比。同时,在马永安看来,白色也意味着死亡和丧亲之哀。他的京剧《奥赛罗》一经登台亮相,就得到了当时北京市副市长陈昊苏的赞誉和肯定：马永安主演的《奥赛罗》讲述的就是"一个被人骗的英雄,一个遭人害的美人","在中国演绎了异国故事"。陈昊苏的话很好地概括了观众对这出戏的赞同。

用西洋方式表演莎剧,同时又要用京剧习惯来作配音、解读,这就需要戏曲演员与学者专家强强联手。北京的资深英国文学教授孙家琇是马永安最重要的合作者之一,多次与马永安以及他的演员举办莎剧研讨会,以求"让他们对莎士比亚有个最基本的了解"。可以说,大多数的戏曲莎剧都是以联手合作的方式登上舞台的。热爱戏曲事业的演员或导演渴望突破一般的文化界限,尝试用戏曲编演莎剧。然后,导演或演员与资深的莎学专家学者一起精心挑选合适的中文译本,再由精通一定表演模式的编剧进行修正、补充。演员,有时甚至连导演也很难直接看懂英文原著,这就阻碍了他们保留"原汁原味"、"真实"莎剧的愿望。用中国传统戏曲编演莎士比亚剧目是一个双向互动的过程,既需要改动莎剧原文还要对戏曲常规做适当的调整。

戏曲与话剧表演手法在马永安主演的京剧《奥赛罗》中都有所体现。与竭力刻画每个人物角色的心理矛盾斗争这项任务比起来,保留原作中的故事情节以及人物形象都是小菜一碟。由话剧导演带领一群京剧演员来尝试演绎戏曲莎剧,舞台实践方面的矛盾与争执也是在所难免的。不同于西方话剧表演,中国戏曲舞台上从来不需导演,表演的节奏和速度全遵从乐队乐师的指挥。所以,当编演一出新戏时,戏曲团总会邀请话剧导演过来指导,这在戏曲舞台上也并非什么稀罕事。当马永安构思这样的演出时,他也需要一个话剧导演帮助他进行全局规划,以求保持协调一致的风格。毕业于中央戏剧学院的郑碧贤导演接受了马永安的邀请,她坚持斯坦尼斯拉夫斯基的现实主义表演模式。[59]显而易见,她与马永安在舞台表演方面有着不同的看法。而他们二人在表演手法上的争执与分歧代表了20世纪80年代用传统戏曲改演莎士比亚经典剧目时普遍面临的难题。

话剧导演郑碧贤与京剧演员马永安在处理奥赛罗面对伊阿古提出"手帕"实证这一幕戏时,二人的舞台表演主张各有不同,这就是一个明显的例子。原著中,被伊阿古牵着鼻子走的奥赛罗终于相信他的爱妻苔丝狄蒙娜与他的部下凯西奥有染。在排演这场戏时,郑导演坚持要让饰演苔丝狄蒙娜和凯西奥的演员同时与奥赛罗出现在舞台上,同时,奥赛罗还应该舞动他手中的刀,"否则观众如何知道他手中的刀指向谁?"可马永安却有着不同的想法,按照京剧传统,他应该在空荡荡的舞台上独自一人表演。最终二人达成一致:苔丝狄蒙娜可以不出现在舞台上,但要有一块假石头来替代她的存在。按照郑导演的要求,马永安对着那块假石乱劈乱砍,以示他的愤怒。彩排中,站在空旷的舞台上的马永安把他的幻觉、怀疑、嫉妒全都发泄到那块石头上。然而,马永安仍认为这种表演与传统京剧戏曲的写意功能相悖,因为空荡荡的戏曲舞台上的程式表演是让观众自己去想象、去联系。

最后，马永安还是把这块石头从舞台撤下来了，他独自一人站在空荡荡的舞台上进行了表演。除了借用京剧手势表达情感之外，他还做了"摇摆舞"，好似"看到"来自四面八方的幻觉，以此来表示他的嫉妒和愤怒。在这场戏中，他身披的斗篷发挥了重要作用，还有一些小小的步伐和身段也都表明了他是犹豫不决和心绪不定的。当伊阿古故意安排凯西奥与妓女调情让奥赛罗亲眼目睹的时候，其目的是让已经心生疑惑的奥赛罗确信苔丝狄蒙娜对他不忠。看见凯西奥把手帕递过去，奥赛罗深感震惊和痛心。被眼前所发生一切震住的奥赛罗，没有在京剧舞台上做大动作来宣泄他极大的愤怒，相反，奥赛罗的扮演者马永安一动不动地呆立在舞台上，说不出话来，以此来诠释他所遭受的打击和痛苦。马永安认为："这在**戏曲**舞台上是最难做到的，因为**演员**接受训练目的就是要去**表演**。"舞台上一片沉寂。然后，痛苦的奥赛罗要服毒自杀，被伊阿古解劝，怂恿他趁苔丝狄蒙娜沉睡之际掐死她。听到伊阿古的建议，奥赛罗睁大了眼睛，一脸茫然，好似他的思想已经被伊阿古蛊惑、掌控。马永安运用京剧表演手法演绎了戏曲中从未有过的人物角色行当以及戏剧场景，这就创新了京剧舞台上的表演模式，特别是被马永安认为比较困难的一动不动的表演。他多年来的京剧排练、戏曲习惯就是要在舞台上念唱，最为重要的是，按照京剧生、旦、净、丑行当用特定的舞台风格去表演。根据惯例，戏曲人物的心理活动要借助动态的表演外化出来，而原作中奥赛罗复杂的内心矛盾以及他与其他人物之间的紧张关系都成为对京剧表演艺术形式进行创新的动因。

与大多数的戏曲编演莎剧一样，马永安先把《奥赛罗》中的人物形象与京剧生、旦、净、丑四大行当一一对号入座。奥赛罗顺理成章地归类在花脸这一行当，可伊阿古却只能是老生（男性角色，"一般是三十岁以上的，口戴三绺胡子"），却不能是代表奸佞小人的白脸，因为在剧目中他是道貌岸然的小人，并没有彻底公开自己的邪恶用心。㉝这样一来,伊阿古的小人形象要远比传统中的白脸复杂得多。对于扮演奥赛罗的马永安来说,他也在京剧花脸特定形象的基础之上融入新的元素。在最后一场,马永安把奥赛罗的台词用"哭调"给唱了出来,这对大多数的花脸演员来说是一大严峻的挑战,以至于很多剧团在选择剧目时有意回避这种表演。称之为一大挑战,是因为花脸演员专攻演绎更有英雄气概、阳刚之气的人物形象,唱腔做工当然与其他行当不同,而京剧舞台上的奥赛罗要哭。在动手掐死苔丝狄蒙娜之前,她侧躺在床上,奥赛罗望着舞台上并不存在的油灯,用哭腔唱出了内心的痛苦:

> 奥赛罗(唱):天啊,你肌肤白如雪,美若天仙。
> 让我来熄灭这盏明亮的灯,
> 然后再熄灭了你生命的火炬。
> ……
> 我采摘了一枝玫瑰,她将慢慢枯萎,
> 我再也无法恢复你的美丽,
> 天啊,我无法恢复你的生命。
> 当鲜花盛开之时,我要好好闻闻她甜美的气息,
> 芳香气味、甘美气息。
> 我要杀了你。
> 先杀了你,然后再爱你。㉞

虽说京剧舞台上的唱词紧紧跟进原作第五幕第二场中奥赛罗的独白,而实际上,也只有个别的暗喻,比如,白雪、玫瑰、苔丝狄蒙娜生命之灯保留下来,并翻译成对应的汉语,其他的像"普罗米修斯之火"和"石膏般腻滑之肤"等隐喻都从台词中删除掉了。在音乐、乐队的伴奏下,马永安在舞台上把这段台词唱了出来,同时他还在舞台上快速走动,并骨碌碌地转着眼睛。㉟当唱到"我要杀了你",奥

赛罗就朝苔丝狄蒙娜走去。

京剧是以奥赛罗的摇摆动作为收场的。原作中奥赛罗与伊阿古之间的直面冲突删除了，焦点集中到奥赛罗一人身上。在采访当中，马永安强调说："在京剧舞台上，我可以演绎我心所想的，而非我眼所见的。这就是戏剧，我们可以做日常生活中我们做不到的东西。"㊾

马永安主演的京剧《奥赛罗》在1986年首届莎士比亚戏剧节上再度上演。当时来自世界各地的话剧团、戏曲团、木偶剧团等多家剧团汇聚一起，演出了莎士比亚的15部悲剧、喜剧，共20场。其中，京剧版《奥赛罗》与黄佐临执导的昆剧《麦克白》形成鲜明的对比。在这出昆剧中，演员身着昆剧服装，遵从传统表演模式，以求真实再现昆剧精髓。

戏曲与话剧的融合

马永安主演的京剧《奥赛罗》对中国传统戏曲的文化特征提出了异议。长久以来，大家都认为，相对现代话剧、西方写实主义戏剧而言，中国传统剧场最能界定戏曲是什么或不是什么。同时，这台戏曲莎剧也反映了中国的剧场改革。20世纪80年代的中国正经历着文化转型期，众所周知，"文革"后的中国政府提出了开放政策，要向世人大开中国之门，但却遭到了多种非官方的反对意见。这个时期常常被称为后毛泽东时代，人们对剧场给予了更多的关注，而不仅仅看重戏剧表演形式的转变，比如是否在同一舞台上采用了传统京剧模式、仿欧式服装、川剧脸谱和昆剧身段。学习西方来实现开放很重要，借用西方文本以求摆脱舞台艺术多年所受的压抑、打击也同样重要。比如，在中国效仿苏联老大哥上演莎剧，其意义对于处在不同政治立场的审查官员以及观众来说截然不同。

随着毛泽东的去世以及"文化大革命"的结束,中国进入到一个新纪元,20世纪80年代经历了从政治立场到艺术创新的重心转变。对莎士比亚剧目的政治审查减少,而审核主要以中国剧场的审美情趣为标准。江青在"文化大革命"期间对京剧的所谓革新及其导致的对样板戏的独尊粗暴打压了地方戏曲剧种的演出活动和发展,历时十多年。观众和演员都渴望在保留节目以及表演手法上有所拓展,不再受到样板戏、芭蕾舞的局限。戏剧尝试、追求艺术多样性的做法得到了毛泽东的后继者邓小平的大力支持。邓小平主张实现中国现代化,对江青断然拒绝一切外来事物的错误思想给予坚决批判。1979年10月30日,在北京举行的中国文学艺术工作者第四次代表大会上的祝词中,邓小平重申了"洋为中用"、"古为今用"的号召。[68] 除了受邓小平的鼓舞之外,"文化大革命"对戏剧十年压制的结束也带动了20世纪80年代各种地方戏曲剧种的复苏。演员已经做好重返舞台的准备。"文化大革命"期间,为戏曲舞台编写的样版戏占主导地位,随着"文化大革命"退出历史舞台,后毛泽东时代的戏剧也更愿意演唱包括当代戏剧以及重写西方经典剧目在内的非保留节目。如果芭蕾舞、交响乐、现代服装可以大量地出现在样板戏中——京剧和西方剧场元素的合成,为什么传统戏曲就不能尝试新的角色行当、演出风格、表演文本?[69]

在这样的新环境下,大家都认为戏剧会繁荣昌盛,拥有大量忠实的观众,可事实是,很多剧团都面临着上座率低的难题。剧场的这种不景气是由以下几个因素造成的:彩色电视的迅速普及,迪斯科、交谊舞等新型娱乐方式的推广,还有演员缺乏经济刺激。作为邓小平实现中国现代化规划的一部分,剧团要走市场经济之路,逐步商业化,自己解决资金问题。经济体制的改革引发了一系列的困难,在戏剧圈流行着这么一个说法:"戏演得越多,赔得就越多;戏演得越少,赔得就越少;一个不演,一分不赔。"[70] 20世纪50

年代,演员演戏要接受政审,却没有经济压力;到了80年代,剧团自己承担经济责任,要接受新一轮的挑战:自己去招徕观众。在后毛泽东时代,思想意识上的解放并没有给剧团带来经济上的稳定。特别值得一提的是,剧团演员的工资待遇没有和逐渐商业化协调起来,不论才干、成绩高低,年龄、背景、职称相仿的演员所得工资一样。故此,演员没有提高表演技能的任何动力。一个月都没有登台演出的演员却和同一级别但任劳任怨、每晚都有演出任务的演员工资一样多。[55]

面对这样的危机,很多戏曲团开始进行创新,掀起一股改革热。为吸引更多的观众走进剧院看戏,大多数导演采用外来剧目做演出文本或在舞台上融合其他剧种的表演方式。剧场改革的动机由最初的政治任务逐渐向艺术审美以及商业赢利转变。这样一来,话剧就不再是演出莎士比亚剧目的唯一"合法"的且享有特权的舞台形式。[56]剧场门票可以任意购买,观众群也不再局限于西方文学专业的学生或知识分子,有更多行业的观众来欣赏戏剧。[57]另外,在北京、上海等大城市,莎士比亚的经典剧目不单以汉语话剧的演出形式在广大观众之间进行传播。20世纪70年代末80年代初,一套莎士比亚作品售出720 000册,远远超过了中国四大名著之一《西游记》的销量。[58]

当话剧与戏曲的分界线不再绝对化,很多导演开始寻找合作伙伴,以求戏曲与话剧舞台的强强联手,形成这个时期艺术形式发展上的一大突破。著名话剧导演黄佐临于1980年与庄则敬、嵇启明联合上演了极简抽象舞台的小剧场版《罗密欧与朱丽叶》。[59]有趣的是,在这部话剧演出中,舞台场景始终没有任何变化,也没有幕布。黄导演完全摒弃了传统话剧舞台上精心布置、实物堆垒的布景安排,借用舞台灯光来表示场景的转移。时间与空间转换也更加灵活自由,舞台上空荡荡的,几乎没有任何道具。[60]很明显,这是借鉴了传统戏曲舞台的特色。黄佐临1986年执导的《血手记》——用昆曲编演的《麦克白》——是他"写意戏剧观"在舞台上的探索和实践,同时吸收了斯坦尼斯拉夫斯基和梅兰芳的表演手法。[50]

话剧与戏曲结合的另外一个典型例子是上海戏剧学院1981年用藏语编演的《罗密欧与朱丽叶》,在上海和拉萨上演了9场。[51]虽说这是一台话剧演出,但借鉴了很多戏曲舞台上的表演程式。同时,导演也没有按话剧常规偏重人物对白,而是采纳了传统戏曲常见的表演模式来刻画人物之间的紧张关系。当罗密欧与朱丽叶第一次见面时,人物内心的独白不似往常的言语表述,却以持续时间较长的舞蹈形式阐释出来,相当于原作中第一幕第五场的一场舞蹈。当罗密欧注意到朱丽叶的存在时,舞台上所有的活动都戛然而止,正在跳舞的演员突然停下,一动不动地呆立在舞台,形成吸引人的生人造型。虽说传统戏曲舞台上也有这种表演手法,但评论家经常把这比喻成电影中的定格。此时此刻,舞台上唯一没有停下来的是扮演罗密欧的演员。他跪倒在朱丽叶面前,说:"好美啊!……即使站在仙女堆里她也是那样的迷人。"他在舞台上跑来跑去,看看那些站着不动的舞蹈演员,然后走上前去一一仔细查看,尔后拿她们与朱丽叶做比较。之后,音乐再次响起,舞台上的演员又开始翩翩起舞。当朱丽叶看到罗密欧时,采用同样的舞台手法,她独自一人在一群静静站立的演员面前舞着,表达着"一见钟情"的主题。[52]这种追求视觉真实的舞台表演彻底改变了中国戏曲的惯例,营造了一种与众不同的逼真性。

中国戏曲莎剧接着尝试更加多姿多彩的表演模式和手法,最具代表性的是一部关于《麦克白》的川剧独角戏。这幕剧从麦克白夫人的视角回忆了所发生的一切,包括所有的谋杀在内。在这之前,川剧花旦田蔓莎根据莎士比亚经典剧目《麦克白》上演了《谁在敲门》,运用视觉效果阐释人物内心的激烈斗争。随后,她把这个独角戏拓展成另一个独角戏《麦克白夫人》。[53]之后,该剧目分别在

2001年、2006年在不莱梅、柏林以及其他地方进行巡回演出。从严格意义来说,田蔓莎的《麦克白夫人》不能归属于独角戏一类,因为舞台上除了麦克白夫人之外,还有其他演员出现。比如,赵文学饰演的麦克白,但他站在舞台上一言不发,只是作为麦克白夫人发泄情感、愤怒,表达内心恐惧、惊慌的道具而已。同时,还有其他演员也登台亮相,但他们也没有说一句话,有时是做出吸引人的生人造型,有时是代替舞台道具。在梦游一场戏中,15个身着白袍的女子手拉手做出大水桶的造型,有时3人构成一个水桶,有时是5人。麦克白夫人从这一个水桶转到那一个,拼命地在桶里洗手。舞台上漆黑一片,只有一道冷冷的蓝光打在麦克白夫人和这些"水桶"上面。经过这样的场景处理,传统戏曲舞台上女演员的水袖转化为水和鬼魂。当神志不清的麦克白夫人看到她所谋杀那些人的鬼魂之时,她那舞动着的水袖以及朦朦胧胧的眼神完全表述了她内心的恐惧,而15个女子手拉手构建的"水桶"似乎要把她给吞噬掉,一切都如梦如幻。在尝试这个独角戏的表演时,田蔓莎借鉴了很多其他剧种的舞台元素,比如,话剧舞台上的灯光以及借助道具或吸引人的生人造型的叙述手法。田蔓莎很好地抓住了这个时机,"通过莎士比亚把川剧介绍给世人",同时,又促进了她所热爱的川剧事业。[35]借莎剧来发展中国戏曲是很多像田蔓莎一样的中国导演和演员所追求的。

  尽管全球文化市场趋向繁荣,但本地的新老戏曲观众并没有被剧院遗忘。就在吴兴国和他创办的当代传奇剧场计划在2004年12月30日公演他们第四版《暴风雨》前的几个月,他们设计了一系列以视觉为导向的互动活动,意在吸引更多的观众参与进来。[36]这台演出的最大特点之一是提前与潜在的观众进行沟通:当代传奇剧场把四种不同文化面向的演出版本公布在自己的网页上,观众可以根据自己的喜好进行投票。这个活动一直持续到2004年6月10日。这四个版本分别是"作者论——魔法之书"、

"半人半兽的原住民论——凯列班的无人岛"、"国王阿隆佐论——魔幻的奇航"、"世界是个大舞台观——神话般的魔术师"。[57]观众投赞成票最多的那个版本就会搬上舞台。当时观众的现实生活状况,即原住民与台湾人以及与1949年外省人之间的紧张关系,是京剧《暴风雨》的真实写照。通过演出之前先与观众进行的互动活动,"莎士比亚"已不再是"西方"的文化象征,而转变成为京剧视觉演出尝试提供"外包"素材的供应商。

结语

随着越来越多的戏曲莎剧出现在舞台上,戏曲与话剧之间的融合也愈见成效。在国际观众看来,用中国传统戏曲编演莎士比亚彻底地改变了以往对每一部莎剧核心思想的定式看法。当一群美国学生演员1994年在马萨诸塞州的塔夫茨大学表演工作坊看到马永安主演的京剧《奥赛罗》的录像时,反应很是积极。据工作坊的导演孙惠柱讲,参与观看的演员认为这次演出"比话剧的自然表演模式更能有效地描摹剧中人物的思想情感"[58]。对那些熟悉传统戏曲表演的观众而言,这种融合的手法动摇了长久以来对戏曲程式舞台的固定观念。戏剧评论家易凯在回顾20世纪80年代戏曲莎剧盛行的境况时说:

> 社会的经济结构从封闭走向开放,民族的精神状态由凝滞趋向流动,人们的审美意识……欣赏习惯由群体单一化走向个体多元化……一场深刻的、全面的变革正在戏曲内部酝酿;一个新的转折、新的突破已可望兴起。就在这个时刻,五台戏曲莎剧应运而生了。[59]

虽然人物内心的戏剧性冲突常常在舞台上用程式动作诠释出

来，跟人物的言语没有任何联系，但戏剧文本与舞台表演之间也不是直线型的。语言符号能更快表达说话者的"意思"，手势动作传达说话人与听话人的沟通信息较慢，而暗喻的物质化处理却能给观众留下深刻印象，使之记忆犹新。人们也许可以期望语言符号更加精确，手势动作诠释的范围更广泛，而马永安主演的京剧《奥赛罗》在对文本暗喻的物质化处理方面的尝试告诉我们，程式化的莎士比亚同样可以精确地界定并表达舞台人物的内心情感。

通过对戏曲舞台上关键时刻的简单概括，可以看出莎士比亚剧目对中国戏曲舞台的影响，以及在与话剧、莎剧结合嫁接过程之中传统戏曲所经历的演变。之前几十年占主导地位的一些政策逐渐淡化，莎士比亚仍是21世纪中国舞台上最受欢迎的外国剧作家。当新世纪的中国向多元化文化迈进，多姿多彩的莎剧演出意味着亚洲舞台工作者在融合世界剧目与本土意识方面的多种创新逐渐形成。

中国戏曲莎剧工作者有意识地利用中西文化差异以改进演出形式。不管是马永安的京剧还是黄佐临的昆剧，都主张真实性，不过，前者追求再现原著的真实性，而后者偏重保持昆剧的传统精髓。虽然二者编演的重点有所不同，但有一点是可以肯定的，即他们创造了具有各自艺术特色的新京剧和新昆剧，既不是对原著的简单模仿也不是形而上的传统保守。随着新世纪的到来，愈来愈明显的是，戏曲艺术家逐渐放弃了最初的保持真实性的探索，开始了在塑造艺术个性特色上的不懈追求。

传统戏曲与现代话剧元素的融合以及莎剧和戏曲之间的不一致性使得我们重新考量视觉符号与语言符号、中西剧场之间的相通和歧异。一方面，正如史书美教授所言："配有字幕、注释或超出语言范畴之外的影像作品似乎对语言能力的要求更低，因此，更容易被不同地域的观众和读者解读、接受。"⑧另一方面，国际上表现出的对戏曲莎剧的兴趣是米切尔教授后现代观众审美文化的

"图画转向"理论的一种表现。㉘斯图亚特·霍尔的理论是全球化中的大众文化"还是以西方为中心",语言多为英语,而全球文化市场下的中国莎士比亚学者拿亚洲视觉文化来达到重现原著、革新舞台以及传播文化的目的。㉙

中国传统戏曲与西方莎士比亚的嫁接使得我们质疑我们所假设的文本的超验感受、思想意识上的以及视觉上的冲击力。这种重新定位说明个人审美情趣在20世纪90年代莎剧演出中开始发挥重要作用。

第七章　典范的扬弃与重建：
　　　　吴兴国与赖声川

情绪低落的李尔王扮演者站在舞台的中央，手里拿着刚刚卸下来的京剧头饰配件和武生铠甲，一览无余地暴露在人头攒动的观众面前。成功饰演莎剧《李尔王》暴风雨一幕中的疯癫李尔之后，这名演员好似身在后台，毫无顾忌地当场卸装。手摸自己的眼睛，他盯着无眼的头饰沉思片刻，使人联想起葛罗斯特双目被挖的剧情和拉康在关于视觉与真相剧作中的凝视。㊹"我是谁？"他开始发问，"这儿有人认识我吗？我不是李尔。/李尔是这样走路的吗？是这样说话的吗？那他的眼睛又在哪儿呢？"舞台上的演员非常明白，卸下戏装之后，他自己的双目也就成了李尔的眼睛。

许多表演者追求一种真实的表演，个人身份在舞台上荡然无存，完全融入剧中人物角色之中，而这两双眼睛表征着必要的身份分割。这样的演出就使得被广大观众所熟知的传统表演模式变得复杂化。随后，他又接连以人物、狗和《李尔王》剧中其他人物等，具体说来是10种不同的身份登上舞台。而实际上，所有这些演出都是由台湾当代传奇剧场的导演兼演员吴兴国一人来担纲完成的，是独角戏。㊺

台湾当代传奇剧场（吴兴国1986创办）应邀参加了美国林肯

中心主办的2007年艺术节,于7月12日晚在纽约玫瑰剧院演出了《李尔在此》,并在早期表演基础之上做了些改动。⑱在阐释精神与物质大碰撞的演出主题中,吴兴国着一袭道士长袍结束表演,耐人寻味,引人遐思,而舞台上他那模糊不清的身份,引起了观众的反思,再次引发争议。是他本人,李尔的鬼魂,神灵,还是暗示传统京剧面临的危机? 舞台上的表演者该是本人真实身份展示还是拘囿于剧中人物角色? 葛罗斯特的扮演者吴兴国在舞台上的表演让观众对在多佛的那场戏印象深刻。双目失明后的葛罗斯特,把多佛作为他的赎罪之地。在念念有词的 Duofo(汉语音译"多佛",意思是多个佛陀)之中,葛罗斯特把"多佛"和"阿弥陀佛"混为一体。在最后一幕,吴兴国提出质疑:"我是谁? 我是我自己;我在找寻我自己;我念着我自己;看着我自己;我了解我自己……我谋杀我自己。我忘记我自己! 我又梦想我自己。"以此来强调表演者个人舞台上的核心地位。

该演出最后一幕的佛教主题彰显了吴兴国借助莎剧创编新剧的宗旨,即使没有消除,但拓展了吴兴国本人的身份认同困惑(作为非京剧流行区台湾的演员和传统京剧表演艺术家,二者不相契),以及台湾演员和京剧历来被认为是中华民族象征的艺术形式之间文化认同的张力。⑱很明显,这台演出完全没有传承任何有关莎士比亚和中国真实性的论说,或芭芭拉·霍格顿谓之的"起源幻想"。⑱舞台中间的演出者着重强调个人的生活感受以及他所刻画的人物形象和观众之间的思想互动,而不是一味真实再现中国或莎剧的文化文本。

作为导演兼演员的吴兴国尝试把佛教主题与个人经历在这次演出中糅合在一起,在演艺圈里并非他独自一人。当代中国和西方导演偶尔用佛理来诠释或从个人主观感受来重写莎剧的例子也是屡见不鲜,如美国导演迈克尔·阿尔默瑞德的电影《哈姆雷特》中一行禅师一幕,⑱让-吕克·戈达尔称为"对影片行使个人操控"

第七章 典范的扬弃与重建：吴兴国与赖声川

的后设电影《李尔王》，^⑱以及赖声川等三个男人上演的话剧《菩萨之三十七种修行之李尔王》（吉美钦哲仁波切背诵14世纪藏文佛经）。^⑲虽说这些艺术家风格迥异，各具特色，但在对莎剧改演方面，他们都极尽个人情感阐释的共性。

广义上而言，本章论述区域性和全球化文化声望与文化市场中艺术家个人因素之间互换的逻辑关系。^⑳且以新纪元两部话剧作品为案例来探究这个问题，一个是赖声川的《菩萨之三十七种修行之李尔王》，另一个是吴兴国的《李尔在此》。两台演出都是对莎士比亚《李尔王》进行重写的典范，主题紧绕宗教话语和个人身份。赖声川和吴兴国分别在香港、巴黎举行了首演，二人在舞台上对莎剧经典重读的方式也不尽相同，但两位艺术家都是来自台湾，也就成为宝岛台湾的主流代表。另外，两台演出所采用的舞台艺术手法和面对的观众群体也各有不同。尽管如此，两位导演皆呈现了与众不同的方式，即借助佛教主题解读莎士比亚，同时解释台湾导演、编剧的个人经历。《李尔王》主要是讲述权利剥夺、所属、脱离或体现主题以及找寻身份的故事，故成为中国和亚裔戏剧界艺术家的首选剧目。

世纪之交，中国学者对莎剧的改写象征着当代西方文化的多元化。这样一来，要探究的问题就发生了变化：21世纪初，莎士比亚仍然是中国艺术家和全球观众的"同时代人"吗？他已经或正在演变成何种"同时代人"？当不同文化文本之间的相同与差异因融合接受已经得到调整，适时性的问题是否还要继续成为我们应该反思的问题？本项研究是从探讨愈加宽广的文化领域中的莎士比亚化和中国化入手的。本章的核心起自另一个问题：一旦艺术家避开国家政治不谈，而聚焦于非自传性的个人诠释，那又将会有什么不同？虽说文化归属问题（对真实性的不同认同）依然存在，自20世纪90年代以来出现了一种全新的形式来挑战诠释真实性的传统方式，不管个人也好，还是分工合作也好，大家都踊跃加入其中。依据这个新趋势的明显特质,我称之为个人节目或"小规模莎剧演出",它把公开演出和国际文化空间演绎成为探究个人困惑的论坛。

"小规模莎剧演出"是相对于大剧场演出而言的。迈克尔·布里斯托曾引用"莎士比亚大剧场"概念来对母语是英语的国家里大型公司和文化机构联手拨款赞助莎剧演出的现象进行理论归纳。1769年大卫·盖瑞克举办的大型莎士比亚周年纪念活动是莎士比亚戏剧产业的开端。20世纪很多社会团体以莎士比亚之名开展多种多样活动,新闻媒介也借助莎士比亚的名人效应来抬高自家身价。在英国,以"莎士比亚"为名销售了从香烟到体育节目等多种商品。㉒

与西方相同,借莎士比亚之名进行大规模炒作在台湾随处可见,比如莎士比亚大厦(一座公寓大楼的名字)、莎士比亚婚庆店。王德威2003年英语课的一则广告上大写着莎士比亚的经典名句"生存还是毁灭",以此招揽学生。㉓在中国大陆,这种借助莎士比亚名字的例子也是不胜枚举,如晚清和五四时期就有倡议革新的学者拿莎士比亚做伦理说教和政治宣传的文章。㉔这种趋势彰显着雷德·巴滕斯的断言:"小规模莎剧演出往往趣味盎然,而当国家机器介入艺术时往往是历史上较艰困的时期。"㉕

小规模莎剧演出与这些尝试不同的是,触及个人因素,反映了当代艺术家对莎剧的个人诠释参与,以及从本土视角来解读莎剧方式的重构。这些改写都体现着改写人强烈的个人需求。这种发展趋势已不再单纯为达到文化普及等目的而努力,更是借助别具一格的舞台表演形式展现想象力异常丰富的导演的创作能力,铺展一幅个人真实与文学虚幻联袂的舞台场景。小规模莎剧演出的改写人把个人经历与莎士比亚笔下的舞台人物叠加起来,目的在于阐释个人感悟。

这些舞台演出以及他们在不同定位方面的多种体现表明了中

国莎学研究过去十年的活力。赖声川和吴兴国的《李尔王》已经达到了个人诠释代表观众心声的地步,从而有力地说明了中国莎学研究已经走出了汉语世界的边缘地带,同时,他们给大陆的莎学提供了有益的启示。自20世纪90年代以来,台湾、香港的剧院开展了非公营性的莎剧演出,以适应晚期资本主义经济发展和全球文化观光业的要求。另一方面,虽说这些戏剧演出有着明显的莎士比亚和中国双重身份的烙印,却也同时表明台湾人和香港人在面对中华文化血脉和西方文化熏陶时重新定位的自我意识。随着莎士比亚和中国愈来愈全球化,戏剧艺术家充分利用宗教感悟的陈说和个人缘由的多样使作品更加富于个性特色。

在中国边缘地带编演莎剧

中国认知莎士比亚已有一个世纪,这为20世纪90年代和新纪元舞台上个人节目的演出风气奠定了基础。此时,中国观众对莎士比亚非常熟知,是其他任何非汉语语种的剧作家所无法比拟的。而这种了解又使得戏剧界艺术家面临着两大挑战,一方面,观众对莎剧的熟悉成为一种礼仪上的陪衬,为艺术性方面新颖和创新的尝试提供了很大的可能,而不需对莎剧进行过多的解释。莎士比亚之所以能为导演提供施展才华的平台是基于大多数汉语观众——特别是受过教育的中产阶层——对莎士比亚的认知。借助莎士比亚这个载体,导演在戏剧探索"如何来做方面作出了最大的努力"[⑧]。当然,"中国观众对莎士比亚非常熟知"这句话有点笼统,具体来说,被中国观众耳熟能详的也就是些常见的莎剧。一些导演在所谓熟知的基础之上大力拓展莎剧,力争编演一出新的剧目或在演绎形式上有所突破。另一方面,对莎剧的过度熟悉也易让观众滋生厌倦心理,诚如彼得·布鲁克坦言:"莎剧枯燥无趣。晚上观看莎剧,我心情糟糕透顶,其他任何一位剧作家都没有像莎士比亚这样使我难以忍受。"⑨故此,用汉语表演莎剧或演绎由莎剧激发灵感的剧目,导演都要首先考虑到如何解决这两者之间的协调问题。

20世纪90年代,对中国剧院里这些来自大陆、台湾、世界各地的旅游观光或是具有双重身份的观众来说,莎剧已经是再熟悉不过的舞台文本和极富魅力的文化商品。对莎士比亚的熟知程度和从不同角度解读莎剧的多元化给戏剧界的艺术家提供了创编新剧作的可能,而不再单单满足于成为莎剧故事的传声筒。中国传统戏曲和现代话剧舞台上是否要坚持"中国化"的争议由来已久,大部分的艺术家都开始有意识越出涉及中国政治元素和审美情趣的表演手法。更多的戏剧手法开始挑战传统莎士比亚和中国思维定式,即使中国长久以来一直保持着以直接翻译为蓝本的演出习俗。如香港话剧团杨世彭1993年执导的《李尔王》、1997年和2000年执导的《仲夏夜之梦》,就是此类的典范,杨导演曾担任科罗拉多莎士比亚戏剧节的艺术总监。

十年之后情形有了很大改观,导演更愿意把个人喜好与莎剧联系起来。直接遵循西方莎剧舞台表演手法或把莎剧的故事情节移植到中国相对应的某个时期的某个地方,剧中人物也全部中国化,这些演出模式被20世纪90年代之后新兴的阐释方式取代了。不再拘囿于原著文本,中国导演更多是在莎士比亚主题的启迪之下来自由发挥,逐渐形成了自传性的诠释。如模仿剧和依据文本即兴发挥等新兴演出形式都归属此类,最具代表性的有:赖声川2000年和2001年导演了《菩萨之三十七种修行之李尔王》;李国修1994年导演了《沙姆雷特》,在其后的1994年、1995年、1996年、2000年、2006年和2007年重新上演;⑩台湾著名的果陀音乐剧场1995年依据《驯悍记》编演了《吻我吧,娜娜》;还有对莎士比亚片段进行混音演唱的尝试,如莎士比亚的妹妹们的剧团2002年把莎士比亚四大悲剧中有关发疯的场景糅合在一起演出了《疯狂场景》;独角戏如田蔓莎的《麦克白夫人》和吴兴国的《李尔在此》。其他一些舞台探索,比如,金枝演社2004年以《罗密欧与朱丽叶》原著为蓝本,用台湾话演出了《玉梅与天来》。⁵⁹所有这些演出都强调观众与演员的同时代性,对舞台进行创造性利用,以求公共空间剧场化。有趣的是,与大多数实验剧场不同,上面所列举的这些尝试性舞台演出深受大众喜爱,多次重演,并在全球巡回演出。

无独有偶,台湾依据个人理解改编莎剧的发展趋势在20世纪90年代之后的香港,还有新加坡等边缘地带得到了回应。他们是移民集中的地方,经常遭受不同文化价值观的冲击,近年来面临着身份认同危机。因此,很多演出均以个人解读身份危机为主题,并反映了对后设剧场表演本质探索的沉思。类似于吴兴国的《李尔在此》,新加坡导演王景生1997年演出的泛亚《李尔王》同样提出了"我是谁?"的主题质疑。经过王景生、吴兴国和赖声川等戏剧艺术家的多次重申,这个问题引起了个人与政界的重视和共鸣。熊源伟2000年在香港执导的话剧《哈姆雷特/哈姆雷特》是众多例子中的典范。⁶⁰这场演出直接把劳伦斯·奥利弗的经典电影《哈姆雷特》投射在话剧《哈姆雷特/哈姆雷特》的舞台现场,话剧中的哈姆雷特还时不时对该电影进行个人评论,正如剧名《哈姆雷特/哈姆雷特》所示,二者之间有着互相辩论的关系。经典电影与现代话剧的联袂表演使得话剧版中的一些场景多次出现"戏中戏"的舞台手法。余世腾担纲主演哈姆雷特,开场和结局时他都和他的观众一起在话剧舞台上观赏电影版的《哈姆雷特》。在哈姆雷特和奥菲利亚观看电影中婚宴这场戏时,他们对该剧和自己在剧目中采用的后设剧场展开了讨论:

奥菲利娅:电影中的这一幕你已经看了八遍了。
哈姆雷特(叹了一声):你本不想证实的却得到了证实,还有什么能比这更让人沮丧的!难道你没有发现银幕上发生的其实正是我们周围所发生的?

奥菲利娅:这种事情还是不要出现的好。

哈姆雷特:妈的!莎士比亚四百年前所写的哈姆雷特故事其实就发生在我们身边。[601]

这场演出明确传达了演员和导演所要达到的编剧兼导演主旨,并借助大众媒介使舞台内容富于现代精神。就这点而言,熊源伟执导的《哈姆雷特/哈姆雷特》与戈达尔在《李尔王》中探究电影拍摄处理手法以及阿尔默瑞德电影《哈姆雷特》所采用的个性化的媒体科技有着异曲同工之妙。从某种意义说,小规模莎剧演出已成为原创者生活中的戏中戏。

在莎剧演出舞台上,为追求更多的个人关注而越来越脱离莎士比亚精神和中国元素的戏剧编演成为台湾戏剧界的发展趋势,这与其特殊地域身份非常吻合。就其历史发展而言,台湾地区与大陆、日本以及西方国家之间有着或密或疏的关系。台湾作为接触地带和移民集中地,一方面继承着中国传统文化精髓,而另一方面又同时深受西方文化熏陶,对后现代文化表现方式有着浓厚兴趣,是典范之一。[602]17世纪台湾归属清朝,20世纪50年代以来,台湾当局仍自称"中华民国",同时仍保留着中国传统文化。[603]纵观台湾的历史不难看出,与其他海岛地区一样,她也历经了自相矛盾:特殊的地理位置使得她对跨文化交流时机持一种被动的在排斥中接受的态度。[604]

中国共产党与国民党之间历史上政治关系紧张,而大陆与台湾居民半个多世纪缺少来往又导致了文化差异的加大,这二者造就了台湾的某些地方文化特性。虽说现代汉语是官方语言,但台湾闽南话和客家话普遍流行。台湾近期的历史变迁和文化融合决定了宝岛上莎剧演出的转化。奚密描述了台湾诗歌所具有的特殊文化身份,而他的话也同样适用于当代台湾剧场——传统与现代、地域化与全球化二者之间多样起源和矛盾表象的融合。⑩台湾历史定位的变化引起了身份认同方面的一系列问题。混合文化不再拘囿于单一的"台湾"概念，跨越了时空限制。台湾剧场积极进行这场戏剧变革，生动再现了局域内的不和谐音，给人一种与众不同的活力。重写西方经典是后现代剧场探寻身份的一大特征。自20世纪60年代以来，戏剧文学内容与舞台演出风格都彰显着西方的影响，剧作家和导演把传统习惯与欧美国家表演模式（如环境剧场）合二为一，也改编了很多国外戏剧作品，比如改演贝托尔特·布莱希特、路伊吉·皮兰德娄、莎士比亚等等。

台湾剧场进行着多种多样的本土演绎，蕴含着但并不仅仅局限于以下三大热门议题：台独、统一、维持现状。当然，有不少戏剧艺术家避开政治问题，着重于艺术创新。此种发展势头因演员、导演和剧作家的文化声望产生的经济效应而起，同时与台湾为演艺行业提供的公共设施密不可分。绝大多数剧团依仗于与创建者保持的牢固关系：赖声川与"表演工作坊"之间的关系等同于理查德·伯比奇或莎士比亚与"宫内大臣剧团"之间的关系。同样，吴兴国的京剧事业与他当年所创建的"当代传奇剧场"也是不可分的。许多台湾剧作家与导演的个人诉求与独特风格已衍变成为一种标识，成为很重要的市场营销工具。剧团初创者的个人魅力对该团的成功与否起着关键作用，因大部分演出剧目是由剧团内部创作的，赖声川和吴兴国的《李尔王》演出都属于此种情形。简而言之，不同于中国大陆剧团长期受到政府的政策指导和经济资助，当代台湾剧团自20世纪80年代以来为自谋生路逐渐商业化和国际化了。赖声川和吴兴国正是在此社会大背景下开始从事导演和编剧事业的。人们常常赞誉这个阶段为台湾戏剧史上的黄金时代，如今的很多剧团都是在那个时期创建起来的。

故此，台湾戏剧舞台文化很好地反映了当地、大陆与日本和西方传统交叉、跨越的显著特色。前面所探讨的小说、电影和戏剧皆有反映集体民族意识的倾向,而赖声川和吴兴国的"李尔王"剧作却极力把供大众娱乐的现场戏剧演出由支持社交与及时反馈信息的场所演绎成抒发个人情怀的论坛。但需指出的是,台湾艺术家对个人情愫的追求虽不同于大陆知识分子尝试区分集体意识与个人执持的犹豫不决,但二者之间的差异并不可看作是目的论历史学中尚须克服的不利因素。某些时候,对于世界各地华人来说,中国人就是中国大陆人。

空无之中之丰满:赖声川之《李尔王》

赖声川把《李尔王》置于全球背景下的做法彰显了他对小规模莎剧演出的追求。作为台湾创作最丰和最具影响力的编剧和导演之一的赖声川,对台湾的舞台剧、电视剧、歌剧和电影的发展均做出了不可磨灭的贡献。被称为"美裔亚洲人"的赖声川,出生在美国,随着来自台湾的父母一直在此居住,直到 12 岁那年回到台湾学习。⑳他在戏剧方面有着卓越的成绩,27 台剧目在中国台湾、内地、香港和美国多次上演。基于自己的家庭背景,他和台湾的大陆移民(外省人)保持着密切的接触,对台湾外来文化的境遇感触颇多,因此坚持自己和自己的作品都富于地地道道的台湾味。日本 NHK 电台称他为台湾剧场"极富创意"的一位艺术家,但同时又扎根台湾。实际上,赖声川的剧场取得了如此之大的成就,完全成为了"台湾剧场的创作者"。㉑《暗恋桃花源》(2007 年在加利福尼亚的伯克利上演了英文版)等剧目在中国大陆、香港和台湾皆是家喻户晓,单从当今市面上流行的现场演出的盗版光碟的数量就可得到佐证。当然也需考虑到另一因素,华语观众并不在乎看的是录像版的舞台演出。赖声川导演的作品被认为与著名剧场导演罗伯特·乐帕奇和彼得·布鲁克的作品不分伯仲。他曾于 1988 年和 2001 两度荣获台湾地区官方最高文艺大奖,这是台湾地区文艺史上的创举。

赖声川的大部分作品，比如《那一夜，我们说相声》(1985)、《暗恋桃花源》(1986)和《如梦之梦》(2000)，在格调和表述方面都有着自相矛盾的特质，而也正是这类特质为他的作品演出成功奠定了基础。[09]可我却更愿意在此从另外一个角度来诠释这些矛盾性。赖声川以及他的"表演工作坊"创造了一个既是跨文化又是本土化的剧场。他的作品富含实验先锋性，同时又有着赢获商业利益的极大可能性；一方面作品追求体现广泛的主题，另一方面却着眼于个人过去与现在之间的互相影响；作品以论及台湾当下时事为己任，但同时由于赖声川自身的教育背景，这些演出又彰显着鲜明的跨文化的烙印。最后但同样重要的是，这些作品展现了导演赖声川毋容置疑的个人才干，但它们同时也是集体共同即兴创作的结晶，凸显了所有参与演员的主观因素。赖声川演出作品的混合性表现了导演本人对拼贴手法的偏爱，也折射出他个人的双重身份。用他自己的话来说，剧场的外交理由就在于"融中国大陆与台湾文化为一体"以求"明确说明"，进而"从整体上论证人类的生存条件"。[10]的确，相对于批判理论而言，这种普遍主义者的宣称让人怀有疑问，且也不能当真认为这就是赖声川审美原则的完全体现。在过去的20年间，他曾集中精力来表述地域化的主题，而且无一例外。

虽说重写西方经典并非赖声川的强项，但他深知塞缪尔·贝克特以及莎士比亚对后来者的重大影响："有些作者对你有着无穷的吸引力，你在人生的不同阶段会时不时地重读他们的作品，而每次重读经典，对于他们的艺术魅力和我们现在的生活内涵总会有着截然不同的诠释。这样的作家为数不多，但贝克特和莎士比亚绝对是典范，两者都是我最好的导师。"[11]赖声川对前辈得出这样的评议绝非偶然，早在1982年于加州大学伯克利分校攻读博士学位期间，他就导演了《等待戈多》这部剧作，并获得了埃斯纳奖。

2001年,赖声川在台北根据同一剧目编演了另一台演出,且运用双关手法,取 Godot 的音译"果陀"与"狗头"的谐音,风趣地称之为《等待狗头》。

台湾剧作家和戏剧学者马森先生曾断言说,两度西潮对中国现代戏剧产生了深远的影响。第一次西潮是20世纪初的欧洲写实主义(没有波及到台湾),而第二次是始于20世纪60年代的西方现代主义和后现代主义。[⑪]赖声川就是在中国受到第二次西潮冲击的时候开始从事戏剧事业的。他经常游弋于"故乡"和"时空暂时性"两种不同的观念之中,而他最新的史诗剧《如梦之梦》就是最好的证明。该剧演出历时7个半小时,共12幕90场,通过4个人物角色的时空转换(时间跨度是从1928年至2000年,从台北到巴黎再到上海),描绘了他们不同的人生经历。

与中国内地同仁不同的是,赖声川对宣扬宏大的民族意识没有太大兴趣,而是热衷于介绍西方表演手法和传统。他的作品集中展现身份的政治涵义以及"故乡"观念的问题性,并且用了将近20年的时间开创了一种独特的表演手法——集体即兴创作法。这个创作过程凝聚了赖导演和主创人员共同的创作智慧,当然,作为导演的赖声川还要担当整理和修改文本等重任。故此,赖声川手中的剧目很多都有着明显的小型莎剧演出的特质,反映了剧目集体主创的个人困惑和生命轨迹。赖导演和伙伴共同创造的剧场演出始终如一地彰显了他对拼贴手法的偏爱。尽管大部分剧目有着实验先锋性,可他们却取得了商业上的成功,演员对过去和现在个性化和区域性的诠释演出也赢得了观众的喜爱。

在舞台上诠释宗教的表演手法对像赖声川这样一位并非教徒的艺术家来说怎么会具有如此的魅力呢?他一方面拥有国际文化背景,一方面又对后现代主义剧场一往情深。赖导演作品中体现的"普遍性"是他本人对佛教的理解,具有鲜明的个性特色。因此,借助宗教诠释理解就成为了一种异质文化的标志,赖声川用藏传佛教重写莎士比亚经典剧目《李尔王》就是最好的佐证。在这部《菩萨之三十七种修行之李尔王》中,赖声川借助 14 世纪藏传佛教的经典,亦即《菩萨三十七种修行之道》,运用不同地方的声音以及音乐特色,探究吸引观众的诸多可能。在此,赖导演充分发挥拼贴功效,把莎剧中演绎出的个人情感要素与超越政治见解的个体联合起来,重构了一幅个人诠释佛教与经典剧目《李尔王》的舞台图画。

值得注意的是,与诺贝尔文学奖的获得者高行健(生于 1940 年)一样,赖声川导演在过去的几十年间进一步拓展了表现手法以在作品中凸显的宗教意义。他的舞台剧《菩萨之三十七种修行之李尔王》充分展示了宗教感悟的主题。尽管如此,赖导演绝非中国戏剧舞台上让艺术与宗教联姻的第一人。曾经活跃于 20 世纪 70 年代舞台剧场的张晓风(生于 1941 年),以擅长编导基督教信仰场景而著称,如《第五墙》(1971 年)中直接对观众进行预言布道,还有《和氏璧》(1974 年)中刻画了一位传教士形象。她于 1968 年至 1978 年期间创作的 9 部戏剧皆由基督教艺术团担纲演出。[12]张晓风把《圣经》的宗教主题与中国传统故事紧密结合起来,进而把剧场演绎成为基督教启示堂。同时,她还用宗教话题引导大家探讨艺术与宗教,以此来抵制 20 世纪 70 年代的反共宣传剧。生于 1956 年的刘静敏也非常注重剧作中所诠释的禅道内涵和礼仪暗示(如采用仪式化跨步)。法籍华裔作家高行健在《八月雪》——一部讲述禅宗六祖生活的剧目——发出了个人声音,一方面表明了他"我行我素"的一贯做法,同时也体现了他毕生追求艺术再现禅道的执著。[13]虽说赖声川并非艺术舞台上巧妙运用宗教教义的第一人,但他开创了结合宗教主题与集体即兴创作的手法,对后现代剧场的发展作出了不可磨灭的独特贡献。自 20 世纪 80 年代以来,赖导演一直在编剧、排练和演出方面推行这种表演手法。

据此而言,赖声川编导的《菩萨之三十七种修行之李尔王》具有三重意义。其一,这部剧是赖导演全部作品中最充分阐释他藏传佛教主题的力作,成功地把藏传佛教经和莎剧文本结合起来。当然,在台湾借助舞台载体重现宗教主旨并非什么新鲜创举,但赖导演把极富国际化的莎剧经典文本移植到代表本土文化的藏传佛教语境中的尝试堪称第一。

赖声川导演的其他作品没有这么刻意强调佛教主题,而他选择藏传佛教经文也非巧合。从他导演的《菩萨之三十七种修行之李尔王》可以看出他对藏传佛教一直情有独钟。自 1984 年从加利福尼亚大学伯克利分校回到台湾,他就不断地在舞台内外阐释这方面的感触。1999 年,他把《和尚与哲学家》一书翻译成中文,这是一本关于法国哲学家让-弗朗索瓦·勒维尔(1924—2006)和儿子马蒂厄·里卡尔对话的书。马蒂厄出生于 1946 年,而在正值青春年华的 26 岁之时,他却放弃了生物化学研究事业,转而去尼泊尔出家为僧。分别代表世俗和宗教的父子两人在书中展开了激烈的辩论。在《菩萨之三十七种修行之李尔王》香港首演的一年之后,赖声川又翻译出版了李卡德的回忆录——《西藏精神——顶果钦哲法王传》。⑭

赖导演长期以来一直考虑如何才能把佛法融合到他的舞台上,而 1999 年到 2001 年这几年他已经深思熟虑了。在担任加州大学伯克利分校校董讲座期间(1999—2000),他便开始与学生计划《如梦之梦》的编排。然而,在舞台上他没有直接谈论,而是隐晦地表现宗教感悟这一主题。针对《菩萨之三十七种修行之李尔王》剧中的宗教手段,赖导演在香港的演出节目单中说:"对我而言,艺术本身无法成为宗教,只能成为一个窗口,借以展现艺术家广义的宗教感悟。剧场……很难让它本身成为修行的场所,它反而是一个自然的展示空间,可以展现和分享艺术家在剧场之外的修行。"⑮

在这一点上,赖声川就宗教和剧场所采用的手法远远有异于另一位台湾剧作家李曼瑰(1907—1975)。而李曼瑰的创作手法又和前面提到的张晓风相似，二者都是把个人的宗教信仰展示在戏剧舞台上。生活中的李曼瑰是个基督徒；虽说赖声川同样对努力糅合艺术与宗教有着浓厚的兴趣，但他更看重艺术创新，其主旨亦非借助艺术形式来改良宗教信仰。清楚意识到自己艺术作品中的宗教感悟功能，赖声川好似更热衷于挽救李尔王于被遗忘之中，但他还是小心翼翼地回避把剧场转化成教堂或道场。李曼瑰在她的戏剧里公开宣扬宗教信仰，可赖声川却是在剧场上展现东方精神和新兴的戏剧模式。赖导演的《菩萨之三十七种修行之李尔王》就很好地阐释了因果报应和自我牺牲的东方精神传统。⑯

其二，赖声川导演融宗教手段和个人社会意义于艺术形式的戏剧创新把台湾实验剧场推上了一个新台阶。形成于20世纪60年代的台湾实验剧场是反抗当局提倡的反共、反苏文化政策的产物，是由那些20世纪70年代从美国和欧洲留学回来的学者、导演倡议创建的。与西方同行一样，台湾实验剧场一直主张政治上要具有颠覆性、艺术上要具有创新性。赖声川也清醒地意识到宗教和现场演出具有政治性的特质，但他还是偏重于剧目中的个人因素，比如，在《菩萨之三十七种修行之李尔王》中他更强调个性和主观性。⑰这也反映在他1994年的评议："我认为，在一定的社会里，政治事件往往把个人层面内在化的事情极大地外在化了。"⑱对他而言，由国家或企业赞助的莎剧演出其实是最困难的。赖声川个人对宗教的感悟绝对影响了他这次的小规模莎剧演出。

其三，就艺术革新和主题选择而言，赖声川导演的《菩萨之三十七种修行之李尔王》是亚洲改写莎剧史上的一大创举。在众多各式各样的莎剧编演中，还有很多是闻名国际的《李尔王》改演版本，如黑泽明1985年拍摄的电影《乱》，还有1999年伦敦环球剧场上演的安妮特·莱代执导的《卡塔卡利李尔王》。⑲大部分的演出要么把李尔作为主角，要么把他的三个女儿作为主角，集中刻画悲剧中的家庭亲情关系。而赖声川的《菩萨之三十七种修行之李尔王》却偏重于剧中人物的举止以及这些举止引起的因果（赖导演的个人理解）而造就的紧张关系。这场演出的主旨并非挑战长久以来被大家公认的莎士比亚权威性，赖导演从来都没有这种想法，他的目的在于挑战亚洲和其他地方"主流演出所日积月累的威力"。⑳对原文从新的角度来诠释，而非在假设的基础上来重构，这些很好地解释了他演出的非主流特质和起用小剧场演员的做法。

受香港著名戏剧导演荣念曾的委托，赖声川的《菩萨之三十七种修行之李尔王》2000年3月首演于香港，是当晚四场演出的最后一场，可这场演出无论从形式还是风格上都是一种尝试。一年之后，这出剧目略作改动便登上了台北舞台。赖声川的《菩萨之三十七种修行之李尔王》符合"进念二十面体"主办的香港实验莎士比亚戏剧节对多媒体形式的要求。进念二十面体由荣念曾创建于1982年，具有很强的实验性。荣念曾（香港）、杨德昌（台北）、孟京辉（北京）和赖声川（台北）四位导演以及他们的剧团受邀参加在香港举办的基于《李尔王》蓝本的演出，每个演出在相同的舞台背景下持续30分钟。在剧中，四个导演诠释了对中国因素的迥然不同的感悟和看法，但共同彰显了他们深受西方教育和世界文化的影响。这四台演出有着以下共同的特征：舞台上摆放着投影仪、幻灯机、一张桌子和两把椅子（这是中国传统戏曲的舞台布景），三名演员借助多媒体现代科技，说着多国语言。赖声川的《菩萨之三十七种修行之李尔王》是以话剧形式尝试把宗教和非宗教感悟结合起来。没有任何布景的舞台上放着一个可充气儿童玩具游泳池、一个不加装饰的人体模型，还有其他一些零星的舞台道具，看似一个业余剧团在搞剧场创新。整个晚上的四场演出都是以现代科技为媒介，从各个不同的角度来诠释对莎士比亚经典剧目《李尔王》的理解。虽说同样基于莎士比亚的《李尔王》以及剧目中的人物角色，可四场演出风格迥异，互不相关。

2001年台北的演出是表演工作坊子公司外表坊时验团的第二号作品，对香港演出的版本稍作了改动，且重新命名为《李尔三个王》（字面意思是说三个李尔王），以示对三位演员的敬意。李建常（香港版本中的一名演员）、符宏征和赖声川分别编导了30分钟的舞剧：《当他们击鼓时》、《舞李尔》和《菩萨之三十七种修行之李尔王》。他们都遵从了荣念曾为香港实验莎士比亚戏剧节立下的"一桌二椅"的规矩。这次演出删掉了香港实验莎士比亚戏剧节上采用的三分钟录像片段。虽说这部剧蕴含着重大意义，可无论在香港还是在台北都没有引起评论界和媒体的关注，究其原因，部分是因为当时的政治危机大大削弱了艺术新闻的传播。

赖声川的《菩萨之三十七种修行之李尔王》属于布莱希特式话剧，由片段拼凑而非线性叙述，也缺失传统中的结尾。剧目中的救赎问题是开放性的。赖导演不拘囿于任何限制，且擅长于构建零碎片段和充分做到物尽其用。冒着在显出本身不足的舞台演出上强加文本一致性的风险，我将探讨舞台诠释的主题，而正是这些主题把这台演出中分散的隐喻连贯起来，表明这部剧本身比表演手法更具完整和统一性。这台演出最精彩的部分在于本不相关的叙事手法互相碰撞的一刻。

李建常、刘亮佐和那维勋在赖声川的《菩萨之三十七种修行之李尔王》中都是一人分担像李尔王、贡纳莉、考迪利娅、葛罗斯特、埃特蒙、法官以及另外一个演员的回音等多个角色。赖声川《菩萨之三十七种修行之李尔王》在舞台上展示了以莎剧原作《李尔王》中瓜分国土情节为主线的片段叙述和情感抒发，虽说有点出人意料但却又合情合理。舞台上播放着预先录制好的宗萨钦哲仁波切的英文旁白，含有浓厚的佛家意蕴，而那维勋用现场独奏演绎了巴赫的《G小调无伴奏小提琴奏鸣曲》，一下子渲染了整场演出的音乐氛围。值得一提的是，在演出之中，当那维勋借助小提琴诠释主题和变奏时，看似一直在追忆这个乐曲，而就在戏终之时，代表考迪利娅的白色的女性人体模型被扔到了舞台中央的儿童玩具游泳池,那维勋猛然之间想到了曲调,成功演奏了整个奏鸣曲。那维勋在舞台上寻觅这个曲调的艰难折射了李尔内心的痛苦挣扎和转变。这台演出不仅展示了藏传佛教的精要以及舞台的声乐效果,还对个人与集体、戏剧文本与宗教教义之间的关系进行了重新界定。

《菩萨之三十七种修行之李尔王》确实在这部原本令人悲怆欲绝的悲剧上下了一番功夫,力图有所挽回。这些补救措施足可从混合引用葛西多美的《菩萨之三十七种修行》和一些20世纪《李尔王》的中文翻译得到证明,可这些翻译并非出自梁实秋、朱生豪和方平等名家之手,不知译者为何许人也。㉛舞台上,富含象征意义的场景和陈述原文故事的场景互相交叉,比如,诵念佛典、演奏小提琴以及与别的演员发生共鸣等表演归属前者,而"瓜分国土"和"暴风雨"则是节选自原文中的故事情节。正如杨·科特在《莎士比亚——我们的同时代人》中所预料的,这些矛盾手法使得这部剧作类似于荒诞派戏剧如贝克特的作品。㉜

为什么要以佛教诠释莎士比亚的《李尔王》? 20世纪一些艺术家和学者已经意识到这部剧目从佛教教义入手来重读主题是最适合的。詹姆斯·豪认为,在第4幕第6场中李尔的心态"与佛教徒非常相像",因为"重获新生之后的李尔,虽说依然疯疯癫癫",但心灵得到了净化,从而视生活的荒谬与残酷如游戏一般。㉝赖声川的《菩萨之三十七种修行之李尔王》用意也在此,把《李尔王》中的关键时刻建构在"菩萨之三十七种修行"之中。观世音菩萨是慈悲怜悯之心的化身,深得大众喜爱。虽说剧作中分割国土的情景可以从政治角度来阐释,且当时的台湾正面临领导人大选以及迫在眉睫的继任问题,可赖导演坚持说他"从来就不认为《菩萨之三十七种修行之李尔王》首当其冲是反映政治问题的剧作"。相反,《菩萨之三十七种修行之李尔王》中事态的急剧变化通过三个演员的切身利益表现出来，如"因果报应，因如何产生果"这个话题"本身就包含了政治含义，并远远超出了"[63]。赖声川用佛教来诠释的《菩萨之三十七种修行之李尔王》着重强调愚蠢，人类的弱点，失明之后的葛罗斯特对邪恶肆虐社会的反应，神圣而有道义，还有李尔欲还世界以正义的徒劳，特别是他在农舍审判贡纳莉和里根的假想场景（以开玩笑的手法再现在赖声川《菩萨之三十七种修行之李尔王》的第8场）。

赖声川版《李尔王》的戏谑特质为诠释佛教教义提供了可能，而无需强加任何额外含义。舞台上"海浪声"、"菩萨之三十七种修行"和"试风"三个场景是紧扣剧作中的象征性语言和动作的，而"瓜分国土"、"暴风雨"、"挖眼"、"悬崖"、"塑料游泳池——假想的审判"和"瓜分国土"六个场景是紧扣原作情节来演的。虽说赖声川在执导这部剧的时候，皆采用原作中瓜分国土和考迪利娅沉默示真诚的场景作为开场和结尾，但他另外添加了些支离破碎的叙述。除非观众对莎剧非常熟悉，否则是很难融会贯通的。华语戏剧界几十年来的理论探索和莎剧舞台实践为此类实验剧场奠定了坚实的基础。同时使用国语、粤语、英语三种语言的香港就改演莎士比亚经典剧目《李尔王》进行了一系列的实验，这也加重了莎剧舞台上的情节片段化。

熟悉其他《李尔王》版本和演出史的观众都还清楚记得，这是一个演出难度很大的剧目，特别是那个凄凉结局常使观众感到不悦，久久不能释怀。故此，内厄姆·塔特于1681年修改了这个李尔王和考迪利娅双双死去的悲惨结尾，换之以大团圆结局，一直到1838年，统治莎剧舞台长达150年之久。与大多数舞台和银幕上的《李尔王》不同的是，赖声川导演的这部戏剧更偏重于开场而不是结局。佩吉·费伦等现代评论家指出，莎剧原作中瓜分国土的情节使得该剧成为考验亲情和忠诚的政治剧目。[64]赖声川在挖掘这个场景潜力方面下了大功夫，让三名男演员扮演李尔以及他的三个女儿。

赖声川的《菩萨之三十七种修行之李尔王》以原作中对亲情的考验作为开场,却删除了考迪利娅这个角色,更加有效地反衬出她在原文本中的沉默不语。结尾同样采用了该场景,但对白的语速更快些,言语中的情绪更平和些。舞台上的灯光还没有打开,三分钟的狂浪视频投射到舞台上方的屏幕上。在提前录制好的宗萨钦哲仁波切的英语版藏经旁白声中,一位演员用汉语进行着同声翻译:

> 虽然他看到在所有的现象中,没有来也没有去,
> (菩萨)他一切努力只为众生……
> 在自己的故乡中,对亲人和友人的眷恋如大浪般翻腾,
> 对敌人的憎恨如大火般燃烧,
> 环绕着无知无明、
> 不在乎对错的黑暗。
> 放弃自己的故乡是菩萨的修行。[38]

这些佛教意蕴为质疑李尔王对女儿的关爱,不管是他对考迪利娅的钟爱还是最初他对高纳瑞和里根的情感,找到了托词。这样一来,赖声川就把莎士比亚的《李尔王》移植到富含说教内涵的宗教背景之下。他认为,"《菩萨之三十七种修行之李尔王》中的每一行似乎都在针对李尔先生说话",而那些与狂浪视频一起投射在屏幕上的台词更有代表性。

念诵藏经的声音一直在第一场"海浪声"和第二场"菩萨之三十七种修行"的舞台上回荡。第三场"瓜分国土"的舞台中央,分别扮演高纳瑞、李尔和里根的三名演员依据左、中、右的顺序席地而坐。从第一幕第一场李尔王的"在这个同时,让我们表达我们较隐藏的目的"开始,三名演员异口同声地念诵着这些节选的

台词。如此一来，观众很难判断李尔当时的心态和高纳瑞与里根对此作出的反应。在高纳瑞和里根说完之后，李尔说：

> 告诉我，我的女儿们……
> 你们中间哪一位最爱我，
> 让我们把国土和美德相配，
> 把最大的土地给最有孝心的女儿。高纳瑞，
> 我的大女儿，你先说吧。

舞台上灯光暗淡，但无一人作出应答。

"瓜分国土"的场景很快就转移到了"暴风雨"一场戏。在没有开场之前，赖声川版的《菩萨之三十七种修行之李尔王》改添了一个小小的短片。在这个短片里，没有具体的角色身份，三名演员同台亮相，模拟了抵御大风暴袭击的艰辛。念诵藏经的英文和中文语言配合舞台动作时不时响起，意在引起观众的沉思。诚如斯坦利·卡维尔所言，李尔对女儿进行亲情的考验，不是因为他想加强政治联盟，而是因为他想确认一下自己在女儿心目中的地位。考迪利娅的沉默"给李尔敲响了警钟，因为他很清楚考迪利娅的言行是最真实的，他就是拿自己肥沃国土的三分之一都很难也不能作为回报的"[20]。赖声川执导的《菩萨之三十七种修行之李尔王》塑造了一个对考迪利娅不爱也爱不起的李尔，他没有办法不让她作出无偿的回报，这就使得李尔很脆弱，最终招致死亡。赖声川对李尔王的这种重写在第8场表达得尤为明显：疯疯癫癫的李尔在假想中对自己的大女儿和二女儿在道德上宣判死刑。宗萨钦哲仁波切念诵藏经的声音再次响起，有时录音的音量很大以至于完全听不到舞台演员的台词，而有时它又成为舞台背景，声音沉闷。舞台上的李尔把故事的来龙去脉陈述了一遍，指控两个女儿的残酷无情。而此时的观众感受到的却是菩萨不同的修行，与舞台上的情

景格格不入。

> 回避对亲朋好友的依恋，
> 以及对故乡的怀念，这就是菩萨的修行。
> 粗鲁、刻薄的挖苦话扰乱别人
> 也破坏了个人的菩萨修行。
> 故，放弃让别人不爽的恶语
> 正是菩萨的修行。[52]

当李尔精神错乱时分，他的话语如果不从反讽角度来感受的话是很难通顺地理解的。

> 李尔：我在哪儿，我做什么
> 保持头脑清醒，
> 自我询问："我怎么了？"
> 完成别人的好是菩萨的修行。[52]

  这个舞台演出多处充满了直喻和隐喻手法，让观众根据理解进行自我挑选。即使在没有藏经念诵的场景（如第 5 场"暴风雨"），三个演员从言语上进行博弈，互相重复或制造别人的"回音"来干扰或压过另一个人的台词。通过舞台上演员言语的复杂化和多样化，赖声川不仅从心理和教义上，同时还从声音的追忆或者说"透过时间之井所经历的声音"上，拓展了莎士比亚的经典剧目《李尔王》。[53]

  赖声川借用从莎剧《李尔王》中精心挑选的片段，以求对"病症"（莎士比亚戏剧）送上"药丸"（藏传佛经）。赖导演认为，《李尔王》是一出展示"人类千变万化病态的戏目"，它不断拒绝"治疗的任何可能性"。[53] 虽说病态并未在莎士比亚剧目中清晰呈现，但借用佛家教义这种"药丸"来治愈剧目中的"病态"的舞台手法却可以很好阐释改编本《菩萨之三十七种修行之李尔王》中没有直接涉及的莎士比亚戏剧台词。在莎剧原作的第二幕，李尔哀叹自己遭受歇斯底里的折磨：

> 李尔：啊！我这一肚子的气都涌上了我心头！
> 你这一股无名的气恼，
> 快给我平下去！

这是一种病态，早期的现代病理学和文学想象把它简单地定位为不易用言语表达的子宫功能障碍（指女性）。理查·哈尔彭等莎学评论家提出了"李尔得了什么病"的疑问，但赖声川更感兴趣的是，如何才能很好地理解李尔的这种"病态"的暗喻，如降临人间的邪恶以及智力的愚昧不开化。

《李尔王》中的"病态"是几百年来文学评论中一个棘手的难题，20世纪新兴的女权主义和精神分析批评使得这个问题更加复杂化。第4幕第6场中李尔的"歇斯底里"和"李尔出场了，他疯了"的舞台说明（就李尔的衣着和头戴的野花环做了好几处文本和编辑方面的修改）是最臭名昭著的争议之一。[62] 有趣的是，虽然赖声川导演并没有像之前的导演或评论家直接拿李尔的疾病大做文章，但他却着重强调得病的超自然性，认为宗教是治愈疾病和防止社会腐败的良药。

把宗教和艺术结合起来对世俗事业而言极具挑战性。赖导演评论说："'病'的自然成长生态似乎是剧场，'病'可以在世界上如莎士比亚的环球剧场这种伟大的'木头O形'中生龙活虎。反过来说，'药'的自然成长生态似乎不是艺术，而是宗教。"他坚持在个人的艺术形式之中拓展宗教争端："艺术已经成为一种宗教……反映出现代生活中某一种潜伏的病态。"[63] 在他看来，药物的隐喻作用和宗教构建的理想世界唤起人们对过去的怀念。这些都足以说明赖声川执导的《菩萨之三十七种修行之李尔王》远离了中国政治实体，文本中的佛教阐释通过小规模莎剧演出为不同文化价值取向的融合提供了平台。

从瓜分国土到分割自我

《李尔王》是现代亚洲剧场最经常演出的莎剧经典之一，这是大家有目共睹的，因为该剧为中国和西方后现代剧场的发展提供了拓展的空间。《李尔王》对后现代主义来说正如哈姆雷特之于浪漫主义，一样都有着重大的意义：他们都是"一个时代的标识"[64]。赖声川在《菩萨之三十七种修行之李尔王》中借用宗教手法的目的是想尝试着把佛经文本与莎剧的李尔故事以及他本人对后现代剧场的识见融合起来，而吴兴国导演的《李尔在此》则属于后设剧场式样，旨在对观众熟知的李尔故事和传统京剧的编演文化进行个人化探索。一言以蔽之，两个不同版本的《李尔王》演出从不同角度诠释了小规模莎剧演出的表演追求。吴兴国的《李尔在此》借助自传性的改演手法，意在转变观众（莎剧爱好者和京剧戏迷们）对莎士比亚和中国那种根深蒂固的形象定式。结果证明，吴兴国对文化身份多重性的挑战回应了美国民权运动领袖威廉·爱德华·伯格哈特·杜波依斯早在1903年提出的"两灵魂，两思想，两种无法协调的抗争"这一引人注目的双重意识问题。[65]

吴兴国导演了很多具有创新性的舞台剧目，在这里我主要想探究一下他对独角戏启发式的导演手法。为此，针对演出的文化背景和这种新兴的个人表演风格我提出两个问题：在中国台湾，一个与大陆空间上隔离的社会，做一名京剧演员有何意义？在诸如吴兴国的个人表演中又会有何危险？

由于政治因素，在台湾，传统戏曲特别是京剧，总是很难与各

第七章　典范的扬弃与重建：吴兴国与赖声川　203

个拥护团体联合起来。而历史原因又使得台湾本地的文化认同似乎从骨子里与非本地文化不重合。20世纪中期，国民党大力推行京剧（以"国剧"而著称）以唤醒刚从日本殖民桎梏下解放出来的本省人对中国传统文化的认识，同时对说日语的台湾居民推行"中国化"教育。台湾这场身份认同中普及中国传统的文化战斗中最显著的一点就是京剧与北京的关联，而北京对刚刚丢失大陆的国民党而言是理想中国的文化之都，但现在这一切都归中国共产党所有。20世纪80年代台湾解除了军事管制，京剧与大陆的联系在某种程度上竟成了它的"原罪"。之后，本由当局大量出资扶植的京剧遭到了不少台湾观众的拒绝。即使观众在意识形态方面没有太大的改观，京剧也早已面临着观众群缩减和老龄化的问题，而这些观众绝大多数是20世纪40年代跟随国民党逃离大陆来到台湾的外省人。南希·盖伊指出，20世纪80年代后期台湾的京剧是"一门被卷入到意识形态转变旋风之中的艺术"，是一门"处于不稳定状态"的艺术。⑱台湾本土化运动以及大陆与台湾之间政治关系的持续紧张也进一步加剧了京剧在台湾的艰难处境。在这场身份认同危机之中，京剧充当了替罪羊，民众和官方的支持大大削弱。

　　台湾"反派大师"吴兴国正是在此种大背景之下，发誓力挽京剧颓势使之立于不败之地。吴兴国以敢于重构西方经典和京剧舞台而著称，而他的糅合手法常常引发争议。就表演风格而言，自20世纪80年代以来传统戏曲和现代话剧之间已经不再泾渭分明，吴兴国1986创建的当代传奇剧场就排演了很多类似的作品。吴兴国以及夫人林秀伟带领下的当代传奇剧场尝试着把京剧表演模式、中西方音乐以及半幻觉的表演手法糅合一起，基于莎剧原作改演的《哈姆雷特》、《麦克白》、《暴风雨》以及希腊悲剧《俄瑞斯忒亚》和《美狄亚》深受观众喜爱，这些舞台作品中的一大部分成为中国剧场的最新古典作品。吴兴国导演认为，当代传奇剧场在21世纪的使命"不仅要做好京剧文化传承而且还勇于迎接现代文化的挑战,从而寻找到另一种途径来发扬光大传统京剧"。㊵台湾另一位导演李国修在他半自传作品《京剧启示录》(台北,1996)中采用后设剧场演出手法就京剧与话剧的纠结进行了展现和评议。还有一些其他的话剧导演和剧作家多多少少都深受地方戏曲的影响,从而改变了戏曲剧场的传统。

正是在这样的语境下,吴兴国把个人经历融入到莎士比亚的经典剧目之中,开创了莎剧小型演出的独角戏。中国戏曲中的独角戏类似于明星个人演唱会以及欧洲著名的歌剧咏叹调独唱,虽说在中国已有几百年的历史,但从来没有过为某个演员演出专门创编的剧作。但时过境迁,如今尝试把个人元素与莎剧作品以及西方规范结合的演出手法日渐风靡。自2000年以来,中国好几部根据演出名人自传性质编演的独角戏在亚洲、大洋洲、欧洲和美国巡回演出,其中有赵志刚的越剧《哈姆雷特在墓地》、黄香莲的歌仔戏(一种台湾地方戏曲)《罗密欧与朱丽叶》、李小锋的陕西秦腔《浮士德》、田蔓莎的川剧《麦克白夫人》以及吴兴国的《李尔在此》。而最后一部是迄今为止最富创新且巡演区域最广的剧目。香港在2001年和2002年以及台湾在2004年举办了实验戏曲独角戏戏剧节,吴兴国的《李尔在此》还有其他几部独角戏都参加了。戏剧节取得了圆满成功,从而证明了采用独角戏排演莎剧的意义和趋势。这些中国独角戏演出的核心是明星演员个人因素的参与。

近年来,一些亚洲演员,偶尔也会有些西方演员,用自传色彩甚浓的手法来编演莎士比亚剧目,在回避政治问题的同时针对边缘化问题展开讨论。㊽比如,加雷思·阿姆斯特朗在弗兰克·巴里执导的独角戏《夏洛克》中出演诸多角色之时探究了反犹太主义和自我分裂因素。此次演出令1998—1999爱丁堡艺术节的观众和专家大加赞赏,并在美国华盛顿、旧金山等其他城市巡回演出。虽说吴兴国与阿姆斯特朗的独角戏并非演出主流,但他们深受观众好评,仍在各地巡回演出。日本明星演员野村万斋出演的哈姆雷特也是表演者本人与表演角色很好融合的例证。李国修以自传性质模仿《哈姆雷特》的话剧《莎姆雷特》也是个很不错的典范。新加坡导演王景生推出的莎剧三部曲:《李尔王》(1997)、《苔丝狄蒙娜》(2000)和《寻找:哈姆雷特》也带有自传痕迹,同时也印证了他要超越世界巡演的亚洲舞台剧中那种西方主义和自我主义倾向的追求。

在此情况之下,吴兴国执导并出演的独角戏《李尔在此》公开挑战莎剧原作中的忠孝情结、吴兴国本人对之有抵触情绪的身份认同以及京剧创新与传承二者之间的僵局。2000年,此剧在巴黎的奥德翁剧场和阳光剧场举行了首次公演。通过演员吴兴国个人对自身生活经历以及所扮演角色的阐述与感悟,独角戏《李尔在此》吸引了世界各地的观众,遍布纽约、伦敦、台北、柏林、新加坡、澳门、首尔、香港、东京、布拉格、上海等地。同年,吴兴国受巴黎阳光剧场的创建人及艺术总监阿里安娜·穆世瑾之邀为法国演员组建演出工作坊,在那儿表演了《李尔在此》的最初版本。在穆世瑾的鼓励下,吴兴国把片段式场景连贯起来,进而演绎为成熟的独角戏。故此,吴兴国在林肯艺术中心的演出中把该剧献给了穆世瑾,节目单上写道:"正是在阿里安娜·穆世瑾的一再鼓励之下,本剧演出才得以成功。没有她,也就没有吴兴国的《李尔在此》。"㊿

出于切身利益的需求,吴兴国在京剧独角戏《李尔在此》中把莎士比亚的经典剧目改编成表现他本人以及他的观众都很看重的身份认同主题的作品,把现代演员与早期现代文本以及个人经历与虚构故事紧密结合起来。《李尔在此》是一部三幕舞台剧,也是实验京剧方面的一大力作。在整场演出当中,吴兴国一人用京剧的不同行当扮演了莎剧经典《李尔王》中的九个人物角色,表演技巧多种多样,还穿上异性服饰扮演女性。㊿

吴兴国的《李尔王》改编本并没有遵从原著中的故事情节,而是从个人传记角度更偏重于其中的父亲身份。该剧目的全称是

《李尔在此——吴兴国遇见莎士比亚》,从中不难看出吴导演结合自身生活经历,用中国传统京剧艺术诠释了莎士比亚经典悲剧中父亲与子女之间的紧张关系。副标题"吴兴国遇见莎士比亚"才是该演出的核心,是吴兴国遇见莎士比亚,也正是这次相遇才让吴导演有机会诠释不同的身份感受,特别是他作为一名京剧演员的身份以及他已去世的师父的身份。第一幕"戏"着重表现暴风雨中李尔的孤独无助;第二幕"弄"刻画了弄人、肯特、李尔、高纳瑞、里根、考迪利娅、瞎眼葛罗斯特、埃特蒙以及装疯的埃特加;在第三幕"人"中,吴兴国把自己变成了剧中人。此次演出是一次心路历程,从孤独无助李尔内心世界的展示,经历多个不同角色人物,到吴兴国个人对现实生活的内心独白。

《李尔王》原剧中父女之间的紧张关系被喻为吴兴国与自己的京剧师父二人之间的不融洽。《李尔在此》的演出可以说是吴导演借助公开表演展示了个人的生活经历(孝道以及师徒关系,等等),通过这种方式救赎自我。吴导演对已故师父的叛逆有几种方式。在这场独角戏中,吴兴国一人扮演了紧张关系中的双方,他同时饰演了受冤枉的父亲李尔和李尔蛮横无理的女儿里根;同时饰演了委屈的儿子埃特加和他那被人挖去双目的父亲葛罗斯特(另一个与儿子相处不融洽的父亲)。在转换父女人物角色过程之中,吴兴国诠释了他对专横父亲的反叛,同时通过扮演父亲角色想象京剧师父的反应。尽管经常语带隐晦,吴兴国执导的这场演出旨在评议他的京剧学徒身份以及京剧事业。

就表演艺术风格而言,吴兴国在剧中男扮女装以及用不同的京剧行当出演多个人物角色本身,就是对师父京剧传统训练方式的反逆;而主题方面,《李尔在此》阐释了演员和莎剧人物的冲突。故此,这次演出不是对莎士比亚文本的模仿或解构,也不是寻求舞台重现。演员以及与他同时代的剧作家——就《李尔在此》来说,二者同为一人——应是编演的中心。这出独角戏在莎士比亚经典

第七章 典范的扬弃与重建:吴兴国与赖声川

剧目中移入个人生活经历的演出手法重申了本土观众在解读世界经典文本时的价值和权威。

《李尔在此》是小规模莎剧的典范,深陷剧场、个人、文化、国家多样性困惑之中的吴兴国,很需要演绎这部戏剧。不同于1986年和1994年两次有划时代意义的中国莎士比亚戏剧节上的大多数导演,吴兴国构思、实验自己的莎剧演出具有鲜明的个人动机。同时,有别于前期的《麦克白》与《哈姆雷特》编演,《李尔在此》借助莎剧经典给吴兴国导演提供了一次疗伤的机会,发泄他对京剧师父/父亲蛮横控制的担忧。一人饰演十个角色,吴兴国成功地调和了人物之间的矛盾。实际上,此次演出是节选自《李尔王》重要时刻的蒙太奇手法,围绕莎剧中的关键段落,融合剧目中多个人物角色包括演员本人于一体,进行片段性陈述。

一名演员担当多重身份的争夺全部浓缩成一个基本问题,即"我是谁",吴兴国和李尔王对此都曾有过质疑。该问题在此剧的第三幕"人"中得到了集中体现。作为剧目中的一个角色,吴兴国绕着舞台走,并反复问道:"我是谁?"第一幕"戏"对原著第一幕第四场中的段落进行了逐句逐行的翻译:

李尔:这儿有人认识我吗?我不是李尔。
他是这样走路的吗?这样说话的吗?那他的眼睛何在?
他的知觉迷乱,神志麻木了——嘿!他醒着吗?不会。
那谁又能告诉我我是谁呢?

在后现代的拼贴之中突然对原作中的某一部分进行逐句逐行的翻译,那就意味着这一段落在改编版中意义重大。吴兴国所采用的融合多个人物角色于一身的舞台技巧是每人都提出同样的质疑,特别是当剧目人物与舞台演员之间进行角色转换的时候。

《李尔在此》的第一幕演绎的是疯癫的李尔在暴风雨中,演出时间将近30分钟。在这一幕的表演中，吴兴国把精心设计的现代舞蹈动作与后现代剧场的节奏结合起来，以求重现原著第三幕第二场中一系列的情感元素。此外，仅借助传统戏曲中的手势和舞蹈定式，在京剧打击乐的强烈伴奏下，他诠释了暴风雨场景以及深陷其中的李尔的懊悔之情，而在其他两幕中他则把话剧舞台上的内心独白与传统的程式表演糅合一起。吴兴国通过舞台上的跨步、小碎步、翻筋斗等戏曲表演程式演绎了剧中的狂风呼啸、电闪雷鸣、怒发冲冠，特别引人注目的是，京剧戏曲的胡须道具和水袖服饰的表现力更是发挥到了极致。

在第一幕结尾之时，吴兴国对《李尔王》中的复杂情感变化和背景状况来了个借题发挥，阐释了自己对京剧事业以及师徒关系的理解。众目睽睽之下，他卸掉了头上的饰巾和京剧中常用的胡须，显露出传统京剧中武生的花脸脸谱，从剧目中李尔王的扮演角色回复到现实生活中的京剧演员身份。尔后，他脱掉戏服，露出下面的打底衣。因为打底衣毕竟是戏服的一部分，其功能是支撑京剧武生演员笨重的戏服，所以一般不会在舞台上直接裸露出来，摘掉头上的头饰，裸露出戏服下面的打底衣，吴兴国就打破了剧场表演程序。把玩着手中的戏服，吴兴国是作为生活中的本人而非剧目中的扮演对象李尔，对观众说出了下面一番话：

  吴：我回来了！
   （低头看着手中的胡须道具）他是谁？
   （面对观众）这儿有人认识他吗？
   （又低头看着胡须）这不是李尔。
   （站起身来）李尔在哪儿呢？
   （在舞台上走了几步）李尔在走吗？李尔在讲话吗？
   （手摸自己的眼睛）他的眼睛何在呢？

这段话对应了原作中高纳瑞对老父施暴之后李尔的一番言论,译自莎剧的第一幕第四场。一边说着,一边擦拭脸上的定妆,吴兴国完全毁掉了舞台化妆以及剧场戏服的假象。饰演对象国王和扮演者作为普通人的截然不同震撼了所有观众。穿上李尔的戏服,吴兴国就把这个国王的身份一分为二了,一个是虚构的人物形象,另一个是现实中的演员,二者叠加一起以表明演员对身份的找寻。当然,这是欧洲政治学理论上最惯用的手法。作为一个人而言,这个国王是世俗的;但作为君权而言,这个国王是不朽的。吴兴国也许是想以此暗指他与京剧师父之间让人伤脑筋的关系问题。

吴兴国接着探析二者之间的混淆。吴兴国边擦抹着脸上的定妆,边提出了一系列的问题:

  吴:他糊涂了吗?
  他麻木了吗?
  他神志清醒吗?
  谁能告诉我我是谁?
  我想知道我是谁。

他双膝跪倒,毕恭毕敬地折叠着戏装,似在祭奉上苍。此时的他已不再是戏剧中的李尔,而是现实生活中的自己。拿起舞台上折叠好的盔甲,吴兴国大声宣告:"我回来了!……重新回到了我的京剧舞台。"吴兴国所言的"回来了"深具内涵。在自己创建的当代传奇剧场解散两年后的2001年,吴兴国重操旧业,实验先锋剧《李尔在此》便是他打响的第一炮。所有这一切都表明吴兴国以及他的剧场终于战胜了经济以及人力困境重新回到了自己的舞台上。

开场白中,吴兴国不无幽默地发问:"难道我是唯一一个留在舞台上的吗?"正如他在节目单里所言,这部戏剧是创作于他京剧事业的最低谷:他不得不关闭十二年前创建的当代传奇剧场。究其原因有二,一是由于京剧和大陆的关联,某些剧场和资助机构拒绝接受他和他的京剧团队,二是剧场内部个别同事不能理解他的所思所想也导致他的失利。从莎士比亚的李尔身上吴兴国看到了自己的影子,他们都"呼天抢地",都因"遭到遗弃和背叛"而愤怒不已。最终,吴兴国在自己的独角戏里不再感到孤单,因为"借助京剧生、旦、净、丑行当,与我同在的还有其他人物角色"。

也许有人会问:为什么选择莎士比亚?为什么选择《李尔王》?吴兴国为什么要出演外国剧目作为他重返台湾京剧舞台的开始呢?他之所以改演该剧目是因为它所诠释的人物的心路历程碰巧与自己的亲身经历相吻合。但是他为什么不挑选一出中国剧目呢?或者自己动笔编写一部?观众接着提出疑问。故此,吴兴国实在难逃借助莎剧国际声誉大捞资本之嫌。众所周知,台湾和大陆的京剧事业面临着观众老龄化以及观众群萎缩的严重问题。在吴兴国看来,中国戏曲不能引起媒体以及观众的关注,更谈不上有巡回演出的机会了。作为戏剧艺术家,吴导演也清醒地知道自己重返京剧舞台身负的经济重担,但要想确保票房成功或者获取其他经济资助,他相信用戏曲形式改编莎士比亚的经典剧目一定能招徕更多的观众群体。

像吴兴国这样的先锋导演往往会遭到指责,有迎合英语国家话语霸权的嫌疑。出于实际考虑的事实暂且搁置一边,《李尔在此》的节目单中吴导演的自述解释了他编演《李尔王》的个中缘由,饶有兴趣。在题为"我没有父亲,但有师傅们"的一节中,吴兴国回忆了他接受京剧专业训练的日子。实际上,标题恰当地描述了他的京剧事业。在师傅周正荣的监督下吴兴国开始了京剧中武生行当的训练。吴兴国幼年丧父,复兴剧校的周正荣师傅就成为了父亲的替身,二人曾经亲如父子。按照梨园规矩,吴兴国双膝下跪,磕头拜师,成为台湾京剧四大老生之一周正荣真正的弟子。传统京剧弟子必须侍奉、孝敬自己的师傅,如同子之待父。在排练期间,吴兴国给师傅端奉茶水,递上热毛巾擦拭汗水,在师傅过生日等重要场合还要双膝下跪以示尊重。他还曾经变更了自己的姓名,因为剧社的一位师傅认为他的原名兴秋(秋指的是秋天)太女性化,所以给他改名为兴国(国意味着国家的意思)。[63]

然而,当吴兴国作为一名演员正式登上京剧舞台开始自己追求的艺术创造时,他与周正荣师傅之间的摩擦接踵而至。一天的训练课上,周师傅再次拿起棍子责打正在练功的吴兴国,吴兴国一把抓住棍子,忿忿地说:"师傅,我都已经30岁了,我有足够的动力来完善我的表演技艺。您还认为在传授演技的时候,徒弟一定遭打骂才能成才吗?"之后直至2000年6月离世,周正荣师傅都拒绝承认吴兴国是他的弟子。也就在这个月,吴兴国表演了《李尔在此》。在师傅去世的前几天,吴梦到自己与师傅发生争执,并赤手空拳地致师傅于死地。[63]吴兴国认为自己与莎剧经典人物李尔王在愤怒、疯癫、自负和任性等方面有着太多的相似性,并认为借助这个剧目,上演以自我中心、傲慢自大的李尔为主角的独角戏可以恰如其分地宣布自己重返京剧舞台,同时也有助于他"找回自己的身份"。[64]

虽说他对师傅的反应形式有多种,但由此不难看出吴兴国选中莎剧《李尔王》来编演的用意了。游弋于舞台上父女身份的替换,吴兴国成功地刻画了他对专制父亲形象的抵触。同时借助扮演父亲角色,吴兴国揣测待己亲如子的周正荣师傅的反应。通过男扮女装以及用不同京剧行当诠释剧目中的不同人物角色,吴导演道出了抗议师傅训练方法的心声。他早已不再是只拘囿于武生行当的京剧表演者,而是个多才多艺的演员,自由穿梭于不同文化与性别之间。多才多艺与拼贴合并是其表演艺术方面的重大突破,他自身也演绎成为抵制的标识。

《李尔在此》有意大肆渲染文化差异,其主旨不在宣传政治,而在调和个人身份危机。这部剧是亚洲人在改编西方作品时从寻求原著真实性到强调重写全球文本时文化产物中舞台艺术主观性的典范转移的缩影。吴兴国对不同表述方式的精通以及对莎剧原著的合理安排引起了专家学者的重视,这是可以理解的。在跨文化表演的批评性话语中,莎剧中所体现的普遍性和文化真实性始终占据主导地位,对坚持或反对此类改演展开论争。比如,雍丽兰曾说:"在把李尔和吴兴国并列之时,对具有标示性意义的全球性人物(李尔)在表演方式上进行的虚构与表演者本人是密不可分的。"她随即指出,这种"双重重现"表演中遭受风险的不是吴兴国的"文化身份",而是他的"文化权威"。[66]但是我们研究莎剧演出时也应该思考莎剧人物与饰演这些角色的现代演员之间的关系,而不是只考虑改编的剧本是否忠于原著。吴兴国的李尔在此借由李尔王的困境来表达吴兴国自身京剧生涯中的困境,这正彰显了莎剧人物与饰演这些角色的现代演员之间的关系的重要性。

重新回到莎士比亚大剧场和小规模演出的话题。莎士比亚学者迈克尔·布里斯托对全球化语境中现当代文化工业对莎剧演出的纯商品化提出批判。在这种不带个别艺术家色彩的交易过程中,莎士比亚成了"一件商品",在"互不相识的"人们间易手。[63]单就小规模莎剧演出来说也是种类繁多。在观看吴兴国的《李尔在此》一剧时,观众不仅熟知莎剧中的人物,还了解了舞台上饰演这些人物的演员。比如,当吴兴国在家乡演出该剧时,大多数观众都深知他曾面临的身份危机问题,故当他在舞台上大声宣告:"我回来了,我重新回到了我喜爱的京剧事业!"[64]台下的观众一直为他呐喊助威。阿里安娜·穆世瑾等一些国际观众对他的经历也略有耳闻,可以把他在舞台上的表演尝试与他本人的生活经历以及个人主观因素紧密结合起来欣赏他的独角戏《李尔在此》。[64]从某种意义来说,观众是冲着吴兴国本人来观看这部戏的,意在一睹转型后的吴氏风采,而不是因为他扮演了莎剧的经典人物李尔王。

吴兴国以本人真实身份出现在莎剧演出舞台上,是他所饰演的十个人物之一，同时又把亲身经历和个人感受与莎士比亚笔下的虚构人物李尔的所为所思紧密相连，这样就直接把该剧的三重性展示给台下的观众，即演员现实生活中的身份、舞台上的演员身份以及演员所扮演的剧中人物的角色。吴兴国的《李尔在此》从历时性角度改演了莎剧，强调演员与观众共存于当下的现实实际。莎士比亚及其剧目所代表的"过去性"为展示当代观众身处的"现存性"提供了参考与借鉴。然而，不同于部门机构或政治功利性的莎剧演出，小规模莎剧演出主要着重于导演或编剧的个人需要，而非政治需要。毫无疑问，个人动机之中也可能蕴含着政治需要，但只是以不同的舞台形式表现出来。吴兴国的《李尔在此》就是把莎士比亚笔下李尔的故事和演员的现实生活很好地融合起来。

自2000年巴黎首次公演之后，吴兴国的《李尔在此》开始了世界巡回演出，且取得了显著成绩。该剧的国际轰动并不是因为它是另一部"穿着中国服饰的莎剧演出"或"借助莎士比亚声誉拓展中国戏剧市场"的炒作，而是因为该改编本中的独到阐释和个人经历吸引了观众的注意。中国和西方著名作家、学者以及剧场工作者都对吴兴国此剧给予好评，他们当中有法国戏剧家阿里安娜·穆世瑾、欧美剧场导演及理论家尤金尼奥·巴尔巴、旅居美国纽约的华裔作曲家谭盾以及中国畅销作家莫言。[⑳]吴兴国执导和饰演的《李尔在此》也是越来越多由欧洲戏剧节发起或委托的中国莎剧演出剧目之一。像大陆导演林兆华的话剧《理查三世》，就是专门为2001年柏林亚太文化节量身打造的。

赖声川导演的《菩萨之三十七种修行之李尔王》用佛教对莎剧原作的国土瓜分进行解读；而吴兴国的《李尔在此》的审美情趣更在于艺术家自身的分裂。吴兴国针对舞台演员和他所扮演角色之间的张力大做文章的舞台处理方法类似于法国导演让·吕克·戈达尔拍摄的电影《李尔王》中莎士比亚五世对演员与角色关系发表的评论："我重新修改了台词，重新修改了情节。现在该改动剧中人物了,或者应该说是改动演员了。"不管是吴兴国的京剧舞台还是戈达尔的电影拍摄,二者皆是借助在重演莎剧的过程中进行自我创作,彰显自我理解。诚如彼得·唐纳森所言:"电影一开始……编辑室里一片狼藉……戈达尔的《李尔王》富于一定的说教意义,能够做到就地取材,并且公开承认他(也是我们)在进行自我创新与理解的过程中有可能会带来的危险、混乱以及意外。"㉜从这部电影不难看出戈达尔对演出典范的挑战。㉝吴兴国的《李尔王》也展示了吴兴国与台湾京剧文化机构的博弈,它是一种自我矛盾与令人振奋的新景观的混合体。

结语

20世纪90年代后期出现了很多在世界各地进行巡演的莎剧舞台演出。在华语戏剧圈里,人们开始偏重于身份危机以及与莎士比亚笔下个别人物息息相关的联系。赖声川对华语剧场和莎剧演出的贡献在于他把权势和宗教问题移植到了舞台,同时在越来越政治化的社会进行了佛教阐释。吴兴国的演出则从个人经历出发对莎士比亚的经典剧目来了个本土化的重读。这些演出表明在移植莎剧到本土文化之中时,不能简单地对名著进行细致入微的临摹,而是要积极寻求机会来重新认识中国和莎士比亚,对吴兴国而言,这是一种自觉。既然在诠释外来文化之时本土文化元素是不可回避的,更多的艺术家开始反思:在处理文学经典时能否赋予个人情愫?对此类问题的呼声也愈来愈大。

尾声：新世纪的视觉文化
——从林兆华到冯小刚

  本项研究的结束意味着新的开始。第一章的题词上写着："因为眼睛不能瞧见它自己，必须借着反射，借着外物的力量。"确实值得深思，也同样有助于进一步认识中国编演莎剧在言辞和评议方面所做的努力。借助莎士比亚剧目，作家、演员、读者和观众可以通过外人之眼来洞察中国，同时也可以沉思莎剧中的他人。一方面把莎士比亚从英国文艺复兴文化背景中隔离出来，而同时又使之与本不相干的文本关联起来，这就为想象创造了一片新天地——缤纷多彩演绎莎剧人物和中国的多元文化的后国家公共场域。㊾

  中国莎士比亚的不一致性和多样性冲击着知性标志和统一定型。文化产品中主题重点和视觉信号经常进行转换和更改，这是为了适应变化的历史环境，同时也体现了艺术家和读者不同的历史背景和生活区域。比如，个别实验话剧导演愿意借助自己的实验剧目来带动亚洲文化市场的繁荣发展，却拒绝把自己划分为其中的任何一个流派（如法国的亚莉安·姆努什金和新加坡的王景生导演）；有些作家运用北京方言，却放眼世界（老舍）；在国际艺术节上，北京导演却更愿意用与众不同的个人风格来吸引观众的注意,而不是借助他的中国背景(林兆华);台湾导演融华裔美国人和大陆移民到台湾的外省人双重身份于一身(赖声川);借助电子网络,京剧剧团通过互动媒体与世界各地的有意投资者建立联系(吴兴国的当代传奇剧场);伦敦籍导演是香港移民的后代(谢家声);英国演员在中国舞台的启发下产生灵感。伊恩·巴赛洛缪在评议 2002 年皇家莎士比亚剧团在中国的首次巡回演出剧目《威尼斯商人》时说:"我还从没看到过这样一个能够博取观众同情心的夏洛克。在非基督教国家上演该剧反应也许会更公正些。"⑩

当区分本土莎剧演出和没有明显区域标示的文化演出时,广泛区域的衔接受当地和国际文化市场的局限。随着中国莎士比亚在国际上的崛起,除了真实性和权威性这类棘手问题之外,艺术家所追求的目标之一就是如何做到全球本土化。电影制作人和戏剧导演探索用前所未有的艺术手法逾越不同文化背景差异时,他们将再次面临着前面第六章和其他一些地方提到的沉醉于创造亚洲视觉效果的困惑。这些策划在冲击国际电影市场和艺术节舞台演出中更加突出。为查明视觉文化背后的实际而又关键的问题,我想通过分析冯小刚电影《夜宴》中的面具功能和林兆华话剧《理查三世》舞台上的录像镜头以及孩童游戏,对此进行归纳总结。

拥有强大明星阵容的《夜宴》(2006)是在约翰·麦登执导的《恋爱中的莎士比亚》(1998)和张艺谋的《英雄》(2002)、《十面埋伏》(2005)这些古装戏和浪漫传奇故事在世纪之交盛行之时应运而生的,国际交流和市场畅销取代了文化的真实性。⑩冯小刚的电影《夜宴》依赖于跨国合作与地理象征。如同大多数的中国电影一样,《夜宴》也意在迎合国际观众,让严肃主题与视觉美感和谐并存,或如周蕾所言:不同背景下的"矮化和商品化的联合"⑪。影片中大量的慢镜头以及戏曲程式化的打斗场面彰显着中国武打电影的特色。这些功夫片,比如李安 2000 年导演的《卧虎藏龙》,受到西方观众普遍的欢迎,却遭到国人严厉的批评。同时,与此类电影不同的是冯小刚导演在影片中借助面具来阐释主题、叙述故事。《夜宴》把武侠片中的剑斗元素和与超自然因素紧密相连的面具剧场有机地融合在一起。这是武打影片的一种，主要是强调视觉效果，就像日本能剧一样并不刻画人物精神状貌的细微变化。㊿

影片《夜宴》的开始和结尾都是蒙面人之间惊心动魄的斗剑场面，开场先入为主地奠定了视觉效果比言语表白更胜人一筹的基调。心灰意冷的无鸾太子自我流放到边远的吴越地区，在一大片竹林里学习越人歌，练习面具舞。太子的继母婉皇后（章子怡扮演的葛特露）派遣信使前去报信：先帝崩溃，叔叔即位。新即位的皇上却派出羽林卫尾随其后，要诛杀太子。太子戴着一顶纯白色的面具，片中有好几个他眼睛的特写镜头。值得注意的是，在这个较长的场景里除了开场白和信使宣读的圣旨之外几乎就没有言语对白，充分发挥了色彩象征和非语言的情感表达的功能。与太子和他同伴象征纯洁的一袭白袍和一副白面具形成鲜明对比的是杀手那黑色铠甲和黑色铁制面具，上面还有象征着冷酷无情的一道道纹路。接着就是一场不必要耗费太长时间的残酷厮杀。

影片中的面具有着以下几点功能作用：作为身份标记的面具同时又可以掩盖主人公的情感变化，无鸾太子与同伴一模一样的白色面具和白色衣着使他免遭杀戮，而整个搏斗过程中双方脸上的面具让观众难以捕捉到剧中人物的情感。不同于以往武打片传统的是该场景中人物之间偶而还会有些眼神的交流。

影片中假面具后面那双警觉的眼睛充分诠释了《哈姆雷特》原作的监视主题。一般来说，摄影机镜头的拉近与拉远示意着观众和剧中人物从一个不为人知的特有角度在关注一个景象。随着场景从血腥杀戮的竹林转移到由头戴面具没有任何肢体语言表露情感的羽林卫严密守护的皇宫，面具又派上了其他用场。摄影机紧随婉后穿越几道由羽林卫把守的通道，最后在先帝的铠甲、头盔和黑色面具前停了下来。当摄影机突然聚焦在这张面具上的时候，观众看到面具后面新即位皇帝的那双眼睛,这才意识到他的存在。婉后那句"你撑不起它"点到了面具所具有的纪念意义以及现实与表象的主题。对于她嘲弄自己的狂妄自大,厉帝坦直地说:"它确实不适合朕,朕要打副新的。"影片中的人物对话和动作表情尽量降到最低限度,却用电影拍摄技术——眼线镜头来表达针对人物的新旧身份产生的冲突。

当太子回到皇宫之时,先帝的假面具也同样引起了他的注意。无鸾太子站立在已故父王盔甲、防护面具之前的镜头与厉帝和婉后的亲密镜头互相交插。一股血色眼泪从面具空洞的眼睛里流了出来,这便象征着已故哈姆雷特的幽灵出现了。摄影机从面具的后部照射过去,太子正目不转睛地盯着它的两个眼孔。这样的舞台调度再次强调了视觉效果要重于言语表述。莎士比亚文本中哈姆雷特和幽灵在城墙上的对话转化成了电影中太子与先帝双目的对峙,给观众一种犹豫不决之感,类似哑剧。作为影片中的表演者,太子经常与另一个人的目光相遇,而实际上,那是他死去父王的面具,只不过是个空意符而已。此场景使人联想到吴兴国导演在《李尔在此》中当场在舞台上更换服装,以此把本人和李尔王分离开来。后来,黑面具顺着面颊流出血色眼泪的一幕再次插入无鸾太子编演的哑语场景。在要夺回婉后和为父报仇雪恨的意念驱使之下,太子完全纠结到现实的可视性和非言语交际的隐蔽性之中。作为热爱面具舞台艺术的表演者,一方面太子以父亲被谋害的故事导演了一场哑剧,以此来窥视厉帝的良心;另一方面在整个节目中他还担当着鼓手的角色。借助面具,表演者可以仔细观察观众的反应,这就使得起源于文艺复兴时期的戏剧手法"戏中戏"转化成了 21 世纪电影界自我反思手法的大胆尝试。对于面具的审美情趣和社会价值,无鸾太子和婉后产生了分歧。太子认为戴面具的表演是最高境界的表演,演员可以集中精力于肢体语言。可婉后反驳说:"最高境界的表演是把自己的脸变成面具。"至于她的结论是对是错还有待考究,毕竟只有太子一人才是整个影片中深受面具困扰的主要人物。

影片一开始,画外音连篇累牍地讲述了古代中国哈姆雷特故事发生的历史背景。发掘浪漫故事的历史背景,强烈营造一种严肃的氛围,大大超越了冯导演一贯以现代生活为素材而价值略低的喜剧电影。他竭尽全力让片中的越人歌和面具舞具有权威性。[62]冯小刚是中国喜剧界最为成功的导演之一,主演厉帝的扮演者葛优是一名深受观众喜爱的喜剧演员。《夜宴》是冯小刚首次尝试拍摄悲剧和古装戏,意欲在国际电影节上赢得荣誉,这就需要紧紧靠拢古代中国的文化背景,绝不提供其他任何可能的空间。正如片名《夜宴》所示,该电影意在向国际观众献上一场盛大的具有本土特色的视觉盛宴。

关于亚洲文化视觉性的市场价值,有着不同文化不同理念背景的艺术家、批评家达成了一致的意见和看法。莎士比亚电影研究专家肯尼思·罗斯维尔对非英语国家的导演做出以下的评议:"他们完全可以按照电影专业术语随心所欲地对剧本进行创造改写,犹如它本是无声电影",因为他们不必"把英语记录在声轨上"。[63]在第六章分析黄佐临执导昆剧《麦克白》的面具手法时,我称之为绝对的老调重弹,大家更愿意从纯粹的场景角度来看待亚洲剧场和电影。影片中亚洲文化视觉性的理念遵循了分层视图理论,因为场景是要用来解释说明文本的。

视觉美通常被认为是中国跨国电影不可或缺的一部分,但褒贬不一的影评不得不让人反思:应当如何来评判这种跨越国界的艺术品?它是何种原因的产物?影评远远超出了影片本身,引起更多人的关注。实际上,远不止是一部跨文化演出的后设戏剧,影片的欢迎度就是受场景启发的一种交流的表演行为。这部明星阵容强大、耗资巨大的剧情片在威尼斯电影节、戛纳电影节,和紧随其后在华人圈的首次公演就引起了激烈的争论。[64]影片中跨越文化基准的做法受到了国内外观众的反对,议论的中心是影片的双重性。《夜宴》的初衷是在莎剧中揉入武打元素,但在所有西方观众看来,它外观上本就是一部莎剧,而不是被赋予纯正中国文化元素的电影,所以不能引起他们的兴趣。一位威尼斯电影节影评家评论说:"我们很期待在意大利看到一部富含中国风格的中国电影。大家略感失望。如果把故事背景从片中隔离出去,几乎就看不出这就是一部中国电影。"⁶⁰国内评论家认为,这部专门"为国外观众打造"的大肆渲染的古装片让人大失所望。⁶¹特别是当中国著名笑星演员葛优"一出现在镜头里,中国电影观众忍不住就哈哈大笑起来,毕竟大家对他一贯的幽默话语耳熟能详,反倒认为他在该影片的严肃有点过,显得不太自然"⁶²。类似于名人传记影片《恋爱中的莎士比亚》,冯小刚故意歪曲了时间背景,打造了大众文化中的中国神话。⁶³这样一来,莎士比亚与展示中国历史两者就成为丰富鉴赏的精神资源,且持久不衰。冯小刚借助视觉效果来摆脱《哈姆雷特》区域拘囿的尝试引起了大家的非议,但同时也是视觉文化全球化的一种举动,是近期对占主导地位的口头文化和印刷文化的资本反应。这远不再是个知识广博的问题,也远非不懂莎士比亚或中国审美观的问题。在这一点上,《夜宴》并非唯一。⁶⁴

林兆华2001年执导的《理查三世》同样也引起了大家的争议,但原因却与冯小刚的《夜宴》大不相同。⁶⁵林兆华采用了不同的手法来处理话剧舞台上的视觉效果,北京和柏林观众对此的评论可以说是褒贬不一。《理查三世》是专门为"柏林亚太周"度身定做的,得到来自日本、中国与德国三国的经费资助,诸多国内著名电视明星(比如朱媛媛)也加盟其中,联袂表演。⁶⁶作为当今中国大陆最受人尊重的先锋导演之一的林兆华不愿随波逐流,去追随大家公认的文化等同的思维逻辑。⁶⁷前些章节里有关政治解读的研究表明,影响巨大的"文化大革命"或深受民众欢迎的毛泽东这些历史背景往往可以给导演和观众提供强有力的参照依据。没有像大多数欧亚国家导演选择现代处境中的适切性或区域性标志的视觉符号,林兆华从形式上进行了尝试。理查德·隆克瑞恩和伊安·麦克莱恩 1995 年执导的电影《理查三世》就是近期把莎士比亚的故事情节和社会背景完全现代化的一个典型的例子。在巴特希电厂拍摄的博斯沃思原野战役决战一幕中,导演为了给原文中"一匹马,一匹马,拿我整个的王国换一匹马"的语句营造一种真实感,确实煞费苦心。影片中,理查的吉普车陷于烂泥中不能自拔(而实际上,很多车辆随处可见,他完全可以驾驶其余任何一辆车脱身)。[68]林兆华塑造典型中国文化口味来迎合国际电影节标准的做法,是想提供一份可口的当代中国剧场的精神食粮,以飨德国等国际观众。不同于阿拉伯导演苏来曼·阿巴萨姆在 2007 年埃文河畔斯特拉特福皇家莎士比亚剧团举办的"莎士比亚全集戏剧节"上演出的《理查三世》,也不同于那些脱离了英国历史和莎士比亚剧本,但又回头对此提出质疑的影片,比如阿尔·帕西诺导演的《寻找理查三世》(1996),片中"插入了很多美国都市言语形式",林兆华并没有把本土文化历史、地域表演特色融入到改编的剧目中去。[69]公众记忆往往容易挑战历史,对之任意发挥,使之本色逐渐消退。林兆华的演出让人忆起利奥波德·林德伯格 1962 年在维也纳城堡剧院公演的《理查三世》。林德伯格的犹太血统迫使他在纳粹时期背井离乡。他一直反对"舞台的教条化,认为思想灌输与艺术追求是格格不入的"[70]。同时,他也尽量回避任何可能影射希特勒或纳粹德国的舞台背景、服装设计、表演风格,认为"把《理查三世》大肆渲染成近期历史事件是不值得做的"[71]。

　　林兆华的《理查三世》延续了他在早期《哈姆雷特》作品中对"无表演的表演方式"的一贯追求,演员身兼多职,在舞台上即兴发挥,从游戏中跳进跳出。所以,林兆华舞台上的理查不仅带给了观众开心一笑,还有残酷谋杀。剧中的理查是由著名演员马书良扮演的,他同时还兼着解说员/导演一职,为此他深感自豪。[72]借助多媒体,该剧吸收了多种多样的孩童游戏,比如捉人游戏、抢椅游戏、捉迷藏、影子戏,等等。不用理查指使,游戏突然由童真无邪变成残酷粗暴。莎士比亚悲剧本身潜藏的喜剧元素使得《理查三世》提供游戏空间成为可能,类似"餐桌残杀"和喀戎博、德米特里厄斯在朱丽·泰莫执导的电影《提多》中玩的电玩游戏,当然林兆华剧中戏要的是成人而不是小孩。[⑫] 与现场录制的镜头和事先预备好的镜头嫁接一起,演出很好地借用多媒体手法演绎了理查善于利用媒体大做文章的癖好。舞台上轻松欢快的游戏氛围别具匠心地特意反衬出紧随其后的谋杀的悲惨。当原文中密谋、凶杀的场景在林兆华手中变成了轻松欢愉的儿童戏耍和残酷无情的血腥谋杀相融合时,舞台上的演员常常从戏中跳进跳出。

　　上次游戏谋杀遗留下的尸体依然残留在舞台上,理查对此却视若不见,开始用甜言蜜语恳求安夫人嫁给他。舞台台口左侧的拱架上交替互换投射着他们言谈举止和面部表情的特写镜头,以此来把诱惑过程中肢体与言语元素分离开来。这种影像投射功能类似电视镜头播放,意在取代具有新闻价值事件的现场场景。理查把孤独无助且一身黑衣装扮的安夫人拥入怀里,神情专注地望着她。求爱一场中现场录制镜头的投放是为了集中观众的注意力,而在克莱伦斯被程序化谋杀之后,故意彰显的事先录制好的"鱼"镜头却是想强调对骨肉相残的淡然和漠不关心。在一群舞台工作人员当中,克莱伦斯登台亮相了。他帮着搭建了一个精美雅致的框架,而后这却成为他自己的囚室。理查匆匆走上舞台,把克莱伦斯推到灯火通明的囚室,然后退场,舞台上留下那两个杀手。克莱伦斯站在囚室中间,一动也不动。随着他说"苦恼的一夜/⋯⋯做了很多可怕的恶梦⋯⋯(还有)丑陋的景象",灯光慢慢变得模糊起来。第一个杀手象征性地捆他一个巴掌,站在一边的第二个杀手大声鼓掌,口中还念念有词:"挨我一下,再一下/⋯⋯我把你丢到里面的酒桶里去。"就这样,克莱伦斯被谋害了。随着克莱伦斯的死以及刚刚提到一杯酒,在深圳鱼市拍摄的奄奄一息的鱼在血泊之中垂死挣扎的镜头,在轻爵士乐的伴奏下投射到整个舞台上。这种舞台手法表明,取材于孩童游戏玩耍的审美情趣看似有些欠缺,需要额外加入一系列刻画社会暴力的元素,以加重视觉效果。

加冕一场戏也同样采用了加重视觉效果的表现手法。当理查脸部的特写镜头投射到舞台一侧的时候,台上的白金汉公爵为理查的登基加冕进行着精心策划。在他的指挥之下,伦敦市长和市民们高声欢呼"理查万岁!万岁!万万岁",从曾经囚禁克莱伦斯的框架里走了出来。就这样,理查登上了王位,成为理查三世。当称王的理查一蹦一跳滑稽可笑地退下时,预先录制好的另一个镜头呈现在舞台上:成百上千的蚂蚁朝着四面八方缓缓蠕动。在较早的一个场景里,也就是爱德华四世死后,同样也播放了一个录像片段。画面上一群青少年在游乐场里玩暴力电子游戏。有时从这些特写镜头竟然辨别不出,他们到底是在玩游戏还是在进行着真实的杀戮。

由于过分强调刻画暴力行为,林兆华的作品并不比20世纪大多数的演出乐观。剧中"多种媒介之间的嫁接"[60]、视觉愉悦与厌恶并列给西方评论家留下了深刻印象,比如克莱伦斯死在了"让人赏心悦目的囚室",和紧随其后那"血泊之中奄奄一息的鱼头的镜头,投放在整个舞台之上,使人心神不宁"等诸多例子,足以说明暴力视觉对观众产生的震撼效果。[65]此外,舞台上现场表演结合录像画面的演绎手法一方面遵从了莎剧原文文本,另一方面直观地阐释了发生的事件。

林兆华在执导《理查三世》时模仿和引证的主旨让人忆起老舍的短篇小说《新韩穆烈德》,还有熊源伟的话剧《哈姆雷特/哈姆雷特》(2000),但它产生的影响和意义远远超出了现代常用的二元对分手法普及莎士比亚历史剧,欧洲反映亚洲文化的先锋剧场也往往采纳对分表演。在话剧舞台上借用电影表现手法来阐述也许是理查所需的另外一种"搞笑"手段,以此来迎合全球观众的欣赏口味。这种跨文化解读《理查三世》的做法足以说明非英语语言诠释的莎剧并非只是利用世界时尚进行的简化或背叛。⁵⁶

用写实写意手法改演《理查三世》就使得林兆华导演和来自不同文化背景的国际观众有机会重新诠释莎士比亚,借别人之眼光加强自己对中国的认识;而冯小刚的电影《夜宴》则对古装武打片的拍摄提出新的问题,同时对早已被西方现代观众所熟知的经典剧目《哈姆雷特》提出了新的思考。自1839年以来,几代作家,电影和舞台导演尝试采用多种多样的创新手法来克服不同文本之间的文化障碍与差异,如在故事情节、艺术形式以及社会环境等方面大做文章,使得演出更接近于本土文化。虽然他们声称他们是在原文文本的基础上把莎剧与中国联系起来,但实际上,他们绝不是简单地把两者联系起来。相反,他们往往要把假设情节发生的区域背景那种多姿多彩的文化底蕴和表现手法等因素考虑进来。故此,他们的作品带有明显本土化和全球化刻意雕琢的痕迹。中国的莎剧演出不仅带动了地方文化转型的发展,而且走向了世界,让世人对中国以及中国人有了更好的了解和认识。

目前,探索文化交流的时候还需注意这个问题:虽说莎剧和中国元素都具有很强的可建构性,但二者之间的冲突要轻松地隔离开来,做到各行其职,各行其责。中国编演莎剧的历史的意义在于向艺术家和评论家提供变革的力量,而不是演变的顺序性(难道他们最终真的把莎剧和中国戏曲做好了吗),也不是两极分化的广泛运用(英语的莎剧与非英语的莎剧,真实的中国与非真实的中国)。目前的中国正处于一个受多重因素影响的转型期,多种手法演绎莎剧是认知转变的一个标识,运用灵活多样的形式来演绎畅销文本,饱含了个人生活经历和本土意识。这种转变一部分是受晚来的资本主义市场经济(如西方资本主义国家)⁵⁷的支配,还有一部分受当地艺术家名人效应的影响,在与莎士比亚声望角逐过

程中逐渐形成一种文化威信。㊆

历经两个世纪的中国莎学研究宣告着又一个新的开始：艺术家和评论家面临着新的区域界定的激励和挑战。演绎他物本身就是一门写作/重写以及读书的艺术，同时也是一种删除和修补的翻译工作。历史界限和想象界限造就了莎士比亚和中国各自呈现的场所。㊆整个莎学史中莎士比亚元素和中国元素或有或无的交替性表明用新方法解读跨文化将一直持续下去，即使不同方式表述的文化根源也还将继续产生影响，莎士比亚和中国形象将会提供有待于后人发掘的广阔空间。

注　释

1. Ernest Brennecke, *Shakespeare in Germany*, *1590-1700*（Chicago: University of Chicago Press, 1964), 5-6; Simon Williams, *Shakespeare on the German Stage*, vol. 1, 1586-1914（Cambridge: Cambridge University Press, 1990）, 27-45; William Shakespeare, *Hamlet*, ed. Harold Jenkins, London: Methuen, 1982, 118-122.
2. Graham Holdness, introduction to *The Al-Hamlet Summit: A Political Arabsque*, by Sulayman Al-Bassam（Hatfield: University of Hertfordshire Press, 2006),9. 英国船员1607年9月5日演出《哈姆雷特》、9月30日演出《理查二世》的情况在威廉·科林船长的日记中均有记载。弗莱德里克·柏亚思、阿尼娅·隆巴都曾在作品中提及《哈姆雷特》的演出,2001年盖瑞·泰勒才对此进行了深入的研究。见 *The East India Company Journals of Captain William Keeling and Master Thomas Bonner*, *1615-1617*, ed. M, Stachan and B. Penrose（Minneapolis: University of Minnesota Press, 1971), 24; Frederick S. Boas, *Shakespeare and the Universities and Other Studies in Elizabethan Drama*（New York: Appleton, 1923), 95; Ania Loomba, "Shakespearian Transformations", in *Shakespeare and National Culture*, ed. John J. Joughin,（Manchester: Manchester University Press, 1997), 111; Gary Taylor, " *Hamlet* in Africa 1607", in *Travel Knowledge: European "Discoveries" in the Early Modern Period*, ed. Ivo Kamps and Jyotsna G. Singh,（London: Palgrave, 2001), 223-248; E. K. Chambers, *William Shakespeare*（Oxford: Clarendon Press, 1930),2: 334-35;《1607年搭乘由英国发往印度的红龙号船的商人约

翰·何恩与威廉·芬奇的日记节选》由加里·泰勒加评注后再版,发表在坎普斯和吉奥茨那编著的《旅行的知识》一书中。
3. "现在,评论家们不再把演员与导演看作是莎士比亚神圣文本的背叛者与亵渎者,而是带着敬佩、甚至尊敬之心来评价他们的。"(Robert Shaughnessy, *The Shakespeare Effect: A History of Twentieth-Century Performance* [New York: Palgrave, 2002], 5.) Stephen Greenblatt 用"优秀文本之梦"一词来评价"把某个令人称赞的剧本与一位知名的剧作家联系起来的"强烈需求。(general introduction to *The Norton Shakespeare*, 2nd ed., ed. Stephen Greenblatt, Walter Cohen, Jean Howard, and Katherine Maus, [New York: Norton, 2008],67-72.)
4. 最近一些学者和撰稿人推出几位英国作家,作为与莎士比亚国际声誉的有力竞争对手,其中包括查尔斯·狄更斯、简·奥斯丁、萨缪尔·贝克特。各国政府也试图借助文化名人在国际舞台上一争高下。挪威宣布 2006 年为"易卜生年",并对全球各种纪念活动和会议予以资助,包括一系列的舞台剧、广播和电视节目,还有 2006 年 5 月在孟加拉国的达卡拍摄的一部易卜生的新纪录片。孟加拉国易卜生学会于次月成立。2006 年,又适逢萨缪尔·贝克特的百年诞辰,世界各地也举办了各类纪念活动、研讨会、演出和展览。英国的查赞姆还以狄更斯为名建立了一个主题公园("狄更斯世界")。大卫·盖茨报道了英国女演员爱玛·坎贝尔的新书《情迷奥斯丁:创造你自己的简·奥斯丁历险记》(*Lost in Austen: Creat Your Own Jane Austen Adventure*)的发行状况,这是一本需要读者参与互动的小说化游戏。他写道:"奥斯丁是 2007 年的弗吉尼亚·沃尔夫:这位可能会与你光顾同一位指甲修剪师的伟大小说家,如今已成为各类书籍和电影作品中的主角。莎士比亚和狄更斯是上个世纪通俗文化的提供者,虽说还能常常见到,但他们已渐渐被束之高阁。"("True or False: Jane Austen Outsells Alice Walker and Ann Coulter," *Newsweek*, June, 23, 2007, http://www.msnbc.msn.com/id/19390924/)据统计,奥斯丁、托尔金与哈代是 1991 至 2003 年间英国公共图书馆中被借阅次数最多的经典作家,每年都超过莎士比亚。对于这个数据,一种解释是,很可能因为莎士比亚已经被充分地纳入英国教育与公共生活中去,所以大部分读者都有他的作品,不需要再到图书馆去借阅。(Marjorie Perloff, "Presidential Address 2006: It Must Change," *PMLA* 122, no. 3[2007]: 625-62;钟欣志,《从南亚看易卜生》,《戏剧》[台北戏剧期刊]4[2006]: 145—153;统计数据见 Annika Bautz, *The Reception of Jane Austen and Walter Scott: A Comparative Longitudinal Study* [London: Continuum, 2007],131.)

5. 关于美国媒体中的通俗叙事形式,见"China's Century," *Newsweek*, May 9,2005。
6. 在 21 世纪,即便是那些清晰地呈现文艺复兴时期关于社会等级观念的戏剧作品依然深深地吸引着广大观众,"否则他们早就被中产阶级的社会现实主义、后现代的极简风格或是简单的逃避现实主义的对立的诉求吸引走了"。(Michael Dobson, introduction to *Performing Shakespeare's Tragedies Today: The Actor's Perspective*, ed. Michael Dobson, [Cambridge: Cambridge University Press, 2006],1.)
7. 例如,20 世纪 80 年代,阿里安娜·姆努什金(1939—)挪用了莎士比亚与亚洲的戏剧惯例(京剧、歌舞伎、能剧、卡塔卡利舞剧)进行"阳光剧院"作品的创作,如《理查二世》、《亨利四世》(上)、《第十二夜》。批评家对这些高调的作品中表现出来的文化合作倾向褒贬不一。如丹尼斯·肯尼迪认为她的"有趣的东方的莎士比亚"和"文化大移位"的做法值得商榷。(Dennis Kennedy, "Afterword: Shakespearean Orientalism", in *Foreign Shakespeare: Contemporary Performance*, ed. Dennis Kennedy, [Cambridge University Press, 1993],294)。同时,戈伊布兰科则在《阿维尼翁戏剧节上的莎士比亚历史剧》一文中为姆努什金的方法辩护。(Dominique GoyBlanquet, "Shakespearean History at the Avignon Festival" in *Shakespeare's History*, ed. Ton Hoenselaars, [Cambridge University Press, 2004],228-243)。
8. Kennth S. Rothwell, *A History of Shakespeare on Screen: A Century of Film and Television*, 2nd ed. (Cambridge: Cambridge University Press, 2004), 51; Walter Benjamin, "The Work of Art in the Age of Mechanical Reproduction" in *Illuminations*, ed. Hannah Arendt, trans. Harry Zohn, (London: Pimlico, 1999),235.
9. Victor Shklovsky, "Art as Technique", trans. Lee T. Lemon and Marion J. Reis, in *Modern Criticism and Theory: A Reader*, ed. David Lodge, (London: Longman, 1988),16-30.
10. 本书中的"全球化"指的是文化产品在全球的传播与流通,即皮埃尔·布迪厄所谓的"文化资本"。(*Distinction: A Social Critique of the Judgment of Taste*, trans. Richard Nice, [Cambridge, Mass.: Harvard Univeristy Press, 1984],2; *The Field of Cultural Production: Essays on Art and Literature*, ed. Randal Johnson, [New York: Columbia University Press, 1993].)那些占有文化资本的一方可能还没有意识到其价值,而不占有的却已然做到,这是造成世界文化流动的不对称的主要原因。见 Fredric Jameson, preface to *The Cultures of Globalization*,

ed. Fredric Jameson and Masao Miyoshi, Durham, (N. C.: Duke University Press, 1998), xi.
11. Ong Keng Sen[王景生], personal interview, Singapore, August 8,2007.
12. Nicolas Standaert, "The Transmission of Renaissance Culture in Seventeenth-Century China," in *Asian Travel in the Renaissance*, ed. Daniel Carey, (Oxford: Blackwell, 2004), 42-66.
13. 马戛尔尼使团是最近英帝国联盟研究中的重要问题。参见 *James L. Hevia, Cherishing Men from Afar: Qing Guest Ritual and the Macartney Embassy of 1793* (Durham, N. C.: Duke University Press, 1995); *English Lessons: The Pedagogy of Imperialism in Nineteenth-Century China* (Durham, N. C.: Duke University Press, 2003), 156-192; Lydia Liu[刘禾], *The Clash of Empires: The Invention of China in Modern World Making* (Cambridge, Mass.: Harvard Univeristy Press, 2004).
14. 俄国大使雅布兰和他的秘书亚当•勃兰特都记录了个人经历。他们的日记在 18 世纪时被译成英语,近代出版了中译本。Evert Ysbrants Ides, *Three Years Travels from Moscow Over-land to China* (London: W. Freeman, J. Walthoe, T. Newborough, J. Nicholson, R. Parker, 1706); Adam Brand, *A Journal of the Embassy from Their Majesties John and Peter Alexievitz, Emperors of Muscovu over Land into China* (London: D. Brown and T. Goodwin, 1698).
15. Claudia Schnumann, "'Wherever profit leads us, to every sea and shore ...': The VOC, the WIC, and Dutch Methods of Golabalization in the 17th Century", *Renaissance Studies* 17 (2003): 474-493; Robert Markley, *The Far East and the English Imagination, 1600-1730* (Cambridge: Cambridge University Press, 2006), 64,70-79.
16. 李天纲,《大清帝国城市印象》,(上海:上海古籍出版社,2002),144。
17. Theodore Huters, *Bringing the World Home: Appropriating the West in Late Qing and Early Republican China* (Honolulu: University of Hawai'i Press, 2005). 3.
18. 在他看到波顿变形时,说道:"天哪! 波顿! 天哪! 你变啦!"(3. 1. 118-19)
19. 中国戏曲常常被赞为是融合多种艺术形式和舞美设计的统一体,在西方被称为中国歌剧(Chinese Opera),这里译文中的"歌剧"体现了理查•瓦格纳的"合成艺术作品"的观念,即包括了音乐、舞蹈、诗歌、戏剧的总体艺术作品。但中国歌剧并不是个准确的译文。王国维(1877—1927)对戏曲的定义是"以歌舞演故事"的表演形式。(《宋元戏曲考》,《王国维戏曲论文集》[台北：里仁书局,1993],233。)但伊丽莎白·维茨曼瓦克扎克和特雷弗·海将它定义为："字面意思是演唱诗歌的戏剧形式……戏曲实际上是一种复杂的、多层面的概念,难以用简单的译文表述。"(*Encyclopedia of Asian Theatre*, ed. Samuel L. Leiter, 2 vols. [Westport, Conn.：Greenwood Press, 2007],2：853。)

20. 书中还提到："但愿大家把这部戏看作从耶路撒冷笑话集中散落下来的内容,只是在上面添加了服装的描述和一整套的舞台表演的东西而已。"(Francis Talfourd, *Shylock; or The Merchant of Venice Preserved* [London：Lacy, 1853]。)

21. Barbara Mittler,"Defy(N)ing Modernity：Women in Shanghai's Early News-Media 1872-1915",《近代中国妇女史研究》11(2003)：215-260;孙惠民,《民国时期的女律师(1927—1949)》(这是在 2004 年 8 月 25—29 日海德尔堡召开的欧洲中国研究会第 15 届会议上提交的论文)。

22. Emi Sui'in, "Osero", *Bungei Kurabu* 9, no. 3(1903)。

23. 该日剧被陆境若改编成《春梦》,由春柳社以中文搬上舞台。春柳社是 1906 年一批在东京留学的学生组建的。郑正秋编,"西洋新剧",载《新剧考证百出》(上海：中华图书集成公司,1919),24;Ayako Kano, *Acting like a Woman in Modern Japan：Theatre, Gender, and Nationalism* (New York：Palgrave, 2001),107;Siyuan Liu[刘思源],"Adaptation as Appropriation：Staging Western Drama in the First Western-style Theatre in Japan and China ", *Theatre Journal* 59, No. 3 (2007)：411-429。

24. Marshall Johnson, "Making Time：Historic Preservation and the Space of Nationality", in *New Asia Maxisms*, ed. Tani E. Barlow, (Durham, N. C.：Duke University Press, 2002),105-171;Leo T. S. Ching[荆子馨], *Becoming "Japanese"：Colonial Taiwan and the Politics of Identity Formation* (Berkeley：Univeristy of California Press, 2001).

25. 正如殖民时期的"皇民化运动"(1937—1945)、国民党领导下的国语运动,以及 20 世纪 50 年代至 70 年代的反共运动所揭示的那样,日本殖民政府与早期国民党政府都把从文化上同化台湾视为首要事务。

26. Carl T. Smith, " The Hong Kong Amateur Dramatic Club and Its Predecessors", *Journal of the Hong Kong Branch of Royal Asiatic Society* 22(1982)：218.

27. Dorothy Wong[黄伟仪],"'Domination by Consent'：A Study of Shakespeare in Hong Kong", in *Colonizer and Colonized*, ed. Theo

D'haen and Patricia Krüs, (Amsterdam: Rodpi, 2000), 43-56; Ng Lun Ngai-ha[吴伦霓霞], *Interactions of East and West: Development of Public Education in Early Hong Kong*(Hong Kong: Chinese University Press, 1984), 74.

28. Dorothy Wong[黄伟仪], "Shakespeare in a Hong Kong Frame," in *Shakespeare Global/Local: The Hong Kong Imaginary in Transcultural Production*, ed. Kwok-kan Tam [谭国根], Andrew Parkin, and Terry Siu-han Yip[叶少娴], (Frankfurt: Peter Lang, 2002), 63.

29. Kwok-kan Tam[谭国根], Andrew Parkin, and Terry Siu-han Yip[叶少娴], eds., preface to *Shakespeare Global/Local*, ed. Tam, Parkin, and Yip, ix.

30. 半殖民与半封建主义是中国共产党用来表示中国的压迫体系的用语。"半殖民地"是毛泽东和其他共产党人用来描述19世纪末期在欧洲帝国主义影响下的中国的社会结构。例如,上海并不是完全处于殖民统治之下,而且,那些在租界有一定殖民势力的国家也未表示对其拥有主权。最近学者们对清末民初时期中国社会动态的分歧进行了探讨。毛泽东,《中国革命和中国共产党》,《毛泽东选集》(北京:人民出版社,1967),589;夏晓虹,《晚清女性与近代中国》(北京:北京大学出版社,2004),1—6;Shu-mei Shih[史书美], *The Lure of the Modern: Writing Modernism in Semicolonial China 1917-1937* (Berkeley: University of California Press, 2001), 31, 34-36.

31. Adele Lee, "One Husband Too Many and the Problem of Postcolonial Hong Kong", in *Shakespeare in Hollywood, Asia, and Cyberspace*, ed. Alexander C. Y. Huang and Charles Ross, (West Lafayette, Ind.: Purdue University Press, 2009); Yong Li Lan[雍丽兰], "Romeo and Juliets, Local/Global," in *Shakespeare's Local Habitations*, ed. R. S. White and Krystyna Courtney (Poland: Lodz University Press, 2009).

32. 《情人结》中赵薇饰演侯嘉,陆毅饰演屈然;该片是根据莎士比亚的《罗密欧与朱丽叶》与安顿的《致无尽的莎士比亚》改编而成。

33. 关于《夜宴》的讨论,参见本书尾声。《喜马拉雅王子》全部用西藏演员,曾在美国电影学会电影节、棕榈泉国际电影节、阿德莱德国际电影节等场合放映。

34. 《杀兄夺嫂》1914年由延安川剧社承演。

35. 《一磅肉》是王辅丞于1925年创作的。秦腔,陕西地方戏(陕西春秋战国时为秦地,故称),是中国最古老的剧种之一。易俗社成立于1912年8

月 13 日。章程规定该社以"编演各种戏曲,补助社会教育,移风易俗为宗旨"。王福成,《一磅肉》,载《秦腔：陕西传统剧目汇编》(西安：陕西省文化局,1959),23：9023—9108。

36. Faye Chunfang and William Huizhu Sun[费春放,孙惠柱],"Othello and Beijing Opera：Appropriation as a Two-way Street", *TDR：The Drama Review 50* No. 1(2006)：120-133.
37. 关于它在美国的接受状况,见 Lisa J. McDonnell,"Begin the Beijing：Shakespeare's Shew in Jingju", in *Staging Shakespeare：Essays in Honor of Alan C. Dessen*, ed. Lena Cowen Orlin and Miranda Johnson-Haddad,(Newark：University of Delaware Press,2007),199-226.
38. 杨世彭和 Elizabeth Wichmann-Walczak 都曾在美国大学校园里倡导过京剧。
39. 《吻我吧,娜娜》由梁志民执导在果陀剧场上演,1997 年 8 月 1 日至 12 月 19 日在各城市巡演。该剧主要针对 30 岁以下观众群,台湾流行歌星张雨生担任创作并主唱。深入的英文评论见 Nanette Jayne,"Taming the Taiwanese Shew：*Kiss me Nana* at the Godot Theatre", in *Shakespeare Yearbook*, ed. Holger Klein and Michael Marrapodi, Lewiston,(N. Y.：Edwin Mellen Press, 1999),10：490-505.
40. 这部实验戏剧,原本是为小剧场(保留莎士比亚的舞台布景)而作,最终改为《玉梅与天来》,2004 年在台北的大剧场上演。
41. Mell Gussow,"A 'Dream' Set in China", *New York Times*, January 17, 1988. 泛亚保留剧目轮演剧团的艺术与创作导演张渝在《维持这个项目》中谈论过自己的观点。"Sustaining the Project", *TDR：The Drama Review 38* no. 2(1994)：64-71.
42. 该剧主演是中国电影明星周野芒(饰李尔),并结合了视频与音乐元素。Alexander Huang[黄诗芸],"Review of David Tse's *King Lear*", *Shakespeare：The Journal of the British Shakespeare Association 3*, no. 2(2007)：239-242.
43. Holderness, introduction to *Al-Hamlet Summit*, by Al-Bassam, 19.
44. 《江泽民关心国防大学培养高素质新型军事人才》,2002 年 12 月 5 日央视国际频道播出,或 http://www.cctv.com/news/china/20021205/100064.shtml。
45. 朱镕基在回答关于广东省国际信托投资公司(GITIC)的破产问题时,提到他在高中时读过"一磅肉"的故事。朱镕基甚至还谈到安东尼奥向夏洛克借了 3000 个金币的细节。自 1978 年以来,逐行翻译的《威尼斯商人》中的"庭审"一场戏就进入了中国高中课程内容。朱镕基提醒：现在,你今天不清还债务,也不会割你的肉,但那些债权银行决不会善罢甘休。朱镕基会见记者的报道出自 1999 年 3 月 16 日《中国日报》。高中课本里关于该剧的内容,见孟宪强,《中国莎学简史》(长春:东北师范大学出版社,1994),48。

46. 陈水扁的女婿、夫人及家庭其他成员和随从因贪污罪和伪证罪被起诉。
47. 例如,普纳穆·特拉韦迪认为罗伊斯顿·阿贝尔的双语戏剧《奥赛罗:一出黑与白的戏》(Othello: A Play in Black and White, 1999)强烈地表达了"后殖民时期删节、评论和改写莎士比亚文本的信心"这样的意愿。introduction to *India's Shakespeare: Translation, Interpretation, and Performance*, ed. Poonam Trevidi and Dannis Bartholomeusz, (Newark: University of Delaware Press, 2005), 18. 阿贝尔的作品荣获"爱丁堡戏剧节最佳参赛作品奖"。
48. Dennis Kennedy, Shakespeare and the Global Spectator, *Shakespeare Jahrbuch 131* (1995): 50-64.
49. 在众多的例子中有这样一种说法,"林纾的西方作品的文言文译著纯属笑谈,尤其是他把莎士比亚的戏剧译成了散文故事"。(朱传誉,《谈翻译》[台北:台湾商务印书馆,1973],17。)
50. 对公共表演中的女性身体,同一时期的美国文化也表现得极度焦虑,1934 年塞西尔·B·德米尔导演的《克莉奥佩特拉》(主演是克莱德特·科尔伯特)所引发的激烈争论就可以证明这一点。
51. 现代主义者在阅读过去的文本时,总是认为它指涉的是现在,在一定程度上,这种倾向造就了莎士比亚等永恒、普遍的经典。有人说这些经典作品超越了它们的时代;许多近代以前的作品被说成是为后现代时期写作的。休·格雷迪与特伦斯·霍克斯更是提出,"我们永远无法……回避现在,如果总是而且只是现在令过去说话,那么它也总是而且只对"我们自己讲。(Introduction: Presenting Presentism, in *Presentist Shakespeares* [London: Routledge, 2007], 5.)
52. 米歇尔·福柯用"他异性(alterity)"表示被权力阶层排除在外的他者和受害者的个体的概念,所以"文化他异性"是个带有负面意义的哲学用语,意指等级结构中的下级。我在此用这个短语表示中国和欧美读者选择把特定的文化涵义排斥在既定群体的合理预期之外的过程。
53. Tenrence Hawkes, *Meaning by Shakespeare* (London: Routledge, 1992), 3.
54. Arthur F. Kinney, *Shakespeare by Stages: An Historical Introduction* (Oxford: Blackwell, 2003).
55. 英弋·斯蒂那·尤班克十年前就曾注意到,英美和非英语国家(包括欧洲)的莎剧作品之间缺乏交流,他说:"如今,有关翻译的研讨会已经成为莎士比亚年会和世界代表大会不可或缺的一部分。"这话在今天依然有效。但是母语为英语的学者却很少参与,这说明该领域"对外国学者来说是个有趣又无关痛痒的工作"。("Shakespeare Translation as Cultural Exchange", *Shakespeare Survey* 48[1995]:1.)

56. Patrice Pavis, "Wilson, Brook, Zadek: An Intercultural Encounter?", in *Foreign Shakespeare: Contemporary Performance*, ed. Dennis Kennedy, (Cambridge: Cambridge University Press, 1993),270.
57. Sonia Moore, *The Stanislavski System* (New York: Penguin, 1984),28.
58. 有些艺术家和批评家始终围绕着特定的地方创作,比如詹姆斯·乔伊斯的都柏林、让·鲍德里亚的洛杉矶、瓦尔特·本雅明的巴黎等。另见 Michael Neill, "Post-Colonial Shakespeare? Writing Away from the Centre", in *Post-Colonial Shakespeares*, ed. Ania Loomba and Martin Orkin, (London: Routledge, 1998),168.
59. 詹明信认为单个的文本或作品始终是更大的社会结构的组成部分:文本"就是一个集体对话的再现,文本只不过是其中的个体话语或言说"。(*The Political Unconscious: Narrative as a Socially Symbolic Art* [Ithaca, N. Y.: Cornell University Press, 1981],18,76).凯特·麦克卢斯基指出,组合设计莎剧演出就像那些"没完没了的传递包裹的游戏"一样有趣。("Macbeth/Umabatha: Global Shakespeare in Post-colonial Market", *Shakespeare Survey* 58[1999]:155.)
60. 最近有学者尝试改写霍米·巴巴、阿君·阿帕杜莱等人的后殖民理论。陈晓梅反对"对他者进行本土文化的改编"一定会产生负面影响(如帝国主义开拓殖民地、自动聚居)的说法,而克莱尔·肯希森则不同意那种认为在后殖民主义和西方传统中存在"二元对立的权力划分"的传统观点。见 Xiaomei Chen[陈晓梅], *Occidentalism: A Theory of Counter-Discourse in Post-Mao China*, 2nd ed. (Lanham, Md.: Rowman & Littlefield, 2002),7; Claire Conceison, *Significant Other: Staging the American in China* (Honolulu: University of Hawai'i Press, 2004),52. 另见 Leo Ou-fan Lee[李欧梵], *Shanghai Modern: The Flowering of a New Urban Culture in China, 1930-1945* (Cambridge, Mass.: Harvard University Press, 1999),308-309; Andrew F. Jones, *Yellow Music: Media Culture and Colonial Modernity in the Chinese Jazz Age* (Durham, N. C.: Duke University Press, 2001),57.
61. Neill, "Post-Colonial Shakespeare?",168.
62. Xudong Zhang[张旭东], "On Some Motifs in the Chinese 'Cultural

Fever' of the Late 1980s", *Social Text* 39(1994): 145.
63. Gayatri Chakravorty Spivak, *Other Asias* (Oxford: Blackwell, 2003); Prasenjit Duara, *Sovereignty and Authenticity: Manchukuo and the East Asian Modern* (New York: Rowman & Littlefield, 2004); Liao Ping-hui [廖炳惠], "Taiwan Under Japanese Colonial Rule, 1895-1945: History, Culture, Memory", in *Taiwan Under Japanese Colonial Rule, 1895-1945: History, Culture, Memory*, ed. Liao Ping-hui and David Der-wei Wang [王德威], (New York: Columbia University Press, 2006),1-15.
64. 表演领域最新研究之一是莱斯利·希尔和海伦·帕里斯的《表演与地方》的第三章"论演出场地"(第101-147页)。(Leslie Hill and Helen Paris, ed., *Performance and Place* [New York: Palgrave, 2006].)两部论述对莎士比亚本土化诠释的新作分别是: Martin Orkin, *Local Shakespeare: Proximations and Power* (London: Routledge, 2005); Sonia Massai, ed., *World-wide Shakespeare: Local Appropriations in Film and Performance* (London: Routledge, 2006).
65. Homi K. Bhabha, *The Location of Culture* (London: Routledge, 1994), 162.
66. Arjun Appadurai, "Globalization and the Research Imagination", *International Social Science Journal* 51(1999): 231.
67. 我无意以赫兹列特的方式嘲讽文学批评的"无益之举"。他曾说过,如果想要欣赏人类的辉煌成就,那就去读读莎士比亚,但如果想了解人类所犯的"傻事",那他只要去读读莎士比亚的评论就行了,以此来嘲笑文学批评的徒劳无益。
68. 丹尼斯·肯尼迪十年前写道:"我们还没有开始建立文化交流的理论,它也许会有助于我们理解莎士比亚在海外传播中的一些现象……与语言分析、文本研究、心理评估、历史研究,或者学者们过去很重视并一直在做的、以英国为中心的其他工作相比,它都更为重要。"(*Foreign Shakespeare*,ed. Kennedy, 301.)十年来这个局面并没有很大的改进。约翰·罗素·布朗为莎士比亚研究学者们对非西方的莎剧改编作品缺乏兴趣深表惋惜,他说:"今天欧洲和北美的多数剧院只代表整个戏剧界的一部分……我们通过这变形的滤色镜来看莎士比亚,而我们对此早就习以为常了。"(*New Sites for Shakespeare: Theatre, the Audience and Asia* [London: Routledge, 1993],3.)
69. Patrice Pavis, "Introduction: Towards a Theory of Interculturalism in Theatre?", in *The Intercultual Performance Reader*, ed., Patrice

Pavis, (London: Routledge, 1996),1. 不过,安托尼·塔特罗坚持我们"即便不能事无巨细,全都考虑到,但我们要理解这些(跨文化的阅读)",就必须做全面的思考。(Antony Tatlow, *Shakespeare, Brecht, and the Intercultural Sign* [Durham, N. C.: Duke University Press, 2001],31.)

70. 其他欧洲思想家和中国之间的交流也同样如此。对于学者们对莱布尼兹与中国之间的关系缺乏兴趣,富兰克林·伯金斯表示遗憾:"即便人们知道莱布尼兹一直都对中国怀有浓厚的兴趣,不惜花费相当多的精力,运用政治能力来促进文化交流,但对从事哲学史研究的学者们来说,这仍是个陌生的、边缘的主题。"(Franklin Perkins, *Leibniz and China: A Commence of Light* [Cambridge: Cambridge University Press, 2004], ix.)

71. Françoise Lionnett and Shu-mei Shih[史书美], "Introduction: Thinking Through the Mirror, Transnationally", in *Minor Transnationalism*, ed., Françoise Lionnett and Shu-mei Shih, (Durham, N. C.: Duke University Press, 2005), 7; Charles Taylor and Amy Gutman, *Multilingualism and the "Politics of Recognition": An Essay* (Princeton, N. J.: Princeton University Press, 1992).

72. Jonathan Bate, "How Shakespeare Conquered the World", *Harper's Magazine*, April 2007,40,41.

73. Dennis Kennedy, introduction to *Foreign Shakespeare*, ed. Kennedy, 16.

74. 刘若愚在书中写道:"至于20世纪的中国文学理论,除了纯粹传统性的批评家所信奉的以外,我将不予讨论,因为这些多少受到西方影响的支配,不管是浪漫主义,或象征主义,或马克思主义,因此其所具有的价值与趣味,与构成大多独立发展的批评观念之源泉的中国传统文学理论,不可同日而语。"(James J. Y. Liu, *Chinese Theories of Literature* [Chicago: University of Chicago Press, 1975],5.)另见 Rey Chow[周蕾],*Women and Chinese Modernity: The Politics of Reading between West and East* (Minnesota: University of Minnesota Press, 1991),33.

75. "How far one can go before Shakespeare is no longer really Shakespeare?" (Murray Levith, *Shakespeare in China* [London: Continuum, 2004],83.)

76. Kathleen Mcluskie, "Unending Revels: Visual Pleasure and Compulsory Shakespeare", in *A Concise Companion to Shakespeare on Screen*, ed. Diana E. Henderson, (Oxford: Blackwell, 2006), 238-249; Thomas

Cartelli and Katherine Rowe, *New Wave Shakespeare on Screen* (Cambridge: Polity, 2007),97-98.

77. 德勒兹在评论意大利卡米罗·贝尼的改编作品《理查三世》的法语版时，盛赞贝尼的先锋改编，他还提出"改编（作为一种文学样式和政治工具）"可以沿着不同的美学发展方向，开拓新的艺术空间。德勒兹把作者和原著的观点视为是专制的、守旧的，代表着一种专制的秩序，认为改编的概念则符合理想。Gilles Deleuze, "Un manifeste de moins", in *Superpositions*, ed. Carmelo Bene and Gilles Deleuze (Paris: Éditions de Minuit, 1979),85-131.

78. Linda Hutcheon, *A Theory of Adaptation* (New York: Routledge, 2006),6; Roland Barthes, *Image—Music—Text*, trans. Stephen Heath (New York: Hill and Wang, 1977),160.

79. 或是艾伦·C·德森所谓的"指责游戏，一个寻找失误的学术过程，导演在此过程中成了大肆侵犯神圣文本的破坏者"。("Teaching What's Not There", in *Shakespeare in Performance: A Collection of Essays*, ed. Frank Occhiogrosso [Newark: University of Delaware Press, 2003],112.)

80. 《纽约客》上的一部漫画概括了人们对基于文学作品的电影改编的普遍态度：两头山羊在啃一堆电影胶片盒，其中一头说道："就我个人而言，我更喜欢原著。"忠实性在某些方面是合理的诉求。既然我们生活在一个后理论时代，大卫·卡斯坦建议"把莎士比亚的艺术性恢复到它得以实现和能被感知的最初状况"。(*Shakespeare After Theory* [New York: Routledge, 1999],16,33.)另见 James Naremore, introduction to *Film Adaptation*, ed. James Naremore, (New Brunswick, N.J.: Rutgers University Press, 2000),2.

81. "莎士比亚的戏剧很少能用中国的传统程式进行改编的。你如果硬加上这些风味，无异于是在谋杀莎士比亚。"（杨世彭，载方梓勋，《香港话剧访谈录》[香港：香港戏剧工程，2000]，67。)在这种观点背后，我们不难看到一种强大的却未经审视的假定：一个未掺杂其他因素的文本，才可能做到这里所谓的"忠实性"。杨世彭是科罗拉多州莎士比亚戏剧节(1977—1981,1985—1990)的艺术和行政总监，香港话剧团的艺术总监(1990—2001)。

82. 冯小刚称他的电影是根据《哈姆雷特》改编的、"地道的"中国特色的作品，故事发生在五代十国时期。影片沿袭劳伦斯·奥利弗版本中的俄狄浦斯式的潜文本对《哈姆雷特》进行改编。例如，片中与葛特露相似的人物婉后，对继子无鸾——对应于哈姆雷特的角色——怀有私情。

83. 参见本书尾声。

84. Stanley Fish, "Interpreting the Variorum", in Reader-Response Criticism: From Formalism to Post-Structuralism, ed. Jane Tompkins (Baltimore: Johns Hopkins University Press, 1980), 164-184.
85. 我借用的是德里达的概念："模拟……不是用一种事物表现另一种事物，不是两种存在之间的相似或者相同关系，或者用艺术作品来复制某种自然的产物。它不是两个产物，而是两种创作之间的关系，也是两种自由间的关系。"("Economimesis", *Diacritics* 11, no. 3 [1981]: 9.）
86. 支持莎士比亚普适性之说的一个流行的理由常让人联想到"永恒"一词，对莎士比亚的人物、语言和意义怀有固着的偏爱，没有认识到那些被看作永恒的事物恰恰揭示了作品适时性的活动的意义。如果他的戏剧是"永恒的"，那么表演它们的方式也该保持不变。莎士比亚作为一种文化体制的生命力和生存力来源于每一代人对他们心目中的戏剧作品的共同期待。戏剧作品的灵活性也同样有助于对莎士比亚作品的实质形成某种错觉。
87. 亨德森的新作一开头就着手对付这个问题：考虑到"在过去数十年中，表演莎士比亚时惊人的范围和自由，将他的戏剧呈现给更多的观众和新的文化场域……还会有另类的莎士比亚么"？（Diana E. Henderson, *Alternative Shakespeares* 3 [London: Routledge, 2008], 1-2.）同样，沃森在一篇评论把忠实性视为"获得特许的、忠实的表演体系"的文章中，他提出"真确性，或忠实性的课题，不论它的独特符号是什么，都是在我们当代的戏剧表演体系内实现的……它包括广泛的非莎士比亚的另类作品和表演技术"。（W. B. Worthen, *Shakespeare and the Force of Modern Performance* [Cambridge: Cambridge University Press, 2003], 215.）
88. 葛莱迪和霍克斯在过去十年曾为另类的莎剧改编作品做过辩护，他们仍然感到来自边缘地区对理论化的迫切需求。他们在新作的开头写道："什么是'现代主义'？还是从什么不是说起更容易些。"（Hugh Grady and Terence Hawkes, *Presentism Shakespeares* [London: Routledge, 2007], 1.）
89. Kenneth S. Rothwell, *A History of Shakespeare on Screen: A Century of Film and Television*, 2nd ed. (Cambridge: Cambridge University Press, 2004), 183.
90. 萨拉·伯恩哈特是电影中第一位饰演哈姆雷特的女演员（1900），关于她的纪实性材料见 Tony Howard, *Woman as Hamlet: Performance and Interpretation in Theatre, Film and Fiction* (Cambridge: Cambridge University Press, 2007).

91. 卡尔批评编写历史的可疑方式为"剪刀加浆糊拼凑出来的毫无意义的历史"。(E. H. Carr, *What is History?* [Harmondsworth: Penguin, 1964], 29.)
92. 以奥森·威尔斯的《历劫佳人》(*Touch of Evil*, 1958)为例,纽斯托克第一次将它引进莎士比亚研究领域中来的时候,不得不非常详细地论证电影和《奥赛罗》之间"隐蔽的"关系,他根据"舞台和电影上流逝的"时间框架、不同种族间的关系和其他方面,罗列了两份关于电影和剧本中相似之处的清单。(Scott L. Newstok, "Touch of Shakespeare: Welles Unmoors *Othello*", *Shakespeare Bulletin* 23, no. 1 [2005]: 33-35, 47-48.)
93. 可对照黑格尔对知识的概念。("Vorrede", in *Phänomenologie des Geistes*, Werke in zwanzig Bänden [Frankfurt: Suhrkamp, 1980], 3: 35.)
94. Ayanna Thompson, "Practicing a Theory/Theorizing a Practice: An Introduction to Shakespearean Colorblind Casting", in *Colorblind Shakespeare: New Perspectives on Race an Performance*, ed. Ayanna Thompson, (New York: Routledge, 2006), 22.
95. Sonia Massai, "Defining Local Shakespeare", in *World-wide Shakespeare*, ed. Massai, 9.
96. Ramona Wray, "Shakespeare on Film in the New Millennium", *Shakespeare 3*, no. 2(2007): 277.
97. 为简便起见,就此介绍。如今大家都一致认为莎士比亚戏剧不存在单一的"来源",而且像《哈姆雷特》这样的作品也并非只存在个别有缺陷的版本(第一四开本、第二四开本,等等)。人们根据印刷与演出之间的必然关系推出了许多版本,比如《哈姆雷特》就有蒲柏、马隆和泰勒等人的版本。
98. Eric Hayot, Haun Saussy, and Steven G. Yao, eds., *Sinographies: Writing China* (Minneapolis: University of Minnesota Press, 2008); Lisa Lowe[骆里山], *Critical Terrains: French and British Orientalisms* (Ithaca, N. Y.: Cornell University Press, 1991); Gayatri Chakravorty Spivak, *A Critique of Postcolonial Reason: Toward a History of the Vanishing Present* (Cambridge, Mass.: Harvard University Press, 1999).
99. 在众多的例子中,且举一例来说明。外国权威旅游杂志《旅游者》上一篇关于杭州的特写对文化本质主义表示宽容。似乎中国常被随意地拿来与西方对比:"在中国旅行是出了名的糟糕,名胜古迹和混乱的人群混合在一起,令人敬仰的洞察和灾难性的体验。几乎没有隐私和个人空间,道歉显得唐突或是过于客气,笑可能表示尴尬而不是快乐。点头,有时就像推搡一样,没有任何意义。"(Patrick Symmes, "China Lost and Found", *Condè Nast Traveler*, October 2007,226.)大陆钢琴家郎朗接受该杂志的访谈时,他和杂志一样采用的是二元对立的逻辑:"美国人只理解了中国的一部分。每个国家都有自己的思维方式,美国人应该多去了解中国的传统,比如孔子和传说;要了解西方就要了解莎士比亚,要了解中国,它们也同样重要。"(Dorinda Elliot, "A Conversation with Lang Lang", *Condè Nast Traveler*, July 2008,28.)该杂志 2007 年平均销售量为 830 000 份,是很实用的关于中国热点话题的衡量标准。

100. François Jullien, *La Valeur allusive des catégories originale de l'interprétation poétique dans la tradition chinoise: contribution à une réflexion sur l'altérité interculturelle* (Paris: École française d'Extrême-Orient, 1985); François Jullien and Thierry Merchaisse, *Penser d'un Dehors (la Chine): Entrentiens d'Extrême-Orient* (Paris: Seuil, 2000).

101. 周蕾推断中国知识分子的这一倾向是一种"历史造成的、对西方的疑虑反应,有可能突然反转,变成对中国自恋自大的肯定"。她把这种"在所有问题上都要强调中国特征的强迫行为"归结于近代世界史和"强取豪夺的西方霸权,过去常在军事和领土上表现出来,而现在则是迂回地表现出来"。(introduction to *Modern Chinese Literary and Cultural Studies in an Age of Theory: Reimagining a Field*, ed. Rey Chow, [Durham, N. C.: Duke University Press, 2000],2-3.)

102. Carol Fisher Sorgenfrei, "The State of Asian Theatre Studies in the American Academy", *Theatre Survey 47*, no. 2(2006): 220.

103. Patricia Sieber, *Theaters of Desire: Authors, Readers, and the Reproduction of Early Chinese Song-Drama, 1300-2000* (New York: Palgrave, 2003),4. 另见, Prasenjit Duara, *Rescuing History from the Nation: Questioning Narratives of Modern China* (Chicago: University of Chicago Press, 1995),33-50; Craig Clunas, *Fruitful Sites: Garden Culture in Ming Dynasty China* (Durham, N. C.: Duke University Press, 1995),9-15.

104. Xudong Zhang [张旭东], "The Making of the Post-Tiananmen Intellectual Field: A Critical Overview", in *Wither China? Intellectual Politics in Contemporary China*, ed. Xudong Zhang, (Durham, N. C.: Duke University Press, 2001)1.

105. Michel Foucault, *The Order of Things: An Archaeology of the Human*

Sciences (New York: Vintage Books, 1994), xix.
106. C. T. Hsia[夏志清],"Obsession With China", in *A History of Modern Chinese Fiction* (New Haven, Conn: Yale University Press, 1961), 533-554.
107. David Der-wei Wang[王德威], "Afterword: Chinese Fiction for the Nineties", in *Running Wild: New Chinese Writers*, ed. David Der-wei Wang and Jeanne Tai, (New York: Columbia University Press, 2004), 252-253.
108. 格洛丽亚·戴维斯指出"中国开展批评研究主要是为了促进民族文化,基本上都会包括道德评价,还有对实用性的审视……以便确认一种观点……是否会有益于中国"。其结果是"为了建设一个在理性、民主、科学和中国特征方面都完善的中国而构想的、先验的一致"形式。(Gloria Davis, *Worrying about China: The Language of Chinese Critical Inquiry* [Cambridge, Mass.: Harvard University Press, 2007], 11, 241.)虽然戴维斯准确地捕捉到对中国发展前景的挂虑,但她和作品所审视的中国知识分子一样,在研究中也是用的含糊的措辞。
109. 张晓阳建议"通过太阳和月亮的象征意义来概括中西文化的本质特征"。(*Shakespeare in China: A Comparative Study of Two Traditions and Cultures* [Newark: University of Delaware Press, 1996],90.)
110. 比如,帕维斯提出的沙漏模式,认为"源"文化经过这一过滤进入"目标"文化,并在作品中探究这种模式的影响,见 Patrice Pavis, *Theatre at the Crossroads of Culture*, trans. Loren Kruger, (London: Routledge, 1992), 4; Li Ruru[李如茹], *Shashibiya: Staging Shakespeare in China* (Hong Kong: Hong Kong University Press, 2003), 195-196, 116 (diagram); Jacqueline Lo and Helen Gilbert, "Towards a Topography of Cross-Cultural Theatre Praxis", *Drama Review 46*, no. 2(2003): 31-53. 有些学者试图用"Shake-shifting"或"Shakesploitation"这些新词以回避"adaptation(改编)"或"appropriation(改写)"这类字眼,但这并没有从根本上解决问题。Richard Burt, "Afterword: T(e)en Things I Hate About Girlene Shakesploitation Flicks in the Late 1990s, or Not-So-Fast Times at Shakespeare High", in *Spectacular Shakespeare: Critical Theory and Popular Cinema*, ed. Courtney Lehmann and Lisa S. Starks, (Madison, N. J.: Fairleigh Dickinson University Press, 2002),205-232; Diana E. Henderson, *Collaborations with the Past: Reshaping Shakespeare Across Time and Media*

(Ithaca, N. Y.: Cornell University Press, 2006).
111. Peter Holland, "Touring Shakespeare", in *The Cambridge Companion to Shakespeare on Stage*, ed. Stanley Wells and Sarah Stanton, (Cambridge: Cambridge University Press, 2002), 194-211.
112. 张晓阳在《莎士比亚在中国》一书中认为中国人通常是从儒教(1949年之前)或是马克思主义的(1949年之后)角度阅读,却忽略了在莎士比亚文本和中国文化实践(艺术活动、样式或是以集体历史的名义提出来的主张)之间的细微差别。但是他的专著和安西等人的作品(Tetsuo Anzai, Soji Iwasaki, Holger Klein, and Peter Milward S. J., eds., *Shakespeare In Japan* [Lewiston, N. Y.: Edwin Mellen Press, 1999])对这两种"伟大"传统之间的对比过于简单和笼统,并不是所有作品都是如此。有些有特殊的使命,比如要记载某作者第一次在特定文化中的接受情况;还有的则注重个人对跨文化交流中的某些方面的记述。Monica Matei-Chesnoiu, *Shakespeare in the Romanian Cultural Memory* (Madison, N. J.: Fairleigh Dickinson University Press, 2006); Robert Wardy, *Aristotle in China: Language, Categories, and Translation* (Cambridge: Cambridge University Press, 2000); Andrew F. Jones, "Gramophone in China", in *Yellow Music: Media Culture and Colonial Modernity in the Chinese Jazz Age* (Durham, N. C.: Duke University Press, 2001), 53-72.
113. 虽然史书美做的是当代研究,"因为(在当代)才有可能同时生活在多种社会语境中",但她在研究形象的流传时使用了超越地缘政治概念的华语社会这个概念。(Shu-mei Shih, *Visuality and Identity: Sinophone Articulations Across the Pacific* [Berkeley: University of Californa Press, 2007], 12-13.)
114. 1994年,导演刘云率上海现代人剧社演出台湾戏剧作品《莎姆雷特》(李国修导演,屏风表演班,1992),演出中原有的玩笑和对时事的指涉都不复存在。Alexander C. Y. Huang[黄诗芸], "Shamlet: Shakespeare as a Palimpsest", in *Shakespeare Without English: the Reception of Shakespeare in Non-Anglophone Countries*, ed. Sukanta Chaudhuri and Chee Seng Lim, (New Delhi: Pearson Longman, 2006), 21-45.
115. 比较皮埃尔·布尔迪厄。(Pierre Bourdieu, "The Field of Cultural Production, or: The Economic World Reversed", in *The Field of Cultural Production: Essays on Art and Literature*, ed. Randal Johnson, (New York: Columbia University Press, 1993), 29-73.)
116. 道森说:"最近的'全球的'庆祝活动也许显得有点窘迫,急于想在本土的事物中寻求摆脱压制的出路,人们总是把它当作是'西方的'或'欧洲的',好像这些词的意义是单一的、没有歧义的。'本土的'与'全球的'一样,都可能成为一种束缚。"("Reading Kurosawa Reading Shakespeare", in *Concise Companion to Shakespeare on Screen*, ed. Henderson, 158.)

117. 例如,有人将列维斯的《莎士比亚在中国》与张晓阳的同名作品进行比较,有篇书评这样写道:"虽然书中有些内容相同,但列维斯分析了香港和台湾的莎士比亚戏剧,而张没有涉及。"(Edward Berry, "Review of Murray Levith's *Shakespeare in China*", *Modern Philology* 105, no.2 [2007]: 409-410.)一项研究中包含的"新"改编作品的多少,常常被当作是衡量贡献大小的唯一标准。

118. Mark Thornton Burnett, "The Local and the Global", in *Filming Shakespeare in the Global Marketplace* (New York: Palgrave Macmillan, 2007), 63.

119. 葛莱迪坦率地承认:"一直以来,莎士比亚批评都在探究莎士比亚的真正意义,几乎所有的批评家,包括这位,在撰写文章时表现得仿佛已经把握住了它一样。"(*The Modernist Shakespeare: Critical Texts in a Material World* [Oxford: Clarendon Press, 1991], 1.)

120. Rustom Bharucha, *Theatre and the World: Performance and the Politics of Culture* (London: Routledge, 1993), 1-2; J. R. Mulryne, "The Perils and Profits of Interculturalism and the Theatre Art of Tadashi Suzuki", in *Shakespeare and the Japanese Stage*, ed. Takashi Sasayama, J. R. Mulryne, and Margaret Shewring, (Cambridge: Cambridge University Press, 1998), 71-93; Tatlow, *Shakespeare, Brechet*, 6, 189-218.

121. Ania Loomba, "Shakespeare and the Possibilities of Postcolonial Performance", in *A Companion to Shakespeare and Performance*, ed. Barbara Hodgdon and W. B. Worthen, (London: Blackwell, 2005), 136.

122. Robert Shaughnessy, *The Shakespeare Effect: A History of Twentieth-Century Performance* (New York: Palgrave, 2002), 7.

123. 一个例子就是鲍尔的最早研究默片中的莎士比亚的专著《默片中的莎士比亚》(Robert Hamilton Ball, *Shakespeare on Silent Film: Strange Eventful History* [New York: Theatre Arts Books, 1968]),然后布坎南的《无声电影中的莎士比亚》(Judith Buchanan, *Shakespeare on Silent Film: An Excellent Dumb Discourse* [Cambridge: Cambridge University Press, 2009])改变了这个局面。而有声电影中,黑泽明一直是许多研究都会分析(或提及的)的东亚电影导演中的代表,见Roger

Manvell, *Shakespeare and the Film* (London: Dent, 1971), xv; Rothwell, *History of Shakespeare on Screen*; Judith Buchanan, *Shakespeare on Film* (New York: Pearson Longman, 2005); Stephen M. Buhler, *Shakespeare in the Cinema: Ocular Proof* (Albany: State University of New York Press, 2002); Dawson, "Reading Kurosawa Reading Shakespeare", 155-175.

124. Zhen Zhang[张真], "Cosmopolitan Projections: World Literature on Chinese Screens", in *A Companion to Literature and Film*, ed. Robert Stam and Alessandra Raengo, (Oxford: Blackwell, 2004),145.

125. 如果想要了解所有的戏剧体验,最好还是去看演出或是利用表演档案馆。戏剧批评的任务并不在于描述表演本身。越来越多的批评家发现,那些所谓的"第一手"研究资料做得还很不够。毕林思在一份书评中这样写道:"李……每隔几页就会提到自己认识的人或者是自己的见解……毫无疑问,别人……改写……这段舞台经历,但会改进分析、理论和研究方法。"("Review of Shashibiya by Li Ruru", *Shakespeare Quarterly 57*, no. 4[2006]: 495.)

126. Bhabha, *Location of Culture*, 193, 207-9. 另见 Arjun Appardurai, *Modernity at Large: Cultural Dimensions of Globalization* (Minneapolis: University of Minnesota Press, 1996),4.

127. Duara, *Rescuing History from the Nation*, 17,19-20.

128. 哈特斯指出:"中国的学术界和西方的汉学界,无论是从'现代化'、'启蒙'还是'社会主义革命'的范例入手,一直都把近代中国必然会变为与西方相像的国家视为当然,而不是更像 1850 年之前的中国……" (Theodore Huters, *Bringing the World Home: Appropriating the West in Late Qing and Early Republican China* [Honolulu: University of Hawai'i Press, 2005],6.)

129. "历史试图用真理说服人,却屈服于谬误。传统总是夸大一些事情,又忽略另一些,真诚地编造,又坦率地遗忘,在无知和错误中繁荣发展……传统利用历史的痕迹讲述历史的故事。但是这些故事和痕迹又被缝进寓言故事,拒不接受批评研究……传统不是我们过去可测试的或者貌似可信的版本;它是我们过去的信念宣言。"(David Lowenthal, "Fabricating Heritage", *History and Memory* 10[1998]: 7-8.)

130. 艾尔说:"你们走进剧院时是一个个体,但在剧院里面却是一个观众群。"(Richard Eyre and Nicholas Wright, *Changing Stages: A View of British Theatre in the Twentieth Century* [London: Bloomsbury Press, 2000].)另见 Herbert Blau, *The Audience* (Baltimore: Johns Hopkins

University Press, 1990), 9-11; Barbara Hodgdon, "Introduction: Viewing Acts", *Shakespeare Bulletin 25*, no. 3(2007): 1-10.
131. Jacques Derrida, *Of Grammatology*, trans. Gayatri Spivak, (Baltimore: Johns Hopkins University Press, 1997), 8, 49.
132. Theodore Huters, *Bringing the World Home: Appropriating the West in Late Qing and Early Republican China* (Honolulu: University of Hawai'i Press, 2005), 19.
133. 梁启超,《新民说》,《饮冰室全集》,(台北:文化图书公司,1973),67。
134. 美国学者约瑟夫·古德里奇当时正旅居中国,1911年时写道:"向西方学习'新知识'的愿望一直蔓延到'颇具前景的中国'的农村地区。"(*The Coming China* [Chicago: McClurg, 1911], 202-203.)
135. Heinrich Fruehauf, "Urban Exoticism in Modern and Contemporary Chinese Literature", in *From May Fourth to June Fourth: Fiction and Film in Twentieth-Century China*, ed. Ellen Widmer and David Derwei Wang, (Cambridge, Mass.: Harvard University Press, 1993), 133; Craig Clunas, *Pictures and Visuality in Early Modern China* (Princeton, N. J.: Princeton University Press, 1997)173.
136. Frank Dikotter, *Exotic Commodities: Modern Objects and Everyday Life in China* (New York: Columbia University Press, 2007), 2-3.
137. 于桂芬,《西风东渐:中日摄取西方文化的比较研究》(台北:台湾商务印书馆,2003),126.
138. 还翻译了一系列的日本书籍。(阿英,主编,《晚清文学丛钞·小说戏曲研究卷》[北京:中华书局,1960],1;邹振环,《二十世纪上海翻译出版与文化变迁》(南宁:广西教育出版社,2000),《影响中国近代社会的一百种译作》[北京:中国对外翻译出版公司,1996]。)邹振环的编著表明,多数德国和俄国的作品,一般是节选,都是根据英文和日文版本翻译而成的。
139. 1922年上海的中华书局将该书作为专题著作予以再版,至1936年3月为止,已8次印刷。
140. J. C. Trewin, *The Night Has Been Unruly* (London: Hale, 1957), 19-20. 有关加里克的评论,参阅 Christian Deelman, *The Great Shakespeare Jubilee* (New York: Viking Press, 1964).
141. 林则徐,编译,《四洲志》(上海:著易堂,1891),再版见林则徐,编译,《四洲志》,张曼评注,(北京:华夏出版社,2002),117。
142. Hsin-pao Chang[张馨保], *Commissioner Lin and the Opium War* (Cambridge, Mass.: Harvard University Press, 1964), 134-145.

143. 林则徐,《四洲志》,117。
144. 伊曼纽尔·范梅特伦(1558-1612),安特卫普商人,1583—1612 年任荷兰驻英国领事,曾写道:"英国人是一个聪明、英俊、身材匀称的民族,但和多数岛民一样,性格敏感、脆弱……在战争时期,他们大胆、勇敢,对友热情,对敌残暴,急于进攻,不畏死亡。"(英文译文见 *England as Seen by Foreigners in the Days of Elizabeth and James the First*, ed. William Brenchley Rye,[1865; reprint, New York: Bloom, 1967],69-70.)
145. 1764 年,中国从西欧进口的产品中 63%来自英国,另中国出口西欧的商品中 47%运往英国。(胡绳,《从鸦片战争到五四运动》,Dun J. Li 译,[北京:外语出版社,1991]. 1: 29。)
146. Gary Taylor, "The Incredible Shrinking Bard", in *Shakespeare and Appropriation*, ed. Christy Desmet and Robert Sawyer, (London: Routledge, 1999),197.
147. 米尔纳,《大英国志》,慕维廉译,(上海:墨海书院,1856)。
148. 郭嵩焘,《郭嵩焘日记》(长沙:湖南人民出版社,1982),3: 267—268。
149. 谢卫楼,《万国通鉴》(Shanghai: American Presbyterian Press, 1882),转引自张泗洋、徐斌、张晓阳,《莎士比亚引论》(北京:中国戏剧出版社,1989),516。
150. 《澥外奇谭》前言(上海:达文社,1903),周兆祥曾引用过这段文字的中文,见《汉译〈哈姆雷特〉研究》(香港:香港中文大学出版社,1981),10。
151. 孙毓修在《欧美小说丛谈》一文中"of all ages"和"of all nations"用的是英文,见《小说月报》,1913 年 5 月,13 期。
152. Dorinda Elliott, "A Conversation with Lang Lang", *Condé Nast Traveler*, July 2008. 另见第一章,注 48.
153. 如 Ric Charlesworth, *Shakespeare, the Coach* (Sydney: Pan Macmillan, 2004); John O. Whitney and Tina Packer, *Power Plays: Shakespeare's Lessons in Leadership and Management* (New York: Simon and Schuster, 2000),该书中译本题为《权力剧场:莎士比亚的领导课》(北京:中信出版社,2005),德文译本为 *Powerplays: Was Chefs von Shakespeare Lernen können* (Munich: Deutsches Verlags-Anstalt, 2001); Rolf Breitenstein, *Shakespeare para managers* (Barcelona: Plaza and Janes, 2000); George Weinberg and Dianne Rowe, *Will Power! Using Shakespeare's Insights to Transform Your Life* (New York: St. Martin's Press, 1996); Jess Winfield, *What Would Shakespeare Do? Personal Advice from the Bard* (Berkeley, Calif.:

Seastone, 2000); Kenneth Adelman and Normand Augustine, *Shakespeare in Charge: The Bard's Guide to Leading and Succeeding on the Business Stage* (New York: Hyperion-Talk-Miramax, 1999),梁晓英的译本题为《莎翁商学院：莎士比亚传授你哈佛商学院没教的功课》(北京：机械工业出版社,2002;台北：经典传讯,2001),等等。

154. 田敏,《莎士比亚与现代戏剧》(北京：中国社会科学出版社,2006),1;曹树钧,《莎士比亚的春天在中国》(香港：天马图书公司,2002),1;彭镜禧,《发现莎士比亚：台湾莎学论述选集》的序言,彭镜禧编(台北：猫头鹰出版社,2000),9;曹树钧、孙福良,《莎士比亚在中国舞台上》(沈阳：哈尔滨出版社,1989),42;张冲编,《同时代的莎士比亚：语境 互文 多种视域》(上海：复旦大学出版社,2005),1;张冲,《窗外文学》引言,2005年第11期(莎士比亚特刊),33。为此,陆谷孙在《莎士比亚十讲》中引用了歌德的话,(上海：复旦大学出版社,2005),1—2。

155. 比如"莎士比亚常常表现出浪漫的倾向……中国传统戏曲显示出古典的风格"(Xiao Yang Zhang[张晓阳], *Shakespeare in China: A Comparative Study of Two Traditions and Cultures* [Newark: University of Dwlaware Press, 1996],23,93);还有莎士比亚的"优美的文字"和"他对人类处境的深刻理解"(Li Ruru[李如茹], *Shashibiya: Staging Shakespeare in China* [Hong Kong: Hong Kong University Press, 2003],227)。

156. 孙福良写道："那就是莎士比亚。"(孙福良,曹树钧,刘明厚编,《上海国际莎士比亚戏剧节论文集》[上海：上海文艺出版社,1996],1。)

157. 于光中,《锈锁难开的金钥匙》,《莎士比亚的十四行诗》,梁宗岱译,(台北：纯文学出版社,1992),又见《发现莎士比亚》,彭镜禧编,19。

158. Matthew Arnold, *Culture and Anarchy: An Essay in Political and Social Criticism* (London: Smith, Elder, 1869), viii.

159. Douglas M. Lanier, "Shakespeare Noir", *Shakespeare Quarterly* 53, no. 2(2002): 161.

160. 严复,《导言十六：进微篇》,《天演论》(1894;重印,台北：台湾商务印书馆,1987),1:40n。

161. 严复,《天演论》,《严复研究资料》,牛仰山、孙鸿霓编(福州：海峡文艺出版社,1990),117—119。

162. 严复通常被认为是当时的大翻译家、评论家。James Reeve Pusey, *China and Charles Darwin* (Cambridge, Mass.: Council on East Asian Studies, Harvard University, 1983),5; Benjamin Schwartz, *In Search of Wealth and Power: Yen Fu and the West* (Cambridge, Mass.:

Belknap Press of Harvard University Press, 1964),91.
163. 《西学启蒙十六种》(上海:著易堂,1896)。
164. 孟宪强也误认为"(林则徐)最初关于莎士比亚的介绍影响不大,似乎没受到人们的注意"(《莎士比亚在中国的接受:历史概述》,引自 *Shakespeare Global/Local: The Hong Kong Imaginary in Transcultural Production*, ed. Kwok-kan Tam[谭国根], Andrew Parkin, and Terry Siu-han Yip [叶少娴],[Frankfurt: Peter Lang, 2002],116)。
165. Kim C. Sturgess, *Shakespeare and the American Nation* (Cambridge: Cambridge University Press, 2004),9.
166. 有关亨利·欧文在来西恩阿摩剧院演出的《哈姆雷特》的评论,Alan Hughes, "Hamlet: 31 October 1874, 30 December 1878", 见 *Henry Irving, Shakespearean* (Cambridge: Cambridge University Press, 1981),27-87; Richard Foulkes, *Performing Shakespeare in the Age of Empire* (Cambridge: Cambridge University Press, 2002),106-7。
167. 《郭嵩焘日记》(长沙:湖南人民出版社,1981—1983);3: 743。另见《郭嵩焘:伦敦与巴黎日记》,钟叔河,杨坚编,(长沙:岳麓书社,1984),873。
168. Foulkes, *Performing Shakespeare*, 105.
169. 同上,106。
170. *Era*, November 1,1874. 同上。
171. Henry Irving. "An Actor's Notes on Shakespeare No. 2, Hamlet and Ophelia Act III Scene I", *Nineteenth Century*, May 1877.
172. Bram Stoker, *Personal Reminiscences of Henry Irving* (London: Macmillan, 1906),2: 78.
173. 曾纪泽,《使西日记》,张玄浩编,(长沙:湖南人民出版社,1981),66。
174. 曾纪泽,《出使英法二国日记》,钟叔河编,(长沙:岳麓书社,1985),184。
175. "9月18日,周三,今天上午去歌厅,应(乾隆)皇帝之邀去看一出中国喜剧,还有为他庆寿安排的其他节目……最后是一部大型的哑剧,从众人的喝彩声来看,我估计,这次表演的创意和巧妙安排都属一流。就我的理解,好像是表现海洋与陆地的结合。"(*An Embassy to China: Lord Macartney's Journal, 1793-1794*, ed. J. L. CranmerByng, [London: Longman, 1962],136-138, quoted in Wilt Idema, "Performances on a Three-tiered Stage: Court Theatre During the Qianlong Era", in *Ad Seres et Tungusos Festschrift für Martin Gimm zu seinem 65. Geburtstag am 25. Mai 1995*, ed. Lutz Bieg, Erling von Mende, and Martina Siebert, [Wiesbaden: Harrassowitz Verlag, 2000],212-13.)

176. Laura Bohannan, "Shakespeare in the Bush", *Natural History*, August-September 1966, 28-33.
177. 郭嵩涛、曾纪泽和蒂夫人对《哈姆雷特》的体会让我们领悟到文化之间并不会产生冲突,但认识论和地区观念会,这个观点可详见 Lydia Liu[刘禾], *The Clash of Empires: The Invention of China in Modern World Making* (Cambridge, Mass.: Harvard Univeristy Press, 2006), 1-4。
178. 曾纪泽在巴黎写信给陈俊臣:"初出洋时,写日记寄译署。不知沪人由何得稿,公然印刷。奉一册以供一笑。"(钟叔河,《曾纪泽在外交上的贡献》,《曾纪泽:出使英法俄国日记》,钟叔河编,[长沙:岳麓书社,1985],39。)
179. Amy Freed, *The Beard of Avon* (New York: Samuel French, 2004). 该剧于2001年6月1日首演(加利福尼亚州科斯塔梅萨南海岸剧团),由大卫·埃米斯执导,主要演员有道格拉斯·韦斯顿(饰莎士比亚)、理查·道尔(饰理查德·伯比奇、弗兰西斯·华星翰爵士和老柯林)、耐克·道卡斯(饰伊丽莎白女王)等。朱树的《莎士比亚》是一部五幕话剧。尚未被搬上舞台,2004年联合国教科文组织在苏州召开第28届世界遗产委员会时曾被改编为广播剧播出。该剧发表在《江苏戏剧丛刊》上(1988.3),后修改后再发表于《莎士比亚戏剧故事全集》(土生,冼宁,肇星编,[北京:中国戏剧出版社,2002],2:775—853)。
180. Joseph R. Levenson, *Liang Ch'i-chao and the Mind of Modern China* (Berkeley: University of California Press, 1970), 199-202; Xiaobing Tang[唐小兵], *Global Space and the Nationalist Discourse of Modernity: The Historical Thinking of Liang Qichao* (Standford, Calif.: Stanford Univeristy Press, 1996), 7.
181. 梁启超,《新罗马传奇》的两种译文另见 Giuliano Bertuccioli, *La letteratura cinese* (Milan: Sansoni, 1968), 319-25, William Dolby, *A History of Chinese Drama* (London: Elek, 1976), 198-201。几乎所有的中英文的研究都忽略了《新罗马传奇》,其中包括 Murray J. Levith, *Shakespeare in China* (London: Continuum, 2004);张泗洋,《莎士比亚在中国》;Li Ruru[李如茹], *Shashibiya: Staging Shakespeare in China*;曹树钧,孙福良,《莎士比亚在中国》。一些研究传奇剧的作品提到《新罗马传奇》,但都是将它作为"反封建主义"的宣传作品一带而过,如左鹏军,《近代传奇杂剧研究》(广东:广东高等教育出版社,2001),122。
182. 按照凯瑟琳·斯沃特克为《亚洲戏剧百科全书》(*Encyclopedia of Asian*

Theatre, ed. Samuel L. Leiter, 2 vols. [Westport, Conn.: Greenwood Press, 2007],1:122)所撰写的释义,传奇可以指唐代(618—907)兴起的短篇小说,也指元朝(1280—1368)末期盛行的戏曲,以及清朝(1644—1911)初期出现的南戏(与北方的杂剧相对)。不过,南戏与传奇之间的关系问题仍存争议。

183. Liang[梁启超], *New Rome* [《新罗马传奇》], in Dolby, *History of Chinese Drama*, 201.
184. 同上,199。
185. 梁启超,《新罗马传奇》,《晚清文学丛钞》,阿英编,519。
186. 有关英国文学作为一门学科和常规设置之兴起的研究包括 Terry Eagleton, "The Rise of English Studies",详见 *Literary Theory: An Introduction* (Minneapolis: University of Minnesota Press, 1996), 15-46; Gerald Graff, *Professing Literature* (Chicago: University of Chicago Press, 1989); Franklin Court, *Institutionalizing English Literature: The Culture and Politics of Literary Study, 1750-1900* (Stanford, Calif.: Stanford University Press, 1992)。
187. Rebecca E. Karl, "Creating Asia: China in the World at the Beginning of the Twentieth Century", *American Historical Review* 103, no. 4 (1998): 1096-1118.
188. 比较梅兰芳的回忆录中有关看戏的记载,详见《舞台生活四十年:梅兰芳回忆录》(北京:团结出版社,2005),1:177。
189. 关于汪笑侬作品的研究,见 Rebecca E. Karl, *Staging the World: Chinese Nationalism at the Turn of the Twentieth Century* (Durham, N. C.: Duke University Press, 2002),27-52。
190. Rebecca E. Karl, Staging the World in Late-Qing China: Globe, Nation, and Race in a 1904 Beijing Opera", *Identities* 6, no. 4 (2000): 551.
191. 柳亚子,《二十世纪大舞台》,《晚清文学丛钞》,阿英编,176—177。
192. Jing Tsu[石静远], *Failure, Nationalism, and Literature: The Making of Modern Chinese Identity, 1895-1937* (Stanford, Calif.: Stanford University Press, 2005),222.
193. David V. Mason, "Who Is the Indian Shakespeare? Appropriation of Authority in a Sanskrit *A Midsummer Night's Dream*", *New Literary History* 34, no. 4(2003): 639.
194. 哈罗德·布鲁姆认为,今天"有很多迹象表明,全球的自我意识都日渐认同哈姆雷特,包括亚洲和非洲"。(*Shakespeare: The Invention of the*

Human [New York: Riverhead Books, 1998], 430.）但是"全球的"或者跨国的"自我意识"的形成是个非常复杂的现象,19世纪时期中国引进西方思想和文学的情况就可以说明这一点。中国人的"自我意识"并没有将自己等同于莎士比亚笔下的人物,而是改变他的人物以支持变革的需要。

195. 莎士比亚的生平资料可见于《希哀苦皮阿传》《大陆》(1904);《耶斯比传》《近世界60名人画传》(1907);《沙克匹亚传》《世界名人传略》(1908)。另见戈宝权,《莎士比亚作品在中国》《莎士比亚研究》1(1983):332。
196. 张泗洋、徐斌、张晓阳,《莎士比亚引论》,516—517。
197. 《十年之后的中国》《北华捷报》,1907年1月4日,20—21。
198. 苏曼殊的自传体小说题为《断鸿零雁记》。柳无忌,《曼殊大师纪念集》(台北:台湾时代书局,1975),172。
199. 林纾、魏易,《吟边燕语序》《晚清文学丛钞:小说戏曲研究卷》,阿英编,(台北:新文丰出版公司,1989),2:208。
200. Stephen Owen[宇文所安], "Du Fu", in *An Anthology of Chinese Literature: Beginnings to 1911*, ed. Stephen Owen,（New York: Norton, 1996）,413。
201. 郑培凯,《汤显祖与晚明文化》(台北:允晨文化,1995),3;Cyril Birch, Introduction to *The Peony Pavilion: Mudan Ting*, by Tang Xianzu (Boston: Cheng and Tsui, 1980), ix;青木正儿,《中国近世戏曲史》,王吉鲁译,(台北:商务印书馆,1988),230。
202. 赵景深,《汤显祖与莎士比亚》《文艺春秋》1(1946),转引自毛效同,《汤显祖研究资料汇编》(上海:上海古籍出版社,1986),727—733。另见徐朔方,《汤显祖与莎士比亚》《论汤显祖与其他》(上海:上海古籍出版社,1983),73—90。
203. 青木正儿,《中国近世戏曲史》,230。其他中国学术界将汤显祖与莎士比亚进行对比研究的资料见陈凯欣,《昆剧〈牡丹亭〉舞台艺术演进之探讨》(硕士论文,台湾大学,1999),1—2。
204. 转引自郑培凯,《玉茗堂前朝复暮:汤显祖与〈牡丹亭〉》《姹紫嫣红牡丹亭:四百年青春之梦》,林皎宏编,(台北:远流出版公司,2004)。
205. Catherine C. Swatek, *"Peony Pavilion" Onstage: Four Centuries in the Career of a Chinese Drama* (Ann Arbor: Center for Chinese Studies, University of Michigan, 2002), 193-196; Lawrence W. Levine, *Highbrow/Lowbrow: The Emergence of Cultural Hierarchy in America* (Cambridge, Mass.: Harvard University Press, 1994) 21-24,

31,36.
206. Ian Bartholomew, "Breathing New Life into a Classic," *Taipei Times*, April 24,2004,16.
207. 同上。
208. 郑培凯,《玉茗堂前朝复暮》,18—21。
209. 梁启超,《饮冰室诗话》,《新民月刊》5(1902):8,收录于《饮冰室诗话》(北京:人民文学出版社,1959),4。另见梁启超,《饮冰室文集》,(台北:新兴书局,1969),4:76。
210. Tsemou Hsu[徐志摩],"Art and Life",《创造季刊》2,no.1(1992),再版见 *Modern Chinese Literary Thought: Writing on Literature, 1893-1945*, ed. Kirk A. Denton, (Stanford, Calif.: Stanford University Press, 1996),175.
211. 同上。
212. 鲁迅,《摩罗诗力说》(1908),见《鲁迅全集》(北京:人民文学出版社,1982),1:64。
213. Thomas Carlyle, *On Heroes, Hero-worship and the Heroic in History* (London: Oxford University Press, 1946),148.
214. 鲁迅,《科学史教篇》,见《鲁迅全集》(北京:人民文学出版社,1982),1:35。
215. Lu Xun[鲁迅],"On the Power of Mara Poetry", in *Modern Chinese Literary Thought*, ed. Denton, 108.
216. 孙毓修,《欧美小说丛谈》,《小说月报》,1913年11月,英译文见 Denise Gimpel, *Lost Voices of Modernity: A Chinese Popular Fiction Magazine in Context* (Honolulu: University of Hawai'i Press, 2001),161。
217. Frances Teague, *Shakespeare and the American Popular Stage* (Cambridge: Cambridge University Press, 2006),3.
218. 这个戏剧节的口号将莎士比亚与"伟大的文化"联系起来:"'生存还是毁灭'可能是世界上最著名的问题——但在接下来的六个月中,唯一值得关注的地方就是华盛顿特区,将在此为威廉·莎士比亚对伟大的文化和娱乐的影响而举办盛大的庆祝活动。"(http://www.kennedy-center.org/programs/festivals/06-07/shakespeare/home.html[2008年6月])六十多个艺术机构在肯尼迪艺术表演中心和其他地方共推出一百多项节目。2007年4月,国际公共广播电台(PRI)播出了一个纪实节目——"美国人生活中的莎士比亚"(理查·保罗制作,山姆·华森解说),这个节目是由弗尔杰图书馆为了庆祝建馆75周年制作的(http://

www.shakespeareinamericanlife.org/)。
219. 这个活动旨在支持莎剧在全国百个社区的巡回演出。见 http://www.nea.gov/news/news30/ ShakespeareAnnounce. html[2008 年 6 月]。
220. 1919 年 5 月 4 日,学生在天安门广场游行示威,反对签署《凡尔赛和约》,这标志着观点矛盾的民族主义者们为改变中国面貌尝试文化改革的开始。五四运动时期见证了激进打破传统信仰的活动,并试图移植西方的文化和政治模式。
221. 虽然易卜生和他同时代的人常常因为戏剧的社会批评功能而发生争论,最近学者们对于人们仅从表面上理解他们主张的倾向提出了质疑。托里尔·莫伊重新将易卜生置于欧洲视觉文化中,对现实主义和现代主义是对立关系的传统理论提出质疑,指出易卜生与波德莱尔、福楼拜是同样重要的现代主义作家。见 *Henrik Ibsen and the Birth of Modernism：Art，theatre，Philosophy*（Oxford：Oxford University Press，2006）。
222. 本尼迪克特·安德森从理论上将"民族"界定为一个"想象中的政治共同体",它既"有内在的局限性",又拥有独立主权",一个"基于同一类人之间深厚的同伴情谊"群体。(*Imagined Communities：Reflections on the Origin and Spread of Nationalism* [London：Verso，1991],6-7.)
223. 安东尼·塔特洛用"文化间的标志"(intercultural sign)来指在不同文化间表演或阅读所产生的不同意义和价值观。(Antony Tatlow，*Shakespeare，Brecht，and the Intercultural Sign* [Durham, N.C.：Duke University Press，2001],30-31.)
224. 参照 Julie Sanders，*Adaptation and Appropriation*（London：Routledge，2006),46。
225. Wen-hsin Yeh[叶文心]，*The Alienated Academy：Culture and Politics in Republican China，1919-1937*（Cambridge，Mass：Harvard University Press，1990),75。
226. St. John's University, ed., *St. John's University，1879-1929* (Shanghai, 1929),15.
227. 张泗洋编,《莎士比亚大辞典》(北京：商务印书馆,2001),1369—1371。
228. Yeh[叶文心]，*The Alienated Academy*，73.
229. "由于有一批财富和影响力日益增长的校友的支持,该事件在上海各大报刊的社会版均有详尽的报道,学生的亲友和校友们都积极地前来观看演出,他们坐着私家车、穿着时尚的服装,还要付上几元钱的门票和捐款。"(出处同上)
230. *The New Shakespeare Society Transactions*（London：Trubner,

1874-1904); Frederick James Furnivall, "The New Shakespeare Society: The Founder's Prospectus Revised", *The New Shakespeare Society Transactions* 1st ser. Vol. 1 (1874); Hugh Grady, *The Modernist Shakespeare: Critical Texts in a Material World* (Oxford: Clarendon Press, 1991),41-44.
231. 即兴表演在中国和日本的早期话剧和新剧中起到了重大的作用,日本新剧代表岛村抱月(1871-1918)说:"一位演员可能只能记得一些要点(如歌舞伎演员);至于具体的措辞等细节,演员可以当场自由发挥。"(Ayako Kano, *Acting Like a Woman in Modern Japan: theater, Gender, and Nationalism* [New York: Palgrave, 2001],175-176.)
232. Yeh[叶文心],*The Alienated Academy*,62.
233. Griffith John, "The Holy Spirit in Connection With Our Works", in *Records of the General Conference of the Protestant Missionaries of China Held at Shanghai, May 10-24, 1877*, ed., American Presbyterian Mission, (Shanghai: American Presbyterian Mission Press, 1877),32, in Loren William Crabtree, "Christian College and the Chinese Revolution, 1840-1940: A Case Study in the Impact of the West" (Ph. D. diss., University of Minnesota, 1969),70.
234. Francis Lister Hawks Pott, in *St. John's University*, ed. St. John's University, 7-8.
235. David Der-wei Wang[王德威], *Fin-de-siècle Splendor: Repressed Modernities of Late Qing Fiction, 1894-1911* (Stanford, Calif.: Stanford University Press, 1997),3.
236. Guy S. Alitto, *The Last Confucian: Liang Shuming and the Chinese Dilemma of Modernity* (Berkeley: University of California Press, 1979).
237. 参见 André Lefevere, "Chinese and Western Thinking on Translation", in *Constructing Culture: Essays on Literary Translation*, ed. Susan Bassnett and André Lefevere (Clevedon, Eng.: Multilingual Matters, 1998),14-15。
238. 孟宪强,《中国莎学简史》(长春:东北师范大学出版社,1994),4。
239. 《心头肉之奇事》(《威尼斯商人》)是最早的日语莎剧剧目之一。Toyoda Minoru, *Shakespeare in Japan: An historical Survey* (Tokyo: Iwanami shoten, 1940),60.
240. 他母亲于 1895 年去世。林纾,《七十自寿诗》中的脚注,手稿,(福建省图书馆);张俊才,《林纾评传》(北京:中华书局,2007),61。

241. 查尔斯·兰姆、玛丽·兰姆,《莎氏乐府本事》,甘永龙编注,(上海:商务印书馆,1922)。虽然现存的唯一版本是 1922 年出版的,但据 1910 年 11 月和 1911 年 1 月的《小说月报》所登载的广告显示,该书在 1910 年 10 月前就已出版了。
242. 《小说月报》第 1 卷,第 5 期,(1910)。
243. 办刊宗旨,《小说月报》第 1 卷,第 1 期,(1910)。该期刊在不同时期的关注点也有变化。1910 年 8 月至 1919 年 10 月由王蕴章担任主编,后来由沈雁冰接任。
244. 《小说月报》第 7 卷,第 3 期,(1916);第 8 卷,第 2 期,(1917),各个时期的投稿指南也不同。关于林纾的稿酬问题,参见 Michael Hill, "Lin Shu, Inc.: Translation, Print Culture, and the Making of an Icon in Modern China" (Ph. D. diss., Columbia University, 2008),188。
245. 《小说月报》与当时的鸳鸯蝴蝶派联系密切。格林佩尔曾论述了中国近代文学史上关于该杂志的争论,详见 Denis Grimpel, *Lost Voices of Modernity: A Chinese Popular Fiction Magazine in Context* (Honolulu: University of Hawai'i Press, 2001),3-4。
246. 参见 Jing M. Wang [王箐], *When "I" Was Born: Women's Autobiography in Modern China* (Madison: University of Wisconsin Press, 2008),45。
247. 郑正秋,《新剧考证百出》(上海:商务印书馆,1919),1—29。
248. 《小说月报》第 7 卷,第 5 期,(1916)。
249. Walter Benjamin, "The Task of the Translator", in *Illuminations*, ed. Hannah Arendt, trans. Harry Zohn (London: Fontana, 1992),70-82.
250. Jacques Derrida, "Des tours de babel", trans. Joseph F. Graham, in *Difference in Translation*, ed. Joseph F. Graham (Ithaca, N. Y.: Cornell University Press, 1985),165-238, and "Roundtable on Translation", trans. Peggy Kamuf, in *The Ear of the Other: Otobiography, Transference, Translation*, ed. Christie V. McDonald (New York: Schocken Books, 1985),91-161.
251. 张俊才,《林纾评传》,40—42。
252. 见第二章的定义。
253. 林纾、魏易,《吟边燕语》(序),《晚清文学丛钞:小说戏曲研究卷》,阿英编,(台北:新文丰出版公司,1989),2:228。
254. 林纾、魏易,《吟边燕语》,208。
255. 引自 Joan Coldwell, ed., *Charles Lamb on Shakespeare* (Gerrards Cross, Eng.: Smythe, 1978),11.

256. 最近的几个版本分别由 Puffin（1994），Wordsworth Editions（1999），Echo Library（2006），Penguin（2007）等出版社出版。
257. Charles Marowitz, "Shakespeare Recycled", *Shakespeare Quarterly* 38, no. 4(1987)：467-478,475.
258. Charles Lamb and Mary Lamb, *Tales from Shakespeare* （London：Dent，1963），vi.
259. Lamb，"On the Tragedies of Shakespeare"（1811），in *Charles Lamb on Shakespeare*, ed. Coldwell, 29.
260. Calvin S. Brown, "Requirements for Admission in English", *Modern Language Notes* 12，no. 1（1897）：32. 作者曾是范德堡大学的教师。
261. Charles Lamb and Mary Lamb, *Tales from Shakespeare*, v.
262. 同上，290.
263. 孙崇涛,《南戏论丛》(北京：中华书局,2001),127。
264. 陈多、叶长海编,《中国历代剧论选著》(长沙：湖南文艺出版社,1987)，457-458；林纾,《莎士比亚戏剧故事集》,《中国戏剧表演理论》,费春放编译,(Ann Arbor：University of Michigan Press，1996),116。
265. 萨缪尔·斯迈尔斯在书中将莎士比亚描绘成一个"出生低微"、靠自己的奋斗成为世界剧坛大师的人物形象。(*Self-Help；with Illustrations of Character and Conduct* [London：John Murray，1859],8.)斯迈尔斯作品的日语译本被当作西方道德规范的读物。(萨缪尔·斯迈尔斯,《西国立志编》,中村正直译,[东京,1871]。另见 Yasunari Takahashi, "*Hamlet* and the Anxiety of Modern Japan", *Shakespeare Survey* 48 [1995]：99。)
266. 郑拾风,《血手记》,《兰苑集萃：五十年中国昆剧演出剧本选》,王文章编,(北京：文化艺术出版社,2000),2：227—58。
267. 林纾,魏易,《英国诗人吟边燕语》(上海：商务印书馆,1904),1。
268. Charles Lamb and Mary Lamb, *Tales from Shakespeare*, 72.
269. James Andreas, "Canning the Classic：Race and Ethnicity in the Lamb's *Tales from Shakespeare*", in *Reimagining Shakespeare for Children and Young Adults*, ed. Naomi J. Miller, （New York：Routledge，2003),98-106.
270. 林纾,魏易,《英国诗人吟边燕语》,63—64。
271. 同上,63。
272. Lamb and Lamb, *Tales from Shakespeare*, 256.
273. 林纾,魏易,《英国诗人吟边燕语》,64。
274. 同上,67。

275. 林纾,魏易,《鬼诏》,《晚清文学丛钞:小说戏曲研究卷》,阿英编,2:77。
276. 林纾,魏易,《英国诗人吟边燕语》,67。
277. 林纾,魏易,《鬼诏》,77。
278. Charles Lamb and Mary Lamb, *Tales from Shakespeare*, 268-269.
279. 此处感谢李海燕与我分享她的观点。
280. 林纾,魏易,《英国诗人吟边燕语》,1—2。
281. 汪笑侬,《题英国诗人吟边燕语二十首》,《晚清文学丛钞:小说戏曲研究卷》,阿英编,2:588—590。
282. 他的评论说明了林纾译本的魅力:"我最喜爱的……剧作家之一是莎士比亚,我年少时开始读林纾的故事集,那时起就喜欢上了莎剧。等到我看得懂英文时,就迫不及待地开始读莎剧,因为林纾译本中所呈现的莎士比亚的想象世界在我的脑海里依然历历在目。"(Li[李如茹],16.)
283. "林琴南译的小说在当时是很流行的,那也是我所嗜好的一种读物……Lamb 的 *Tales from Shakespeare*,林琴南译为《英国诗人吟边燕语》,也使我感受着无上的兴趣。它无形之间给了我很大的影响。后来我虽然也读过 *Tempest*、*Hamlet*、*Romeo and Juliet* 等莎氏原作,但总觉得没有小时候所读的那种童话式的译述来得更亲切了。"(郭沫若,《我的童年》,引自《沫若文集》,[北京:人民文学出版社,1958],6:113—114)
284. 土生,冼宁,肇星,武专编著,《莎士比亚戏剧故事全集》,(北京:中国戏剧出版社,2001),1:22。
285. 傅斯年,《傅孟真先生集》,(台北:傅孟真先生译著编辑委员会,1952),6:30。对萨拉里诺的疑问"我相信要是他不能按约偿还借款,你一定不会要他的肉的;那有什么用处呢",夏洛克答道:"拿来钓鱼也好……难道犹太人没有眼睛吗?难道犹太人没有五官四肢、没有知觉、没有感情、没有气血吗?……那么要是你们欺侮了我们,我们难道不会复仇吗?"
286. 在《阅读莎士比亚:永不谢幕的悲喜剧》(萧乾编,[天津:百花文艺出版社,2004])的书脊与封面上均印有"莎士比亚戏剧故事,查尔斯·兰姆与玛丽·兰姆著"的字样。
287. 刘红燕译,《莎士比亚故事集》,(台中:好读出版公司,2005),5。我从兰姆的文本中引用了与刘的译文相对应的段落:莎士比亚故事集,vii。另参见陈静旻与沈漠译,《莎士比亚故事集》(台北:语言工场,2004)。
288. André Lefevere, "Prewrite", in *Translation, Rewriting, and the Manipulation of Literary Fame* (London: Routledge, 1992),1.

289. 哈姆雷特的形象被广泛地挪用(于舞台剧、电影及其他文学作品中),道格拉斯·布鲁斯特称假如有一座莎士比亚博物馆的话,那么其中"无疑得有个专属哈姆雷特的展室",以展示各种哈姆雷特形象。(*To Be or Not to Be*, [London: Continuum, 2007],7.)
290. Jane Smiley, *A Thousand Acres* (New York: Knopf, 1991); Johann Wolfgang von Gothe, *Wilhelm Meisters Lehrjahre* (1796); A. S. Byatt, *The Virgin in the Garden* (New York: Knopf, 1978).
291. Christopher Reed, *Gutenberg in Shanghai: Chinese Print Capitalism, 1876-1937* (Vancouver: University of British Columbia Press, 2004), 207.
292. Margreta de Grazia, *"Hamlet" Without Hamlet* (Cambridge: Cambridge University Press, 2007),7-22.
293. Theodore Huters, *Bringing the World Home: Appropriating the West in Late Qing and Early Republican China* (Honolulu: University of Hawai'i Press, 2005),2.
294. W. A. P. Martin, *The Awaking of China* (New York: Doubleday, Page, 1907).
295. Heiner O. Zimmermann, "Is Hamlet Germany? On the Political Reception of Hamlet", in *New Essays on Hamlet*, ed. Mark Thornton Burnett and John Manning, (New York: AMS Press, 1994), 299; Ludwig Börne, "Hamlet von Shakespeare", in *Gesammelet Schriften* (Leipzig: Hesse, 1908),2: 436.
296. David Der-wei Wang[王德威], "Malancholy Laughter: Farce and Melodrama in Lao She's Fiction", in *Fictional Realism in Twentieth-Century China: Mao Dun, Lao She, Shen Congwen* (New York: Columbia University Press, 1992),111-156.
297. Frederic Jameson, "Third World Literature in the Era of Multinational Capitalism", in *Social Text: Theory/Culture Ideology 15* (1986): 65-88.
298. *The Golden Lotus: A Translation from the Chinese Original of the Novel, Chin P'ing Mei*, trans. Clement Egerton, (London: Routledge, 1939).
299. Wang[王德威], "Malancholy Laughter",126.
300. 胡风,《现实主义底一修正》,《胡风评论集》(上)(北京:人民文学出版社,1985),351。
301. Wang[王德威], "Malancholy Laughter",126.

302. 老舍,《二马》(上海：商务印书馆,1931),1—2;Wang[王德威],"Malancholy Laughter",126—127。
303. 歌德,《维廉·麦斯特的学习时代》,《歌德文集》(第二卷),冯至、姚可昆译,(北京：人民文学出版社,1999),195。
304. Wang[王德威],"Malancholy Laughter",126.
305. 老舍,《新韩穆烈德》,《老舍小说选集》(武汉：长江文艺出版社,2004),10：443。
306. 同上,443-444。
307. 同上,444。
308. 老舍,《老舍文集》(北京：人民文学出版社,1985),8：186—187。
309. 鲁迅,《鲁迅全集》(北京：人民文学出版社,1981),5：57。
310. G. Lowes Dickinson, "An Essay on the Civilization of India, China, and Japan", in *Letters from John Chinaman and Other Essays* (London: George Allen and Unwin, 1946),71-72.
311. 老舍,《新韩穆烈德》,448—449。
312. 同上,458。
313. 同上,458—459。
314. 关于拉斐尔前派与维多利亚时期创作莎剧绘画传统的研究,尤其是表现人物强烈情感的,参见 John Christian, "Shakespeare in Victorian Art", in *Shakespeare in Art*, ed. Jane Martineau and Desmond Shawe-Taylor, (London: Merrel, 2003),217-21;另参见 Stuart Sillars, *Painting Shakspeare: The Artist as Critic, 1720-1820* (Cambridge: Cambridge Univeristy Press, 2006),306。
315. 老舍,《新韩穆烈德》,459。
316. 《百老汇的哈姆雷特先生》于1908年12月23日在卡西诺剧院上演,奈德·韦伯恩执导。(Frances Teague, *Shakespeare and the American Popular Stage* [Cambridge: Cambridge University Press, 2006],102.)
317. 关于探究陈独秀这篇开创性论文重要性的研究,参阅张湘炳,《论陈独秀在我国戏曲史上的地位》,《暨南大学学报》,1986(3),第54—64页;傅晓航,《陈独秀的戏曲论文》,《戏曲研究》,1983(8),第220—226页。
318. 三爱(陈独秀),《论戏曲》,《安徽俗话报》,1904年9月10日。后于1905年《新小说》第二期再版,并被收录到陈多、叶长海1987年选编的《中国历代剧论选注》(长沙：湖南文艺出版社),第460—462页。此处引用的英文翻译参考以下文章并加以修改：Chen Du Xiu, "On Chinese Music Drama", in *Chinese Theories of Theatre and Performance from*

Confucius to the Present, ed. and trans. Faye Chunfang Fei[费春放], (Ann Arbor: University of Michigan Press, 1999),117-118。
319. 此处对陈独秀的译文有所修改,该书第 120 页。
320. 姚一苇,《元杂剧中的悲剧观初探》,《戏剧与文学》(台北:联经出版社,1989),8:13。
321. 蒋观云,《晚清文学丛钞·小说戏曲研究卷》,阿英编,(北京:中华书局,1960),50—52。
322. 《王国维戏曲论文集》(台北:里仁书局,1992);Patricia Sieber, Theaters of Desire: Authors, Readers, and the Reproduction of Early Chinese Song-Drama, 1300-2000 (New York: Palgrave, 2003),22。
323. 傅斯年,《戏曲改良各面观》,《新青年》,1918 年 10 月 15 日,5。关于傅斯年、钱玄同及其他评论家对中国戏剧的模仿理念,参阅 Jing-song Chen, "To Make People Happy, Drama Imitates Joy: The Chinese Theatrical Concept of Mo", Asian Theatre Journal 14, no. 1(1997): 38-55。
324. 许怀中,《中国现代小说理论批评的变迁》(上海:上海文艺出版社,1990),38。
325. 徐半梅,《话剧创始期回忆录》(北京:中国戏剧出版社,1957),24; Siyuan Liu, "The Impact of Shinpa on Early Chinese Huaju", Asian Theatre Journal 23, no. 2(2006):345。
326. 可对比 Walter Benjamin, "The Task of the Translator", in Illuminations, ed. Hannah Arendt, trans. Harry Zohn,(New York: Harcourt, Brace, 1968),69-82。
327. 王一群,《莎剧演出在中国舞台上的变迁》,《莎士比亚在中国》(上海:文艺出版社,1987),94。
328. 黎明,《罗密欧与朱丽叶——公演后的评价》,《大公报增刊》,1937 年 6 月 8 日。
329. 唐汶,《罗密欧与朱丽叶——参观彩排》,《大公报增刊》,1937 年 6 月 8 日。
330. 王一群,《莎剧演出在中国舞台上的变迁》,94。
331. 《上海邮报》,1937 年 6 月 3 日,5。
332. 唐汶,《罗密欧与朱丽叶——参观彩排》,14。
333. 熊佛西,《单纯主义》,《佛西论剧》(北京:朴社出版部,1928 年),17。
334. 黎明,《罗密欧与朱丽叶——公演后的评价》,14;马明,《罗密欧与朱丽叶之我见》,《大公报增刊》,1937 年 6 月 17 日,14。

335. 日本于1945年8月15日投降。
336. 思明,《〈乱世英雄〉之我观》,《中国周报》,1945年5月13日。
337. 李荃,《〈乱世英雄〉观后的评价》,《海报》,1945年5月2日。
338. Poshek Fu［傅抱石］, *Passivity, Resistance, and Collaboration: Intellectual Choices in Occupied Shanghai, 1937-1945*（Stanford, Calif.: Stanford University Press, 1993）,96-109.
339. 李健吾,《与友人书》,《上海文化》,1946年7月,28—29。
340. 李健吾,《王德明》,《李健吾剧作选》,张杰编著,(北京：中国戏剧出版社,1982),440。
341. 同上。
342. 《文章》1—4(1946年1月—7月)。
343. 柯灵,《序言》,《李健吾剧作选》,张杰编著,11。
344. 张泗阳,《莎士比亚大辞典》(北京：商务印书馆,2001),1437。
345. 李健吾,《〈阿史那〉序》,《文学杂志》,1947年7月,10。
346. 孟宪强,《中国莎学简史》(长春：东北师范大学出版社,1994),148。
347. Maurice Hindle, *Studying Shakespeare on Film*（New York: Palgrave Macmillan, 2007）,19-20.
348. Luke McKernan and Olwen Terris, eds., *Walking Shadows: Shakespeare in the National Film and Television Archive*（London: British Film Institute, 1994）,81-82.
349. Robert Hamilton Ball, *Shakespeare on Silent Film*（New York: Theatre Arts, 1968）,76.
350. Jack J. Jorgens, *Shakespeare on Film*（Bloomington: Indiana University Press, 1977）,1.
351. 张真把约20部无声电影划分为"明显的"改编。她认为,编演方式有多种,"有些与原作保持高度一致,还有一些编演成模棱两可或截然不同的意蕴"。("Cosmopolitan Projections: World Literature on Chinese Screens", in *A Companion to Literature and Film*, ed. Robert Stam and Alessandra Raengo, ［Oxford: Blackwell, 2004］,151.)
352. 张英进、肖志伟编著的《中国电影百科全书》(伦敦：劳特利奇出版社,1998)是一部"涵盖了中国历史、文化、地缘政治、属类、主题、文本等电影的方方面面"的书,但并没有包括这些电影在内,就连最新出版的周慧玲《表演中国：女明星,表演文化,视觉政治 1910—1945》(台北：天下远见出版社,2004)也没有提到这些电影。中国有关的学术著作也都把它们给忽略了,比如,黄志伟主编的《老上海电影》(上海：文汇出版社,1998)、张俊祥主编的《中国电影大辞典》(上海：上海辞书出版社,

1995)。
353. 谭春发,《开一代先河：中国电影之父郑正秋》(北京：国际文化出版公司,1992)。
354. Sarah E. Stevens, "Figuring Modernity: The New Woman and the Modern Girl in Republican China", *NWSA Journal* 15, no. 3 (2003): 82-103.
355. Rey Chow[周蕾], *Woman and Chinese Modernity: The Politics of Reading Between West and East* (Minnesota: University of Minnesota Press, 1991),86.
356. 郑正秋,《中国影戏的取材问题》,《明星特刊》,1925年6月,5。
357. 杨静远,《袁昌英和莎士比亚》,《外国文学研究》,1994年4月,1—3。
358. 于芷苹,《上海中西女塾杂忆》,《民国春秋》,1997年1月,61—62。
359. 陈丹燕,《上海的金枝玉叶》(北京：作家出版社,1999),20。
360. 当概念由"客房语言"转为"住房语言"时,其意义于后者的本土文化而言变化并不大。(Lydia H. Liu[刘禾], *Translingual Practice: Literature, National Culture, and Translated Modernity in China, 1900-1937* [Stanford, Calif.: Stanford University Press, 1995],26.)
361. Hu Ying[胡缨], *Tales of Translation: Composing the New Woman in China, 1898-1918* (Stanford, Calif.: Stanford University Press, 2000),5.
362. Zhen Zhang[张真],"Cosmopolitan Projections", 148-149.
363. 《女律师》(也称《肉券》)在上海中央大戏院首映,《申报》,1927年3月20日。这台演出收录于黄志伟编著的《老上海电影》第31页。在此,我要向明尼苏达大学图书馆唐·马里昂和台湾中研院孙惠敏致谢,感谢他们给我提供了大量的参考文献。
364. 中国电影艺术研究中心和中国电影资料馆编著,《中国影片大典——故事片、戏曲片,1905—1930》(北京：中国电影出版社,1996),130;《中国电影大辞典》,720。
365. 彭镜禧译,《威尼斯商人》(台北：联经出版事业公司,2006),1—43。
366. Janet Adelman, *Blood Relations: Christian and Jew in "The Merchant of Vencie"* (Chicago: University of Chicago Press, 2008).
367. Quoted in Alfred Hickling, "Sit Down and Shut Up", *Observer*, June 12,2002,16.
368. 《威尼斯商人》,导演拉夫代·英格拉姆,在马来西亚、日本、中国及其他地方巡回演出。

注　释

369. Ian Bartholomew, in *China Daily*, May 21, 2002.
370. 李如茹在 *Shashibiya*: *Staging Shakespeare in China*（Hong Kong: Hong Kong University Press, 2003）第 230 页引用了田朝旭的漠然反应是"bright spot"，表明"Shakespeare... is not dead"，这句话看似对中国莎剧演出的将来不太乐观。李如茹与其他中国学者一样，没有就现代中国与西方在该剧文艺批评上的认知差异进行深究，认为中国把莎士比亚早期作品中涉及到的种族差别与宗教信仰问题有意忽略也是情理之中的。参阅 Fan Shen, "Shakespeare in China: *The Merchant of Venice*", Asian Theatre Journal 5, no. 1(1988): 23-37。
371. 20 世纪 40 年代，上海有个名声显赫的犹太人社团。Jonathan Goldstein, ed. *The Jews of China*, 2 vols. (Armonk, N. Y.: Sharpe, 1999); Lois Ruby, *Shanghai Shadows* (New York: Holiday House, 2006); *Forever Nostalgia*: *The Jews in Shanghai* (Shanghai: Shanghai Municipal Tourism Administrative Commission, 1998); Berl Falbaum, ed., *Shanghai Remembered*: *Stories of Jews Who Escaped to Shanghai from Nazi Europe* (Royal Oak, Mich.: Momentum Books, 2005)。
372. 《恭喜女律师出庭之第一人》，《申报》，1921 年 3 月 3 日，10；《上海第一个女律师》，《北华捷报》，1921 年 3 月 5 日，2；孙惠敏，《民国时期上海的女律师，1927—1949》，该文在 2004 年 8 月 25 日至 29 日由德国海德堡大学举办的欧洲汉学协会第 15 次研讨会上宣读。
373. 丹翁，"为女杰欢迎女律师"，《晶报》，1921 年 1 月 27 日，2。
374. Madame Wei Tao-ming[郑毓秀], *My Revolutionary Years* (New York: Scribner, 1943), 145-146。女律师的数量与当时 1263 名男律师相对而言，实在是太少了。（"律师工会会员人数及承接年表, 25 年度"，上海律师工会档案，上海档案馆, Q 190-1-13739, 190。）
375. 廖翁，《脂粉不让须眉》，《金刚钻》，1932 年 9 月 5 日，1。
376. 对比周慧玲《表演中国》第二章里提到的 20 世纪 30 年代媒体对上海女演员的关注。
377. 肖真，《好胜女律师》，《晶报》，1933 年 7 月 28 日，3。
378. 林纾、魏易，《英国诗人吟边燕语》（上海：商务印书馆，1904），31、32、36。
379. 同上，33。
380. 《影戏杂志》，1931 年 4 月，11—12；Zhen Zhang[张真], "Cosmopolitan Projections", 158。
381. Zhen Zhang[张真], "Cosmopolitan Projections", 158。
382. 《影戏杂志》，1931 年 4 月，11—12。

383. 《皆大欢喜》(第二幕第七场139-40行)。原文如下:"All the world's a stage." in *The Riverside Shakespeare*, 2nd ed., ed., G. Blakemore Evans (Boston: Houghton Mifflin, 1997).
384. 中文字幕是"脂粉将军的本色"。
385. 《影戏杂志》,1931年10月1日,42;Zhen Zhang[张真],"Cosmopolitan Projections," 158,163。
386. 把Thurio音译成中文刁利傲,有否定意义。
387. Zhen Zhang[张真],"Bodies in the Air: The Magic of Science and the Fate of the Martial Arts Film in China", *Post Script* 20, nos. 2-3(2001): 43-60, and "Cosmopolitan Projections," 155.
388. Anne Barton, "Introduction to *The Two Gentlemen of Verona*", in *Riverside Shakespeare*, ed. Evans, 179.
389. Mary Beth Rose, "Introduction to *The Two Gentlemen of Verona*", in *William Shakespeare: The Complete Works*, ed. Stephen Orgel and A. R. Braunmuller, (New York: Penguin Books, 2002),113.
390. 中国无声电影《一剪梅》的结尾让我们想起原作中瓦伦丁在剧末所说的话:"一场盛会,一个屋子,一种幸福。"电影依据原文"一个屋子"的意思,让故事中的四个主要人物通过联姻及家庭关系成为同一屋檐下的人。
391. "想象会把不知名的事物用一种方式呈现出来,诗人的笔再使它们具有如实的形象,空虚的无物也会有了居处和名字。"(《仲夏夜之梦》第五幕第一场)
392. 对比Irena R. Makaryk和Joseph G. Price, "Introduction: When Worlds Collide: Shakespeare and Communisms", in *Shakespeare in the Worlds of Communism and Socialism*, ed. Irena R. Makaryk and Joseph G. Price, (Toronto: University of Toronto Press, 2006),5-6。
393. John Russell Brown, "Theatrical Pillage in Asia: Redirecting the Intercultural Traffic", *New Theare Quarterly* 14, no.1(1998): 12.
394. Dennis Kennedy, "Shakespeare and the Global Spectator", *Shakespeare Jahrbuch* 131(1995): 50.
395. 对比Philip Auslander, *Liveness: Performance in a Mediatized Culture*, 2nd ed. (London: Routledge 2008).
396. 被激怒的伊利莎白女王有所暗指地说:"我是理查二世,知道不?" E. K. Chambers, *William Shakespeare: A Study of Facts and Problems* (Oxford: Clarendon Press, 1930), 2: 327. 另见 Stephen Greenblatt, Walter Cohen, Jean E. Howard, and Katharine Eisaman Maus, eds.,

The Norton Shakespeare (New York: Norton, 1997), 943-44, 2555.
397. 《威尼斯商人》一剧常被用来暗喻第二次世界大战中纳粹德国对犹太人进行的大屠杀。汉娜·斯尼尔于 1995 年上演的《威尼斯商人》一剧就是一个在与众不同的特定场景的莎剧表演。为庆祝德国领土上最大集中营解放 50 周年，德国国家剧院就在距离魏玛不远且臭名昭著的布痕瓦尔德集中营原址上演了该剧。从前被关押在该集中营中的犹太犯人有些登台参与演出，有些作为观众在台下观看。他们中有三个人出演了犹太人夏洛克的角色。舞台中央悬挂着嘲弄的标语"Jedem das Seine"，这个标语曾经张挂在集中营的大门口，意思是说"众口难调"，但同时也可以理解为"咎由自取"。斯尼尔故意选择了这样的演出场地来上演莎剧《威尼斯商人》，这就使得该演出具有一定的历史意义。他说，"今天，在犹太人大屠杀和其他国家的集体迫害之后"，莎剧《威尼斯商人》便成为了一部反映种族主义、反犹太人的剧作，"哪怕莎士比亚从未意欲如此"。(Rüdiger Schaper, "Der Kaufmann von Buchenwald: Ein Shakespeare zum Gedenktag am Deutschen Nationaltheater Weimar", *Süddeutsche Zeitung*, April 11, 1995.) 衷心感谢克里斯蒂娜·詹森帮我收集相关的德文演出材料。这台演出由汉娜·斯尼尔执导，文本选自奥古斯特·威廉·冯·施莱格尔的德译文并做了改动，魏玛德国国家剧院于 1995 年 4 月 8 日上演。最有代表的剧评有 Frank Quilitzsch, "Spiel, Jude, spiel! Ein Israeli inszenierte den *Kaufmann von Venedig*", *Berliner Zeitung*, April 11, 1995; Thomas Bickelhaupt, "Der Shakespeare der SS: Ums Leben spielen: *Kaufmann von Venedig* in Weimar", *Frankfurter Allgemeine*, April 11, 1995; and Werner Schulze-Reimpell, "Shylock in Buchenwald", *Stuttgarter Zeitung*, April 20, 1995.
398. Edward Said, *Orientalism* (New York: Pantheon, 1978), 9.
399. 卡尔·马克思经常引用埃斯库罗斯、索福克勒斯、莎士比亚和歌德的话语。比如，马克思就多次引用施莱格尔·蒂克《雅典的泰门》的德文翻译来支持自己对资本主义国家金钱权势的批判。Karl Marx, in *The Marx-Engels Reader*, ed. Robert C. Tucker, (New York: Norton, 1972), 80-81; Karl Marx, *Economic and Philosophic Manuscripts of 1844*, trans. Martin Milligan, (Buffalo: Prometheus Books, 1988). 马克思的女儿艾琳娜在 1895 年回忆说："莎剧是我们家的《圣经》，我们天天看天天谈。"当她 6 岁的时候，她"已用心记住了的莎剧每一幕场景"。("Recollection of Mohr", in *Marx and Engels on Literature and Art: A Selection of Writing*, ed. Lee Baxandall and Stefan Morawski, [St.

Louis: Telos Press, 1973], 147.）
400. 《余上沅戏剧论文集》(武汉：长江文艺出版社,1986),28。
401. 引自《中央日报》的戏剧评论版,1937。
402. 曹树钧,孙福良,《莎士比亚在中国舞台上》(哈尔滨：哈尔滨出版社,1989),99。
403. 20世纪20年代,当国民党领导人孙中山先生(1866—1925)为中华民族的统一向西方国家的请求遭到拒绝之后,他寻求苏联的帮助。为了政治利益,苏联既和国民党合作,同时也支持中国共产党。
404. 1927年,为庆祝十月社会主义革命胜利十周年,拉夫列尼约夫(1891—1959)撰写了《决裂》。该革命剧充满了英雄气概,在莫斯科多次上演,持续约50年。(Boris Andreevich Lavrenyov, *Razlom* [Leningrad: GIKhl, 1932].)
405. Constantine Tung, introduction to *Drama in the People's Republic of China*, ed. Constantine Tung and Colin Mackerras, (Albany: State University of New York Press, 1987),12.
406. 阿特金森总结说:"虽说这部《哈姆雷特》表演得真实、仔细,但仍不适合在百老汇上演。"("The Play", *New York Times*, December 18, 1942,38.)
407. 傅相默,《观莎翁的世界大悲剧》,《国立戏剧专科学校校友通讯月刊》,1942年6月18日。后在《中国早期戏剧画刊》上再版(北京：全国图书馆文献缩微复制中心,2006),115。
408. 曹树钧,孙福良,《莎士比亚在中国舞台上》,105。
409. 张奇虹,《让上帝降临人间：在中国莎士比亚研究会成立大会上的发言》,《青年艺术》,1985（1）,7。之后,沈帆把这篇文章译成英文,"Shakespeare in China: *The Merchant of Venice*", *Asian Theatre Journal* 5, no. 1(1988): 29-30。
410. 老舍,《新韩穆烈德》,《老舍小说全集》,舒济、舒乙编著(武汉：长江文艺出版社,2004),443—459。同时可参阅,David Der-wei Wang[王德威], *Fictional Realism in Twentieth-Century China: Mao Dun, Lao She, Shen Congwen* (New York: Columbia University Press, 1996),126。
411. Lu Gu-sun[陆谷孙], "Hamlet Across Space and Time", *Shakespeare Survey* 36(1988): 56.
412. 曹树钧,孙福良,《莎士比亚在中国舞台上》,49。
413. Alexander C. Y. Huang[黄诗芸], "*Shamlet*: Shakespeare as a Palimpsest", in *Shakespeare Without English: The Reception of*

Shakespeare in Non-Anglophone Countries, ed. Sukanta Chaudhuri and Chee Seng Lim,(Delhi: Pearson Longman, 2006),211-21.
414. Ludwig Tiech, "Bemerkungen über einige Charaktere im , Hamlet', und über die Art, wie diese auf der Bühne dargestellt werden könnten", in *Kritische Schriften* (Leipzig: Brockhaus, 1848-1852,3: 243-298).
415. Ferdinand Freiligrath, "Deutschland ist Hamlet", in *Werke*, ed. Julius Schwering,(Berlin: Bong, 1909) 2: 71-73, translated in *Hamlet: A New Variorum Edition of Shakespeare*, ed. Horace Howard Furness, (London: Lippincott, 1877), 376-378. 另参阅 *Poems from the German of Ferdinand Freiligrath* (Leipzig: Bernhard Tauchnitz, 1871),201-204.
416. 关于在德国把《哈姆雷特》剧目用作政治隐喻的研究可参阅 Heiner O. Zimmermann, "Is Hamlet Germany? On the Political Reception of *Hamlet*", in *New Essays on Hamlet*, ed. Mark Thornton Burnett and John Manning,(New York: AMS Press, 1994),293-318。
417. 江涛,《论中国莎剧舞台上的导演艺术》,《戏剧》,1996(3),107。
418. 引自田本相,《中国现代比较戏剧史》(北京:文化艺术出版社,1993),453。
419. Atkinson, "The Play", 38.
420. 剧本采用梁实秋的翻译。
421. 当该剧重演的时候,标题有了小小的变动,改为《丹麦王子哈姆雷特》,于 1942 年 11 月 17 日在重庆黄家垭口实验剧场演出。同年,重庆的另一个剧场国泰大戏院从 12 月 9 日至 19 日连续演出了该剧。
422. 曹树钧、孙福良,《莎士比亚在中国舞台上》,104。
423. 江涛,《论中国莎剧舞台上的导演艺术》,106。
424. 焦菊隐,《关于〈哈姆雷特〉》,《焦菊隐文集》(北京:文化艺术出版社,1988),167—168。
425. Boyd M. Johnson, "Executive Order 12333: The Permissibility of an American Assassination of a Foreign Leader", *Cornell International Law Journal* 25(1992): 421 n. 129.
426. 傅相默,《观莎翁的世界大悲剧》,118。
427. 江涛,《论中国莎剧舞台上的导演艺术》,107。
428. Xiao Yang Zhang[张晓阳], *Shakespeare in China: A Comparative Study of Two Traditions and Cultures* (Newark: University of Delaware Press, 1996),216.
429. 有趣的是,就在《哈姆雷特》在重庆国泰大剧院上演前几个月,郭沫若

(1892—1978)的五幕历史剧《屈原》也在此院登台演出,这台中国剧与《哈姆雷特》的剧情很是相似。郭先生是中国著名的现代史学家、作家之一。《屈原》在重庆演出是在 1942 年的 4 月,由陈鲤庭导演,中华剧艺社出演。剧名角色屈原是中国历史上的人物,后成为被君王冤枉郁郁不得志的儒家政客的典范。很多同代人指出郭先生的《屈原》与莎士比亚的《哈姆雷特》在人物刻画和戏剧手法上皆有诸多相似之处。

430. Wu Ningkun and Li Yikai[巫宁坤、李怡楷],*A Single Tear*:*A Family's Persecution*,*Love*,*and Endurance in Communist China*(New York:Atlantic Monthly Press,1993),34.
431. 同上,100。
432. 同上,35。
433. Pierre Ryckmans,"Are Books Useless? An Extract from the 1996 Boyer Lecture",*Australian Humanities Review*:*An Electronic Journal*(December 1996-February 1997),http://www. lib. latrobe. edu. au/AHR/(accessed June 2007).
434. Wu Ningkun and Li Yikai[巫宁坤、李怡楷],*A Single Tear*,100-01.
435. 同上,101。
436. 1997 年 2 月巫宁坤接受了美国有线新闻网的专访。Judith Shapiro 也提到了巫宁坤的著作以及他在中国的经历,称"22 年被视为阶级敌人"。(*New York Times*,February 28,1993.)
437. Prim Levi,*Se questo è un uomo*(Turin:De Silva,1947),and *Survival in Auschwitz*:*The Nazi Assault on Humanity*,trans. Stuart Woolf,(New York:Simon and Schuster,1996).
438. Ernie O'Malley to Molly Childers,November 26-December 1,1923,引自 *Prisoners*:*The Civil War Letters of Ernie O'Malley*,ed. Richard English and Cormac O'Malley(Dublin:Poolbeg,1991),89;Peadar O'Donnell,*The Gates Flew Open*(London:Jonathan Cape,1932),150。另见 Richard English,"Shakespeare and the Definition of the Irish Nation",in *Shakespeare and Ireland*:*History*,*Politics*,*Culture*,ed. Mark Thornton and Ramona Wray(London:Macmillan,1997),136-151。
439. 毛泽东于 1942 年 5 月作了《在延安文艺座谈会上的讲话》,会议是在革命根据地延安举行的,毛泽东在这个具有历史意义的会议上作了两次讲话。之后,他的延安讲话刊发在 1943 年 10 月 19 日的《解放日报》上。(毛泽东,《在延安文艺座谈会上的讲话》,《毛泽东选集》[北京:人民出版社,1990],804。)

440. Stephen Orgel, afterword to *Shakespeare, Memory and Performance*, ed. Peter Holland, (Cambridge: Cambridge University Press, 2006),349.
441. 《无事生非》,导演列普柯芙斯卡娅,翻译朱生豪,1957 年由上海戏剧学院出演。1961 年上海戏剧学院实验话剧团再次复排该剧,导演是胡导和伍黎。18 年之后,胡导率领上海青年话剧团再次导演了该剧。上海戏剧学院表演师资进修班的毕业生也把该剧作为毕业演出节目。1957 年的演出深得大家喜爱,在上海戏剧学院的实验剧场连续演出,从 6 月 19 日到 7 月 1 日,又从 9 月 1 日到 10 日。约有 16 000 多名观众观看了演出,大多数认为这个小剧场只能容纳 500 名观众。同年的 9 月 25 日至 10 月 27 日期间,该剧在北京的青年艺术剧团和人民剧场上演了 13 场。11 月 23 日至 12 月 1 日,该剧在上海人民大舞台加演了 11 场。(张泗阳等编著,《莎士比亚大辞典》[北京:商务印书馆,2001],1377。) 1961 年胡导执导的《无事生非》从 5 月 16 日至 6 月 12 日,7 月 1 日至 9 日在上海艺术剧场演出,并于 7、8 月到中国东北的大连、沈阳等城市巡回演出。同年的 11 月的 11 日至 16 日再次在上海演出。1979 年的演出是在 4 月 21 日,并通过上海电视台进行现场转播。
442. Haiyan Lee[李海燕],"Love and Loathing in Socialist China", in *Revolutionary Discourse in China: Words and Their Stories*, ed. Ban Wang,(Leiden: Brill, forthcoming).感谢李海燕能够让我分享她即将付梓的手稿。
443. Walter Benjamin, "The Work of Art in the Age of Mechanical Reproduction", in *Illuminations*, ed. Hannah Arendt, trans. Harry Zohn,(London: Pimlico, 1999),214.
444. Terence Hawkes, *Shakespeare in the Present* (London: Routledge, 2002),3.
445. Ros King, "Dramaturgy: Beyond the Presentism/Historicism Dichotomy", *Shakespearean International Yearbook* 7 (2007): 6-21; David Scott Kastan, *Shakespeare After Theory* (London: Routledge, 1999); Lisa Jardine, *Reading Shakespeare Historically* (London: Routledge, 1996).
446. 孙芋,《赞美正直、才智和友谊的诗篇:莎士比亚的戏剧〈无事生非〉观后》,《辽宁日报》,1961 年 9 月 2 日。
447. 李如茹分别于 1998 年 9 月和 2001 年 1 月对胡导进行了采访,摘自 *Shashibiya: Staging Shakespeare in China* (Hong Kong: Hong Kong University Press, 2003),60。

448. 该场戏对应原作中第五幕第四场。在剧中,祝希娟扮演比阿特丽斯(Beatrice),焦晃扮演培尼迪克(Benedick)。《无事生非》演出单,上海青年话剧团,1979。
449. 刘凡,《向你们学习,向你们看齐——写给上海戏剧学院实验话剧团》,《辽宁日报》,1961年9月2日。
450. 曹树钧、孙福良,《莎士比亚在中国舞台上》,116—117。
451. 鲁海,《看〈无事生非〉》,《青岛日报》,1962年8月1日。
452. 孙芋,《赞美正直、才智和友谊的诗篇》。
453. 董友道,《〈无事生非〉的舞台调度——列普柯夫斯卡雅的导演手法》,《新民晚报》,1957年11月30日。
454. "新中国"一词是中国共产党用来指1949年成立的社会主义中国。
455. 1957的《第十二夜》,翻译朱生豪,导演金纳迪·卡赞斯基,北京电影专科学校毕业班演出;1958年,翻译曹未风,导演凌之浩,上海电影演员剧团;采用同一导演、同一翻译文本于1959年和1962年重演。
456. 早期的中国莎剧演出(1911—1949),悲剧《麦克白》被当作政治讽喻剧,影射袁世凯复辟帝制,自称皇帝。
457. 胡导,《〈无事生非〉是个怎样的戏剧?》,《新民晚报》,1961年5月22日。
458. 列普柯芙斯卡娅,《戏剧艺术的基本条件》,金莎译,《上海戏剧学院院报》第8卷,(上海:上海戏剧学院,1956),13。
459. 列普柯芙斯卡娅,《苏联专家叶·康·列普柯芙斯卡娅在表演师资进修班第一堂表演课上的讲话》,翻译金莎,《上海戏剧学院院报》第7卷,(上海:上海戏剧学院,1956),8。
460. Constantin Stanislavski, *An Actor Prepares*, trans. Elizabeth Reynolds Hapgood,(New York: Theatre Arts Books, 1972),51。
461. 列普柯芙斯卡娅,《苏联专家叶·康·列普柯芙斯卡娅在表演师资进修班第一堂表演课上的讲话》,8。
462. 毛泽东,《百花齐放、百家争鸣方针的贯彻》,《中国现代文学史参考资料:中国革命文学的新阶段》,北京师范大学中文系现代文学教学改革小组编,(北京:高等教育出版社,1959),3:475。
463. Li[李如茹],*Shashibiya*, 56。
464. Friedrich Engels, introduction to *Dialectics of Nature*, ed. and trans. Clemens Dutt,(New York: International Publishers, 1960),2-3。
465. Friedrich Engels, "Letter to Ferdinand Lassalle, May 18, 1859," in *Marx and Engels on Literature and Art*, ed. Baxandall and Morawski, 109。
466. 马克思、恩格斯在写给拉萨尔的信件中的主题是"莎士比亚活泼与丰富的情节"。(Karl Marx, "Letter to Ferdinand Lassalle, April 19, 1859", in *Marx and Engels on Literature and Art*, ed. Baxandall and Morawski, 145.)
467. Alexander Anikst, "Shakespeare—A Writer of the People"(1959), in *Shakespeare in the Soviet Union*: *A Collection of Articles*, trans. Avril Pyman, comp. Roman Samarin and Alexander Nikolyukin, (Moscow: Progress Publishers, 1966),113.
468. 同上,138.
469. 孟宪强,《中国莎学简史》(长春:东北师范大学出版社,1994),第35页。
470. Mikhail M. Morozov, *Shakespeare on the Soviet Stage*, trans. David Magarshack, (London: Soviet News, 1947).
471. 莫洛佐夫,《莎士比亚传》,许海燕,吴俊忠译,(长沙:湖南人民出版社,1984)。
472. A. A. Anikst, "Byt' ili ne byt'u nas Gamletu?" *Teatr* 3(1995): 62, translated in David Gillespie, "Adapting Foreign Classics: Kozintsev's Shakespeare," in *Russian and Soviet Film Adaptations of Literature, 1900-2001: Screening the World*, ed. Stephen Hutchings and Anat Vernitsk, (London: Routledge, 2005),87.
473. 毛泽东,《在延安文艺座谈会上的讲话》,828。
474. 同上,827。
475. 陈瘦竹,《关于喜剧问题》,《文汇报》,1961年3月2日,3。
476. 本书编委会编,《莎士比亚全集》(北京:人民文学出版社,1978),1:9。
477. Friedrich Engels, "Landscape," *Telegraph für Deutschland* 123, August 1840, in *Karl Marx and Frederick Engels: Collected Works*, vol. 2, *Frederick Engels, 1838-42*, trans. Richard Dixon et al. (London: Lawrence & Wishart, 1975),95-101, and *The Condition of the Working Class in England*, ed. and trans. W. O. Henderson and W. H. Chaloner, (New York: Macmillan, 1958).
478. Engels, "Landscape," 100.
479. 1398年:"(亚美尼亚)是最让人感动、快乐的地方,到处都是花草、谷物、树木和水果"(J. Trevisa, trans., Bartholomaeus Anglicus's *De Proprietatibus Rerum* f. 172);1596年:"写给欢快的伦敦,我最慈爱的奶奶"(Ermund Spenser, *Prothalamion* 128);1816年:"他们在洒满月光的田园里散步,做着愉悦的游戏"(Jane Austen, *Emma* 1. iv. 52, cited in *Oxford English Dictionary*, 2 nd ed. [Oxford: Oxford

University Press, 1989]).
480. 最近的例子是 Julian Barnes, *England, England* (London: Jonathan Cape, 1998)。在这部小说中,现代化的英国在一系列的环境之下重新回归到工业化之前充满田园风光的状况。
481. Karl Marx, "Critique of the Gotha Program," in *Karl Marx and Friedrich Engels, Selected Works* (Moscow: Foreign Languages Publishing House, 1949), 2: 23; Karl Marx and Friedrich Engels, *The German Ideology* (New York: International Publisher, 1960), 22.
482. Maurice Meisner, *Marxism, Maoism, and Utopianism: Eight Essays* (Madison: University of Wisconsin Press, 1982), 26, 29. 梅斯纳评论说,马克思"对共产主义国家田园牧歌风格的想象完全与那时期毛主义者的期待是和谐一致的"。(192.)小弗雷德里克·魏克曼将毛泽东的思想追溯到康有为的大同主义。(*History and Will: Philosophical Perspectives of Mao Tse-tung's Thought* [Berkeley: University of California Press, 1973], 115-136.)
483. 《无事生非》四幕喜剧,剧本,1961年3月。剧本手稿现存放在上海青年话剧团。
484. Anne Barton, "Introduction to *Much Ado About Nothing*," in *The Riverside Shakespeare*, ed. G. Blakemore Evans, (Boston: Houghton Mifflin, 1997), 366-398, 361.
485. 胡导,《〈无事生非〉是个怎样的喜剧?》。
486. 汪齐邦,《谈谈话剧〈无事生非〉和它的演出》,《沈阳晚报》,1961年8月29日。
487. 胡导,《〈无事生非〉是个怎样的喜剧?》。
488. Konstantin Stanislavsky, *Stanislavski Produces Othello*, trans. Helen Nowak, (New York: Theatre Arts Books, 1963), 6.
489. Anne Bogart, *A Director Prepares* (London: Routledge, 2001), 22.
490. Jonathan Spence[史景迁], *The Search for Modern China* (New York: Norton, 1990), 589.
491. Geoffrey Francis Hudson, Richard Lowenthal, and Roderick MacFarquhar, *The Sino-Soviet Dispute* (New York: Praeger, 1961), 42-45.
492. John King Fairbank[费正清] and Merle Goldman, *China: A New History* (Cambridge, Mass.: Belknap Press of Harvard University Press, 1998), 368.
493. 胡导,《〈无事生非〉是个怎样的喜剧?》;刘凡,《向你们学习,向你们看齐》;孙芋,《赞美正直、才智和友谊的诗篇》。
494. Li Ruru[李如茹], *Shashibiya*, 59.
495. 祝希娟,《我演贝特丽丝》,《上海戏剧》,1980(2),29。
496. Perry Link[林培瑞], *The Uses of Literature: Life in the Socialist Chinese Literary System* (Princeton, N. J.: Princeton University Press, 2000), 10. 关于斯大林和高尔基的社会主义现实主义研究,可参阅 Harold Swayze, *Political Control of Literature in the USSR, 1946-1959* (Cambridge: Cambridge University Press, 1962)。
497. Stanley Wells, foreword to *Shakespeare, Memory and Performance*, ed. Peter Holland, (Cambridge: Cambridge University Press, 2006), xx.
498. 在这里,我要感谢 Djelal Kadir,是他提醒我注意到了博尔赫斯的故事与莎剧互相抵触的再现性在文本、舞台演出上的相似性。Jorge Luis Borges, "Pierre Menard, Author of the *Quixote*," in *Everything and Nothing*, trans. Donald A. Yates, James E. Irby, John M. Fein, and Eliot Weinberger, (New York: New Directions, 1999), 5.
499. 该次《无事生非》演出阵容强大,起用演员 60 多人,包括来自上海舞蹈家协会、银都艺术学校的舞蹈演员,同时,现实生活中的喷泉、马匹、摩托车和敞篷跑车都出现在舞台上。
500. 曹树钧,《〈无事生非〉广场剧》,《新舞台》,1995 年 12 月 9 日,第 5 页。
501. 常创泽,《场面大,环境吵,演员累:首次广场话剧亮相目击》,《青年报》,1995 年 11 月 20 日。
502. 彩排使用的剧本,"《无事生非》演出本",朱生豪译(上海:上海话剧艺术中心,1995),38。这场戏对应着莎士比亚原作中的第五幕第四场。
503. 曹树钧,《〈无事生非〉广场剧》,5。
504. 俞洛生写于 1995 年 10 月 10 日的彩排笔记,廖静峰抄录、整理,手稿现存上海话剧艺术中心。
505. Clifford Geertz, *Negara: The Theatre State in Nineteenth Century Bali* (Princeton, N. J.: Princeton University Press, 1988), 136. 与此时期中国莎剧演出不同,格尔兹得出结论说,"巴厘场面宏大的演出"并非为政治利益服务,而是"戏剧本身",因为"权势为恢宏服务,但恢宏并不服务于权势"。同前,13。
506. Gore Vidal, *Screening History* (London: Abacus, 1992), 2; Wendy Everett, "Introduction: From Frame to Frame: Images in Transition," in *The Seeing Century: Film, Vision, and Identity*, ed. Wendy Everett, (Amsterdam: Rodopi, 2000), 6.

507. 有关戏曲的更多信息可参见本书序言。
508. 詹明信主张应当从以下两方面来对跨国资本主义下定义,即"现实转化为想象"和"支离破碎的时间成为一系列永久长存的现在"。当意象成为可以转换的物品,它便可通过清除曾经的表述形式来统治社会空间。霍尔把全球大众文化的崛起归结为意象的实用性,"意象能够更快速更轻易地跨越、多次反复地跨越国与国之间的语言障碍"。(*Cultural Turns: Selected Writings on the Postmodern, 1983-1998* [London: Verso, 1998],20, and *Postmodernism, or, the Cultural Logic of Late Capitalism* [Durham, N.C.: Duke University Press, 1991],68.)也可参看 Stuart Hall, "The Local and the Global: Globalization and Ethnicity",见 *Culture, Globalization, and the World-System*, ed. Anthony King, (Minneapolis: University of Minnesota Press, 1997),27.
509. Dennis Kennedy, "Introduction: Shakespeare Without His Language", in *Foreign Shakespeare: Contemporary Performance*, ed. Dennis Kennedy, (Cambridge: Cambridge University Press, 1993) 1, 5, reprinted, with revisions, as "Shakespeare Without His Language", in *Shakespeare, Theroy, and Performance*, ed. James C. Bulman, (London: Routledge, 1996),133-148,6.
510. 中国戏曲莎剧演出与很多用传统手法演绎莎剧的亚洲表演是一样的,黑泽明依据《麦克白》编导的《蜘蛛巢城》世界闻名,这部电影就是一个最具说服力的例子。黑泽明的日本同行都认为他很西方化,以至于经常把他的名字用片假名来写,而片假名在日本常是用来音译非东亚名字或外来词的。
511. Dennis Kennedy, *Looking at Shakespeare: A Visual History of Twentieth Century Performance*, 2 nd ed. (Cambridge: Cambridge University Press, 2001),288,294.
512. Dennis Kennedy, "Shakespeare and the Global Spectator", *Shakespeare Jahrbuch* 131(1995): 50-64.
513. John Gillies, "Shakespeare Localized: An Australian Looks at Asian Practice", in *Shakespeare Global/Local: The Hong Kong Imaginary in Transcultural Production*, ed. Kwok-kan Tam[谭国根], Andrew Parkin, and Terry Siu-han Yip[叶少娴], (Frankfurt: Peter Lang, 2002),101.
514. John Russell Brown, "Foreign Shakespeare and English-speaking Audiences", in *Foreign Shakespeare*, ed. Kennedy, 32; John Russell Brown, *New Sites for Shakespeare: Theatre, the Audience and Asia*

(London: Routledge, 1999),130.
515. Daphne Pi-Wei Lei[雷碧玮],*Operatic China: Staging Chinese Identity Across the Pacific* (New York: Palgrave Macmillan, 2006),255.
516. Brown, *New Sites for Shakespeare*.
517. Antony Tatlow, *Shakespeare, Brecht, and the Intercultural Sign* (Durham, N. C.: Duke University Press, 2001),198.
518. J. Philip Brockbank, "Shakespear Renaissance in China", *Shakespeare Quarterly* 39, no. 2 (1988): 195-204.
519. Dennis Bartholomeusz, "Shakespeare Imagines the Orient: The Orient Imagines Shakespeare", in *Shakespeare and Cultural Traditions: The Selected Proceedings of the International Shakespeare Association World Congress*, Tokyo, 1991, ed. Roger Pringle, Tetsuo Kishi, and Stanley Wells, (Newark: University of Delaware Press, 1994),201.
520. 同上,199.
521. Brockbank, "Shakespeare Renaissance",195.
522. 曹树钧,《莎士比亚的春天在中国》(香港:天马图书公司,2002),2。
523. Matthew Gurewitsch, "A Cast of One for 'King Lear'", *Wall Street Journal*, July 10,2007, eastern edition, D5.
524. Faye Chunfang Fei and William Huizhu Sun[费春放、孙惠柱],"*Othello* and Beijing Opera: Appropriation as a Two-Way Street", *TDR: The Drama Review* 50, no. 1 (2006): 122.
525. 张晓阳争论的前提是用中国传统戏曲编演莎剧是合适的,因为莎剧与中国传统剧目有很多相通的地方。(*Shakespeare in China: A Comparative Study of Two Traditions and Cultures* [Newark: Univeristy of Delaware Press, 1996],62-172.)李如茹认为"中国汉字'戏'传达了戏的内涵。这个汉字由两部分构成,左偏旁是'虚'(不真实),右偏旁'戈'(匕首)"。在中国人看来,戏剧就是'一种虚幻的打斗'",这也就成为"莎士比亚戏剧与中国传统戏曲京剧完全一致"的原因了。(*Shashibiya: Staging Shakespeare in China* [Hong Kong: Hong Kong University press, 2003],192.)
526. Tatlow, *Shakespeare, Brecht*, 198.
527. 齐如山,《齐如山回忆录》(北京:中国戏剧出版社,1998 年),126-185; Joshua Goldstein, *Drama Kings: Players and Publics in the Re-creation of Peking Opera, 1870-1937* (Berkely: University of California Press, 2007),134-171,264-289。
528. Kwai-Cheung Lo[罗贵祥], *Chinese Face/Off: The Transnational*

Popular Culture of Hong Kong（Urbana：University of Illinois Press，2005），180。

529. *Think Korea* 2006：*Korea-UK Mutual Visit Year*，program booklet，(London：Korean Cultural Centre and the Embassy of the Republic of Korea，2006)，21。以下的网页对该演出进行了记录：Barbican Centre，http：//www. barbican. org. uk/theatre/event-detail. asp? id = 4276 (accessed July 2007)。莫克瓦剧团的《罗密欧与朱丽叶》作为其中一场从 11 月 23 日至 12 月 9 日在 the Pit 上演，票价是 15 英镑，场场销售一空。

530. Charles Spencer，"A *Macbeth* Made in Taiwan"，*Daily Telegraph*，November 16，1990。

531. Tatlow，*Shakespeare*，*Brecht*，200。

532. 同上，201。

533. Lois Potter，"The Spectacle of *Macbeth*"，*Times Literary Supplement*，November 13，1987，1253。

534. "不详的幻象，你只是一件可视不可触的东西吗？或者你不过是一把想象中的刀子，从谵热的脑筋里发出来的虚妄的疑为'异爱'？我仍旧看见你，你的形状正像我现在拔出的这一把刀子一样明显"。(《麦克白》第二幕第一场)

535. 曹树钧，孙福良，《莎士比亚在中国舞台上》(沈阳：哈尔滨出版社，1989)，195。

536. Harold Bloom，*Shakespeare*：*The Invention of the Human* (New York：Riverhead Books，1998)，430；G. Wilson Knight，*The Shakespearean Tempest* (London：Milford，1932)，3-4。

537. 布朗认为外国人的莎士比亚比英美国家的莎士比亚赋予更多的"政治内涵，争议也更大"。在他看来，这种现象归结到一个事实，亦即，"导演用非言辞的诸多方式强调自己想要彰显的政治解读"。这种与众不同的表意实践促使观众格外注意那些非言语表演的意指。当今的翻译"更多地与同时期的用语协调"，这样就使剧目"靠近了我们自己的政治观念"。("Foreign Shakespeare"，26。)同时，肯尼迪还指出，"外国表演者对莎剧的力量可能有一种更直接的接近"，因为这些表演"使莎剧的意义合乎时代"。("Introduction"，5-6。)

538. Walter Ong，*Orality and Literary*：*The Technologizing of the Word* (London：Routledge，1982)，132。

539. 京剧《奥赛罗》由邵红超与翁鸥红等助手改写而成，在 1986 年中国首届莎士比亚戏剧节上再度上演该剧。

540. 传统京剧花脸人物往往指神仙鬼怪或者是指力大无比或心智很高的人。这个行当常常用来刻画力气大、有暴力倾向、奸诈狡猾之人。(Elizabeth Wichmann, *Listening to Theatre*: *The Aural Dimension of Beijing Opera* [Honolulu: University of Hawai'i Press, 1991], 10.)
541. 传统花脸一个最主要的特点是从额头到下巴满脸都涂上色彩鲜艳的图样,故此,没有任何脸谱的花脸角色相对传统意义上的行当来说是有改革意味的。
542. 20 世纪的 50 年代和 60 年代初,只有一小部分的外来电影得到了政府的认可并引介进来,其中有四部是关于莎剧的,他们是苏联的《第十二夜》《奥赛罗》,电影屏幕上打着中文字幕,还有劳伦斯·奥利弗的《哈姆雷特》,是汉语配音的,而他的《理查三世》却只有中文字幕。这些电影极大地影响了中国的莎剧演出。马永安绝非受到激励的唯一的一位中国演员。其中,熊源伟把奥利弗的《哈姆雷特》融入他的粤剧话剧《哈姆雷特/哈姆雷特》(2001 年在香港演出),这台剧目借用多媒体技术,把奥利弗《哈姆雷特》的视频片段投映在舞台大屏幕上。1958 年,孙道临以卞之琳的翻译为蓝本为奥利弗《哈姆雷特》在上海电影制片厂做了中文配音,他那段"生存还是毁灭"的对白深深地烙印在一代中国人的文化记忆里。很快,他的配音被制作成电台广播剧,赢得广大听众的喜爱。在一次采访中,孙道临回忆说,他的配音采用了斯坦尼斯拉夫斯基的表演方法,加上内心的独白和心理挖掘,把奥利弗"没有很好表述"的生与死矛盾的抉择发挥得淋漓尽致,配音水平也达到了一定的高度。选自 2002 年 3 月的《大众电影》上朱海宁所写的《做大写的人——孙道临耄耋之年的人生感悟》。孙道临在自己的自传里也详细地回忆了给奥利弗配音的全过程,这成为中国大陆读者热议的一个焦点。大家对孙道临的声音是耳熟能详,特别是在"文革"动乱期间,更能抚慰大众的心灵,因为收音机是唯一可以用来消遣的。(孙道临,《走进阳光》[上海:上海人民出版社,1997]。)
543. 《奥赛罗》(1956),谢尔盖·尤特凯维奇执导,谢尔盖·邦达尔丘克主演奥赛罗,伊琳娜·斯柯贝丝特娃饰苔丝狄蒙娜,安德烈·波波夫饰伊阿古。这部 108 分钟的黑白电影荣获了戛纳电影节"最佳导演奖"。
544. 2002 年 9 月 4 日马永安在北京接受了黄诗芸的采访。
515. 同上。
546. Frank Dikötter, *The Discourse of Race in Modern China* (London: Hurst, 1992), 15, 38-39, 89, 149. 同时可参看 Frank Dikötter, ed. *The Construction of Racial Identities in China and Japan: Historical and Contemporary Perspectives* (London: Hurst, 1997)。

547. 1907年6月1日、2日东京的本乡座上演了《黑奴吁天录》。同年的10月,上海兰心剧场王钟声以京剧表演形式演出了该剧。
548. Ayanna Thompson, "Practicing a Theory/Theorizing a Practice: An Introduction to Shakespearean Colorblind Casting," in *Colorblind Shakespeare: New Perspectives on Race and Performance*, ed. Ayanna Thompson, (New York: Routledge, 2006), 1.
549. August Wilson, *The Ground on Which I Stand* (New York: Theatre Communication Group, 1996)(1996年6月26日在普林斯顿大学举办的两年一度的第十一届戏剧交流协会全国会议上的大会发言稿),引自Thompson, "*Practicing a Theory*", 1。
550. Fei and Sun[费春放、孙惠柱], "*Othello* and Beijing Opera", 125.
551. 《陪读夫人》是俞洛生导演的一部话剧,改编自王周生的同名小说。1995年,这部话剧由上海话剧艺术中心出演,并取得了突破性的票房成绩。据克莱尔·康塞林调查,艺术中心"以当时上海专业剧团最高的票价售完了两个月的演出门票"。(*Significant Other: Staging the American in China* [Honolulu: University of Hawai'i Press, 2004], 137, 139, 264-265.)前美国新闻处外交官理查·戴利说一口流利的普通话,参演了大众喜爱的电视连续剧《北京人在纽约》。
552. Ania Loomba, foreword to *Colorblind Shakespeare*, ed. Thompson, xiv.
553. 同上,xv.
554. 李如茹认为,这台戏"被编为八幕"(*Shashibiya*, 181)。在场次上,中西方说法有别,可能是因为中国人是依据舞台上唱腔的曲调和旋律而对"场"进行划分的。西方舞台上场景的变化意味着场和幕的转换,而中国京剧舞台上没有这种传统。在我对京剧演员马永安进行采访之时,他就把莎剧原作中的开场白看成是第一场。
555. 参考李如茹在*Shashibiya*第180—181页上的表述,这段对话是我自己的英文翻译。
556. Brockbank, "Shakespeare Renaissance", 201.
557. 关于中国戏曲舞台上导演的角色,可参阅Megan Evans, "The Emerging Role of the Director in Chinese Xiqu", *Asian Theatre Journal* 24, no. 2 (2007): 470-504。
558. Elizabeth Wichmann-Wlaczak and Catherine Swatek, "*Jingju* Role Types", in *Encyclopedia of Asian Theatre*, ed. Samuel L. Leiter, (Westport, Conn.: Greenwood Press, 2007), 2: 626. 对于老生行当的定义,不同的地方剧种有不同理解,比如,在昆曲里,老生指有胡须、社

会地位高、上了年纪的男性。
559. 在采访中,没有任何乐器的伴奏,马永安给我演唱了最后一场戏。这里的台词是根据他当时的演唱记录下来的。
560. 我对马永安的采访。
561. 同上。
562. 邓小平,《在中国文学艺术工作者第四次代表大会上的祝词》,《邓小平文选》(北京:人民出版社,1983),182。
563. 革命样板戏没有中国传统戏曲舞台上的妆扮,而是引进了一种表演模式,即在传统的程式化的表演模式中融入了现实社会意义。关于西方戏剧对中国革命样板戏在表演模式和戏剧结构安排上的影响,详细情况请参阅 Chen Xiaomei[陈晓梅],"The Making of a Revolutionary Stage: Chinese Model Theatre and Its Western Influences", in *East of West: Cross-Cultural Perfromance and the Staging of Difference*, ed. Claire Sponsler and Xiaomei Chen, (New York: Palgrave, 2000),125-140。
564. 杨世彭与戏剧工作者的访谈。("Theatre Activities in Post-Cultural Revolution China", in *Drama in the People's Republic of China*, ed. Constantine Tung and Colin Mackerras, [Albany: State University of New York, 1987],176.)
565. 月薪共有十八个等级,第十八级是最低的一级,而刚刚结束培训的京剧演员是不在此级别的。第一年对刚毕业的演员来说是实习期,一个月最多只拿 20 美元。晋升到第十八级别之后,最多也不过 25 美元。文艺一级和国家一级演员是最高的级别,这个级别的演员拿的月薪是 192 美元。杨世彭进行了这方面的调查研究,并收集了 20 世纪 80 年代有关的数据信息。("Theatre Activities", 177.)
566. 事实上,20 世纪 80 年代中国大陆 2 524 台戏剧表演中只有 176 台的话剧演出,地方戏曲约占总数的 87%。(《中国戏剧年鉴》[北京:中国戏剧出版社,1981],296—303。)从这些数据可以看出,中国戏剧事业繁荣兴旺。《中国戏剧年鉴》统计数据显示,275 幕新剧刊发在大陆刊物上,其中 139 台是传统戏曲曲目,114 台是西方话剧表演形式(289—295)。1981 年发表了 389 幕戏剧创作,刊发的数量有了 45% 的增长。(《中国戏剧年鉴》[北京:中国戏剧出版社,1982],555。)
567. 《中国戏剧年鉴》[1982],173。杨世彭的戏剧调研表明,1981 年、1983 年和 1985 年,普通老百姓都可以购买剧场门票,门票的价位不等,全明星阵容的京剧表演售 1.5 美元(依据 20 世纪 80 年代的汇率),中等城市的一般演出只要 0.3 美元。当时工人月工资是 30 美元到 40 美元,一般住宅月租金不到4美元。剧场里的观众来自社会各个阶层,但你却很难区分他们的身份和职业,因为那时的中国人都是一身蓝灰衣服,是"文化大革命"时期遗留下来的。像市长、党委领导人等高级别的党政要员经常受邀出席观看演出,邀请原因各有不同,有的是想趁机宣传,有的是想赢取政府的支持。话剧观众席上的观众更文明些,整场演出中都保持着安静,而传统戏曲剧场里的观众嗑着瓜子,还时不时地为演员的精彩表演喝彩助威。杨世彭,《"文革"后中国的戏剧活动》,171—172。

568. 林培瑞并没有注明他所参考的具体版本,但很可能是指朱生豪的《莎士比亚全集》翻译。对于"向标准的伟大西方作家致敬"作为购买的理由,林培瑞提出了质疑。(*The Uses of Literature* [Princeton, N. J.: Princeton University Press, 2000], 170)然而,当中国流行再版、发行小说而不是戏剧之时,《莎士比亚全集》的发行量确实远远高于大多数中国小说,这个事实说明了一切的问题。

569. 《罗密欧与朱丽叶》,导演:黄佐临,庄则敬,嵇启明,翻译:曹禺,演出:上海人民艺术剧团,1980。

570. 曹树钧,孙福良,《莎士比亚在中国舞台上》,127。

571. 对于黄佐临的"写意(字面意思指描述意图)戏剧观",我采用了夏瑞春的翻译。("Huang Zuolin's Ideal of Drama and Bertolt Brecht", in *Drama in the People's Republic of China*, ed. Tung and Mackerras, 160.)虽说黄佐临多次尝试把"写意"翻译成 intrinsicalistic theatre 和 essentialism,但他最终没有固定下来。孙惠柱,龚伯安,《黄佐临的戏剧写意说》,《戏剧艺术》,1983(4),7—8。

572. 上海戏剧学院藏族表演班学生的毕业演出,藏语翻译孟南江村,参阅曹禺的汉语翻译,导演徐企平。该剧于1981年4月在上海对外演出,并于5月22日受文化部之邀到北京进行演出。6月17日,文化部授予所有演员、指导老师和导演"先进教学集体"的光荣称号。藏语的《罗密欧与朱丽叶》还于1982年早期在拉萨进行演出,朱丽叶和罗密欧分别由德央和多布吉扮演。李晓编著,《上海话剧志》(上海:百家出版社,2002),182—183。

573. 曹树钧,孙福良,《莎士比亚在中国舞台上》,129。

574. 改编:徐芬,导演:曹平,田蔓莎,演出:四川省川剧学校青年川剧团,灯光设计:刑辛,音乐:兰田。该剧曾在四川成都上演,后出席了2001年3月的第12届澳门艺术节以及3月14日、16日和17日的不莱梅亚洲莎士比亚戏剧节。

575. 田蔓莎与黄诗芸的访谈,2004年3月15日。

576. 改编：王安祈,导演：香港电影导演徐克。施如芳,《〈暴风雨〉首次登台：魔法师大唱皮黄》,《表演艺术》,2004(135),72。
577. 赖廷恒,《吴兴国将演出莎剧〈暴风雨〉》,《中时网路艺文村》,2004年5月24日（http://news. chinatimes. com/Chinatimes/newscontnet/newscontent-artnews/0,3457,112004052400176＋110513＋20040524＋C9352430,00. html）。
578. Fei and Sun[费春放、孙惠柱],"*Othello* and Beijing Opera",127.
579. 易凯,《崭新的天地,巨大的变革——首届莎士比亚戏剧节舞台演出观感》,《戏曲艺术》,1986(4),6,Fei and Sun [费春放、孙惠柱]英译,"*Othello* and Beijing Opera",126。
580. Shu-mei Shih[史书美], *Visuality and Identity: Sinophone Articulations Across the Pacific* (Berkely: Unviersity of California Press, 2007),8.
581. "图画转向一种完全以意象为主的文化,对图画转向的构思现已在全球范围内成为切实可行的技术。"(W. J. T. Mitchell, *Picture Theory: Essays on Verbal and Visual Representation* [Chicago: University of Chicago Press, 1994], 16; 另见 Guy Debord, *The Society of the Spectacle*, tans. Donald Nicholson-Smith (New York: Zone Books, 1995),26-27.)
582. "全球大众文化……还是以西方为中心,亦即西方社会的科技、资本之集中、技术之集中、先进实验室之集中,以及西方社会的故事与形象。所有这些都是全球大众文化的动力之所在,denn故此,还是以西方为中心并且一直是说着英语。"(Hall, "Local and the Global", 28.)
583. 吴兴国对自己以及李尔王眼睛的点评与 *Quatre concepts fondamentaux de la psychanalyse*, vol. 11, *Le Séminaire de Jacques Lacan* (Paris: Seuil, 1973)中拉康凝视观点不谋而合。拉康以荷尔拜因油画《大使们》(1533)中浮动的头盖骨为例,说明凝视的对象。在他的意图驱动下,观众受到暗示,对真实存在的物体进行着隐性与可见性的感觉。一般而言,饰演京剧武生的演员是要在后台穿戴行头的。
584. 马修·古雷维奇在他的文章中探讨了吴兴国在这台革新独角戏中的精湛演技。(Matthew Gurewitsch, "A Cast of One for 'King Lear'", *Wall Street Journal*, July 10,2007, eastern edition, D5.)
585. 我采用了林肯中心的表演剧本,并参照2000年在巴黎、2004年在台北演出进行补充。独角戏《李尔在此》完全由吴兴国一人构思、导演、表演,在美国、亚洲和欧洲做了巡回演出。这次美国林肯中心的艺术表演受到了以下组织机构的支持和赞助：Alice Tully Foundation, Asian Cultural Council, Josie Robertson Fund for Lincoln Center, the National

Endowment for the Arts, public funds from the city and state of New York, and Taiwan's Council for Cultural Affairs。
586. 参看序言和第六章。
587. Barbara Hodgdon, "Stratford's Empire of Shakespeare; or, Fantasies of Origin, Authorship, and Authenticity: The Museum and the Souvenir", in *The Shakespeare Trade: Performaces and Appropriations* (Philadelphia: University of Pennsylvania Press, 1998), 191-240.
588. 一些评论家注意到了当下莎士比亚演出中的个人因素,比如,罗伯特·乐帕奇根据《哈姆雷特》改编的独角戏《爱尔西诺》与迈克尔·阿尔默瑞达执导的电影《哈姆雷特》。玛格丽特·简·基德乃称乐帕奇的演出为"一个演出者与哈姆雷特的诉诸经验的遭遇"。("Dancing with Art: Robert Lepage's *Elsinore*", in *World-wide Shakespeares: Local Appropriations in Film and Performance*, ed. Sona Massai, [London: Routledge, 2005], 140.)同样,马克·伯内特也指出:"有人认为,电影/录像制作可以作为撰写个人篇章的一种方法。这种想法在阿尔默瑞达的电影《哈姆雷特》中体现了出来。他把摄影机反复对着哈姆雷特本人的眼睛,好似提醒观众注意他是如何把本不在场的历史视觉化了。"(*Filming Shakespeare in the Global Marketplace* [New York: Palgrave macmillan, 2007], 52.)
589. 《李尔王》,导演兼编剧戈达尔(Cannon films, 1988),彼得·塞勒斯出演威廉·莎士比亚五世.彼得·唐纳森批评戈达尔的电影"现代化了,只是些支离破碎的镜头,故事不呈直线性叙述,只有一部分选自莎士比亚的剧本"。在他看来,戈达尔就是利用电影制作"对影片行使个人操控"。("Disseminating Shakespeare: Paternity and Text in Jean-Luc Godard's *King Lear*", in *Shakespearean Films/Shakespearean Directors* [Boston: Unwin Hyman, 1990], 189-190.)也可参阅 Anthony R. Guneratne, *Shakespeare, Film Studies, and the Visual Cultures of Modernity* (New York: Palgrave Macmillan, 2008), chap. 5; and Alan Walworth, "Cinema *Hysterica Passio*: Voice and Gaze in Jean-Luc Godard's *King Lear*", in *The Reel Shakespeare: Alternative Cinema and Theory*, ed. Lisa S. Starks and Courtney Lehmann, (Madison, N. J.: Fairleigh Dickinson Unviersity Press, 2002), 59-94.
590. 作为香港实验莎士比亚戏剧节的一部分,这台 30 分钟的剧目于 2000 年 3 月 16 日至 19 日在葵青剧院首次登台亮相。5 月的 25 日至 27 日,表演工作坊子公司外表坊时验团在台北重演了该剧目,连续演出了四场。

外表坊时验团于 2000 年 10 月 6 日在台北成立。
591. 这里之所以采用"文化声誉",是想突显艺术家个体差异之说与莎士比亚作品普遍性之间的张力,比如,吴兴国的《李尔在此》就是一部自传体性质的剧目。帕斯卡尔·卡萨诺瓦主张以巴黎为象征性中心的文字世界就是由文化声望的经济操控着。(The World Republic of Letters, trans. M. B. DeBevoise, [Cambridge, Mass.: Harvard University Press, 2004], 9.) 詹姆斯·英格利希却持有不同的观点。在他对文学奖的研究中,他把文学价值从理论上进行了阐释。(*The Economy of Prestige: Prizes, Awards, and the Circulations of Cultural Value* [Cambridge, Mass.: Harvard University Press, 2005], 264.)
592. 《每日电讯报》在伦敦帕丁顿等地铁站为 2006 年夏季体育板块打出了广告,广告上的莎士比亚肖像很明显是通过数字技术处理过的,旁边还有一行字:"运动。我们得到了最伟大的作家。"
593. 2003 年的 4 月至 9 月期间,这则广告出现在台湾的新闻报纸、网络媒体上,连《中时电子报》(http://news.chinatimes.com) 和《联合新闻网》(http://udn.com) 也不例外。在广告上,莎士比亚成为了英国人特性以及英语语言在全球的标识。哈姆雷特的经典独白"To be, or not to be"广告之意在于传达英语语言教育可以为你赢得文化教养。然而,具有讽刺意味的是,这句广告词也使人把英语辅导班与广告意图不相干的东西联想起来,比如,哈姆雷特"犹豫"、"拖延"的性格问题以及文艺复兴时期的怀疑论。
594. 中国近来两次大规模的莎剧演出分别是 1986 年和 1994 年政府资助的莎士比亚戏剧节。
595. 引自 Michael D. Bristol, *Big-time Shakespeare* (London: Routledge, 1996), 3。
596. Shen Lin[沈林], "Shakespeare, 'Theirs' and 'Ours'", International Conference on Shakespeare Performance in the New Asias (National University of Singapore), June 27-30, 2002.)
597. Albert Hunt and Geoffrey Reeves, *Peter Brook* (Cambridge: Cambridge University Press, 1995), 44.
598. Alexander C. Y. Huang[黄诗芸], "Impersonation, Autobiography, and Cross-Cultural Adaptation: Lee Kuo-Hsiu'[李国修]s *Shamlet*", *Asian Theatre Journal* 22, no. 1(2005): 122-37.
599. 金枝演社的舞台表演融合了格曼托夫斯基主张的即兴表演中的肢体语言以及台湾歌仔戏。
600. 广东粤语话剧《哈姆雷特/哈姆雷特》,由熊源伟执导,香港致群剧社、沙田话剧团、第四线剧社于 2000 年 1 月联袂演出。
601. Xiong Yuanwei［熊源伟］,"From Classics to Modernity: Director's Notes on *Hamlet/Hamlet*", *Hong Kong Drama Review*, 2(2000): 93.
602. 玛丽·路易斯·普拉特在 *Imperial Eyes: Studies in Travel Writing and Transculturation* (London: Routledge, 1992)中用"接触地带"一词把经常发生殖民冲突以及居住人身份文化混杂的地域、文化空间上升到理论的高度。
603. 杜维明提倡,"真正的"儒家思想存在于中国大陆之外,而内地的人文景观受马克思主义、毛泽东思想影响,直到 20 世纪 90 年代的早期才重视儒家。杜维明造了"文化中国"一词,意在表明只要有中国人存在的世界各地都有中国文化。"Cultural China: The Periphery as the Center", *Daedalus* 120, no.2(1991): 1-32, reprinted in *The Living Tree: The Changing Meaning of Being Chinese Today*, ed. Tu Wei-ming, (Stanford, Calif.: Stanford University Press, 1994),1-34.
604. 1624—1662 年,荷兰人对台湾进行殖民统治,后忠于南明的郑成功率军将之赶出台湾。从此郑氏家族统治了台湾,直到 1683 年。随后,台湾又由清朝统治(1683—1895)。中国在 1895 年中日甲午战争中失败之后,台湾被割让给日本。1945 年日本战败,结束了在台湾的统治,台湾回归中华民国。毛泽东领导的共产党击败了国民党,并将之驱逐出大陆后,于 1949 年成立了中华人民共和国。国民党的中枢迁至台湾,仍自称"中华民国",其一党统治一直延续到 20 世纪 80 年代晚期。
605. Michelle Yeh［奚密］,"Frontier Taiwan: An Introduction", in *Frontier Taiwan: An Anthology of Modern Chinese Poetry*, ed. Michelle Yeh and N. G. D. Malmqvist, (New York: Columbia University Press, 2001),50-51.
606. Jon Von Kowallis 认为赖声川是个美籍亚洲人而不是亚裔美国人。("The Diaspora in Postmodern Taiwan and Hong Kong Film: Framing Stan Lai's *The Peach Blossom Land* with Allen Fong's *Ah Ying*", in *Transnational Chinese Cinemas: Identity, Nationhood, Gender*, ed. Sheldon Hsiao-peng Lu, [Honolulu: University of Hawai'i Press, 1997],169.)
607. Stan Lai［赖声川］,"Specifying the Universal", *TDR: The Drama Review* 38, no.2(1994): 33.
608. 相声是一种站着表演的中国传统喜剧形式,有时是一个人的独白,有时是两个人之间快速的、诙谐的对话。
609. Lai［赖声川］,"Specifying the Universal", 33,37.

注　释

610. 引自陶庆梅、侯淑仪，《刹那中——赖声川的剧场艺术》(台北：时报文化出版公司，2003)。
611. 马森，《中国现代戏剧的两度西潮》(台南：文化生活新知出版社，1991)。
612. 另一个例子是《武陵人》中主人公下定决心要留在人世间来保护人类，而不是逃离到轻而易举就可达到的理想国度。
613. 《八月雪》是一台音乐剧，由国光京剧团于1997年在台湾演出。不管演出的形式还是内容都融合了多种元素，演员登台表演面临着一大挑战。故此，直到2002年12月19日这台剧才搬上舞台。《八月雪》的全球首映是在台北，高行健执导，由一群京剧演员、杂技演员表演。舞台表演之中融入了京剧、现代舞蹈的身段、唱腔以及其他表演手法，有来自台湾交响乐团的90名演奏员，还有4名打击乐器演奏员、50名队员的合唱团，演出明星阵容强大，参演的名人有吴兴国、叶复润、曹复永、黄发国、唐文华，配乐许舒亚(一名旅居法国的中国作曲家)，导演马克·特劳特曼，编舞林秀伟，舞台设计聂光炎，服装设计叶锦添，灯光设计菲利普·格罗斯佩林。三年后的1月25日，演出的全班人马再次出现在法国舞台上，只是把演出者换成了法国马塞市的马赛歌剧院交响合唱乐团。剧名为 La Meige en aouût。节目单称演出为 épopée，意指叙事诗或回环。
614. 参考马西欧·理查德的回忆录，赖声川亲自作录像翻译、配音。
615. Stan Lai[赖声川], "Statement About *The Thirty-seven-fold Practice of a Bodhisattva*", stage bill, Hong Kong Experimental Shakespeare Festival, March 9, 2000, 3-4.
616. 同上，4.
617. 赖声川写道："政治事件经常影响到我们的工作方式以及我们所从事的工作。"("Specifying the Universal", 37.)
618. 同上。
619. 早在1999年7月6日至17日伦敦修葺一新的环球剧场举办的一年一度的"从环球剧场走向全世界的戏剧节"上演出之前，该剧已多次在外国进行演出，比如，1989年在意大利、荷兰、法国和西班牙，1990年在新加坡、英国，还有1994年和1996年在德国。
620. 苏珊·贝内特在不同的语境下也提到了这个话题，具体可参阅 *Performing Nostalgia: Shifting Shakespeare and the Contemporary Past* (London: Routledge, 1996), 51。
621. 通过对照，赖声川没有采用中国流行的《李尔王》翻译版本，如梁实秋、方平、朱生豪、卞之琳、杨世彭。
622. Jan Kott, *Shakespeare Our Contemporary*, trans. Boleslaw Taborski,

(London: Routledge, 1967).
623. James Howe, *A Buddhist's Shakespeare: Affirming Self-Deconstructions* (Rutherford, N. J.: Fairleigh Dickinson University Press, 1994), 182-85.
624. Lai[赖声川],"Statement", 4-5.
625. Peggy Phelan, "Reconstructing Love: *King Lear* and Theatre Architecture", in *A Companion to Shakespeare and Performance*, ed. Barbara Hodgdon and W. B. Worthen, (Oxford: Blackwell, 2005),22; Lyell Asher, "Lateness in *King Lear*", *Yale Journal of Criticism* 13, no. 2(2000): 209-28.
626. 赖声川,《菩萨之三十七种修行之李尔王》剧本。感谢赖导演为我提供舞台剧本。
627. Stanley Cavell, "The Avoidance of Love: A Reading of *King Lear*", in *Must We Mean What We Say: A Book of Essays* (New York: Scribner, 1969),290.
628. 赖声川,《菩萨之三十七种修行之李尔王》,第 17 页。
629. 同上,第 17—18 页。
630. Lai[赖声川],"Statement", 5.
631. 同上,4.
632. Richard Halpern, *The Poetics of Primitive Accumulation: English Renaissance Culture and the Genealogy of Capital* (Ithaca, N. Y.: Cornell University Press, 1991),215; Kaara L. Peterson, "*Historica Passio*: Early Modern Medicine, *King Lear*, and Editorial Practice", *Shakespeare Quarterly* 57, no. 1 (2006): 1-22; Richard Flatter, "Sigmund Freund on Shakespeare", *Shakespeare Quarterly* 2, no. 4 (1951): 368-69; Coppélia Kahn, "The Absent Mother in *King Lear*", in *Rewriting the Renaissance: The Discourse of Sexual Difference in Early Modern Europe*, ed. Margaret W. Ferguson, Maureen Quilligan, and Nancy J. Vickers, (Chicago: University of Chicage Press, 1985),35; Jane Adelman, *Suffocating Mothers: Fantasies of Maternal Origin in Shakespeare's Plays*, "*Hamlet*" to "*The Tempest*" (New York: Routledge, 1992),128. 另见 Sholom J. Kahn, "Enter Lear Mad", *Shakespeare Quarterly* 8, no. 3(1957): 311-29。
633. Lai[赖声川],"Statement", 3.
634. Arthur Holmberg, "The Liberation of Lear", *American Theatre*, July-August, 1988,12, quoted in Bennett, *Performing Nostalgia*, 39.

635. W. E. B. Du Bois, *The Souls of Black Folk*, ed. David W. Blight and Robert Gooding-Williams, (Boston: Bodford Books, 1997), 12.
636. Nancy Guy, *Peking Opera and Politics in Taiwan* (Urbana: University of Illinois Press, 2005), 2-4.
637. Wu Hsing-kuo[吴兴国], "Director's Note", in *Lincoln Center Festival, July 10-July 29, 2007* (New York: Playbill, 2007), 19.
638. 在美国的演员训练课程中,独角戏是教学法之一,可以帮助演员理解自我与人物二者之间的关系。例如,国家戏剧音乐学院丹佛表演艺术中心要求大二学生创作独角戏,以此对刻画的人物进行深入研究。
639. *King Lear*, stage bill, the Contemporary Legend Theatre, July 2007.
640. 独角戏《李尔在此》涵盖了传统京剧里宽泛的行当:老生(中年男性)、武生(打斗男角)、丑生(男性丑角)、闺门旦(贵族家的年轻女子)、小生(年轻男子)、净(富有活力的男性)和末(男配角)。在第一幕,吴兴国是以老生的身份扮演李尔,而第三幕的表演揉入了很多后现代话剧元素。演出从头到尾只有一个人物,那就是吴兴国自己(在这里,表演者本身就是一个人物角色)。他在舞台上转圈,脸上没有传统京剧的行当脸谱,也没有程式化的步伐。
641. Wu[吴兴国], "Director's Note", 19.
642. 吴兴国,《我演悲剧人物》,《世界日报》,2006年11月1日,J8。
643. 吴兴国,《李尔在此》的节目单(台北演出时所用),未编页码,我本人的翻译。
644. Wu[吴兴国], "Director's Note", 19.
645. Yong Li Lan [雍丽兰], "Shakespeare and the Fiction of the Intercultural", in *Companion to Shakespeare and Performance*, ed. Hodgdon and Worthen, 547.
646. Bristol, *Big-time Shakespeare*, 36.
647. 吴兴国,《李尔在此》,第一幕。
648. Chen Shih-Shih [陈思思], "Wu Hsing-guo Brings *King Lear* to Chinese Opera in One-man Show", *Taiwan News*, July 6, 2001;周美惠,《法国阳光剧团创办人方泰》,《联合报》,2001年8月31日,14。有报道说,姆努什金非常肯定吴兴国在法国及台湾的《李尔在此》演出(刊登在当地的媒体封面),强调演员对饰演李尔王人物角色进行了大量探索:"多好的一个在舞台上探寻李尔王心灵的演员啊!"(Contemporary Theatre Archive, http://www.cl-theatre.com.tw/main.htm [accessed in May 2006].)姆努什金一贯坚持不同文化之间表演风格和演出内容融合、汇通的戏剧哲学,故此,她非常欣赏台湾当代传奇剧场在莎士比亚、希腊悲剧以及其他西方戏剧中融和跨文化的尝试。
649. 尤金尼奥·巴尔巴认为:"(吴兴国)动摇了京剧传统,也动摇了长久以来人们对莎士比亚的理解。"(《李尔在此》节目单,第3—4页)。莫言认为吴兴国的《李尔在此》"意义深远","留给观众无限的深思"(第13—14页)。包括阿姆斯特丹世界音乐剧艺术节的导演路易斯·赫尔默在内的其他评论,可参看《李尔在此》节目单。
650. Donaldson, "Disseminating Shakespeare", 219.
651. 贝内特把这部电影视为"商业利益驱使大背景下(且与之格格不入)的前卫电影制作"的范例(*Performing Nostalgia*, 39)。同时也可参阅 Susan Bennett, "Godard and Lear: Trashing the Can(n)on", *Theatre Survey* 39, no. 1(1998): 11。
652. 可对比 William Childers, *Transnational Cervantes* (Toronto: University of Toronto Press, 2006), 242。在这本书中,威廉·奇尔德斯建议对于世界经典文学进行跨文化诠释(如把 *Los trabajos de Persiles y Sigismunda* 美国化),不仅有助于与经典文学有着相同文化语境的读者,也可促进不同文化背景读者的很多理解。
653. 巴赛洛缪针对英国和中国观众对该剧演出不同的反应进行了评论。在伦敦,观众责骂声较多,而借助中文字幕在中国的演出却好评如潮。在接受上海一家电台的采访时,导演和演员都强调了一种全新演出文化背景所阐发的新内涵。巴赛洛缪接着说:"英国观众易因剧中夏洛克所遭受的羞辱而发笑,可在这里(中国)情形却大不一样,观众因震惊而一片寂静。"(Alfred Hickling, "Sit Down and Shut Up", *Guardian*, June 12, 2002; Maria Jones, *Shakespeare's Culture in Modern Performance* [New York: Palgrave, 2003], 100.)
654. 埃拉·肖哈特评议电影里他人的视觉享受时说,观众"下意识地受邀参加了一次有关民族志的电影文化之旅"。("Gender and Culture of Empire: Toward a Feminist Ethnography of the Cinema", in *Visions of the East: Orientalism in Film*, ed. Matthew Bernstein and Gaylyn Studlar, [New Brusnwick, N. J.: Rutgers University Press, 1997], 32.)
655. Rey Chow[周蕾], "Digging an Old Well: The Labor of Social Fantasy in a Contemporary Chinese Film", in *Reinventing Film Studies*, ed. Christine Gledhill and Linda Williams, (London: Arnold, 2000), 43; Meaghan Morris, "Introduction: Hong Kong Connections", in *Hong Kong Connections: Transnational Imagination in Action Cinema*, ed. Meaghan Morris, Siu Leung Li[李小良], and Stepehn Chan Ching-kiu [陈清侨], (Durham, N. C.: Duke University Press, 2005), 1-3.

656. 一般而言,武打影片有两类:一类是改编自某朝代传奇小说的武侠片,另一类是现代背景下的功夫片,以李小龙和成龙为代表。
657. 音乐设计谭盾,因电影《卧虎藏龙》、《英雄》中的配乐获格莱美奖、奥斯卡奖。
658. Kenneth S. Rothwell, *A History of Shakespeare on Screen: A Century of Film and Television*, 2nd ed. (Cambridge: Cambridge University Press, 2004), 160.
659. 《夜宴》投资 2 千万美金,以中国电影标准来衡量,对于一个缺乏国际声誉的中国导演而言算是大投资。
660. Mo Hong'e, "Venic Critics Want a More Chinese 'Banquet'", *Xinhua News* September 5, 2006, http://news. xinhuanet. com/english/2006-09/05/content_5050440. htm (accessed June 10, 2007).
661. Kozo writes, "*The Banquet* is a member of that suddenly popular Asian Cinema genre: the indulgent, overproduced costume epic aimed at a completely non-Chinese audience many thousands of miles away" (http://www. lovehkfilm. com/panasia/banquet. htm[accessed June 10, 2007]).
662. Mo, "Venice Critics".
663. Richard Burt, "*Shakespeare in Love* and the End of the Shakespearean: Academic and Mass Culture Constructions of Literary Authorship," in *Shakespeare, Film, Fin de Siècle*, ed. Mark Thornton Burnet and Ramona Wray, (London: Macmillan, 2000), 203-231.
664. 在日本,黑泽明导演被其国人普遍认为深受西方戏剧影响,可国际上视他为日本电影制片人的标识。但并非只有亚洲艺术家尝试挑战跨文化视觉效果的审美情趣,法国导演姆努什金 1981 年在巴黎上演的《理查二世》、英国导演那恩 1982 年在伦敦上演的《亨利四世》以及 Adrian Noble 1984 年在莎士比亚故乡斯特拉特福德上演的《亨利五世》,这些演出作品证明欧洲导演同样大做视觉盛宴文章,诚如杨·柯特所言,剧场对政治的不信任使得更多的导演开始寻求"新的视觉表述"。尽管如此,市场规律在冯小刚以《夜宴》中的视觉盛宴追求全球效应中起到了更大的作用。(Charles Marowitz, "Kott, Our Contemporary", *American Theatre*, October 1988, 100.)
665. 满岩文,《话剧〈理查三世〉首演印象》,《北京晚报》,2001 年 2 月 17 日;阎焕东,《请别责怪观众》,《中国文化报》,2001 年 3 月 26 日。
666. 以梁实秋的中文翻译为蓝本,主要赞助来自日本植田美沙子。
667. 20 世纪的 80 年代,大家一致公认林兆华导演是 2000 年诺贝尔文学奖得主法籍华人高行健的伯乐。与高行健一起,林兆华成为国内先锋剧团的核心人物。1951年,林导演在国内知名的国营剧团北京人民艺术剧院开始了自己的戏剧事业,那时他是斯坦尼斯拉夫斯基心理写实主义表演手法的追随者,并接受苏中共产主义意识形态的指导。但后来,随着中国改革开放政策的推行,经济改革使戏剧艺术家可以脱离政府的直接行政管理与经济支持,林兆华便于1989年在北京成立了自己的公司——林兆华戏剧工作室,他的戏剧导演思想也愈发激进起来。一改北京人艺单一的模仿性写实主义的传统,林兆华开始编演包括鲁迅、莎士比亚在内的中西文化经典,采用多种表演手法对原文本进行改写创作。

668. 还有很多例子:比利·莫里塞特的《苏格兰 P A》(2001)明确无误地把麦克白的苏格兰改成20世纪中期宾夕法尼亚州的一家快餐店,大大降低了莎士比亚悲剧的价值内涵;巴兹·鲁赫曼的《威廉·莎士比亚的罗密欧与朱丽叶》(1996)把维罗纳的世仇家恨演绎成20世纪维罗纳海滩上的帮会文化和企业战争;西蒙·麦克伯尼的《一报还一报》(合拍剧团,国家剧院,伦敦,2004年5月;2006重演)由身着橙色连身衣裤的囚犯主演,令人联想起关塔那摩湾美军拘留营,以及有关伊朗战争犀利评论中不知害臊的现代主义。且不说舞台上"莎士比亚穿着现代服装",这台演出还运用大量的监视设备,以此向观众暗示莎剧《一报还一报》跟现代社会之间的关联。昏暗灯光之下,安杰罗(保罗·里斯)的脸易让人误以为是托尼·布莱尔的高级顾问彼得·曼德尔森。在新闻发布会上,安杰罗刚提到"战争"一词,屏幕上便出现了乔治·W·布什的图片。关于该影片的深入分析,可参看 P. A. Skantze, "Uneasy Coalitions: Culpability, Orange Jumpsuits and *Measure for Measure*", *Shakespeare* 3, no. 1(2007): 63-71。

669. 阿尔·帕西诺执导的《寻找理查三世》关注的是美国演员与英国传统之间(以及表演行业与学术界之间)的张力,在影片中尝试媒介与滑稽手法(比如,对莎士比亚出生地进行荒唐可笑的探访)。与《理查三世》中的英国传统一样,现今的中国正发生着翻天覆地的变化,跟过去有着不稳定的关系。评论家注意到,在影片中"把长篇累牍的演讲压缩成更短小的演讲动作的总和,拆散整段整段的话,目的在于重构观众对该剧的体验",《寻找理查三世》暴露了英美国家表演传统上的矛盾。(Thomas Cartelli and Katherine Rowe, *New Wave Shakespeare on Screen* [Cambridge: Polity, 2007], 98.)

670. Erwin Leiser, *Leopold Lindtberg: Schriften — Bilder — Dokumente* (Zurich: Musik and Theater, 1985), 14, translated in Manfred Draudt,

"Shakespeare's English Histories at the Vienna Burgtheater", in *Shakespeare's Hsitory Plays: Performance, Translation and Adaptation in Britain and Abroad*, ed. Ton Hoenselaars, (Cambridge: Cambridge University Press, 2004),198.
671. Draudt, "Shakespeare's English Histories", 198.
672. 马书良,《我为理查狂》,《北京青年报》,2001 年 6 月 20 日。
673. Peter Donaldson, "Game Space/Tragic Space: Julie Taymor's *Titus*," in *A Companion to Shakespeare and Performance*, ed. Barbara Hodgdon and W. B. Worthen, (Oxford: Blackwell, 2005), 457-477; Carol Chillington Rutter, *Shakespeare and Child's Play: Performing Lost Boys on Stage and Screen* (London: Routledge, 2007),34-95.
674. Cartelli and Rowe, *New Wave Shakespeare*, 42.
675. Paul Prescott, *Richard III: A Guide to the Text and Its Theatrical Life* (New York: Palgrave Macmillan, 2006),101-102.
676. 在对荧屏、舞台的研究中,有专家学者认为文化折扣说明了个别表演风格独领风骚的原因。还有人坚持,文化特性是"零度"的作品比富含文化底蕴的更易传播开来。(Colin Hoskins and Rolf Mirus, "Reasons for the U. S. Domination of the International Trade in Television Programmes", *Media, Culture, and Society* 10, no. 4 [1988]: 499-516.)斯科特·罗伯特·奥尔森进一步把特定演出的全球环流与透明度联系起来,认为文本只是一种装置,"允许观众在进口的媒体上或那些设置的使用中展现本土的价值、信仰、礼节和仪式"。透明度也常指"易与其他文化融合的叙事结构"。(*Hollywood Planet: Global Media and the Competitive Advantage of Narrative Transparency* [Mahwah, N. J.: Erlbaum, 1999],5.)假定文化没有特性的文化逻辑本身就有问题的。查尔斯·R·阿克兰评论说:"文化特殊性的符号可能恰好是被国际观众珍视的品质。"(*Screen Traffic: Movies, Multiplexes, and Global Culture* [Durham, N. C.: Duke University Press, 2003],34.)
677. Susan Bennett, "Shakespeare on Vacation", in *Companion to Shakespeare and Performance*, ed. Hodgdon and Worthen, 507.
678. 20 世纪 90 年代,日本和韩国的莎剧演出也面临着同样的问题。约翰·吉利斯研究了日本现代主义艺术家对莎士比亚本土化的处理方法,发现日本莎剧是作为"全球价值观下地方文化忍耐力和重新肯定自我"的标识出现的,正好与普通大众的期待相反,因为人们普遍认为"非西方的领域"上演莎士比亚的剧目,当地文化将会"被抹杀掉或者作出让步"。("Afterword: Shakespeare Removed: Some Reflections on the Localization of Shakespeare in Japan", in *Performing Shakespeare in Japan*, ed, Minami Ryuta, Ian Carruthers, and John Gillies, [Cambridge: Cambridge University Press, 2001],236-237.)李永泰的《哈姆雷特》于 1996 年初次在首尔公演,对此进行了研究之后,变得愈发悲观,说:韩国的莎剧演出反映了"当今韩国社会所面临的僵局,是国民对跨文化主义的乐观看法遮蔽了后殖民的现实性"。("The Location of Shakespeare in Korea: Lee Yountaek's *Hamlet* and the Mirage of Interculturality", *Theatre Journal* 60, no. 2[2008]: 257-276.)
679. 诚如马丁·海德格尔所说:"分界线并不一定意味着终止……还可以表明新的开始。"(Homi Bhabha, *The Location of Culture* [London: Routledge, 1994], 1.)

译者后记

莎士比亚(1564—1616)戏剧是西方经典文化的代表之一,也是全人类的文化遗产,自19世纪中叶传入中国以降,在文化与政治大变革的社会环境下,其经历的文化语境、政治语境的复杂程度,可以说在世界莎学史上是无与伦比的。莎剧承担了中西方文化交流的使命,与中国文化产生碰撞与交融,在文艺方面涉及小说、戏曲、电影、话剧等领域,产生的结果是异彩纷呈的。《莎士比亚的中国旅行:从晚清到21世纪》一书在浩繁的史料文献中寻找线索,对莎士比亚戏剧在中国的传播作了卓有成效的梳理归纳,是一项很有意义的文化工程。若非作者黄诗芸教授为中西合璧、汉英双语皆精的学者,恐难从容为之。此专著于2009年由哥伦比亚大学出版社出版,2010年获得美国现代语言文学研究会MLA学术著作奖Scaglione Prize和Joe A. Callaway Prize最佳戏剧研究奖。

黄老师是我在德国攻读博士期间的校外导师。当老师把该书的中文翻译任务委托给我时,面对如此精心描绘莎剧在中国的传播历程的力作,深感压力很大。由于该书内容丰富,涉及小说、电影、戏剧文学与戏剧表演等多方面的文艺门类,翻译工作任务颇为艰巨,黄老师便又委托南京师范大学的张晔老师与我共同翻译该书。在翻译过程中，我们遇到不少困难，黄教授一直给予了大力支持。

  此书翻译分工如下：本人负责翻译本书的第三、第四部和尾声，总计 15.8 万字，张晔君负责翻译本书的第一、第二部和序言，总计 11.4 万字。为顺从我国读者的阅读习惯，少量文字作了技术处理。由于条件所限，书中引文的原文核对或有欠缺，敬请读者见谅。翻译中如有其他错误不妥之处，也敬请读者批评指正。

孙艳娜

2017 年 1 月

图书在版编目(CIP)数据

莎士比亚的中国旅行:从晚清到21世纪/(美)黄诗芸著;孙艳娜,张晔译.—上海:华东师范大学出版社,2016.5
 ISBN 978-7-5675-5303-3

Ⅰ.①莎… Ⅱ.①黄…②孙…③张… Ⅲ.①莎士比亚,W.(1564~1616)-戏剧文学-文学研究 Ⅳ.①I561.073

中国版本图书馆 CIP 数据核字(2016)第 121445 号

CHINESE SHAKESPEARES: Two Centuries of Cultural Exchange by C. Y. Huang
Copyright © 2009 Columbia University Press
Chinese Simplified translation copyright © 2017 by East China Normal University Press Ltd.
Published by arrangement with Columbia University Press through Bardon - Chinese Media Agency
博达著作权代理有限公司
ALL RIGHTS RESERVED

上海市版权局著作权合同登记 图字: 09-2011-579 号

莎士比亚的中国旅行:从晚清到21世纪

著　　者	[美]黄诗芸
审读编辑	杨　凯
项目编辑	庞　坚
装帧设计	崔　楚
出版发行	华东师范大学出版社
社　　址	上海市中山北路3663号 邮编 200062
网　　址	www.ecnupress.com.cn
电　　话	021-60821666 行政传真 021-62572105
客服电话	021-62865537 门市(邮购)电话 021-62869887
地　　址	上海市中山北路3663号华东师范大学校内先锋路口
网　　店	http://hdsdcbs.tmall.com
印 刷 者	苏州美柯乐制版印务有限公司
开　　本	890×1240 32开
印　　张	10
字　　数	272千字
版　　次	2017年4月第1版
印　　次	2017年4月第1次
书　　号	ISBN 978-7-5675-5303-3/I·1541
定　　价	42.00元
出 版 人	王　焰

(如发现本版图书有印订质量问题,请寄回本社客服中心调换或电话 021-62865537 联系)